MW01631685

EDITION
M

Das Buch

Merle Harmsen, eine Polizistin aus Schleswig, wird auf Fehmarn tot aufgefunden. Eine delikate Angelegenheit für die Polizei: Merle hatte sich zuletzt krankschreiben lassen und sich auf den elterlichen Hof zurückgezogen, nachdem sie einen korrupten Kollegen angezeigt hatte. Die Inselkommissarin Lena Lorenzen wird mit dem Fall betraut und bekommt Unterstützung von Naya Olsen, einer jungen Polizistin mit dänisch-grönländischen Wurzeln.

Der Kreis der Verdächtigen ist groß. Neben Gegnern im Schleswiger Kommissariat zählen dazu vor allem Merles Jugendfreunde, zu denen sie nach vielen Jahren neuen Kontakt gesucht hatte. Bei ihren Befragungen rufen Lena und Naya heftige Reaktionen hervor. Als sie das Zimmer der toten Merle plötzlich verwüstet vorfinden, ist für die Ermittlerinnen klar, dass sie dem Täter ganz nahe sind.

Die Autorin

Anna Johannsen lebt seit ihrer Kindheit in Nordfriesland. Sie liebt die Landschaft und die Menschen der Region, besonders verbunden ist sie den Nordfriesischen Inseln, auf denen die Krimireihe »Die Inselkommissarin« spielt. Mit Begeisterung schreibt sie auch an ihrer Reihe um die alleinerziehende Kommissarin Enna Andersen. Beide Reihen werden parallel veröffentlicht.

ANNA
JOHANNSEN

Die Tote am Fastensee

Die Inselkommissarin

Kriminalroman

Deutsche Erstveröffentlichung bei
Edition M, Amazon Media EU S.à r.l.
38, avenue John F. Kennedy, L-1855 Luxembourg
Juni 2023

Umschlaggestaltung: semper smile, München, www.sempersmile.de
Umschlagmotiv: © imageBROKER.com/Shutterstock;
© Viktoria Bondarenko/Shutterstock; ©kuzmaphoto/Shutterstock;
© Nejron Photo/Shutterstock
1. Lektorat: Lektorat Kanut Kirches
2. Lektorat und Korrektorat: Rotkel Textwerkstatt
Gedruckt durch:
Amazon Distribution GmbH, Amazonstraße 1, 04347 Leipzig /
Canon Deutschland Business Services GmbH, Ferdinand-Jühlke-Str. 7,
99095 Erfurt /
CPI books GmbH, Birkstraße 10, 25917 Leck

ISBN: 978-2-49671-214-8
e-ISBN: 978-2-49671-213-1

www.edition-m-verlag.de

Eins

Lena Lorenzen klopfte an die Tür von Kriminalrätin Nielsen und trat gleich darauf ein. Ihre Chefin saß hinter ihrem Schreibtisch, nickte ihr zu und zeigte auf den Besucherstuhl. »Setzen Sie sich doch bitte.« Sie schloss ihren Laptop. »Sie sind gerade aus Husum gekommen?«

Lena nickte. Sie hatte heute die Strecke in unter einer Stunde zurückgelegt, da nur wenige Lkws auf der Straße gewesen waren. »Ich habe mich inzwischen an die Fahrerei gewöhnt.« Wenn es die Arbeit zuließ, arbeitete Lena freitags und montags im Homeoffice. Das ermöglichte ihr, vier Tage am Stück in Husum bei Erck und ihrem inzwischen zweijährigen Sohn Bent zu sein.

Nielsen seufzte leise. »Für die Familie lohnt es sich, ein paar Opfer zu bringen.«

»Sie wollten mich sprechen?«, fragte Lena.

»Ja, gestern Nachmittag ist die Leiche einer Kollegin aus Schleswig gefunden worden. Merle Harmsen. Kannten Sie sie zufällig?«

Lena schüttelte den Kopf. Im Kommissariat in Schleswig hatte sie zu Beginn ihrer Polizeilaufbahn gearbeitet und keine guten Erinnerungen an die Zeit. »Nein, ich habe nie mit ihr zusammengearbeitet. Wo ist sie gefunden worden?«

»Fehmarn. Dort hat ihre Familie einen Bauernhof beziehungsweise einen Ferienhof. Sie verbrachte wohl jedes Wochenende und ihre Urlaubstage auf der Insel.«

»Das LKA soll ermitteln? Warum nicht die Kollegen …«

»Frau Harmsen saß vor einigen Wochen auf dem Stuhl, auf dem Sie jetzt gerade sitzen. Es ging um Unregelmäßigkeiten im Schleswiger Kommissariat.«

Daher wehte der Wind. »Steht die Todesursache fest?«

»Nein, bisher ist sie noch ungeklärt. Die Kollegen und der Arzt vor Ort haben eine Stichwunde und Blutanhaftungen gefunden. Der Leichnam liegt bereits in der Gerichtsmedizin hier in Kiel. Frau Dr. Stahnke und einer ihrer Kollegen werden sie heute Nachmittag obduzieren. Ich schicke dann jemanden dorthin. Sie sollten gleich nach Fehmarn aufbrechen. Ist das möglich?«

»Kollege Grasmann ist im Moment in Elternzeit.«

»Ich weiß. Naya Olsen wird Sie begleiten.« Kriminalrätin Nielsen schob ihr eine Mappe über den Tisch. »Da finden Sie das Protokoll, das ich nach dem Gespräch mit Frau Harmsen geschrieben habe.«

Lena nickte und wartete, dass Nielsen ihr mehr über die Angelegenheit erzählen würde.

»Frau Harmsen hatte den Verdacht, dass einer ihrer Kollegen Informationen an bestimmte Kreise weitergegeben hat. Es ging um die landesweiten Durchsuchungen bei mehreren Firmen, die wir vor einigen Monaten durchgeführt haben. Verdacht auf Geldwäsche und Organisierte Kriminalität.«

»Sind diesbezüglich schon Ermittlungen aufgenommen worden?«

Kriminalrätin Nielsen nickte. »Bisher hat sich der Verdacht gegen den Kollegen nicht erhärtet. Naya Olsen ist an den

Ermittlungen beteiligt gewesen. Sie verstehen, dass wir sehr vorsichtig vorgehen müssen. Es gibt bisher nicht den geringsten Anhaltspunkt, dass Merle Harmsen bedroht wurde und ihr Tod mit ihrer internen Anzeige zu tun haben könnte. Machen Sie sich ein Bild vor Ort. Frau Harmsen war seit vier Wochen krankgeschrieben und seitdem bei ihrer Familie auf Fehmarn. Sollte ein Tötungsdelikt vorliegen, könnte ebenso ein Täter aus dem privaten Umfeld infrage kommen.«

Lena stand auf. »Weiß Kollegin Olsen Bescheid?«

»Ja, sie sollte gleich hier sein.«

In diesem Augenblick klopfte es an der Tür. Nielsen rief »Herein!« und eine Frau mit schwarzen kurzen Haaren betrat das Büro. Sie nickte Nielsen zu und reichte Lena die Hand. »Naya Olsen.« Sie war einen Kopf kleiner als Lena und mit ihren mandelförmigen Augen und den hohen Wangenknochen sah sie ausgesprochen attraktiv aus.

Lena ergriff ihre Hand. »Lena Lorenzen.«

»Ich habe schon viel von Ihnen gehört«, sagte Naya Olsen, die übers ganze Gesicht strahlte.

Lena wandte sich zu Kriminalrätin Nielsen. »Sie hören von mir.« Mit Blick auf ihre junge Kollegin sagte sie: »Wollen wir?«

Lena fuhr auf der B76 aus Kiel hinaus. »Wie lange sind Sie schon beim LKA?« Lena schätzte die Kollegin auf Mitte zwanzig und war ihr zuvor weder begegnet noch hatte sie von ihr gehört.

»Seit zwei Jahren. Soweit ich weiß, sind Sie damals gerade in Elternzeit gegangen.«

»Wir können uns gerne duzen«, schlug Lena vor. »Ist einfacher.«

»Klar, gerne. Naya, das wissen Sie … weißt du ja schon. Ich war vorher übrigens im Kommissariat in Flensburg. Da lebt meine Mutter. Mein Vater ist Däne, eigentlich Grönländer, aber das hört er nicht so gerne.«

Daher das Aussehen, dachte Lena. *Sie stammt von den grönländischen Ureinwohnern ab.*

»Du hast beide Staatsangehörigkeiten?«

Naya nickte. »Ja, meine Mutter ist Deutsche. Mit drei Jahren bin ich mit ihr nach Flensburg gezogen. Mein Vater lebt weiter in Kopenhagen.« Sie schmunzelte. »Die grönländische Kälte ist nicht so sein Ding.«

»Immerhin die größte Insel der Welt«, sagte Lena. »Ein Freund hatte mich mal eingeladen, mit ihm nach Grönland zu fahren. Er ist jedes Jahr dort. Leider ist mir etwas dazwischengekommen.«

»Mein Opa lebt dort. Er hat es in Dänemark nicht mehr ausgehalten. Ich besuche ihn hin und wieder.«

»In Nuuk?«

»Nein, in Sisimiut. Das ist die zweitgrößte Stadt auf Grönland. Und hat zum Glück einen Flugplatz und nicht nur einen Heliport. Ein verrücktes Land, wunderschön, aber ich glaube nicht, dass ich dort leben könnte.« Sie hielt kurz inne und warf Lena einen fragenden Blick zu. »Und du?«

»Ich bin auf Amrum aufgewachsen.«

»Bist du häufiger dort?«

»Inzwischen ja. Aber das ist eine lange Geschichte.«

Naya schien zu verstehen, dass Lena nicht über ihre Kindheit und Jugend sprechen wollte. »Kennst du Fehmarn? Ich bin bisher nur auf dem Weg zu meinem Vater drübergefahren. Das ist der kürzeste Weg nach Kopenhagen.«

»Ich war einige Male dort. Privat und dienstlich. Eine schöne Insel und noch nicht so durch und durch touristisch.«

Lena warf einen Blick nach links. Sie passierten gerade den Selenter See, auf dem eine Reihe von Segelbooten zu sehen waren. Für Mitte September waren die Temperaturen ausgesprochen mild. Der Wind schien heute fürs Segeln optimal zu sein.

»Du warst oder bist in der Ermittlungsgruppe, die sich mit Merle Harmsens Kollegen beschäftigt hat?«, fragte Lena.

»Ja. Kriminalrätin Nielsen hat dir ja wahrscheinlich schon gesagt, dass wir nicht weit gekommen sind.«

»Wie heißt der Kollege?«

»Elmar Schäfer, sechsundvierzig, Oberkommissar in Schleswig. Merle Harmsen war eine Weile seine Partnerin, also beruflich, meine ich.«

»Ist er befragt worden?«

»Nein. Wir haben hauptsächlich im Umfeld ermittelt.« Lena sah aus dem Augenwinkel, dass Naya ihr Gesicht verzog. »Es sollte nicht so viel Staub aufgewirbelt werden.«

»Schäfer ahnt also nichts von den Ermittlungen?«

»Das weiß ich natürlich nicht mit Sicherheit. Vollkommen unbemerkt zu ermitteln, ist in solchen Fällen ja kaum möglich.« Naya hielt Lena ihr Handy hin. »Ein Foto von Elmar Schäfer.«

Lena warf einen kurzen Blick auf die Aufnahme. Ein Mann mit naturblonden Haaren, Dreitagebart und strahlend blauen Augen. Sie konnte sich nicht erinnern, ihm bei ihren Einsätzen je begegnet zu sein.

»Was ist über Schäfer bekannt?«

»Getrennt lebend seit etwas über einem Jahr, zwei Kinder, sieben und zehn. Seine Frau beziehungsweise Ex-Frau hat ein Kontaktverbot bei Gericht erwirkt, da er wohl die Trennung nicht akzeptieren konnte und sie quasi belagert hat. Um die Kinder gibt es auch Auseinandersetzungen, allerdings ist bisher noch kein Termin vor dem Familiengericht angebahnt worden. Schäfer sieht sie im Moment jedes zweite Wochenende von Freitag um achtzehn Uhr bis Sonntag zur gleichen Zeit. Selbst die Telefongespräche wurden von der Mutter zeitlich festgelegt.«

Nayas Stimme verriet, was sie von solchen Auseinandersetzungen hielt. »Geldprobleme?«, fragte Lena.

»Was man als Oberkommissar verdient, weißt du selbst. Er muss natürlich Unterhalt bezahlen, dann die Wohnung, die größer sein muss als für eine Person, da ja die Kinder hin und wieder bei ihm sind. Sein privates Auto ist auch mindestens eine Nummer zu groß. Aber mehr haben wir nicht gefunden. Keine verdächtigen Bareinzahlungen oder Ausgaben, die weit über seinen Möglichkeiten liegen würden.«

»Gab es denn Hinweise, dass die Durchsuchungen vorher durchgestochen wurden?«, fragte Lena. Sie waren inzwischen an Lütjenburg vorbeigefahren und würden jetzt parallel zur Ostseeküste über Oldenburg nach Heiligenhafen fahren, um von dort aus über die Fehmarnsundbrücke auf die Insel zu gelangen.

»Das ist bei solchen landesweiten Durchsuchungen nur schwer zu sagen. Fakt ist aber, dass in den beiden Objekten in Schleswig nichts gefunden wurde. Ebenso wenig wie in Rendsburg und Husum. In Flensburg, Kiel und Lübeck sind Unterlagen beschlagnahmt worden. Die Auswertungen laufen. Festnahmen gab es bisher keine.«

»Wir bewegen uns also auf sehr dünnem Eis, wenn wir uns mit Elmar Schäfer beschäftigen«, stellte Lena fest.

»Definitiv. Deshalb stehen die Ermittlungen wohl auch kurz vor dem Aus. Jetzt, wo Merle Harmsen tot ist …« Naya zuckte mit den Schultern.

»Ist Merle Harmsen denn ein zweites Mal befragt worden?«

»Nein. Sie war ja krankgeschrieben und ich fürchte, letztlich haben die Kollegen sich auch nichts davon versprochen.«

»Du auch nicht?«

Naya schüttelte den Kopf. »Ich bin oder besser war im Team nur eine kleine Leuchte. Die, die Kaffee und Tee kocht, sich möglichst ruhig verhalten soll und kleinere Ermittlungsaufgaben zugeschoben bekommt, die sonst niemand machen will. Ich habe das Protokoll von Kriminalrätin Nielsen mehrfach durchgearbeitet. Ja, Merle hatte keine Beweise, aber hätte sie deshalb schweigen sollen?«

Lena horchte auf. Naya hatte die Tote beim Vornamen genannt. Sie verringerte die Geschwindigkeit und warf ihr einen fragenden Blick zu. »Du kanntest Merle Harmsen persönlich?«

»Nicht wirklich. Wir waren vor etwa einem Jahr zusammen auf einem Lehrgang. Mit weiteren fünfunddreißig Kollegen und Kolleginnen. Ja, an einem Abend haben wir uns etwas unterhalten. Mehr aber auch nicht.«

»Wie war dein Eindruck von ihr?«

»Schwer zu sagen. Wir haben ein Bier zusammen getrunken. Small Talk, viel mehr nicht. Sie schien nett zu sein, gradlinig und direkt. Das kam auch hin und wieder durch, wenn sie bei den Vorträgen Fragen gestellt hat. Über ihre Dienststelle hat sie nichts erzählt. Über Fehmarn auch nur kurz. Man hörte aber, wie sehr sie sich nach der Insel sehnte. Dann hat sie mit mir über Grönland gesprochen. Man sieht mir ja an, wo ich herkomme.«

»Wie ist sie mit den anderen ausgekommen?«

»Auf dem Lehrgang? Ich glaube, um die Männer hat sie einen Bogen gemacht. Mit mir hat sie ganz normal und offen gesprochen. Mit anderen Kolleginnen auch, soweit ich mich erinnere.«

Lena fuhr auf die A1 bei Oldenburg auf. »Wir kommen bald zur Brücke. Was wissen wir über die Todesumstände?«

»Nur das, was Kriminalrätin Nielsen uns per Mail geschickt hat.« Sie warf einen kurzen Blick auf ihr Tablet. »Merle Harmsen ist von einem Spaziergänger, der seinen Hund ausgeführt hat, gefunden worden. Im Westen der Insel. Direkt an der Ostsee. Fastensee, steht hier.«

»Das ist ein kleiner Salzwassersee, der nicht direkt mit der Ostsee verbunden ist. Ich bin mal mit dem Fahrrad um die Insel gefahren. Da kommt man automatisch am See vorbei.«

»Okay«, sagte Naya mit leichtem Erstaunen in ihrer Stimme. »Die Leiche lag in einem Gebüsch. Nicht vergraben. Die Kollegen vor Ort haben einen Arzt gerufen, der dann die Stichwunde in der Brustgegend entdeckt hat.«

Sie waren inzwischen an Heiligenhafen vorbeigefahren und konnten bereits die Fehmarnsundbrücke sehen.

»Der Kollege erwartet uns in Burg«, sagte Naya. »Er wird uns wohl genau ins Bild setzen.«

Zwei

Lena stellte ihr Dienstfahrzeug auf dem kleinen Parkplatz vor der Polizeistation in Burg ab und stieg aus. Naya folgte ihr.

Nach wenigen Metern stöhnte Naya. »Ich habe mein Handy im Wagen liegen gelassen.« Lena öffnete die Türen mit der Fernbedienung und Naya lief rasch zurück.

Als Lena einen etwa sechzig Jahre alten Mann in Polizeiuniform aus dem Gebäude treten sah, ging sie auf ihn zu und reichte ihm die Hand.

»Lena Lorenzen, LKA. Kriminalrätin Nielsen sollte mich angekündigt haben.«

Der Mann griff zögernd nach Lenas Hand. »Frank Claasen. Ja, ich weiß Bescheid.«

In diesem Augenblick trat Naya an Lenas Seite. Claasen musterte sie kurz und zog seine Augenbrauen zusammen. »Wollen Sie zur Polizei oder zur Ausländerbehörde?«

Lena stockte der Atem. Was war in den Kollegen gefahren? Das war kein guter Einstand in ihre Zusammenarbeit. Bevor sie reagieren konnte, hatte Naya bereits die Hand ausgestreckt. »Naya Olsen, LKA. Und ja, meine Vorfahren kommen aus Grönland.« Sie ließ ihren Blick über ihn gleiten. »Und Ihre, Herr Claasen?«

Frank Claasen, der bei Nayas Bemerkung irritiert den Kopf geschüttelt hatte, ignorierte jetzt stirnrunzelnd ihre Hand. »Ach so. Dann wollen wir mal.« Er zeigte auf die Eingangstür und führte sie über den Flur in einen Raum mit mehreren aneinandergestellten Tischen. »Wenn Sie sich erst mal setzen wollen. Ich könnte auch Kaffee holen, wenn Sie einen möchten.«

Lena zog einen Stuhl vor. »Vielen Dank, Kollege. Wenn Sie uns kurz ins Bild setzen könnten, würden wir danach gerne zu der Stelle fahren, an der Frau Harmsen gefunden wurde.«

Frank Claasen nickte und setzte sich ihr gegenüber. »Warum sind nicht die Kollegen aus Lübeck hier?«

»Zunächst übernimmt das LKA die Ermittlungen.«

»Ist doch noch gar nicht klar, ob das Mord war«, murmelte Claasen, der seinen Blick gesenkt hatte. Schließlich sah er Lena an. »Was wollten Sie denn jetzt wissen?«

Lena zog ihr Notizbuch aus der Tasche und schlug es auf. »Berichten Sie doch bitte kurz, was passiert ist.«

Claasen räusperte sich. Ihm schien die ganze Situation nicht zu behagen. »Nun gut. Gestern um kurz nach vier hat uns ein Spaziergänger per Handy angerufen. Er war am Fastensee unterwegs.« Claasen beugte sich leicht zu ihr vor. »Kennen Sie sich hier aus?«

»Mir ist der Fastensee bekannt«, sagte Lena, die sich zwingen musste, ruhig zu antworten. »Wie ist der Name des Mannes? Lebt er auf Fehmarn oder ist …«

»Hannes Hartmann aus Petersdorf. Er beobachtet regelmäßig Vögel am Fastensee. Und natürlich auch sonst auf der Insel. Das ist sein Hobby. Allerdings hat er gestern wohl nur einen Spaziergang gemacht. Sein Hund hat die Leiche gefunden. Sozusagen. Sie lag hinter zwei Büschen. Nur bekleidet mit Slip und einem Top.«

»Sie kannten Frau Harmsen persönlich?«, stellte Naya ihre erste Frage.

Frank Claasen nickte.

Naya hob die Augenbrauen. »Und wie genau?«

»Merle ist doch auf Fehmarn aufgewachsen. Da kennt man schon den einen oder anderen. Und ja, Merle war als Schülerpraktikantin bei uns. Das ist aber schon über zwanzig Jahre her. Und ihr Abitur hat sie hier doch auch gemacht.«

»Dann kannten Sie unsere Kollegin also recht gut?«, fragte Naya lächelnd. Ihre Frage klang wie beiläufig, als erkundige sie sich nach dem Wetter.

»Wie gesagt, in zwanzig Jahren kann viel passieren. Am Anfang hat sie hin und wieder mal reingeschaut. In der Ausbildung und so. Später nicht mehr.«

»Ihre Eltern haben einen Hof auf Fehmarn?«, fragte Lena.

Frank Claasen nickte. »Nur noch für Gäste. Das Land haben sie verpachtet. Machen viele hier. Mit der Vermietung, meine ich.«

Dem Inselpolizisten schienen die Fragen zunehmend unangenehm zu sein. Er rutschte leicht auf dem Stuhl hin und her und wusste nicht, wo er seine Hände lassen sollte.

»Vielleicht zeigen Sie uns erst mal die Stelle, an der Merle Harmsen gefunden wurde«, schlug Lena vor. »In zwei Stunden sollten auch die Kriminaltechniker vor Ort sein.«

»Merkwürdiger Kollege«, sagte Naya mit Blick auf den Streifenwagen, dem Lena hinterherfuhr.

»Er kommt noch aus einer anderen Generation.«

»Die Bemerkung am Anfang war ja wohl mehr als grenzwertig. Ich hätte um ein Haar noch erheblich ungehaltener reagiert.«

»Mein Fehler. Ich hätte auf dich warten müssen.«

»Du hast nichts falsch gemacht. Ich hasse diese Kommentare. Und das, weil meine Haut etwas dunkler ist als deine und meine

Augen nicht ganz so mitteleuropäisch sind. Ja, und mein pechschwarzes Haar habe ich noch vergessen.«

Lena bog in eine kleine Straße ab und fuhr Frank Claasen weiter hinterher. Sie hatten inzwischen Burg verlassen und fuhren Richtung Westen. »Ich kann mir zwar theoretisch vorstellen, wie das ist, allein wegen seines Äußeren ausgegrenzt zu werden, aber was das wirklich bedeutet, können wohl nur die nachvollziehen, die direkt betroffen sind.«

»Aber ich will keine Betroffene sein. Ich bin hier aufgewachsen und habe einen deutschen Pass. Ja, es schlagen zwei Herzen in meiner Brust. Aber …« Naya senkte den Blick. »Mein Großvater war eins der Grönlandkinder.«

Lena schluckte. Sie hatte von dem Projekt der dänischen Regierung gehört. Anfang der Fünfzigerjahre des letzten Jahrhunderts waren Kinder aus Grönland ihren Familien entzogen und nach Dänemark gebracht worden. Sie sollten später zurückkehren und eine neue Elite in Grönland bilden. Sie lebten zunächst in Heimen und später bei Pflegeeltern. Einige von ihnen wurden adoptiert und blieben auf Dauer in Dänemark.

Naya schien Lenas Reaktion bemerkt zu haben. »Du kennst die Geschichte um die Grönlandkinder?«

»Ja, ich habe vor ein paar Jahren einen längeren Artikel darüber gelesen. Unglaublich, was damals passiert ist.«

»Mein Großvater wäre beinahe daran zerbrochen. Wie viele der Kinder, die nach Grönland zurückgekehrt sind. Wenn ich ihn besuche, ist diese Zeit immer wieder ein Thema zwischen uns.«

Das Ortsschild von Petersdorf kam in Sicht. Lena verlangsamte die Geschwindigkeit. Sie fuhren an einer wuchtigen Kirche aus rotem Klinker vorbei und verließen kurz darauf wieder den Ort.

»Wir sind bald da«, sagte Naya mit Blick auf ihr Tablet. »Jetzt kommt gleich noch ein kleiner Ort, Schlagsdorf, und dann müssen wir irgendwo links abbiegen. Ich weiß gar nicht, ob der Weg für Autos befahrbar ist.«

»Ich denke schon. Im Westen der Insel gibt es Deiche. Die müssen schon aus Sicherheitsgründen erreichbar sein.«

Auf der Höhe von Schlagsdorf fuhren sie auf einer engeren Straße weiter Richtung Norden. An beiden Seiten der Straße standen Windräder.

Naya schaute auf ihr Tablet. »Weit kann es nicht mehr sein.«

In diesem Augenblick setzte Claasen den Blinker und fuhr kurz darauf in einen einspurigen asphaltierten Weg, der nach knapp einem Kilometer vor dem Deich endete. Die rot-weißen Absperrbänder flatterten im Wind und markierten großflächig die Stelle, an der Merle Harmsen von dem Spaziergänger gefunden worden war.

Claasen parkte den Streifenwagen auf der Zufahrt zu einem Feld und stieg aus. Lena hielt auf dem Weg.

»Abgesperrt, aber kein Kollege hier«, sagte Lena.

»Hast du etwas anderes erwartet?«

Sie stiegen aus und holten sich aus dem Kofferraum Schutzkleidung. Als Claasen bemerkte, wie sich Lena und Naya anzogen, folgte er ihrem Beispiel.

Neben dem einspurigen Wirtschaftsweg war eine mehrere Meter breite Buschreihe gepflanzt, deren Höhe Lena auf knapp drei Meter schätzte. Die Büsche und kleinen Bäume standen so dicht, dass sie nur mit Mühe zwischen ihnen durchkamen, als sie Claasen folgten.

Der Inselpolizist zeigte nach wenigen Metern auf die Erde. »Hier lag sie. Es waren wohl ein paar Zweige über die Leiche gelegt. Mein Kollege und ich haben zunächst kontrolliert, ob es noch Lebenszeichen gibt, und haben sie anschließend aus dem Gestrüpp herausgeholt.«

Lena sah sich mithilfe einer Taschenlampe im Nahbereich um. »Nicht so einfach, hier eine erwachsene Person reinzubekommen. Gab es Schleifspuren?«

Frank Claasen nickte. »Ich glaube schon. Aber … Hannes und der Hund waren ja hier drin und anschließend wir.«

Naya räusperte sich hörbar. »Sie haben also keine Aufnahmen gemacht?«, fragte sie.

»Ich habe genug gesehen«, sagte Lena, bevor Claasen antworten konnte. »Gehen wir wieder.«

Zurück auf dem Weg achtete Lena auf mögliche Schleifspuren, fand aber auf dem harten Boden keine sichtbaren Hinweise. Die Kriminaltechniker würden Meter um Meter akribisch untersuchen müssen. Die Büsche standen eng an eng und es erschien Lena unwahrscheinlich, dass jemand hier eine Leiche hineinziehen konnte, ohne Spuren zu hinterlassen.

Naya hob das Absperrband, Claasen und Lena liefen gebückt darunter durch. Als sich Lena wieder aufrichtete, klingelte ihr Handy. Luise Stahnke, Rechtsmedizinerin und Lenas langjährige Freundin, rief an.

Lena hielt das Handy hoch. »Die Gerichtsmedizin aus Kiel. Da muss ich ran.« Sie trat ein paar Schritte in Richtung Deich und nahm das Gespräch an. »Hallo, Luise. Wie geht es dir?«

»Das Leben ist schön«, sagte Luise lachend. Sie hatte seit über einem Jahr eine feste Beziehung zu einem Mann und überlegte im Moment, ob sie den nächsten Schritt wagen und mit ihm zusammen in eine Wohnung ziehen sollte. »Du bist schon auf Fehmarn?«

»Ja, gerade am Fundort. Dein Anruf kommt goldrichtig. Erzähl!«

»Ich merk schon. Du hast keine Zeit zum Plauschen. Also: ein Messerstich. Er ging direkt ins Herz. Was das bedeutet, brauche ich dir nicht zu sagen.«

»Abwehrspuren?«

»Ja, sie hat leichte Hämatome an Armen und Rumpf, die auf eine Auseinandersetzung hinweisen. Sie könnten unmittelbar vor dem Tod, vermutlich aber bis zu drei, vielleicht vier Stunden vor dem tödlichen Stich entstanden sein. Ich kann also nicht ausschließen, dass es zwei Auseinandersetzungen gegeben hat. Ich brauche noch etwas Zeit, um die Untersuchungen abzuschließen.«

»Wie hoch schätzt du die Wahrscheinlichkeit ein, dass es zwei unterschiedliche Ereignisse waren?«

»Schwer zu sagen. Ich werde die Befunde noch einmal mit einem Kollegen aus London besprechen. Der ist darauf spezialisiert.«

»Okay. Du hast noch mehr?«, fragte Lena.

»Ja. Ich gehe davon aus, dass wir unter den Fingernägeln DNA gefunden haben. Für ein endgültiges Ergebnis wirst du dich noch ein oder zwei Tage gedulden müssen. Das Labor hat jede Menge zu tun. Die Unterwäsche der Frau sollte übrigens gerade bei deinen Kollegen der Kriminaltechnik ankommen.«

»Ist der Fundort identisch mit dem Tatort?«

»Sehr unwahrscheinlich. Die Frau wurde nach dem Tod mehrfach bewegt. Vom Rücken auf die Seite und auf den Bauch. Möglich wäre es natürlich, aber dann hat sich der Täter sehr viel Zeit nach dem Messerstich gelassen. Und er müsste sie mehrfach umgebettet haben. Also extrem unwahrscheinlich, dass wir es hier mit dem Tatort zu tun haben.«

»Todeszeitpunkt?« Lena sah, dass sich Naya mit Frank Claasen unterhielt. Sie konnte nur hoffen, dass sich ihre junge Kollegin zurückhalten würde. Sie würden den Inselpolizisten mit seinen Kontakten und Kenntnissen noch dringend brauchen. Er hatte einen eklatanten Fehler gemacht, indem er einen möglichen Tatort über viele Stunden unbewacht gelassen hatte, bevor die Kriminaltechnik ihn untersuchen konnte. Seine Bemerkung Naya gegenüber war mehr als grenzwertig gewesen und Nayas Reaktion war noch milde ausgefallen. Aber es war weder ihre Aufgabe noch in ihrem Interesse, den Inselkollegen zu maßregeln.

»Wir haben heute Montag. Gestern ist sie gegen sechzehn Uhr gefunden worden. Den Todeszeitpunkt würde ich auf Samstag, zwischen achtzehn und zweiundzwanzig Uhr festlegen wollen. Das ist allerdings vorläufig, mir fehlen noch ein paar Daten, unter anderem die Temperaturen in der Nacht von Samstag auf Sonntag. Der Todeszeitpunkt könnte sich dann noch leicht verschieben.«

»Was hast du noch für mich?«, fragte Lena.

»Die Frau war kerngesund. Sie scheint weder Raucherin gewesen zu sein noch übermäßig Alkohol getrunken zu haben. Nach ihrer Muskulatur zu urteilen, hat sie viel Sport getrieben. Laufen, Radfahren und Ähnliches. Ich habe eine Haarprobe genommen, um sie auf Drogen untersuchen zu lassen. Bisher gibt es keine Anzeichen dafür.«

»Geschlechtsverkehr?«

»Konnten wir nicht nachweisen. Auch keine Spuren einer Vergewaltigung. Das hätte ich dir ansonsten auch schon gesagt. Mehr habe ich im Moment nicht für dich.«

»Darf ich noch einmal fragen: Für wie wahrscheinlich hältst du es, dass die Hämatome zeitlich unmittelbar vor dem tödlichen Stich entstanden sind und nicht schon früher?«

»Wie gesagt, das lässt sich nicht eindeutig feststellen, Lena. Beides ist möglich. Auch dir zuliebe kann ich mich jetzt nicht auf das eine oder andere festlegen. Tut mir leid.«

»Alles gut, Luise. Meldest du dich, wenn es weitere Erkenntnisse gibt?«

»Wie immer erfährst du es als Erste. Der Bericht sollte morgen vorliegen.«

»Ich ruf dich vielleicht noch heute Abend an.« Lena schmunzelte. »Falls du dann nicht beschäftigt sein solltest.«

Luise lachte. »Mal sehen, was sich so ergibt.«

Lena verabschiedete sich von ihrer Freundin und ging auf ihre Kollegen zu. »Wir müssen ab sofort von einem Tötungsdelikt ausgehen.« Sie wandte sich an Frank Claasen. »Ich schlage vor, dass Sie hier auf die Kriminaltechniker warten und wir zum Hof von Merle Harmsens Familie fahren. Die Eltern sind doch informiert?«

»Selbstverständlich. Das habe ich gestern persönlich gemacht.«

»Gut«, sagte Lena. »Wir brauchen für heute ein Hotel. Können Sie uns eins empfehlen?«

»Ich buche eins für Sie. Zwei Zimmer für heute?«

»Mit Option für eine Verlängerung, bitte. Vielleicht bleiben wir zwei oder drei Tage. Das wird sich morgen herausstellen.«

Drei

»Wie kannst du bei dem Murks so ruhig bleiben?«, fragte Naya. »Ich hätte den Herrn Kollegen längst in der Luft zerrissen.«

»Wir sollen ein Tötungsdelikt aufklären. Es würde uns nur Nachteile bringen, wenn wir die Sache an die große Glocke hängen würden.« Lena startete den Motor. »Aber glaub mir, vor gar nicht so langer Zeit wäre ich sicher auch aus der Haut gefahren.«

Naya grinste. »Da wäre ich dann lieber nicht in der Nähe gewesen.«

»Mag sein. Ich habe so manches Mal überreagiert. Im Nachhinein sieht man das klarer. Aber in der Situation mit dem Druck und den männlichen Kollegen im Nacken …«

»Das sollte kein Vorwurf sein. Ich liebe klare Worte und hasse es, wenn die Menschen hinter meinem Rücken über mich reden.« Naya zeigte nach vorne. »Da müssen wir gleich rechts und dann die nächste nach links. Anschließend eine Weile geradeaus.« Naya legte ihr Tablet zurück in die Tasche. »Wie gehen wir gleich vor?«

»Die Familie hat erst gestern erfahren, dass ihre Tochter unter mysteriösen Umständen gestorben ist. Wir können froh sein, wenn überhaupt jemand mit uns spricht.«

»Ich habe vorhin Kollege Claasen nach der Familie gefragt. Beide Eltern leben und arbeiten auf dem Ferienhof. Die Großmutter väterlicherseits wohnt auch auf dem Hof sowie der jüngere Bruder von Merle. Der arbeitet allerdings in Burg in einer Firma, die Ferienhäuser und -wohnungen verwaltet. Dann gibt es noch einen älteren Bruder, der in Kiel lebt und arbeitet. Claasen meinte, er hätte einen Job an der Uni. Was genau, wusste er nicht.«

»Du hast die Zeit genutzt. Gut.«

»Und du hattest Angst, dass ich Claasen provoziere oder angifte. Habe ich recht?«

Lena schmunzelte. »Bin ich so leicht zu durchschauen?« Sie fuhr jetzt eine schmale Straße entlang. Auf beiden Seiten erstreckten sich weitläufige Felder, auf denen bereits das Weizengras mit den tiefgrünen Halmen wuchs. Ein Schild mit der Beschriftung »Harmsen-Ferienhof« wies ihr den Weg.

Die Hofanlage bestand aus einem großen Haupthaus und mehreren Nebengebäuden, die alle zum Innenhof ausgerichtet waren. Auf dem Parkplatz vor der Anlage standen sechs Fahrzeuge, von denen nur zwei das Kennzeichen von Ostholstein trugen. Lena fuhr langsam auf den Innenhof und stellte ihr Dienstfahrzeug neben einem Audi-SUV ab. Sie stiegen aus. Aus einem der Nebengebäude liefen zwei Kinder heraus, gefolgt von einer Frau. Die Kinder grüßten Lena und Naya freundlich und hüpften vergnügt weiter. Die Frau, offensichtlich die Mutter der beiden, blieb stehen.

»Wollen Sie zu den Harmsens?« Als Lena nickte, fuhr die Frau fort: »Das wird im Moment schwierig. Ihre Tochter ist gestern gestorben.« Die Frau rief den Kindern hinterher, dass sie ihnen gleich folgen würde, und wandte sich wieder an Lena. »Wir sind nur Gäste auf dem Ferienhof.«

»Wissen Sie, wo wir jemanden aus der Familie antreffen können?«, fragte Lena.

Die Frau drehte sich zum Haupthaus um. »Ich denke, dort. Genau weiß ich es aber nicht.« Sie zeigte in die Richtung, in die ihre Kinder gelaufen waren. »Ich muss jetzt leider.«

Auf Lenas Klingeln öffnete niemand die Tür. Als sie sich bereits abwenden und auf dem Hof umschauen wollte, hörte sie Schritte. Ein Mann Anfang dreißig mit schütterem, nach hinten gekämmtem Haar zog die schwere Holztür auf und sah sie fragend an.

»Hauptkommissarin Lena Lorenzen und das ist meine Kollegin Naya Olsen.« Lena zeigte ihren Ausweis.

»Hendrik Harmsen.« Der Mann sprach leise, als schliefe im Haus jemand, den er nicht wecken wollte. Er schien kurz zu zögern und trat dann zur Seite. »Kommen Sie doch herein.«

Lena und Naya folgten ihm in ein Büro mit zwei Schreibtischen und einem kleinen Besprechungstisch. Er bat sie, Platz zu nehmen, und setzte sich zu ihnen.

»Sie sind der jüngere Bruder von Merle Harmsen?«, fragte Lena.

»Ich? Ja, natürlich.« Er stutzte und sah zwischen Lena und Naya hin und her. »Entschuldigen Sie, ich habe Ihnen gar nichts zu trinken angeboten. Möchten Sie etwas? Kaffee, Tee, Wasser?«

»Ein Glas Wasser wäre gut«, antwortete Lena und Naya nickte.

Hendrik Harmsen stand auf, schaute sich etwas hilflos im Büro um und zeigte dann auf die Tür. »Ich bin gleich wieder da.«

Naya beugte sich vor, als Hendrik Harmsen den Raum verlassen hatte. »Da ist aber jemand durcheinander.«

Lena wiegte den Kopf hin und her. »Das wird schon.« Sie hatte Harmsen, seit er ihnen die Tür aufgemacht hatte, nicht aus den Augen gelassen. Merles Bruder hatte im ersten Augenblick leicht verwirrt gewirkt, als sei er nicht bei der Sache, aber mit jedem weiteren Wort schien er an Sicherheit gewonnen zu haben. Seine Stimme wurde fester, seine Augen flackerten nicht mehr und seine rechte Hand hatte aufgehört zu zittern, als er kurz darauf wieder das Büro betrat und Lena und Naya Wasser einschenkte.

»Sie wollen sicher meine Eltern sprechen. Mein Vater hat von unserem Hausarzt gestern Nacht etwas zur Beruhigung bekommen. Er ist gerade erst aufgewacht. Meine Mutter kümmert sich im Moment um ihn. Ich fürchte, Sie müssen mit mir vorliebnehmen.«

Lena trank einen Schluck Wasser. »Sie wohnen hier auf dem Hof?«

»Ja. Ich habe mir schon vor Jahren ein kleines Apartment in einem der Nebengebäude eingerichtet. Ein Zimmer mit Bad. Ich arbeite aber nicht hier auf dem Hof. Zumindest kaum noch. In der Hochsaison schon mal, gerade wenn jemand von den Mitarbeiterinnen ausfällt.« Er deutete ein Lächeln an. »Wir sind ja ein Familienbetrieb. Da hilft man, wo man kann.«

»Ihre Schwester ist gestern Nachmittag gefunden worden. Hatten Sie sie zuvor vermisst?«

Hendrik Harmsen schüttelte leicht den Kopf. »Meine Eltern waren wohl davon ausgegangen, dass …« Er schluckte schwer. »Also, dass Merle wieder … nach Schleswig gefahren ist.«

»Ihre Schwester hat ein eigenes Auto?«

»Ja, natürlich. Das haben wir alle.«

»Und wo parkte Ihre Schwester üblicherweise?«

»Auf dem großen Parkplatz vor dem Hof. Ihr Auto ist ja auch nicht mehr da. Deshalb dachten wir alle, dass sie …« Hendrik Harmsen brach mitten im Satz ab und atmete einmal tief durch. »Aber das war wohl ein Fehler.«

Lena fragte nach dem Fahrzeugtyp und dem Kennzeichen und nickte Naya zu, als Hendrik Harmsen es ihr diktiert hatte. Naya stand auf und verließ das Büro.

»Meine Kollegin spricht nur kurz mit Frank Claasen«, erklärte Lena Hendrik Harmsen, der Naya irritiert hinterhergeschaut hatte. »Wie geht es Ihnen nach dieser schrecklichen Nachricht?«

»Mir?« Er zuckte mit den Schultern. »Das ist alles so unwirklich, dass ich es kaum begreifen kann. Ich war nicht immer einer Meinung mit meiner Schwester, aber in der Familie hält man zusammen und wenn jemandem etwas passiert …« Er senkte den Kopf und hob ihn erst wieder, als Naya zurückkam.

»Ist es denn üblich gewesen, dass Ihre Schwester, ohne etwas zu sagen, ihre Sachen packt und abreist?«, fragte Naya, als sie sich wieder an den Tisch gesetzt hatte.

»Wie meinen Sie das?«

»Es wusste doch niemand etwas davon, dass Ihre Schwester nach Schleswig fahren wollte. Oder habe ich das falsch verstanden?«

»Meinen Eltern hat sie nichts gesagt, das stimmt wohl. Ich bin eigentlich sowieso den ganzen Tag außer Haus und abends … na ja, ich treffe mich mit Freunden und so.«

»Ist Merle denn schon häufiger einfach so abgefahren?«, wiederholte Naya ihre Frage.

»Das weiß ich nicht genau. Wahrscheinlich nicht. Das wäre ja auch komisch, oder?«

»Hat sie denn ihre Sachen gepackt?«

»Auch das weiß ich nicht.«

»Wann haben Sie Ihre Schwester zum letzten Mal gesehen?«, übernahm Lena wieder die Gesprächsführung.

Hendrik Harmsen zögerte zu lange, als dass es Lena nicht aufgefallen wäre. »Am Freitag. Glaube ich zumindest. Merle war ja schon ein paar Wochen auf Fehmarn. Da gleicht sich schnell ein Tag dem anderen.«

»Wann am Freitag?«

»Entweder morgens, bevor ich zur Arbeit gefahren bin, oder am späten Nachmittag. Vielleicht war's auch am Samstagmorgen.« Er zog die Augenbrauen zusammen. »Ist das denn jetzt so wichtig?«

»Im Moment nicht, Herr Harmsen. Wir können das auch später klären«, sagte Lena, die aus dem Augenwinkel sah, dass Naya sich leicht vorbeugte.

»Hatte Ihre Schwester Freunde auf Fehmarn?«

Hendrik Harmsen, der bisher auf Lena fixiert gewesen war, wendete sich Naya zu. »Freunde? Natürlich. Aber die haben ganz sicher nichts mit ihrem Tod zu tun.«

»Könnten Sie uns bitte ein paar Namen nennen?«, forderte Naya ihn auf.

Hendrik Harmsen schien zu zögern, zuckte dann aber mit den Achseln und griff nach einem Notizblock, der auf dem Tisch lag. Er schrieb drei Namen auf, riss den Zettel ab und reichte ihn Naya. »Telefonnummern habe ich nicht. Die wohnen aber alle hier auf der Insel.«

»Das ist überhaupt kein Problem.«

Lena stand auf, Naya folgte ihr. »Wir müssten jetzt noch kurz einen Blick in das Zimmer Ihrer Schwester werfen.«

Hendrik Harmsen blieb sitzen und sah Lena leicht verärgert an. »Dürfen Sie das denn? Das sind doch Privaträume.«

»Es wäre gut, wenn wir das mit Ihrer Erlaubnis gleich machen könnten. Dann wäre das erledigt und wir müssten nicht später mit einem richterlichen Durchsuchungsbeschluss wiederkommen.«

Hendrik Harmsen schüttelte unwirsch den Kopf, stand aber auf. »Ich muss erst nach dem Zweitschlüssel suchen.«

Harmsen öffnete mehrere Fächer von einem der beiden Schreibtische, bevor er einen Schlüssel hochhielt. »Ich habe ihn gefunden.«

Sie folgten Harmsen den Flur hinunter und standen schließlich vor einer Zimmertür mit der Aufschrift »Privat«.

Harmsen zeigte den Flur entlang. »Hier im Erdgeschoss sind ansonsten nur noch die Küche, die Aufenthaltsräume und das Esszimmer für die Gäste. Im ersten Stock sind drei Gästeapartments untergebracht. Meine Eltern haben ihren Bereich im zweiten Stock.« Er griff nach der Türklinke, während Lena und Naya sich Latexhandschuhe überzogen.

Hendrik Harmsen steckte den Schlüssel ins Schloss, öffnete die Tür und warf einen Blick ins Zimmer, als wollte er prüfen, ob aufgeräumt war. Im nächsten Augenblick zuckte er erschrocken zurück und trat schließlich zur Seite. Lena drückte die Tür ganz auf und sah, warum Harmsen so reagiert hatte. Im Raum lagen überall Kleidungsstücke, Bücher und andere Gegenstände herum, als hätte hier jemand nach etwas gesucht.

Lena drehte sich zu Hendrik Harmsen um. »Bleiben Sie bitte draußen.«

»Ich hole dann mal die Schutzkleidung«, sagte Naya und fing die Autoschlüssel, die Lena ihr zuwarf.

Lena zog die Tür wieder zu und wandte sich an Hendrik Harmsen.

»Ist da eingebrochen worden?«, fragte er, sichtlich geschockt von der Vorstellung.

»Das wissen wir noch nicht. Wer hat Zutritt zu den unteren Räumen?«

Hendrik Harmsen trat einen Schritt von Lena zurück. »Ich fasse es nicht. Das kann doch alles nicht wahr sein.« Er fuhr sich mehrfach mit der Hand durch die Haare und schien sich dann an Lenas Frage zu erinnern. »Ja, wer kann hier unten rein? Die Gäste natürlich. Sie essen ja hier und halten sich auch sonst in den Räumen auf, wenn das Wetter nicht so gut ist oder am Abend. Merles Zimmer ist das einzige, das hier im Erdgeschoss noch privat von der Familie genutzt wird.«

»Es gibt nur zwei Schlüssel?«

Hendrik Harmsen nickte. »Soweit ich weiß, ja. Ich muss da noch mal meine Eltern fragen, aber wie gesagt, im Moment …«

»Wir schauen uns gleich kurz im Zimmer um und werden es dann versiegeln. Spätestens morgen werden unsere Kollegen von der Kriminaltechnik einen genauen Blick aufs Zimmer werfen. Bis dahin darf niemand den Raum betreten.«

Naya kam zurück und reichte Lena den Schutzanzug. Sie zogen sich an und betraten Merle Harmsens Reich. Ihr erster Blick bestätigte sich schnell. Hier schien jemand systematisch das Zimmer und das angrenzende Bad durchsucht zu haben. Alle Bücher lagen auf der Erde, Schubladen waren geöffnet und entleert worden, der Kleiderschrank durchwühlt. Sie fanden zwei Reisetaschen, die leer in der Ecke standen, und ein Laptopkabel.

»Ist bei Merle Harmsen ein Handy gefunden worden?«, fragte Lena.

»In dem Bericht stand davon nichts.« Naya zeigte auf das Kabel auf dem Schreibtisch. »Merle hatte bestimmt ihren Laptop mit. Hatte es der Einbrecher darauf abgesehen?«

Lena schüttelte den Kopf. »Sicher nicht nur. Ansonsten wäre hier nicht alles durchwühlt.«

»Merkwürdig. Weist das jetzt doch mehr auf einen Täter von der Insel hin? Wer hätte sonst wissen können, wo Merles Zimmer ist? Niemand bricht hier ein, ohne das zu wissen. Das Haus ist viel zu groß und dann gibt es noch die ganzen Nebengebäude, wo offensichtlich auch noch Gäste untergebracht sind.«

Lena nickte und suchte weiter nach Blutspuren. Die Wahrscheinlichkeit war gering, dass Merle Harmsen in ihrem Zimmer getötet worden war, da es kaum möglich gewesen wäre, ihre Leiche unbemerkt aus dem Haus zu tragen. »Ich habe auf den ersten Blick nirgendwo Blut entdeckt. Kampfspuren scheint es auch nicht zu geben. Überlassen wir den Rest der Kriminaltechnik.«

Sie verließen den Raum, versiegelten ihn und zogen sich um, bevor sie zusammen mit Hendrik Harmsen, der vor der Tür auf sie gewartet hatte, zurück ins Büro gingen.

Lena reichte ihm eine Visitenkarte. »Wir müssen mit Ihren Eltern sprechen. Rufen Sie uns bitte an, ob das morgen möglich ist.«

»Ja.«

»Wie können wir Ihren Bruder erreichen?«

»Er kommt heute. Oke war auf einem Kongress in Wien und hat keinen Flieger mehr bekommen.« Hendrik Harmsen hob den Arm und schaute auf seine Uhr. »Er müsste gerade in Hamburg gelandet sein.«

»Dann werden wir morgen auch mit ihm sprechen. Und wir brauchen eine Liste der Gäste, die im Moment bei Ihnen sind und die in der letzten Woche hier waren. Reist heute jemand ab?«

Hendrik Harmsen ging zu einem der Schreibtische, öffnete einen Laptop und sah kurz danach auf. »Nein, sie bleiben alle bis Samstag. Zumindest haben sie bis da gebucht.«

»Weiter brauchen wir eine Liste von Personen, die in den letzten Tagen hier auf dem Hof waren. Lieferanten, Handwerker und so weiter. Wer kann uns die erstellen?«

»Meine Mutter. Ich werde mit ihr sprechen.«

Lena und Naya standen auf, verabschiedeten sich von Hendrik Harmsen und gingen zum Parkplatz vor dem Hof.

Vier

»Das sieht nach einem längeren Inselaufenthalt aus«, sagte Naya, als sie im Auto saßen. »Schaffen wir das alles alleine?«

»Ich spreche später mit Nielsen.« Lena startete den Motor und fuhr die lange Zufahrtsstraße zum Hof zurück. »Die Kriminaltechniker sollten inzwischen da sein.«

Wenig später parkten sie wieder auf dem Wirtschaftsweg kurz vor dem Fundort. Frank Claasen stand vor dem Absperrband und schaute dem Treiben der Kollegen zu. »Konnten Sie mit Merles Eltern sprechen?«

»Nein, nur mit dem jüngeren Bruder.« Lena reichte ihm die Liste von Merle Harmsens Freunden. »Wir übernehmen jetzt hier. Könnten Sie uns die Daten der drei Personen schicken? Adresse und Telefonnummer. Sie leben alle hier auf der Insel. Wir kommen dann später zu Ihnen nach Burg.«

Claasen nickte ihr zu und stieg in den Streifenwagen. Der Leiter der Kriminaltechnik, Mark Frese, kam auf Lena zu und begrüßte sie.

»Wie weit seid ihr?«

»Verdammt schwieriges Terrain. Und wenn ich das richtig verstanden habe, sind hier schon einige durchgetrampelt.«

»Leider. Der Fundort war über Nacht nicht bewacht.« Lena erzählte ihrem Kollegen von Merle Harmsens Zimmer und fragte, ob die Kriminaltechniker noch eine Zusatzschicht machen könnten.

»Sollten wir schaffen«, sagte Mark Frese. »Schickst du mir die Adresse und den Ansprechpartner vor Ort? In etwa zwei Stunden sollten wir da sein.« Bevor Lena zu ihrer nächsten Frage ansetzen konnte, fügte er hinzu: »Und ja, du bekommst gleich einen Anruf von mir, wenn wir durch sind.«

Lena lächelte. »Falls wir uns nicht mehr sehen, gute Rückfahrt nach Kiel.«

Mark Frese verabschiedete sich und ging zurück zum Fundort.

Lena zeigte zum Deich. »Lass uns da mal rauf, Naya.«

Sie überquerten den asphaltierten Weg unten am Deich, öffneten ein Gatter und liefen auf die Deichkrone. Von hier aus hatten sie einen Blick auf den Fastensee und auf das dahinter liegende Meer. Lena hatte kurz überlegt, ob Flut oder Ebbe war, und musste schmunzeln, als ihr einfiel, dass sie an der Ostsee waren, wo der Gezeitenunterschied kaum wahrzunehmen war.

Der Wind wirbelte Lenas Haare auf. Sie strich sich eine Strähne aus dem Gesicht und atmete tief die frische Meeresluft ein, bevor sie sich zur Landseite umdrehte.

»In der Nacht oder am frühen Morgen hat man hier sicher seine Ruhe«, sagte Naya. »Trotzdem ein merkwürdiger Ort, um eine Leiche abzulegen.«

»Vielleicht hat der Fastensee irgendeine Bedeutung für Merle Harmsen, die wir noch nicht kennen. Der Ort ist vom Ferienhof problemlos mit dem Fahrrad zu erreichen. Luftlinie dürften das höchstens fünf Kilometer sein.«

»Aber außer spazieren gehen kann man hier doch kaum etwas machen«, warf Naya ein.

»Vögel beobachten, meditieren, in der Ostsee baden, sich mit Freunden treffen und einen netten Abend verbringen.«

Naya grinste. »Okay, ich gebe mich geschlagen.« Sie zeigte auf den Weg, den sie mit dem Auto zurückgelegt hatten. »Der Täter – ich gehe jetzt mal von einem Mann aus – muss von da gekommen sein. Kann es sein, dass er sich nicht auskannte und einfach zur Ostsee wollte, um die Leiche dort zu entsorgen?«

»Möglich, aber nicht sehr wahrscheinlich. Wir sind hier auf einer Insel, die man zwar schnell über die Brücke verlassen kann, aber es ist trotzdem ein überschaubarer Bereich. Es gibt keinerlei Anzeichen, dass Merle vergewaltigt wurde. Ich glaube nicht an eine Zufallstat. Die beiden kannten sich oder der Täter hatte einen Auftrag, genau sie zu töten. Der Einbruch deutet auch darauf hin, dass der Täter wusste, wer Merle Harmsen war. Auch wenn die beiden Täter nicht unbedingt identisch sein müssen, es wäre ein sehr großer Zufall, wenn beide Taten nicht zumindest in Verbindung zueinander stünden.«

Naya nickte. »Gut, gehen wir davon aus, dass der Täter wusste, wohin er fährt. Deine Idee war, dass er Merle quasi ein Grab geschaffen hat an einem Ort, der etwas für sie bedeutete.«

»Möglich. Oder dem Täter bedeutet dieser Ort etwas.«

»Ja, das kann auch sein. Vielleicht wollte er aber nur Zeit gewinnen, um Spuren zu verwischen. Zum Beispiel durch den Einbruch in Merles Zimmer.«

»Beide Varianten schließen sich nicht aus«, sagte Lena. »Einzig die Verbindung zu ihrer Dienststelle in Schleswig scheint weiter in die Ferne gerückt zu sein. Aber auch das müssen wir überprüfen. Wir können jetzt ja auch offiziell dort ermitteln. Merle Harmsen hat in Schleswig als Polizistin gearbeitet. Da liegt es nahe, dass wir mit den Kollegen sprechen.«

Lena sah sich noch einmal um, bevor sie mit Naya zusammen den Deich verließ und zum Auto ging.

Zurück in der Polizeistation in Burg sprachen sie kurz mit Frank Claasen. Er hatte für sie den Aufenthaltsraum mit zwei Schreibtischen in ein provisorisches Büro umgewandelt und eine Liste der drei Freunde von Merle Harmsen mit Adresse, Telefonnummer, Beruf und Arbeitsstelle erstellt.

Nachdem sie im Hotel eingecheckt hatten, machten sie sich auf den Weg nach Petersdorf. Sandra Boysen, eine von Merles alten Freundinnen, wohnte in einem eineinhalbstöckigen Haus, das Lena auf die Sechzigerjahre des letzten Jahrhunderts datierte. Der Vorgarten sah gepflegt aus, während die Holzfenster dringend einen neuen Anstrich brauchten. Lena klingelte. Durch das auf Kipp gestellte Fenster hörten sie Babygeschrei. Kurz darauf öffnete ihnen eine Frau mit schulterlangen blonden Haaren und sah sie fragend an. Lena stellte sich und Naya vor, Sandra Boysen bat sie herein und führte sie in die Küche, in der das schreiende Baby im Kinderwagen lag.

»Setzen Sie sich doch. Ich muss nur kurz meine Tochter stillen, dann bin ich wieder bei Ihnen.« Sandra Boysen schob den Kinderwagen auf den Flur und schloss die Küchentür.

»Sieht nach reichlich Stress aus«, sagte Naya mit gedämpfter Stimme.

»Wenn die Kleinen Hunger haben, geht für sie die Welt unter. Da hilft nichts außer die Brust oder das Fläschchen.«

»Wie alt ist dein Sohn?«

»Er ist vor Kurzem zwei geworden. Wenn sie erst mal laufen und etwas verstehen, wird es leichter.«

»Und jetzt ist dein Mann zu Hause?«, fragte Naya.

»Bis um zwei ist Bent bei der Tagesmutter. Mein Mann holt ihn dann ab oder ich, wenn ich im Homeoffice arbeite.«

Naya nickte anerkennend. »Wo findet man so ein Exemplar von Mann? Hast du da vielleicht einen Tipp für mich?«

Lena schmunzelte. »Auf Amrum. Aber ob es da noch mehr von der Sorte gibt, kann ich dir nicht versprechen. Ich weiß aber, was du meinst. Ein Kind in unserem Job ist nicht so leicht. Wenn der Mann zehn und mehr Stunden außer Haus ist, ist höchstens noch ein Halbtagsjob in der Verwaltung drin.«

»Das wäre nicht gerade mein Traum.«

»Meiner auch nicht.« Lena musste an ihre beiden Männer denken, die inzwischen zu Hause sein würden. Sie hatte vor der Abfahrt nach Fehmarn mit Erck telefoniert, der ihre Ankündigung, vermutlich über Nacht auf Fehmarn bleiben zu müssen, mit Schweigen entgegengenommen hatte. Sobald Bent am Abend schlief, würde Erck ihr eine Nachricht schicken, damit Lena wusste, dass sie ungestört telefonieren konnten.

»Aber bei euch klappt das alles?«, fragte Naya.

»Nicht immer. Mein Mann ist selbstständig. Er betreut Ferienwohnungen und -häuser. Manchmal wird es ziemlich eng, wenn er zu einem Notfall gerufen wird und ich noch in Kiel bin. Bisher konnte er unseren Sohn immer bei einer unserer Freundinnen unterbringen. Je mehr Kunden er hat, desto schwieriger wird es.« Lena wunderte sich, wie offen sie gegenüber ihrer neuen Kollegin sprach. Oder war es genau der Umstand, dass sie sich erst ein paar Stunden kannten, der sie weniger zurückhaltend sein ließ als üblich? Naya war ihr sympathisch, sie erinnerte sie an ihre frühen Jahre, als sie zum LKA gekommen war. Sie schien keine Angst zu haben, anzuecken, und hielt sich mit ihrer Meinung nicht zurück.

»Ich schieb das Kinder-Thema weit vor mir her. Hat ja auch keinen Sinn, sich da Gedanken drum zu machen, wenn weit und breit kein Kandidat in Sicht ist.«

»Der kann schneller kommen, als du denkst. Aber du bist ja noch jung.«

Sie saßen eine Weile schweigend am Tisch und warteten. Lena dachte an Bent und Erck, daran, dass sie eigentlich heute auf Homeoffice gehofft hatte und mit den beiden einen gemütlichen Abend hatte verbringen wollen.

»Sorry«, sagte Sandra Boysen, als sie zurück in die Küche kam. »Mariekes Hungerattacken kommen meistens ungünstig. Aber jetzt schläft sie erst mal.« Sie sah auf den leeren Tisch. »Ich wollte mir gerade Kaffee machen. Möchten Sie auch eine Tasse?«

Wenige Minuten später reichte Sandra Boysen ihnen die gefüllten Kaffeebecher und setzte sich zu ihnen.

»Sie kommen wegen Merle? Ist es also wahr? Sie ist tatsächlich tot? Eine Freundin hat mich heute Morgen angerufen. Ihr Mann … egal. Was ist denn eigentlich passiert?«

»Merle Harmsen wurde gestern tot aufgefunden. Wir gehen von einem Tötungsdelikt aus«, sagte Lena. »Ihr Bruder …«

Sandra Boysen sah Lena mit weit aufgerissenen Augen an. »Merle ist ermordet worden? So richtig, meine ich? Erschossen oder so?«

»Details darf ich Ihnen nicht nennen, aber ja, Frau Harmsen ist durch Fremdeinwirkung ums Leben gekommen.« Lena hielt kurz inne. »Merles Bruder hat uns Ihren Namen genannt, da Sie mit Merle befreundet sind oder waren. Ist das richtig?«

»Natürlich. Also, das war, als wir noch jung und frisch waren, aber trotzdem, hin und wieder haben wir schon noch telefoniert und jetzt, wo Merle schon so viele Wochen auf der Insel war, sind wir uns natürlich auch mal über den Weg gelaufen.«

»Nur über den Weg gelaufen?«, fragte Naya.

»Nein, sie hat mich zweimal besucht. Ich bin ja im Moment nicht so mobil und arbeite auch nicht. Das erste Mal war in der Woche, als sie auf die Insel gekommen ist, und das zweite Mal …« Sandra Boysen legte den Kopf in den Nacken und schloss die Augen. »Ja, letzte Woche am Mittwoch. Entschuldigung, aber die Tage gleichen sich alle wie ein Ei dem anderen.«

»Worüber haben Sie mit Merle gesprochen?«, fragte Lena.

»Ach ja, wie das so ist. Über die alten Zeiten, über Freunde und was aus ihnen geworden ist und über uns. Und bei mir können Sie sich denken, um was es sich gedreht hat. Um Marieke natürlich. So heißt meine Tochter.« Sie lächelte sanft.

»Und Merle? Hat sie erzählt, warum sie auf Fehmarn ist?«

»Nicht so genau. Ich habe mal Burn-out vermutet, aber sie wollte wohl nicht über ihre Arbeit bei der Polizei sprechen.« Sandra Boysen sah Lena direkt an. »Da wissen Sie wahrscheinlich mehr als ich.«

»Wir haben nie zusammengearbeitet«, sagte Lena. »Und wissen auch noch nicht viel über Merle. Von daher wäre es gut, wenn Sie uns mehr erzählen könnten.«

Sandra Boysen zuckte mit den Schultern. »Ich weiß nicht, ob ich Ihnen da wirklich helfen kann. Nicht, dass ich das nicht will. Es ist schrecklich, dass hier jemand über unsere Insel läuft und Menschen umbringt. Wo sind wir denn? Aber ...« Sie brach ab.

»War Merle niedergeschlagen?«, fragte Naya. »Sie haben von einem Burn-out gesprochen?«

Sandra Boysen nickte. »Sie wirkte zumindest so. Sie müssen wissen, Merle war die, die immer wieder Ideen hatte, was man machen konnte. Sie sprühte manchmal nur so vor Energie und hat uns dann mitgezogen.« Sandra Boysen seufzte. »Aber das ist lange her. Fast zwanzig Jahre, da kann viel mit einem Menschen passieren.«

»Ihre Inselclique?«, fragte Naya.

Sandra Boysen lächelte. »Ja. Heißt das eigentlich immer noch Clique?«

»Sie waren zu viert?«, fragte Naya weiter.

»Nein, wie kommen Sie darauf? Sieben. Vier Jungs und drei Mädchen. Merle, Anna, Tobi, also Tobias, Jan, Tamme, Ben und natürlich ich.«

»Anna, Ben und Tamme? Wie ist der Nachname von den dreien? Tobias und Jan hat uns Merles Bruder bereits genannt.«

»Anna Detlefsen und Ben Kraemer und Tamme Theemann.«

»Leben alle auf Fehmarn?«

»Ben ja, obwohl keiner von uns dachte, dass er hierbleiben würde. Seine Eltern waren Lehrer an der Inselschule. Sie sind wieder weggezogen, aber da war Ben schon erwachsen und er ist tatsächlich hiergeblieben. Und Tamme …« Sie schluckte schwer. »Er ist vor etwa fünfzehn Jahren verunglückt. Autounfall. Er ist tot. Wir waren alle auf seiner Beerdigung. Er war so vernarrt in seinen Wagen. Ein BMW mit tausend PS oder so. Vollkommen idiotisch und sinnlos.«

»Merle Harmsen war auch auf Tammes Beerdigung?«, fragte Lena.

»Ja, sagte ich doch. Wir alle. Ein trauriges Wiedersehen, das können Sie mir glauben. Wir haben abends noch lange zusammengehockt, so wie in alten Zeiten. Aber da war nicht mehr viel. Wie auch, nach dem Tag.«

»Und Anna Detlefsen?«, fragte Naya.

»Ob sie auch gekommen ist, meinen Sie? Wir haben nicht damit gerechnet, aber Anna war da. Aus London ist sie gekommen. Sie hat da studiert und bei einer Bank gearbeitet. Irgendwas mit Aktien und Investment. Sie hätten sehen müssen, wie sie angerauscht kam. Wie eine Diva kam sie zu spät in die Kirche. Natürlich. Der große Auftritt. Am nächsten Tag hat sie uns alle zum Essen eingeladen. Das beste Restaurant auf der Insel musste es sein. Alles vom Feinsten. Das war aber auch das Letzte, was ich von ihr gehört habe. Keine Ahnung, wo sie sich heute rumtreibt.«

Sandra Boysens Erinnerungen ließen Lena an ihre eigene Jugend auf Amrum denken. Merles Clique schien eine eingeschworene Gemeinschaft gewesen zu sein, die sich regelmäßig nach der Schule traf und unzählige Nachmittage und Abende miteinander verbracht hatte. Merle war laut Sandra zusammen mit Ben der Motor der Gruppe gewesen. Die beiden waren früh ein Paar geworden, hatten sich wieder getrennt, um nach wenigen Monaten wieder zusammenzukommen. Tamme Theemann war in Bezug auf Frauen schüchtern, Anna Detlefsen hatte mit Jan, Tobias und für einen Abend mit Tamme etwas laufen gehabt, wie es Sandra Boysen ausdrückte. Über ihre eigene Rolle hielt sie sich bedeckt und erzählte umso mehr von ihren Freunden. Als Anna und Merle die Insel verlassen hatten, brach die Clique nach und nach auseinander.

»Was macht Ben Kraemer heute?«, fragte Naya, die sich immer wieder in die Befragung eingebracht hatte.

»Ach, Ben. Er ist eine Art Lebenskünstler. Wovon er genau lebt, weiß ich nicht. Seine Oma hat ihm wohl einiges vererbt, zumindest sind so die Gerüchte. Ich habe ihn nie danach gefragt. Er hat sich jedenfalls einen alten Bauernhof gekauft. Das Land des Hofes hat er an einen Landwirt verpachtet.« Sandra Boysen hob beide Arme. »So läuft das inzwischen. Alles muss immer größer und effektiver werden. Viele Bauern haben auf den Tourismus umgesattelt. Merles Eltern ja auch. Sogar voll und ganz. Die halten Tiere nur noch wie in einem Streichelzoo. Als Belustigung für die Kinder der Gäste, damit es so aussieht und hin und wieder auch mal so riecht wie auf einem Bauernhof.«

»Hat Merle das auch so gesehen?«, wollte Naya wissen.

»Aber hallo! Niemals hätte sie auch nur darüber nachgedacht, die Ferienklitsche ihrer Eltern weiterzuführen oder da einzusteigen. Sie hätte am liebsten die ganzen Touristen von der Insel geworfen. Jetzt mal zugespitzt formuliert.«

»Wer von den drei Kindern ist denn dafür vorgesehen gewesen?«

»Merle auf jeden Fall nicht. Ihr älterer Bruder Oke ist an der Uni in Kiel. Kein Professor, aber irgendwas darunter. Er hat Pharmazie studiert, ist also Apotheker oder hätte es sein können. Der hat sogar einen Doktor gemacht. Können Sie sich so jemanden auf einem Ferienhof vorstellen? Und Hendrik? Er ist das schwarze Schaf der Familie. Seine Mutter traut ihm sicher nicht zu, den Hof zu übernehmen.« Sandra Boysen schüttelte sich leicht und schien über ihre eigenen Worte erschrocken. »Das haben Sie aber jetzt nicht von mir. Ich steck da ja gar nicht so in den Familienangelegenheiten drin, als dass ich das hier so ausposaunen könnte.«

»Das ist kein Problem«, sagte Naya. »Niemand erfährt etwas von dem, was Sie uns heute gesagt haben. Darauf können Sie sich absolut verlassen.«

»Ich will es mir mit der Familie Harmsen nicht verscherzen. Leben und leben lassen, sage ich immer.«

Lena beugte sich leicht vor. »Sie sprachen von Hendrik als ›schwarzem Schaf‹. Was ist da passiert?«

Sandra Boysen zuckte mit den Schultern. »Dies und das, wie man hört. Merle hat mir hin und wieder auch einiges erzählt. Zum Beispiel hatte er eine eigene Firma, die er in den Sand gesetzt hat. Die Eltern sind dann finanziell für ihn in die Bresche gesprungen.«

»Firma?«

»Ein hippes Café und so eine Art Restaurant. Mit einem Freund vom Festland, der Koch gelernt hat. Was soll ich sagen, mein Mann und ich waren auch mal da. In Berlin wäre es vielleicht angekommen, aber Fehmarn ist eine Familieninsel. Das war von Anfang an zum Scheitern verurteilt.« Sie hob entschuldigend die Hände hoch. »Das habe ich so von Merle gehört. Na ja, es waren dann wohl einige Schulden aufgelaufen und der angebliche Freund hat sich aus dem Staub gemacht. Hendrik ist aber eingefleischter Insulaner. Der konnte nicht einfach auf und davon. Fragen Sie mich jetzt aber nicht, wie hoch die Schulden waren. Das weiß ich nun wirklich nicht.«

»Gab es noch mehr Dinge, die schiefgelaufen sind?«, fragte Naya.

»Oje, ich will hier wirklich keine Gerüchte verbreiten. Fragen Sie ihn doch bitte selbst. Mir ist das schon etwas unangenehm, dass ich so viel über die Familie Harmsen erzählt habe.«

»Das ist in Ordnung«, sagte Lena. »Über Jan und Tobias haben Sie uns noch gar nichts gesagt. Wie haben sich die beiden in der Gruppe verhalten? Leben sie noch auf Fehmarn? Haben Sie noch Kontakt?«

Eine halbe Stunde später unterbrach Sandra Boysens Baby die Befragung. Lena und Naya verabschiedeten sich und machten sich auf den Weg zurück nach Burg.

Fünf

Naya sah sich um. Sie liefen durch die Innenstadt von Burg und suchten nach einem Restaurant. »Ganz nett hier. So touristisch, wie Sandra Boysen es beschrieben hat, ist der Ort doch gar nicht. Okay, der eine oder andere Laden scheint mir überflüssig zu sein. Wer braucht schon diesen Urlaubsmitbringsel-Nippes.«

Lena zeigte auf ein Restaurant auf der gegenüberliegenden Straßenseite. »Fisch?«

»Klar, warum nicht. Fällt das eigentlich unter Spesen?«

Kurz darauf saßen sie an einem Tisch direkt am Fenster, hatten ihre Getränke serviert bekommen und warteten auf das Essen.

Naya schaute sich im Restaurant um und schien beschlossen zu haben, dass sie von niemandem gehört werden konnten. Sie beugte sich leicht vor zu Lena. »Das war ja ein Schwall von Informationen. Ich bin mir nicht so sicher, ob wir das alles so ernst nehmen sollten.«

Lena wiegte den Kopf hin und her. »Auch Gerüchte sind wichtig für unsere Recherchen. Zumindest haben wir jetzt einen ersten Eindruck von der damaligen Jugendclique.«

»Ist dir aufgefallen, dass Sandra Boysen über alle geredet hat, aber wenn es um ihre ehemals beste Freundin Merle ging, war sie sehr zurückhaltend.«

»Über Tote sagt man nichts Schlechtes. Das steckt tief im Denken vieler Menschen.«

»Das hat also nichts zu sagen?«, fragte Naya.

»Das wissen wir noch nicht. Wir haben einen Befragungsmarathon vor uns. Lassen wir die Informationen erst mal so stehen, wie wir sie bekommen haben. Da waren viele Gerüchte dabei, aber auch die sind häufig nicht ausschließlich erfunden, sondern haben einen wahren Kern. Mit Glück lichtet sich nach und nach der Nebel. Im Moment stehen wir vollkommen am Anfang. Vielleicht laufen wir in die falsche Richtung und sehen es nur noch nicht.«

Lenas Handy machte sich bemerkbar. Nach einem schnellen Blick aufs Display stand sie auf und nickte Naya zu. »Ich gehe kurz nach draußen. Schick mir doch bitte eine Nachricht, wenn das Essen serviert wird.«

Sie eilte aus dem Restaurant. Warum rief Erck jetzt schon an? Mit einem leichten Zittern in der Stimme nahm sie das Gespräch an. »Hallo, Erck. Alles gut bei euch?«

»Ja, Bent geht es gut. Wir sitzen im Kinderzimmer und spielen etwas. Und bei dir? Wie sieht es aus bei deinem Notfalleinsatz auf Fehmarn?«

»Nicht so gut. Eine Kollegin aus Schleswig ist hier tot aufgefunden worden. Ich vermute, dass wir mindestens zwei Nächte bleiben müssen.«

»Mindestens?«, wiederholte Erck leise.

»Tut mir leid, Erck. Ich konnte nicht ablehnen. Johann ist in …«

»Ich weiß das doch«, unterbrach Erck sie. »Es ist nur, morgen Nachmittag habe ich einen wichtigen Termin und ich hatte gehofft … Vielleicht kann Lisa Bent von der Tagesmutter abholen.«

»Du hast gar nichts davon erzählt. Um was geht es?«

»Krüger hört auf. Und sucht nach einer Nachfolgeregelung. Sprich, er will verkaufen.«

Holger Krüger, ein Mann Mitte sechzig, verwaltete eine große Anzahl von Ferienhäusern in Husum und entlang der Küste. Erck hatte in der Anfangszeit hin und wieder bei ihm ausgeholfen und war mit ihm, trotz der Konkurrenzsituation, gut bekannt.

»So plötzlich? Ich dachte …«

»Ich doch auch«, sagte Erck. »Er wollte mir am Telefon nicht sagen, was genau los ist. Im schlimmsten Fall muss ich ihn halt bitten, dass er zu uns nach Hause kommt. Am besten abends, wenn Bent schläft. Aber optimal ist das nicht.«

»Nein, ganz bestimmt nicht. Das klingt nach einer ernsten Situation bei Krüger.« Sie zögerte. »Ich habe ja ohnehin nur meine Notfalltasche dabei. Ich könnte am Nachmittag nach Husum fahren und am nächsten Morgen dann früh zurück. Wenn du dann den Termin auf den frühen Abend verlegst …« Lenas Handy vibrierte. Auf dem Display erschien eine Nachricht von Naya, dass das Essen auf dem Tisch stand. Lena stellte das Handy auf laut und schrieb zurück, als Erck ihr gerade antwortete.

»Ja, das könnte gehen. Und du meinst, du bist sicher hier? Wann genau?«

»Das sind über zwei Stunden Fahrt. Wenn ich um sechzehn Uhr fahre und es keinen Stau gibt … Also neunzehn Uhr müsste doch klappen. Würde dir das helfen?«

»Das wäre super. Holger wird bestimmt auch später Zeit haben.« Erck sagte etwas zu Bent, was Lena nicht verstand. »Kann ich später wieder anrufen? Bent …«

»Ja, natürlich. Wir sprechen gleich noch mit einem Zeugen. Soll ich mich nicht lieber bei dir melden, wenn ich im Hotel bin?«

»So machen wir's. Bis dann.«

Lena atmete tief durch. Sechzehn Uhr. Sie konnte nur hoffen, dass ihr auf der Insel nichts dazwischenkam.

»Dein Mann?«, fragte Naya, als Lena sich zurück an den Tisch setzte.

»Ja.« Lena zog den Teller zu sich und probierte die Scholle. Sie war nur noch lauwarm, aber essbar.

»Geht es noch?«, fragte Naya, die bereits einen Teil ihres Nudelgerichts aufgegessen hatte.

»Alles gut.« Nein, das war es nicht. Bei jedem ihrer Einsätze, die Überstunden oder Übernachtungen mit sich brachten, kam es zu Unstimmigkeiten mit Erck. Er hatte sich am Telefon nicht beschwert, aber sie kannte Erck gut genug, um zu wissen, dass er mit jedem ihrer Einsätze haderte. Auf der einen Seite hatte er Angst, dass sie in gefährliche Situationen hineingeraten würde, auf der anderen Seite musste er jedes Mal beruflich zurückstecken. Die Betreuung eines zweijährigen Kindes ließ sich nicht planen. Wenn Bent krank war, konnte er nicht zur Tagesmutter, die noch drei weitere Kinder in der Gruppe hatte. Auch die Tagesmutter fiel hin und wieder aus. Gleichzeitig musste Erck jederzeit damit rechnen, sich um einen Notfall in einem der Objekte kümmern zu müssen.

»Meins hat gut geschmeckt«, durchbrach Naya die Stille zwischen ihnen.

Lena schob ihren fast leeren Teller zur Seite. »Die Scholle war auch gut.« Sie sah auf die Uhr. »Was haben wir jetzt zu Jan Matzen?«

Naya griff nach ihrem Notizbuch und blätterte darin herum. »Er war der Jüngste der Gruppe, fast ein Jahr jünger als Merle. Nach dem Abitur, das er laut Sandra Boysen nur mit Ach und Krach geschafft hat, hat er eine Ausbildung bei einer der hiesigen Bankfilialen gemacht. Dort arbeitet er immer noch. Verheiratet, eine Tochter im Alter von vierzehn Jahren.«

»Er ist also früh Vater geworden«, warf Lena ein.

»Ja, mit einundzwanzig. Seine Frau hatte mit der Clique nichts zu tun. Er hat sie kennengelernt, als sie auf der Insel in einem Restaurant als Servicekraft gearbeitet hat. Sie kommt aus Polen, hat aber jetzt, auch laut Sandra Boysen, die deutsche Staatsangehörigkeit angenommen.«

»Also alles im normalen Bereich«, kommentierte Lena das Gehörte.

Naya grinste breit. »Voll im Trend.«

Lena musste unwillkürlich schmunzeln. »Jan Matzen war als Jugendlicher über beide Ohren in Merle verliebt, sie war aber an Ben vergeben. Er war der Ruhige in der Clique, trank aber gerne mal etwas zu viel Alkohol und war dann nur schwer zu bändigen. So weit die Jugendsünden.«

»Verstehst du, warum er unbedingt in der Polizeistation mit uns sprechen will und nicht bei sich zu Hause?«

»Nein, noch nicht.« Lena hob die Hand, als der Kellner an ihnen vorbeiging, und bat um die Rechnung.

Jan Matzen war klein für einen Mann, hatte dunkelbraune Haare, die er sehr kurz trug. Er reichte Lena, die ihn an der Tür zur Polizeistation empfangen hatte, die Hand und stellte sich mit leiser Stimme vor.

»Lena Lorenzen, LKA Kiel. Kommen Sie doch herein, Herr Matzen.« Sie begleitete ihn in ihr provisorisches Büro und bot ihm einen Platz an. »Meine Kollegin Naya Olsen.« Matzen nickte Naya zu und setzte sich.

»Vielen Dank, dass Sie so kurzfristig mit uns sprechen.« Lena zeigte auf ihr Aufnahmegerät. »Ist es in Ordnung, wenn wir das Gespräch aufzeichnen?« Sie lächelte. »So ist es einfacher mit dem Protokoll.«

Jan Matzen zögerte kurz, nickte aber schließlich. »Warum nicht.«

»Ich hatte Ihnen ja bereits am Telefon erklärt, dass wir wegen Ihrer Jugendfreundin Merle Harmsen ermitteln. Sie ist gestern tot in der Nähe des Fastensees gefunden worden.«

»Ja.«

»Wann haben Sie Merle Harmsen zum letzten Mal gesehen?«

Jan Matzen zog die Augenbrauen zusammen. »Brauche ich ein Alibi oder so was?« Seine Stimme klang leicht genervt, aber er schien selbst erschrocken über seine Frage zu sein.

»Nein, davon ist nicht die Rede«, sagte Lena. »Wir befragen alle Verwandten, Freunde und Bekannte, die mit Frau Harmsen etwas zu tun hatten. Das ist reine Routine.«

»Ja, natürlich. Entschuldigen Sie. War nicht so gemeint.« Er hielt kurz inne. »Wie war noch Ihre Frage?«

»Wann Sie Merle Harmsen zum letzten Mal getroffen beziehungsweise mit ihr gesprochen haben.«

»Ja, Sie wissen sicher, dass wir in der Jugend befreundet waren. Also, wir waren nicht zusammen oder so. Nur als Clique halt.«

»Ja, das hat uns Merles jüngerer Bruder erzählt.«

»Ach, Hendrik, ja natürlich. Der war damals noch zu jung und gehörte nicht dazu. Aber er kennt natürlich alle aus der alten Clique.«

Lena sah ihn fragend an und wartete.

»Wann? Das ist erst ein paar Tage her. Was haben wir heute … Montag, also am Wochenende war es nicht. Ich glaube, Freitag. Wir haben hier in Burg eine Tasse Kaffee getrunken. Das Café in der Bahnhofstraße, vielleicht kennen

Sie das ja. Ganz urig da. Merle mag …« Er stockte. »… Also sie mochte das Café unglaublich gerne.«

»Haben Sie sich zufällig getroffen?«

»Nicht wirklich. Merle hatte mich bei der Arbeit angerufen und dann haben wir uns da verabredet.«

»Frau Harmsen war schon einige Wochen auf Fehmarn. War das Ihr erstes Treffen?«

Er schüttelte den Kopf. »Nein. Wir haben immer etwas Kontakt gehalten, müssen Sie wissen.«

»Sie haben sich also in den letzten Wochen mehrfach getroffen?«, stellte Naya ihre erste Frage.

»Ja, insgesamt viermal. Einmal sind wir spazieren gegangen, ein anderes Mal waren wir am Südstrand etwas trinken. Kennen Sie den Südstrand? Die Bar ist direkt am Strand. Dann waren wir noch mal zusammen essen. Das war am Abend. Hier in Burg.«

»Fangen wir beim letzten Mal an. Merle hatte Sie angerufen und wollte sich mit Ihnen treffen. Ist das richtig?«

Jan Matzen nickte.

»Hatte Merle ein bestimmtes Anliegen?«, fragte Naya.

Er zuckte mit den Schultern. »Nicht so wirklich.«

»Worüber haben Sie gesprochen?«

»Über dies und das. Wie das so ist, wenn man sich lange nicht gesehen hat.«

Lena räusperte sich hörbar und erhielt Jan Matzens Aufmerksamkeit. »Herr Matzen, Sie haben uns gerade erzählt, dass Sie sich immer wieder in den letzten vier Wochen mit Merle Harmsen getroffen haben. Und jetzt wollen Sie über dies und das gesprochen haben, weil Sie sich lange nicht gesehen haben?« Lena hatte sich beim Sprechen zu Matzen vorgebeugt und fixierte ihn jetzt. »Über was haben Sie tatsächlich gesprochen? Was wollte Merle von Ihnen?«

Jan Matzen schreckte leicht zurück. »Wie meinen Sie das jetzt?«

»Wir würden gerne wissen, über was Sie mit Merle am Freitag gesprochen haben«, sagte Naya mit einfühlsamer Stimme.

Jan Matzen schaute zwischen Naya und Lena hin und her. Schließlich nickte er und senkte den Kopf. »Nun gut, es war nicht so, dass wir nur über alte Zeiten gesprochen haben. Merle hatte ... also es gab Probleme bei ihr auf der Arbeit. Darüber haben wir gesprochen. Das hat sie alles sehr belastet.«

»War das am Freitag zum ersten Mal Thema?«, fragte Naya weiter.

»Nein, nein. Darüber hatten wir schon ein paarmal gesprochen. So eine Sache beschäftigt einen doch. Ich glaube sogar, Merle war wegen dieser ganzen Sache krank geworden. Sie hat mir von einem Kollegen erzählt, der sie ... na ja, bedrängt hat. Er wollte was von ihr. Sexuell, meine ich.«

»Hat Merle seinen Namen genannt?«

»Nein, ich glaube nicht. Sie hat auch nicht viel darüber gesagt. Ich weiß nicht mal, ob es ihr sogar nur so rausgerutscht ist. So eng waren wir ja auch nicht befreundet.«

»Aber der Kollege hat sie sexuell bedrängt? Habe ich das so richtig verstanden?«, fragte Lena.

»Dazu kann ich wirklich nicht mehr sagen. Es schien mir aber so, als wenn Merle sich von ihm bedroht fühlte. Aber ich bin wirklich nicht die richtige Person, um darüber Auskunft zu geben.«

»Aber es ging um noch etwas anderes am Freitag«, sagte Naya. »Habe ich recht?«

»Mag sein. Aber ich konnte Merle da nicht helfen. Selbst wenn ich es gekonnt hätte, also etwas darüber gewusst hätte, hätte ich nichts darüber sagen dürfen.«

»Um was ging es?«, fragte Naya weiter.

»Um den neuen Windpark. Den geplanten. Oben bei Petersdorf, ganz in der Nähe von dem Hof von Merles Eltern. Das ist alles noch in Planung. Sie wissen ja, wie lange so etwas dauert.«

»Was wollte Merle wissen?«

»Wer das Ganze finanziert und ob das über unsere Bank läuft. Aber wie gesagt, selbst wenn ich etwas wüsste, dürfte ich nicht …«

»Wieso hat Merle das interessiert?«, fragte Lena.

Wieder einmal zuckte Jan Matzen mit den Schultern. »So ganz gut finden ihre Eltern das wohl nicht, dass der Park so nah an ihrem Hof gebaut werden soll. Aber fragen Sie mich nicht, warum Merle etwas über die Finanzierung wissen wollte. Ich habe sie nicht danach gefragt. Ich wollte es nicht wissen. Das alles roch doch ziemlich nach Ärger. Und den kann ich im Moment überhaupt nicht gebrauchen.«

Sechs

»Windpark? Was hat das jetzt wieder zu bedeuten?« Naya stand am geöffneten Fenster ihres provisorischen Büros. Lena hatte Jan Matzen aus der Polizeistation begleitet und trat jetzt auf ihre junge Kollegin zu. »Hatte Merle den Verdacht, dass bei der geplanten Anlage nicht alles mit rechten Dingen zuging?«

»Wir brauchen mehr Informationen über dieses Projekt. Jan Matzen hat ja nur angedeutet, wie hoch die Investitionen sind.«

Naya schloss das Fenster, setzte sich an den Schreibtisch und tippte etwas in ihren Laptop. »Drei bis vier Millionen pro Windrad. Bei bis zu dreißig geplanten Windrädern wären wir schon bei bis zu hundertzwanzig Millionen Euro. Hängt allerdings von der Leistung des einzelnen Windrads ab. Eventuell fallen auch noch höhere Kosten an.«

»Und das kommt wieder rein?«

»Hier steht, dass ein Windrad etwa tausendsiebenhundert Haushalte versorgen kann.« Naya schloss die Augen und murmelte etwas Unverständliches. »Das wären fast drei Millionen Euro an Einnahmen im Jahr. Wenn ich richtig gerechnet habe.«

»Du denkst an Geldwäsche?«, fragte Lena.

»Warum nicht? Das wäre zwar ein großer Zufall, wenn Merle auch hier auf solche kriminellen Machenschaften gestoßen sein sollte, aber wer weiß.« Sie tippte wieder etwas in den Laptop ein. »Hier, zumindest in Italien hat es da wohl mal einen großen Fall gegeben. Das ist zwar schon neun Jahre her, aber da scheint die Mafia im großen Stil in Windkraftanlagen investiert zu haben.«

Lena trat an das bereitstehende Flipchart und schrieb »Geldwäsche/Windkraftanlage« auf das große Blatt. »Behalten wir das im Auge.« Sie schaute auf die Uhr. »Tobias Sievers. Sonnyboy der Gruppe. Er war oder ist mit allen gut befreundet, in der Schule hat er sich durchgemogelt und bei Mädchen stand er hoch im Kurs. So weit die Beschreibung von Sandra Boysen. Ältestes Kind von dreien, alleinerziehende Mutter, Vater unbekannt. Sein Abitur hat er gerade so geschafft, anschließend hat er eine Ausbildung als Groß- und Außenhandelskaufmann in Kiel gemacht und ist ein paar Jahre später wieder auf die Insel zurückgekommen. Was er hier jetzt genau macht, konnte Sandra Boysen uns nicht sagen.«

Naya warf einen Blick auf ihre Notizen. »Nicht verheiratet, keine Kinder.« Sie tippte wieder etwas ein. »Er ist doch bestimmt auf Instagram oder einer anderen Plattform zu finden.«

Lena trat hinter sie.

»Sag ich doch.« Das Foto zeigte einen attraktiven Mann mit strahlend blauen Augen, lässig zurückgekämmten Haaren und einem Dreitagebart. »Der hat sicher keine Probleme, Frauen kennenzulernen. Befragen wir ihn noch heute?«

Lena nickte, griff nach ihrem Handy und erfuhr, dass Tobias Sievers in einer halben Stunde für sie Zeit haben würde. Sie holte sich eine Tasse Kaffee aus der Küche der Polizeistation und setzte sich vor dem Haus auf eine Bank. Beim Blick auf die Uhr fragte sie sich unwillkürlich, was Bent und Erck gerade machten. Spontan rief sie Erck über FaceTime an. Nach dem sechsten Klingelton nahm er das Videogespräch an.

»Störe ich?«, fragte Lena.

»Nein, alles gut. Wir waren nur gerade am Anziehen. Bent und ich wollen eine kleine Fahrradtour machen.«

»Klingt gut. Scheint bei euch auch die Sonne?«

»Ja. Zumindest immer wieder.« Lena hörte, wie Erck Bent zu sich rief. Kurz darauf kam der kleine Mann ins Bild und lächelte, als er Lena auf dem Display sah.

»Hallo, Bent! Wollt ihr gleich mit dem Fahrrad fahren?«

Bent nickte, winkte ihr noch einmal zu und verschwand wieder aus dem Bild.

»Ich glaube, ich gehe jetzt besser hinter ihm her«, sagte Erck. »Bei dir alles in Ordnung?«

»Ja, ich wollte euch nur kurz sehen. Viel Spaß beim Ausflug.«

Tobias Sievers' Büro lag fünf Minuten Gehzeit von der Polizeistation entfernt. Der Altbau schien erst vor Kurzem restauriert worden zu sein. Auf der schweren dunkelgrün gestrichenen Holztür befand sich ein Türklopfer in Form eines Löwenkopfes, der zur Klingel umgebaut worden war.

Eine junge Frau öffnete ihnen und führte sie anschließend in Sievers' Büro. Der großzügig geschnittene Raum lag zur Rückseite des Hauses und hatte anders als an der Front große, bodentiefe Fenster, die den Blick auf einen kleinen Garten freigaben.

Tobias Sievers saß hinter einem antiken Eichenschreibtisch, auf dem nur ein Laptop stand. Als Lena und Naya den Raum betraten, klappte er den Rechner zu und kam mit ausgestreckter Hand auf sie zu.

»Frau Lorenzen? Hatte ich das vorhin am Telefon richtig verstanden, dass Sie vom Landeskriminalamt sind?«

»Lena Lorenzen.« Sie reichte Sievers ihre Visitenkarte und stellte Naya vor.

Tobias Sievers zeigte auf den modernen Besprechungstisch mit vier Freischwingern. »Setzen Sie sich doch bitte. Darf ich Ihnen etwas zu trinken bringen lassen?«

Lena zog einen der Stühle vor. »Gerne Mineralwasser.«

Tobias Sievers wartete, bis Lena und Naya sich gesetzt hatten, bevor er per Telefon die Getränke orderte und sich zu den beiden Kommissarinnen gesellte. »Sie kommen wegen Merle. Ich habe bisher nur gerüchteweise aufgeschnappt, dass ihr etwas zugestoßen ist.«

Lena nickte. »Frau Harmsen ist gestern tot in der Nähe des Fastensees gefunden worden. Wir gehen von einem Tötungsdelikt aus.«

»Tötungsde…« Er schluckte schwer. »Also ermordet? Wollen Sie mir das damit sagen? Merle doch nicht. Sie ist doch Polizistin und …«

Jemand klopfte an die Tür, die junge Frau kam mit einem Tablett herein, stellte es auf dem Tisch ab und wollte gerade die Gläser verteilen, als Sievers sie anblaffte: »Das mache ich schon.« Sichtlich erschrocken richtete die junge Frau sich auf und verließ eilends den Raum. Sievers reichte Lena und Naya die Gläser und schenkte ihnen und sich Mineralwasser ein. Schließlich lehnte er sich auf dem Lederstuhl zurück und sah Lena, jetzt gefasster, an.

»Das ist ja schrecklich. Die arme Merle. Wissen Sie schon …« Er brach ab. »Nein, sonst wären Sie nicht hier.«

»Wann haben Sie Frau Harmsen zum letzten Mal gesehen?«

»Wir haben uns in den letzten Wochen mehrfach getroffen.« Er fuhr sich mit der Hand durchs Haar. »Das letzte Mal? Ich glaube, das war am Freitagabend vor zwei Wochen.« Er stand auf, ging zu seinem Schreibtisch und öffnete den Laptop. »Ja, hier steht es. Um zwanzig Uhr. Im *Haifisch*. Das ist ein

Restaurant hier in der Altstadt. Eine Fischplatte hatten wir.« Er kehrte zum Besprechungstisch zurück, trank einen Schluck Wasser und hielt das Glas in der Hand. »Merle ist tot. Ich kann es noch gar nicht fassen.« Sein Blick fiel auf das Glas, er stellte es ab und schob es zur Seite.

»Sie haben sich also mehrfach in den letzten Wochen getroffen«, sagte Lena. »Ging das von Merle Harmsen aus?«

»Ja, natürlich. Zunächst wusste ich doch gar nicht, dass sie länger auf Fehmarn ist. Sonst kam sie ja nur hin und wieder oder wenn sie Urlaub hatte.«

»Worüber haben Sie gesprochen?« Lena hatte Tobias Sievers während der letzten Minuten beobachtet und überlegte, ob seine Emotionen nur gespielt waren.

»Wie gesagt, wir haben uns mehrfach getroffen. Ich weiß wirklich nicht mehr, über was wir alles gesprochen haben.«

»Fangen wir mit dem letzten Treffen an. Wie wirkte Frau Harmsen auf Sie?«

»Sie meinen, ob Merle Angst hatte oder so was?«

Naya räusperte sich. Sie hatte sich bisher zurückgehalten, aber Lena war aufgefallen, dass es ihr sehr schwerfiel. »Zum Beispiel. War Merle anders drauf als bei Ihren vorherigen Treffen?«

Tobias Sievers sah Naya irritiert an, als habe er sie bisher überhaupt nicht wahrgenommen oder allenfalls für eine Protokollantin gehalten. »Anders drauf? Das ist bei Frauen nicht immer so leicht zu beantworten. Mag sein, dass Merle nicht ganz so relaxt war wie die Male zuvor. Aber sicher bin ich mir nicht.«

Naya sah ihn fragend an. »Sie waren im Restaurant, erinnern sich daran, was Sie gegessen haben, wissen aber nicht mehr, über was Sie konkret gesprochen haben?«

Tobias Sievers wandte sich an Lena, als wolle er von ihr Unterstützung erbeten. Als sie nicht reagierte, zuckte er mit den

Schultern. »Mag ja sein, dass Sie sich nach über einer Woche an jedes Wort erinnern, wenn Sie sich mit einem Freund treffen. Ich nicht.«

»Das glaube ich Ihnen nicht«, sagte Naya. »Vielleicht haben Sie es noch nicht mitbekommen, aber es geht hier gerade darum, dass Ihre Freundin Merle Harmsen ermordet wurde. Was bitte würden Sie an unserer Stelle denken, wenn Sie mit solchen Antworten konfrontiert würden?«

»Ich … verstehe … nicht ganz«, stammelte Tobias Sievers. »Verdächtigen Sie … mich etwa?«

»Nein, Herr Sievers«, mischte sich Lena besänftigend ein. »Meine Kollegin denkt, dass Sie sich vielleicht doch erinnern, wenn Sie sich etwas mehr anstrengen. Ich schlage vor, wir fangen noch einmal von vorne an. Was halten Sie davon?«

Lenas Vorschlag schien Tobias Sievers noch mehr zu verunsichern als Nayas offensive Art. Schließlich schüttelte er sich leicht und nickte. »Was wollen Sie wissen?«

»Wie war Ihr Verhältnis zu Merle, damals in der Clique und in den letzten Wochen, in denen Sie sich mehrmals getroffen haben?«

»Gut. Wir haben uns immer gut verstanden.«

Aus dem Augenwinkel hatte Lena Naya beobachtet. Sie schien Lenas Intervention gut weggesteckt zu haben und konzentrierte sich gerade wieder auf Tobias Sievers.

»Ging es damals über eine gute Freundschaft hinaus?«, fragte Lena.

Tobias Sievers zögerte und schien zu überlegen. »Wir waren nie wirklich zusammen, wenn Sie das meinen.«

»Nicht wirklich?«

»Merle und Ben, also Ben Kraemer, die beiden waren quasi ein Dauerpaar. Es gab aber auch kleine Pausen. Wochen, mehr nicht. Und einmal … Merle und ich waren zusammen auf einem Festival hier auf Fehmarn. Eins dieser Jimi-Hendrix-Revivals, die waren in den Neunzigern immer ein Highlight für uns. Ben war nicht dabei. Ich glaube, er und Merle hatten sich wieder einmal gestritten. Oder er war aus einem anderen Grund nicht da. Auf jeden Fall … Sie wissen schon. Ein Blick zu viel, ein Kuss unter Freunden, noch einer, und irgendwann liegt man in den Dünen und …« Er hob die Hände, als wisse er selbst nicht mehr so genau, was seinerzeit geschehen war.

»Ist mehr passiert als ein paar Küsse und ein wenig Fummelei?«, fragte Naya in einem freundlichen Ton, als hätte sie nicht kurz zuvor Tobias Sievers unter Druck gesetzt.

»Wir waren siebzehn. Mag sein, dass wir Sex hatten. Oder auch nicht. Ich erinnere mich nicht mehr so genau.«

»Es war also nicht so wichtig für Sie?«, fragte Naya.

Tobias Sievers deutete ein Augenrollen an. »Sie stellen Fragen. Ich mochte Merle, war aber nie wirklich in sie verliebt. Natürlich lässt es einen nicht kalt, wenn man mit siebzehn mit einem Mädchen schläft. Ist Ihre Frage damit beantwortet?«

Naya lächelte. »Ich glaube schon.«

»Sie waren also durchaus eng mit Merle befreundet«, sagte Lena. »Kann man das so sagen?«

Tobias Sievers nickte. »Durchaus. Über die Jahre war der Kontakt natürlich nicht so eng. Aber wenn wir uns hier auf Fehmarn über den Weg gelaufen sind, haben wir uns immer für eine Tasse Kaffee oder ein Glas Wein zusammengesetzt. Alte Freunde halt.«

»Hat Merle Ihnen erzählt, weshalb sie auf der Insel ist?«

»Sie meinen, dass sie krankgeschrieben war? Ja, das hat sie erwähnt. Burn-out oder so etwas. Sie meinte, sie bräuchte eine kleine Auszeit. Mehr weiß ich aber auch nicht. Wenn Merle etwas angefangen hat, früher, meine ich, hat sie es immer sehr ernst genommen. Ich denke, das ist so geblieben. Wahrscheinlich ist das keine gute Voraussetzung, um in Ihrem Job auf Dauer zu bestehen.« Er nickte nachdenklich. »Vermutlich ist es nie so gut, bestimmte Dinge zu nah an sich herankommen zu lassen.«

»Ihr Kontakt in den letzten Wochen war also sehr intensiv?«, fragte Naya.

Tobias Sievers zuckte mit den Schultern. »Merle hatte viel Zeit. Ich bin mein eigener Chef und kann auch mal spontan hier weg. Intensiv? Was genau meinen Sie damit? Im Bett sind wir nicht wieder gelandet.« Er trank einen kräftigen Schluck Wasser und sah Lena an. »Können wir das Thema jetzt vielleicht abschließen?«

»Natürlich«, sagte Lena. Sie sah sich im Büro um. »Welche Dienstleistungen bietet Ihre Firma genau an?«

Tobias Sievers schien über den schnellen Themenwechsel einen Moment irritiert zu sein. Er zog die Augenbrauen zusammen und überlegte. »Ich unterstütze Firmen, die in Ostholstein investieren wollen. Unsere Region hat viel Potenzial. Es geht um Bauprojekte im Tourismus oder in anderen Wirtschaftsbereichen.«

»Haben Sie auch etwas mit dem neuen Windparkprojekt hier auf Fehmarn zu tun?«, fragte Lena, die Naya mit einem Wink zu verstehen gegeben hatte, sich zurückzuhalten.

»Ich persönlich investiere nicht, sondern«, er malte Anführungszeichen in die Luft, »vermittele nur.«

»Und? Vermitteln Sie gerade?«

»Selbst wenn, dürfte ich nicht darüber sprechen. Das Projekt ist ja noch in einer frühen Phase. Dafür haben Sie sicher Verständnis.«

»Haben Sie mit Merle Harmsen über das Projekt gesprochen?«, fragte Lena ruhig weiter.

»Auch privat spreche ich nicht über meine Kunden oder potenziellen Kunden.«

»Hat Merle danach gefragt?«

»Unsere Gespräche waren rein privater Natur. Mag sein, dass wir kurz über das Projekt im Allgemeinen gesprochen haben. Der geplante Standort ist ja ganz in der Nähe von dem Harmsen-Hof.«

»Eine letzte Frage habe ich noch, Herr Sievers. Haben Sie sich immer alleine mit Merle getroffen?«

»Da muss ich überlegen. Ich denke schon. Dazu muss ich sagen, dass ich zu den alten Freunden wenig beziehungsweise keinen Kontakt mehr habe. Doch, Merle und ich waren immer zu zweit.«

Sieben

»Was für ein Schleimer!«, stieß Naya aus, als sie das Büro von Tobias Sievers verlassen hatten. »Ich wette, er hat sich von seinen Treffen mit Merle mehr versprochen. Er wollte doch nur mit ihr vögeln.«

Lena schmunzelte. »Nach allem, was ich bisher von Merle Harmsen weiß, wird Sievers wohl kaum ihr Typ gewesen sein.«

»Und warum hat sie sich dann so häufig mit ihm getroffen?«

»Gute Frage, deren Antwort wir herausbekommen sollten.«

»Wieder der geplante Windpark?«

»Möglich«, sagte Lena. »Allerdings frage ich mich, wie Merle Harmsen an die Informationen gekommen sein soll.«

»Ich werde im Netz nach dem Bauprojekt suchen.« Naya blieb stehen und zeigte auf ein Schaufenster, auf dem unten rechts ein Aufkleber mit einem blauen X-Kreuz geklebt war. »Was hat das eigentlich zu bedeuten? Das habe ich jetzt schon mehrfach gesehen.«

»Widerstand gegen den Fehmarnbelttunnel. Das läuft schon eine Ewigkeit. Du hättest hier mal vor ein paar Jahren über die Insel fahren sollen. Überall standen die großen blauen Holzkreuze.«

»Mein Vater hat mir davon erzählt. Also von dem Tunnelprojekt. Auf dänischer Seite wird das komplett positiv gesehen. Selbst Umweltschützer sind dafür. Soweit ich weiß, hat man in Dänemark mit dem Bau schon angefangen.«

»Ich kann schon verstehen, dass viele Anwohner und auch Gäste Vorbehalte gegen den Tunnelbau haben. Von Umweltschützern einmal ganz abgesehen. Auf der anderen Seite gefällt mir die dänische Gelassenheit im Umgang mit solchen Projekten durchaus. Vielleicht wäre eine Kombination aus beidem der richtige Weg.«

Naya grinste. »Dann kann unsere deutsch-dänische Zusammenarbeit ja nur gut werden.«

Lena öffnete die Tür der Polizeistation und ließ Naya den Vortritt.

»Wer fehlt jetzt noch aus Merles alter Clique?«, fragte Lena, als sie in ihrem provisorischen Büro saßen.

»Ben Kraemer, der Lebenskünstler, und Anna Detlefsen, die Investmentbankerin. Klingt nach krassen Gegensätzen.«

»Kraemer habe ich telefonisch nicht erreicht.« Lena schaute auf die Uhr. »Kurz nach siebzehn Uhr. Ich würde sagen, wir fahren da gleich vorbei.«

»Und Anna Detlefsen?«

Lena griff nach dem Handy. »Das erledige ich sofort. Vielleicht geht sie ja jetzt dran.« Sie wählte die eingespeicherte Nummer.

»Detlefsen.« Die Stimme klang energisch und durchsetzungsstark.

»Hauptkommissarin Lorenzen, LKA Kiel. Guten Abend, Frau Detlefsen. Ich würde Ihnen gerne ein paar Fragen stellen zu Ihrer Jugendfreundin Merle Harmsen. Frau Sandra Boysen hat uns freundlicherweise Ihre Telefonnummer gegeben.«

»Ich weiß Bescheid. Sandra hat mich informiert. Was kann ich für Sie tun?«

»Hatten Sie in den letzten Jahren Kontakt zu Merle?«, fragte Lena, die ihr Handy auf laut gestellt und vor sich auf den Schreibtisch gelegt hatte.

»Ich lebe in London. Hin und wieder haben wir telefoniert oder auch mal über Messenger geschrieben.«

»Wann haben Sie sie zum letzten Mal gesehen?«

»Ich war letzte Woche in Hamburg und bin für einen Tag auf Fehmarn gewesen. Da haben wir uns gesehen und ein paar Stunden miteinander verbracht.«

»Wann war das genau?«

»Am Montag. Wir haben uns zum zweiten Frühstück in Burg verabredet. Fragen Sie mich jetzt nicht, wie das Café hieß. Merle sagte, es sei erst vor ein paar Jahren eröffnet worden. Anschließend waren wir am Südstrand. Die Sonne hat geschienen, wir haben einen Cocktail getrunken und aufs Wasser geschaut.«

»Frau Harmsen hatte Sie eingeladen?«, fragte Lena weiter.

»So würde ich das nicht formulieren. Sie hatte mich über FaceTime kontaktiert und im Gespräch habe ich dann erwähnt, dass ich für einen Termin nach Hamburg komme. Spontan habe ich dann um einen Tag verlängert und mir für den Tag einen Leihwagen genommen.«

»Worüber haben Sie gesprochen?« Lena kam es vor, als habe sie diese Frage schon Dutzende Male gestellt.

»Wir hatten uns schon Jahre nicht mehr persönlich gesehen. Da gab es eine Menge Gesprächsstoff.«

»Lassen wir einmal das Private beiseite. Gab es auch Themen, mit denen Sie nicht gerechnet hätten?«

»Sie suchen nach einem Motiv für den Mord?«, fragte Anna Detlefsen.

»Indirekt schon. Wir müssen wissen, was Merle Harmsen in den letzten Wochen beschäftigt hat. Können Sie uns da weiterhelfen?«

»Merle war durch und durch Polizistin, immer davon überzeugt, dass sich die Wahrheit durchsetzt und letztlich die Gerechtigkeit siegt. So war sie immer schon. Das Problem ist nur, dass die Welt nicht so ist und nie sein wird.«

»Was hat Merle beschäftigt?«, fragte Lena ein zweites Mal.

»Sie war interessiert an internationalen Geldströmen, den legalen, aber auch den illegalen.«

»Sie sprechen von Geldwäsche?«

»Letztlich ging es Merle wohl darum. Da ich in diesem Thema aber nun mal keine Expertin bin, hat sie mich zu den legalen Geschäften ausgefragt und ich habe ihr natürlich gerne weitergeholfen.«

»Hat sie von bestimmten Projekten gesprochen? Sind Namen gefallen?«

»Nein, keine Namen. Das war nicht Merles Art. Und Projekte? Es ging um Schleswig-Holstein und auch um ihre Arbeit in Schleswig. Das habe ich schon rausgehört.«

»Und Fehmarn?«

»Nein. Das hätte ich mir gemerkt. Die Insel ist ja schließlich auch meine Heimat.«

Lena steuerte ihren Dienstwagen aus Burg heraus Richtung Norden. Sie fuhren durch Niendorf und weiter über enge Straßen nach Klausdorf, einem kleinen Ort mit gerade mal hundert Einwohnern. Zu beiden Seiten der Straße wuchs Getreide auf den großen Feldern. Auf der ganzen Fahrt kamen ihnen nur eine Handvoll Autos entgegen.

»Wir müssen durch Klausdorf durch und uns dann südlich halten«, sagte Naya, die die Karte auf ihrem Tablet studierte. »Von da ist es nicht mal mehr ein Kilometer.«

Sie hatten Ben Kraemer telefonisch nicht erreicht und hofften, dass er sich auf seinem Hof aufhalten würde.

»Ganz schön einsam hier«, sagte Naya. »Obwohl, die meisten Ortschaften in Grönland sind nicht einmal per Straße mit dem Rest der Welt verbunden. Da kann man sich wirklich verloren fühlen. Oder auch restlos aufgehoben in der Natur, würde mein Großvater sagen.«

Naya lotste Lena durch den Ort und auf eine noch engere Straße, von der sie nach knapp einem Kilometer auf einen nicht asphaltierten Feldweg abbogen. »Hier muss es sein. Fahr einfach weiter. Ich schätze, ungefähr dreihundert Meter.«

Das Gebäude lag am Ende des Weges, eingesäumt von mehreren alten Laubbäumen. Das Reetdach war an mehreren Stellen nachgebessert worden, der Garten neben dem Haus verwildert. Auf dem kleinen Platz vor dem Hof stand ein alter Lada-Geländewagen in Olivgrün. Lena parkte hinter dem Auto.

»Kraemer scheint doch da zu sein«, sagte Naya und öffnete die Tür. »Gehen wir rein?«

Die Eingangstür hatte weder eine Klingel noch einen Türklopfer. Lena drückte die Klinke nach unten. »Verschlossen.«

Naya trat neben sie und klopfte mehrfach gegen das alte Holz der Tür. Als ihnen nicht geöffnet wurde, zeigte sie auf einen schmalen Weg am Haus entlang. »Vielleicht ist er im Garten und hört uns nicht.«

Sie liefen durch den verwilderten Garten am Haus entlang. Auf der Rückseite befand sich eine große überdachte Terrasse mit einem Holzboden und freiem Blick über die angrenzenden Felder und ein kleines Wäldchen.

»Herr Kraemer!«, rief Lena, trat auf die Terrasse und schaute durch die hier bodentiefen Fenster ins Haus hinein. »Zu früh gefreut«, murmelte sie und rief ein weiteres Mal den Namen.

»Warten wir?«, fragte Naya. »Kraemer wird ja wohl kaum zwei Autos haben. Der Geländewagen vor dem Haus sah so aus, als würde er noch benutzt. Wahrscheinlich macht er nur einen Spaziergang.« Naya deutete in westliche Richtung. »Die Ostsee ist nicht mal einen Kilometer entfernt von hier.«

»Gut, gehen wir wieder zurück und warten«, entschied Lena.

Mit weit geöffneten Türen saßen sie nebeneinander im Auto.

Lena blickte zur Eingangstür. »Wenn er in einer halben Stunde nicht auftaucht, brechen wir ab.«

»Meinetwegen können wir auch länger warten«, sagte Naya. »Morgen stehen wir wahrscheinlich vor dem gleichen Problem. Ohne Handy ist man halt schwer zu erreichen.«

Lena sah auf die Uhr. Schlafenszeit für Bent. Erck würde ihm vermutlich gerade seine Geschichte vorlesen und darauf hoffen, dass er dabei einschlief. Sie ging noch einmal den Zeitplan für den nächsten Tag durch. Die bisherigen Befragungen ließen nicht ausschließen, dass sie das Tatmotiv möglicherweise auf Fehmarn finden würden. Erfahrungsgemäß hieß das, dass sie noch diverse Tage auf der Insel verbringen würden.

»Denkst du an deine Männer zu Hause?«, fragte Naya in die Stille hinein.

Lena nickte. »Bent, mein Sohn, wird wohl gerade ins Bett gebracht.«

Naya warf Lena einen kurzen mitfühlenden Blick zu, schwieg aber.

»Ich muss morgen spätestens um sechzehn Uhr nach Husum fahren, weil mein Mann am Abend einen wichtigen Termin hat. Ich kann dich aber in Kiel absetzen. Am nächsten Morgen geht es dann zurück.«

»Ich bleibe hier«, sagte Naya. »Wenn der Tunnel schon fertig wäre, wäre ich genauso schnell in Kopenhagen wie du in Husum.«

»Besuchst du deinen Vater häufig?«

»Er hat viel zu tun.«

»Es läuft also nicht so gut zwischen euch?«

»Er hat sich eine neue Frau gesucht und mit ihr zwei Kinder gemacht. Drei und eineinhalb. Wie gesagt, er hat viel zu tun. Und in der Wohnung ist es schrecklich laut. Diese Frau …« Naya deutete ein Augenrollen an.

»Ja?«

»Sie ist kaum älter als ich.«

Lena warf ihr einen erstaunten Blick zu. »Unter dreißig?«

»Nein.«

»Also eher so mein Alter?«

»Keine Ahnung«, murmelte Naya. »Auf jeden Fall um einiges jünger als er.«

»Kommt vor. Mein Vater hat auch eine jüngere Frau geheiratet.«

»Und was sagt deine Mutter dazu?«, fragte Naya.

»Sie ist bei einem Unfall gestorben, als ich achtzehn war.«

»Oh, das wusste ich nicht.«

»Nach einem heftigen Streit mit meinem Vater. Ich habe viele Jahre mit ihm gehadert und bin direkt nach dem Abitur aufs Festland gegangen oder eigentlich geflohen.«

»Du meinst, ich soll mit meinem Vater gnädiger sein?«

Lena zuckte mit den Schultern. »Die Entscheidung kann dir niemand abnehmen. Es ist und bleibt dein Vater.«

»Ach, das mit der Trennung und der neuen Frau nehme ich ihm gar nicht so übel. Mehr noch, dass er seine Herkunft verleugnet und dänischer ist als alle um ihn herum.«

»Bist du deshalb in Deutschland geblieben?«

Naya seufzte schwer. »Ich fühle mich nicht als Dänin. Ich bin Grönländerin. Und halb deutsch. Eine verrückte Kombination! Da kann man ja nur dran verzweifeln.«

»Ich hatte bisher nicht den Eindruck, dass dir deine Herkunft so viel Kopfzerbrechen macht.«

Naya wiegte den Kopf hin und her. »Hin und wieder schon. Gerade wenn ich bei meinem Großvater zu Besuch bin. Das Gefühl, dass ich dort hingehöre, ist dann ziemlich stark. Wenn ich hier bin, in Deutschland, fühle ich mich schon zu Hause, aber nicht so wie dort, wo meine Vorfahren über Jahrhunderte gelebt haben. Ich kann das nur schwer beschreiben.«

»Brauchst du nicht. Ein wenig kann ich es nachfühlen. Wenn ich auf Amrum bin – was natürlich nicht mit deiner Situation vergleichbar ist –, lebe ich auch auf. Das wollte ich mir lange Jahre nicht eingestehen.«

»Du willst zurück auf die Insel?«

»Bei unserem Job ist das schwierig oder besser gesagt unmöglich. Es sei denn, ich höre beim LKA auf.«

»Die grönländische Polizei sucht sicher auch keine vorlaute Göre, die ihr halbes Leben in Deutschland verbracht hat.«

»Würdest du ansonsten darüber nachdenken?«

»Ich habe zum Glück nicht die Wahl. Was ich machen würde, weiß ich nicht.«

Lenas Handy klingelte. Sie sah aufs Display und nahm das Gespräch an. »Moin, Mark. Seid ihr auf dem Rückweg?«

Der Kriminaltechniker stöhnte leise. »Leider nein. Eine Stunde brauchen wir hier auf dem Hof des Opfers wohl noch. Ich wollte nur einen kleinen Zwischenbericht abgeben.«

»Erzähl! Ich stelle das Handy auf laut, damit meine Kollegin mithören kann.«

»Dass der Fundort nicht der Tatort ist, habt ihr euch sicher schon gedacht. Wir haben nach langer, intensiver Suche Spuren entdeckt. Die Frau …«

»Merle Harmsen«, unterbrach ihn Lena.

»Okay, also Merle Harmsen ist vom Weg her zum Fundort hin geschleift worden. Da wir im größeren Umfeld kein Blut finden konnten, gehen wir davon aus, dass die Leiche mit einem Fahrzeug transportiert wurde. Was für ein Fahrzeug das letztlich war, lässt sich nicht feststellen. Die Spurenlage ist zu dünn. Zu viele Autos sind über die eventuell vorhandenen Spuren gefahren.«

»Das habe ich schon so erwartet. Hast du sonst noch etwas für mich?«

»Wir haben mehrere Fußabdrücke gesichert. Wir brauchen jetzt Vergleichsmaterial von den Personen, die dort im Gebüsch waren und keine Überzieher trugen.«

»Ich spreche mit Kollege Claasen. Er wird sich mit dir in Verbindung setzen.«

»Sehr gut. Wir brauchen nicht nur die Vergleichsabdrücke, sondern auch Fotos von der Kleidung der Personen. Wir haben ein Stück Stoff gefunden, was vermutlich von einem Hemd oder Sweatshirt stammt. Eventuell auch von einem Kittel.«

»Farbe?«

»Der Stofffetzen ist gerade mal zwei mal fünf Millimeter groß. Farbe Weiß, was aber nicht unbedingt heißen muss, dass zum Beispiel das Sweatshirt komplett weiß ist.«

»Wo wurde er entdeckt? Kann es auch von der Kleidung des Opfers gewesen sein?«

»Wir haben ihn etwas mehr als einen Meter über der Erde, an einem dornigen Zweig gefunden. Da wir auch hier Schleifspuren gefunden haben, handelt es sich mit hoher Wahrscheinlichkeit nicht um die Kleidung des Opfers.«

»Okay. Der Kollege hier auf der Insel wird die Kleidung der Personen sichern, die dort im Gebüsch waren, um sicherzustellen, dass das Stoffstück nicht von ihnen stammt.«

»Gut, dann melde ich mich auf der Rückfahrt bei dir wegen der Wohnung des Opfers.«

Lena verabschiedete sich von Mark Frese. Im Rückspiegel sah sie, dass sich ein Mann ihrem Auto näherte. Sie stieß Naya an. »Es kommt jemand den Weg entlang.«

Acht

Lena war kaum aus ihrem Dienstwagen ausgestiegen, als der Mann mit ärgerlicher Miene auf sie zutrat. Er war groß, hatte schulterlange blonde Haare und kristallblaue Augen. »Das ist ein Privatgrundstück. Verschwinden Sie oder ich rufe die Polizei!«

»Herr Kraemer?«, fragte Lena. Als der Mann nickte, fuhr sie fort. »Hauptkommissarin Lena Lorenzen, LKA Kiel. Das ist meine Kollegin Naya Olsen.«

Ben Kraemer zog die Augenbrauen zusammen. »Haben Sie einen Ausweis?«

Lena hielt ihm ihren Ausweis hin. »Wir haben versucht, Sie telefonisch zu erreichen. Es geht um Merle Harmsen.«

»Merle? Warum? Ihr ist doch nichts ...« Ben Kraemer sah sie mit weit geöffneten Augen an.

»Frau Harmsen ist gestern am Fastensee tot aufgefunden worden.«

Kraemer starrte Lena an, schwankte leicht und hielt sich an Lenas Auto fest. »Auf...gefunden ... worden?«, stammelte er.

»Ja, wir gehen von einem Tötungsdelikt aus. Könnten wir Ihnen ein paar Fragen stellen?«

Ben Kraemer war leichenblass geworden und sah durch Lena hindurch.

»Haben Sie mich verstanden, Herr Kraemer?«, fragte Lena, als er nicht reagierte. »Wollen wir vielleicht ins Haus gehen und uns setzen?«

»Das kann nicht sein. Merle ist nicht tot. Sie müssen sich geirrt haben.« Kraemer hatte leise gesprochen und dabei zwischen Lena und Naya hin und her geschaut. »Sind Sie sicher?«

»Wollen wir nicht doch erst mal ins Haus gehen?« Lena legte ihm sanft die Hand auf die Schulter. »Wenn Sie mir den Schlüssel geben, kann ich die Tür öffnen.«

Wortlos zog Ben Kraemer einen Schlüssel aus der Tasche, den er Lena reichte. Langsam gingen sie auf das Haus zu. Kraemer schien immer noch außer sich zu sein. Er schüttelte mehrfach den Kopf und murmelte etwas Unverständliches.

Lena schloss auf und ließ Kraemer den Vortritt. Er schwankte noch leicht, schien sich aber inzwischen wieder unter Kontrolle zu haben. »Gehen wir doch auf die Terrasse.«

Ben Kraemer führte sie über einen Flur in einen großen Raum, der als Wohn- und Esszimmer genutzt wurde. Er öffnete die große Schiebetür und zeigte wortlos auf den langen Tisch mit sechs Stühlen.

»Soll ich Ihnen vielleicht ein Glas Wasser holen?«, fragte Naya.

Ben Kraemer zog einen Stuhl vor und setzte sich. Schließlich nickte er. »Die Küche …«

»Ich finde sie schon«, sagte Naya und ging zurück ins Haus.

Lena setzte sich zu Ben Kraemer an den Tisch. »Geht es wieder?«

Er nickte und sah sie mit traurigen Augen an. »Was ist passiert? Wer hat das gemacht?«

»Wir sind erst heute Vormittag auf Fehmarn eingetroffen. Die Ermittlungen laufen. Wir haben inzwischen alle Ihrer alten Freunde befragt.«

»Alle?«

Naya kam mit einem Tablett, auf dem drei Gläser und eine Flasche Mineralwasser standen, auf die Terrasse. Sie schenkte ein Glas ein und reichte es Ben Kraemer. Er trank es in einem Zug leer.

Lena nahm den Gesprächsfaden wieder auf. »Ja, wir haben bereits mit allen Ihrer Freunde gesprochen. Sandra Boysen, Anna Detlefsen, Jan Matzen und Tobias Sievers.«

»Das sind nicht mehr meine Freunde.« Ben Kraemer schob sein Glas über den Tisch. »Würden Sie mir bitte noch einmal einschenken?«

Naya nahm die Flasche und goss ihm Wasser ein. Er griff nach dem Glas und trank es aus.

»Wann haben Sie Merle zum letzten Mal gesehen?«, fragte Lena.

»Sie war hier bei mir. Letzte Woche Dienstag und auch drei oder vier Mal davor. Merle ist …« Er schluckte. »Merle war doch krankgeschrieben. Dieser Job in Schleswig hat ihr die Luft zum Atmen geraubt.«

»Sie haben sich also mehrere Male in den letzten Wochen getroffen. Haben Sie während der Zeit eine Veränderung an ihr bemerkt?«

Ben Kraemer ließ sich Zeit für seine Antwort. »Beim ersten Treffen war Merle ziemlich deprimiert. Wir sind lange spazieren gegangen, runter zur Ostsee und dann am Strand entlang. Sie hat mir viel von ihrer Arbeit erzählt. Es war ja nicht so, dass sie nicht gerne Polizistin war.« Er schüttelte fast unmerklich den Kopf. »Verstanden habe ich das nie so richtig. Merle bei den … bei der Polizei. Ausnahmsweise war ich mal mit ihren Eltern einer Meinung. Aber gut, Merle wollte es so und sie hat sich eigentlich auch wohlgefühlt.«

»Was hat sie über ihre Arbeit erzählt?«, fragte Lena.

Ben Kraemer sah sie mit spöttischer Miene an. »Das müssen Sie doch selbst wissen. Sie sind doch auch eine Frau und bei der Polizei.«

»Merle fühlte sich also als Frau benachteiligt?«

»So klingt es doch gleich etwas harmloser. Sie wurde dort nicht für voll genommen. Und obendrein noch sexuell belästigt. Freiwild sei sie, hat Merle mir mal gesagt. Wissen Sie nicht, dass sie einen ihrer Kollegen angezeigt hat, weil er korrupt ist?« Ben Kraemer sah Lena in die Augen und anschließend Naya. »Natürlich wissen Sie das. Haben die da oben deshalb zwei Frauen geschickt?«

»Sexuell belästigt? Hat Merle Namen genannt?«, fragte Lena weiter, ohne Kraemers Frage zu beantworten.

»Mag sein, aber ich kenne diese Leute doch gar nicht. Wie soll ich mir da irgendeinen Namen merken.«

»Hat Merle erwähnt, ob einer ihrer Kollegen sie hier auf Fehmarn besucht hat?«, fragte Naya, einer plötzlichen Eingebung folgend. »Mit ihrem Einverständnis oder auf eigene Initiative?«

Ben Kraemer warf ihr einen erstaunten Blick zu. »Woher wissen Sie das?«

Naya schenkte Ben Kraemer Wasser nach. »Was genau hat Merle erzählt?«

»Sie gab sich selbst die Schuld, weil sie diesen Typen früher einmal mit auf die Insel genommen hatte. Er ist hier aufgetaucht, obwohl sie schon lange Schluss gemacht hatte. Und das wohl nicht erst gestern.«

»Wann war das?«

Ben Kraemer zuckte mit den Schultern. »Wenn ich das richtig verstanden habe, an dem Tag, als sie bei mir war und mir davon erzählt hat. Das war, als sie mich zum zweiten Mal besucht hat. Ich denke, da war sie schon zwei oder drei Wochen auf Fehmarn.« Ben Kraemer griff nach dem Glas und trank.

Mit einem lauten Knall stellte er es wieder auf dem Holztisch ab. »Was es doch für Typen gibt. Stellen einer Frau nach, die ihnen klipp und klar gesagt hat, dass es vorbei ist. Merle war richtig wütend.«

»Wo hat sie ihn getroffen?«

»Das weiß ich nicht genau. Ich vermute mal, auf dem Hof ihrer Eltern.«

Naya beugte sich leicht vor. »Was wollte der Mann genau von ihr?«

»Das weiß ich nicht. Ich bin nicht schlau daraus geworden, was Merle erzählt hat. Da ist so viel durcheinandergegangen und ich wollte nicht nachfragen. Schon beim ersten Besuch hat sie von diesem Typen gesprochen. Keine Ahnung, wann sie was erzählt hat. Sie war auf jeden Fall unglaublich wütend und aufgeregt. Ich habe ihr dann angeboten, dass sie bei mir im Haus übernachten kann.«

»Ist Merle geblieben?«

Ben Kraemer nickte. »Ja. Nach dem Frühstück ist sie dann gefahren. Da hatte sie sich beruhigt. Sie war so sauer auf diesen Typ. Ich habe sie selten so gesehen. So entschlossen, sich nicht unterkriegen zu lassen.« Kraemer hob abwehrend eine Hand. »Aber fragen Sie mich jetzt nicht, was Merle machen wollte. Ich weiß es nicht und wahrscheinlich hätte sie es mir auch nicht erzählt, wenn ich nachgefragt hätte. Und ja, ich weiß, Sie brauchen den Namen. Das war irgendein ganz normaler deutscher Name wie Müller oder Meier. Den hat sie mir schon beim ersten Besuch genannt.«

»Versuchen Sie doch bitte, sich zu erinnern«, sagte Naya. »Das wäre sehr wichtig für uns.«

Als Ben Kraemer den Kopf schüttelte und die Augen schloss, gab Lena Naya einen Wink, sich zurückzuhalten. Sie durften den Zeugen auf keinen Fall beeinflussen und den Namen von Elmar Schäfer nennen.

»Vielleicht fällt er Ihnen ja im Laufe der nächsten Tage wieder ein.« Lena legte eine Visitenkarte auf den Tisch. »Sie können mich jederzeit auf dem Handy erreichen.« Sie hielt kurz inne. »Sie sprachen vorhin von Korruption. Hat Merle Ihnen Genaueres erzählt?«

»Kollegen würden Kriminelle decken, hat sie gesagt, und dass unser Land durchzogen sei von kriminellen Strukturen. Es ging um Geldwäsche, selbst hier auf Fehmarn fließe das Geld. Genau so hat sie es gesagt.« Er stöhnte leise. »Ich fürchte, ich habe ihr das nicht so ganz abgenommen. Ich hätte«, Ben Kraemer schluckte schwer, »genauer nachfragen müssen.«

»Ins Hotel?«, fragte Naya.

Sie hatten Ben Kraemer noch einige Fragen gestellt, bevor Lena das Gespräch abgebrochen hatte. Kraemer hatte erschöpft gewirkt und sich mehrfach wiederholt.

»Ich muss noch telefonieren. Wir könnten uns später noch auf ein Bier zusammensetzen und den morgigen Tag planen.«

»Klar, warum nicht.« Naya blätterte in ihrem Notizbuch. »Ich mache mich schon mal an die Protokolle.«

Lena nickte und startete den Motor.

»Alles gut bei euch?«, fragte Lena.

»Ja. Bent schläft ruhig und friedlich. Ich war gerade noch bei ihm und habe ihm die Decke wieder übergelegt. Vielleicht brauchen wir doch bald eine größere.«

»Das habe ich auch schon gedacht. Am Wochenende sollten wir mal nach einer schauen.«

»Ja, gute Idee.« Erck räusperte sich leise. »Klappt mit morgen alles? Ich habe mit Holger ausgemacht, dass ich gegen neunzehn Uhr zu ihm nach Hause komme. Er weiß, dass es ein paar Minuten später werden könnte.«

»Mach dir keine Gedanken. Ich werde hier rechtzeitig abfahren. Die Kollegin bleibt auf Fehmarn. Dann muss ich nicht extra nach Kiel rein, um sie abzusetzen.«

»Das heißt, du musst dann am nächsten Tag zurück?«

»Es sieht zumindest im Moment danach aus.«

Erck schwieg.

»Das ist nun mal mein Job, Erck. Hast du noch einmal über meine Idee nachgedacht? Ein Au-pair. Platz genug hätten wir doch im Haus.«

»Eine völlig wildfremde Person? Du weißt doch, wie ich darüber denke. Die meisten sprechen doch nicht mal Deutsch. Wie soll das funktionieren?«

»Soll ich nicht trotzdem mal einen Versuch starten? Es gibt da eine seriöse Agentur. Ich habe nur Gutes davon gehört. Wenn sich niemand findet, dem wir vertrauen können, lassen wir es halt.«

»Begeistert bin ich nicht davon, aber wahrscheinlich ist das die einzige Möglichkeit. Wenn Holger wirklich verkaufen will, schaffe ich den Aufwand nur, wenn ich mehr arbeite. Oder ich muss Mitarbeiter einstellen.«

»Gut, ich schreibe die Agentur einmal an. In Ordnung?«

»Ja.« Seine Stimme klang enttäuscht.

»Erck! Auch wenn ich in Husum arbeiten würde, käme ich häufig spät nach Hause oder müsste auch am Wochenende arbeiten. Soll ich meine Arbeit ganz aufgeben?«

»Nein.«

Lena atmete einmal tief durch. Sie hasste diese Gespräche, vor allem wenn sie sie übers Telefon führten. Ihr Freund Ole Kotten, Hauptkommissar in Husum, würde in ein paar Wochen in Pension gehen. Seine Stelle war bisher noch nicht wieder besetzt worden. Erck hatte gehofft, dass Lena sich darauf bewerben würde.

»Wie war euer Tag?«, wechselte Lena das Thema.

»Die Radtour hat Bent Spaß gemacht und das Wetter hat ja auch mitgespielt. Auf dem Rückweg haben wir bei Marie und Jona haltgemacht und haben dort ein Stück Kuchen bekommen.«

Marie war die Mutter von Jona, die ebenfalls von der Tagesmutter betreut wurde.

»Klingt gut. Danach war Bent bestimmt schrecklich müde.«

Erck lachte. »Er wäre mir beinahe auf dem Fahrrad eingeschlafen. Aber ich konnte ihn mit den unzähligen Feuerwehrautos wach halten. Uns ist zwar nur eins begegnet, aber immer, wenn Bent ruhiger wurde, habe ich eine weitere Feuerwehr erfunden, die dann leider nicht kam.«

»Bei mir funktioniert das nicht mehr. Dir scheint unser Sohn noch zu glauben.«

»Das will ich ihm aber auch geraten haben. Aber im Ernst. Ich glaube, kurz bevor wir angekommen sind, ist er doch noch kurz eingeschlafen. Aber wir haben das hingekriegt.«

»Kriegen wir beide das auch hin?«, fragte Lena leise.

»Ja«, flüsterte Erck. »Wir schaffen das. Irgendwie. Haben wir doch immer.«

Lena lag auf dem Bett und starrte an die Decke ihres Hotelzimmers. Ihre Frage an Erck war ihr spontan, ohne darüber nachzudenken, herausgeplatzt. In Gedanken hatte sie sie in den letzten Monaten schon häufig ausgesprochen, ohne den Mut zu haben, die Frage offen zu stellen. Hatte sie Angst vor Ercks Antwort gehabt?

Ihr Handy klingelte, sie griff wie automatisch danach und sah aufs Display. Mark Frese schien auf der Rückfahrt nach Kiel zu sein.

»Hallo, Mark. Endlich fertig?«

»Ja, wir fahren gerade über die Sundbrücke. Willst du noch wissen, was …«

»Erzähl«, unterbrach ihn Lena.

»Punkt eins: Die Räume sahen aus wie nach einem klassischen Einbruch. Das war zumindest unser Eindruck, deiner sicher auch. Punkt zwei: Wir haben unzählige Fingerabdrücke gefunden. Ich gehe davon aus, dass dort seit einigen Wochen nicht mehr geputzt wurde. Punkt drei: Wir haben Haare von drei Personen. Punkt vier: Ob wir weitere DNA-Spuren haben, wird sich dann in der Analyse zeigen. Punkt … Wo war ich stehen geblieben?«

»Jetzt käme Punkt fünf«, half Lena aus.

»Genau. Wir haben Ladegeräte für einen Laptop und ein Handy gefunden, aber nicht die passenden Geräte dazu. Punkt sechs: Schriftliche Aufzeichnungen gab es keine. Kein Tagebuch, kein Notizbuch oder etwas Ähnliches.« Der Kriminaltechniker räusperte sich. »Das war's in Kürze. Schriftlicher Bericht folgt wie immer in zwei bis drei Tagen. Hast du noch Fragen?«

»Einbruchspuren?«

»Hätte ich erwähnt, wenn es welche gegeben hätte. Da hatte jemand einen Schlüssel oder Ahnung oder die Tür stand offen.«

»Die Tür war verschlossen, als ich den Raum betreten habe«, sagte Lena.

»Da wir bei dem Opfer keinen Schlüssel gefunden haben, wird der Täter ihn wohl haben.«

»Ja, das ist im Moment am wahrscheinlichsten.« Lena fiel ein, dass sie etwas vergessen hatte. Merle Harmsens Wohnung in Schleswig. »Danke, Mark. Und gute Heimreise.«

»Werden wir haben. Viel Erfolg. Ich hoffe, du findest schnell den Täter. Sie war schließlich eine von uns.«

Lena sah auf die Uhr. Naya würde jeden Augenblick an ihre Tür klopfen. Für ein Gespräch mit dem Staatsanwalt war es jetzt ohnehin zu spät. Sie würde ihn gleich morgen anrufen.

Neun

Naya hob ihr Bierglas und stieß mit Lena an. »Prost!«

Sie tranken beide einen kräftigen Schluck. Lena stellte ihr Glas ab. »Das tut gut nach diesem Tag.«

»Aber wir haben schon einiges vorzuweisen, würde ich mal behaupten. Gerade die Aussage von Ben Kraemer hat den Ermittlungshorizont noch einmal reichlich erweitert. Wir werden wohl nicht um Schleswig herumkommen.«

»Morgen um acht habe ich ein Gespräch mit dem Staatsanwalt.« Lena hatte Alexander Cornelsen noch im Hotel eine Nachricht geschrieben und von ihm die Antwort erhalten, dass sie am nächsten Morgen um acht Uhr telefonieren könnten. »Merles Wohnung in Schleswig muss dringend durchsucht werden.«

»Verdammt, daran haben wir gar nicht gedacht.«

»Mein Fehler. Ich regele das morgen.«

»Wenn dort auch eingebrochen wurde, ist der Täter inzwischen über alle Berge«, sagte Naya. Lena hatte ihr auf dem Weg in die Kneipe von den Ergebnissen der Wohnungsdurchsuchung auf dem Harmsen-Hof berichtet. »Aber vielleicht finden sich dort die gleichen Fingerabdrücke und DNA-Spuren wie hier auf Fehmarn. Abgesehen von Merles natürlich.«

»Das wäre ein Riesenschritt nach vorne.« Lena trank noch einen Schluck Bier. »Hast du noch Energie, um über den Fall zu sprechen?«

Naya zog einen DIN-A4-Block und zwei Stifte aus der Tasche. »Auf jeden Fall.« Sie grinste. »Jede Minute zählt.«

Lena musste unwillkürlich schmunzeln. Naya erinnerte sie immer mehr an sich selbst vor über zehn Jahren. »Also gut, was haben wir?«

»Eine tote Kollegin, die krankgeschrieben war und einige Wochen zuvor Korruption in ihrer Dienststelle gemeldet hat. Sie lebt während der Zeit ihrer Krankschreibung auf Fehmarn in ihrem Elternhaus. Hier trifft sie ihre alten Freunde aus der Jugendzeit. Ihre Wohnung oder besser ihr Zimmer auf dem Hof ihrer Eltern wird, mutmaßlich von ihrem Mörder, durchsucht. Laptop und Handy sind nicht auffindbar. Die alten Freunde reagieren sehr unterschiedlich bei den Befragungen. Dem Mann, dem Merle vermutlich immer noch am nächsten stand, hat sie von den Korruptionsfällen erzählt. Eine Verbindung zwischen Insel und Schleswig ist nicht ausgeschlossen. Ein Kollege von Merle scheint vor ungefähr zwei Wochen auf Fehmarn gewesen zu sein, um Merle zu bedrängen. Ob er private Motive hatte oder es mit den Korruptionsvorwürfen zu tun hatte, ist nicht bekannt.«

»Gute Zusammenfassung«, sagte Lena. »Wo würdest du jetzt ansetzen?«

Naya grinste. »Ist das jetzt eine Prüfungsfrage?«

»Nein, du hast dich bisher gut geschlagen. Das ist eine Frage unter Kolleginnen. Also?«

»Tobias Sievers. Seine Aussagen waren widersprüchlich und er wirkte, als habe er einiges zu verbergen.«

»Widersprüchlich?«

»Sandra Boysen hat uns erzählt, dass Sievers und Merle kein enges Verhältnis hatten. Er ist als Freund von Tamme Theemann in die Clique gekommen. Theemann ist bei einem Autounfall vor fünfzehn Jahren gestorben. Wir haben uns schon gleich nach der Befragung von Sievers gewundert, warum sich Merle mehrfach mit ihm getroffen haben soll. Und warum erzählt uns Sievers von seinem Festival-Abenteuer mit Merle? Hat es überhaupt stattgefunden oder existiert es nur in seiner Erinnerung? Oder wollte er damit nur seine besondere Verbindung zu Merle untermauern? Und wenn, warum?«

»Gut beobachtet.«

»Wie weit hat sich Merle vorgewagt, auch persönlich?«, fuhr Naya fort. »Angenommen, sie wollte Informationen von ihm, hatte aber seit vielen Jahren, vielleicht sogar seit der Beerdigung von Tamme Theemann, keinen Kontakt zu ihm. Warum sollte er ihr vertrauen?«

»Das brauchte vielleicht Zeit. Deshalb die vielen Treffen? Ich glaube nicht, dass Sievers sie erfunden hat.«

Naya nickte. »Genau darüber habe ich nachgedacht. Vieles, was Sievers gesagt hat, klang aufgebauscht oder sogar erfunden beziehungsweise nur in seiner schrägen Erinnerung existent. Aber als er von den Treffen mit Merle erzählte, habe ich ihm schon abgenommen, dass sie stattgefunden haben. Mehr noch. Seine Augen leuchteten, als er davon erzählte.«

»Ja, das Gleiche dachte ich auch. Vielleicht brauchte er dieses Erlebnis mit Merle beim Festival, um ihr späteres Verhalten zu erklären.«

Naya beugte sich leicht vor. »Sie ist mit ihm ins Bett gestiegen? Willst du das andeuten?«

»Hast du das nicht schon längst getan?«, fragte Lena schmunzelnd.

»Ja, verdammt. Genau den Anschein hatte es die ganze Zeit. Endlich hat er seine Jugendflamme ins Bett gekriegt.« Naya hielt inne. »Spekulieren wir hier nicht gerade zu wild herum?«

»Doch, aber manchmal kommt man da nicht drum herum. Erst mal ist gut, dass wir beide den gleichen Eindruck hatten. Aber mehr ist es bisher eben auch nicht, ein flüchtiger Eindruck.«

»Was hältst du davon, dass ich mich morgen, wenn du gefahren bist, etwas in dem Restaurant umhöre, wo die beiden sich als Letztes getroffen haben?«

»Gute Idee. Sievers kann übrigens ruhig erfahren, dass wir uns da über ihn erkundigt haben. Du musst also nicht sehr diskret vorgehen.«

»Das ist ohnehin nicht meine Stärke.«

»Also Tobias Sievers. Sandra Boysen meinte ja auch, dass er der Einzige sei, zu dem sie keinen wirklichen Kontakt mehr habe. Und sie vermutete, dass es bei dem Rest der Gruppe nicht viel anders sei. War er seinerzeit quasi ein Anhängsel der Gruppe, kein wirklicher Teil der Clique, nur geduldet? Oder hatte er eine Funktion?«

Naya schaute in ihren Notizen nach. »Sie hat ihn eher als Mitläufer beschrieben. Bringt uns das jetzt weiter?«

»Im Moment nicht. Dann haben wir da Jan Matzen. Laut Sandra Boysen war er in der Jugend bis über beide Ohren in Merle verliebt. Auch mit ihm hat sie sich mehrfach getroffen.«

»Viermal«, sagte Naya mit Blick auf ihre Notizen. »Spaziergang, Bar am Südstrand, Abendessen und letzte Woche im Café.«

Lena nickte. »Er schien mir Merle durchaus verbunden zu sein. Was wollte sie von ihm?«

»Vielleicht dürfen wir nicht alles und jeden mit der Tat in Verbindung bringen. Wenn wir davon ausgehen, dass Merle eine Art Burn-out hatte, wird sie auch Unterstützung gesucht haben. Und da sie hier auf der Insel war, liegen ihre alten Freunde sehr nahe.«

»Ja, den Gedanken habe ich auch schon gehabt. Die Gefahr besteht natürlich bei jeder Ermittlung, dass wir zu wenig nach rechts und links schauen. Bisher habe ich allerdings das Gefühl, dass Merle bei diesen Verabredungen sehr geplant und gezielt vorgegangen ist. Sie hat mit allen noch lebenden Mitgliedern der alten Freundesclique persönlich gesprochen. Bis auf mit Anna Detlefsen mehrere Male. Sie war Polizistin und wusste sehr wohl, wie man vorgehen muss, um etwas von Menschen zu erfahren, ohne dass sie Verdacht schöpfen.«

Naya stöhnte. »Wir tappen ganz schön im Dunkeln herum, oder?«

»Ja und nein. Ich kenne das nicht anders. Lass einfach alle Informationen zu, die weiteren Ermittlungen werden zeigen, was wichtig ist.« Lena trank den letzten Schluck Bier. »Also Jan Matzen. Was sagst du zu ihm?«

Naya zuckte mit den Schultern. »Nicht so einfach. Im ersten Augenblick machte er einen schüchternen Eindruck auf mich. Wie ein Siebzehnjähriger, etwas trotzig, etwas respektlos, etwas orientierungslos.«

»Und dann?«

»Der plötzliche Wandel zu einem erwachsenen Mann, der sich klar und deutlich positionierte. Kurz: Er ist mir ein Rätsel.«

»Merle wollte von ihm Informationen. Aber musste sie sich deshalb viermal mit ihm treffen?«

»Selbst wenn er etwas gewusst hat, hätte Matzen ihr nichts gesagt. Er hat viel zu viel Angst vor den Konsequenzen.«

Lena wiegte mit dem Kopf hin und her. »Da bin ich mir nicht ganz so sicher. Er hat sein Entsetzen über Merles Tod gut versteckt. Es hat ihn aber bis ins Mark getroffen.«

»Hat er uns die Wahrheit gesagt beziehungsweise alles gesagt, was er wusste?«

»Nein. Hat er nicht. Warum, müssen wir herausfinden.« Lena tippte rhythmisch mit dem Zeigefinger auf den Holztisch. »Und der Letzte im Bunde. Ben Kraemer?«

»Er hat sich Vorwürfe gemacht«, sagte Naya. »Merle war seine große Liebe und daran hat sich nichts geändert.«

»Zumindest nicht von seiner Seite aus. Ansonsten stimme ich zu. Er weiß auch mehr, als er uns gesagt hat. Er hat es nicht bewusst verschwiegen, sondern nur nicht erkannt, was für uns wichtig sein könnte. Ich werde ihn morgen noch einmal befragen.«

»Alleine?«

»Ja.«

»Ist vielleicht besser so.«

»Könnte Kraemer der Täter sein?«, fragte Lena mehr sich selbst.

»Was für ein Motiv sollte er haben?«

»Ich weiß es nicht.«

Naya sah Lena irritiert an. »Aber?«

»Nur so ein Gefühl. Diese tiefe Traurigkeit, die ihn erfasst hat.«

»Er müsste dann allerdings ein exzellenter Schauspieler sein. Seine Reaktionen wirkten ausgesprochen authentisch.«

»Letzterem stimme ich zu. Er war entsetzt.«

»Jetzt verstehe ich gar nichts mehr.«

»Er könnte es verdrängt haben, die Tat komplett ausgeblendet haben.«

»Aber warum dann dieses Versteck am Fastensee?«, fragte Naya.

»Das ist eine Frage, die wir ohnehin noch klären müssen.«

Naya nickte. »Ist notiert. Bleiben jetzt nur noch die beiden Frauen in der Runde. Sandra Boysen und Anna Detlefsen.«

»Sandra, die gute Seele der Gruppe. Damals wie heute?«

»Du bist dir nicht sicher?«, fragte Naya.

»Sie hat uns mit reichlich Informationen versorgt«, antwortete Lena. »Ohne sie hätten wir mehrere Tage gebraucht, um die

Clique zu finden und zu befragen. Wann hatte sie Merle zum letzten Mal getroffen?«

»Am Mittwoch letzter Woche«, sagte Naya, nachdem sie die richtige Seite in ihrem Notizbuch gefunden hatte. »Und davor in Merles erster Fehmarn-Woche. Beide Male ist sie zu ihr gekommen.«

»Die Freundin, die am meisten Zeit gehabt hätte, hat Merle nur zweimal besucht. Kein Spaziergang, kein Treffen im Café oder Restaurant. Sandra hätte doch ihr Kind mitnehmen können.«

»Du siehst zu viele Haare in der Suppe«, warf Naya ein.

Lena schmunzelte. »Berufskrankheit. Warte, bis sie dich befällt. Aber im Ernst. Wäre Sandra nicht die richtige Gesprächspartnerin für Kummer jeglicher Art gewesen? Sei es nun beruflich oder privat.«

Naya warf ihr einen skeptischen Blick zu. »Würdest du zu ihr gehen?«

»Wenn sie meine Freundin wäre oder gewesen wäre, ja, warum nicht? Oder auch einfach nur, um etwas anderes zu sehen und zu hören. Auch so kann man den Kopf freikriegen. Und warum ist Merle in der ersten Woche bei ihr gewesen und in der letzten? Hatte das einen Grund? Guck dir an, wie vollgestopft die Woche vor ihrem Tod war. Merle hatte einen Plan.«

»Für Anna Detlefsen hatte sie auch Zeit.«

»Das war am Montag. Sprich, Merle hatte jeden Tag mindestens einen«, Lena schrieb Anführungszeichen in die Luft, »Termin.«

»Wenn du recht hast, verschweigen uns die Freunde aber so einiges.«

»Ja, oder sie haben nicht bemerkt, was Merle von ihnen wollte.«

»Oder wir sind auf dem Holzweg.«

Lena nickte. »Oder das.«

Zehn

Lena wachte auf, richtete sich ruckartig im Bett auf und sah sich hektisch im Zimmer um. Sie hatte geträumt, war wieder siebzehn gewesen und zusammen mit ihrer Clique am Strand. Erck saß neben ihr, drei Mädchen und vier Jungen, die sie alle nicht kannte, saßen mit ihnen um das Lagerfeuer. Jemand spielte Gitarre, ein Joint wurde durchgereicht, jemand holte aus einem Kasten mehrere Flaschen Bier. Die Stimmung war gut, Erck stand auf, sagte, er vertrete sich kurz die Beine, Lena blieb sitzen, unterhielt sich mit einem blonden Jungen, der, wie sie wusste, mit einem der Mädchen zusammen war.

Ein Schrei, alle sprangen auf, noch ein Schrei, dieses Mal lauter. Lena rief nach Erck, ein weiterer Schrei, der, wie die anderen, von einer Frau kam. Das Lagerfeuer erlosch, als habe jemand den Strom abgestellt. Es war dunkel, alle redeten durcheinander, Lena rief wieder nach Erck, der nicht kam, der blonde Junge rief ihren Namen, eine Hand zog sie weg, berührte ihre Schulter. Jemand flüsterte ihr etwas ins Ohr, das Lena nicht verstand. Sie schlug um sich, rannte los, dahin, wo sie den Strandübergang vermutete. Wieder der Schrei, Lena stolperte, der Vollmond schien und der Platz, an dem sie am Lagerfeuer gesessen hatten, wurde erleuchtet. Niemand war zu sehen, Lena rief Erck, lief auf das Lagerfeuer zu, drehte sich um sich selbst, konnte aber niemand entdecken. Schließlich sank sie in den kalten Sand. Sie schluchzte und schlotterte vor Angst.

Lena warf die Bettdecke zur Seite und sprang aus dem Bett. Sie öffnete das Fenster und atmete tief die frische Morgenluft ein. Mit geschlossenen Augen spürte sie dem merkwürdigen Traum noch einmal nach. Er ergab, wie so viele Träume in den letzten Monaten, keinen Sinn. Sie schloss das Fenster, zog sich ihre Jogginghose und ein Sweatshirt an, zögerte kurz, bevor sie nach dem Autoschlüssel griff.

Kurz darauf fuhr sie aus Burg hinaus die wenigen Kilometer bis zum Südstrand. In den frühen Morgenstunden wirkte der Ort wie verlassen. In spätestens drei Stunden würde hier das Leben wieder pulsieren, die Wege gefüllt mit Joggern, Fahrradfahrern, Spaziergängern auf der Suche nach Erholung und Ruhe.

Lena hielt auf dem großen Parkplatz in der Nähe der langen Strandpromenade, zog ihre Joggingschuhe an, die sie immer im Kofferraum ihres Wagens liegen hatte, und lief los.

Nach den ersten zwei Kilometern fiel der Stress des gestrigen Tages von ihr ab. Jeder weitere Meter lud ihren Akku wieder auf. Der zweite Tag würde anstrengend werden. Um Punkt sechzehn Uhr musste sie auf der Fehmarnsundbrücke Richtung Festland sein. Davor stand einiges an: Um acht Uhr morgens wartete der Staatsanwalt auf ihren Anruf, eine halbe Stunde vorher hatte sie sich mit Naya zum Frühstück verabredet. Anschließend würden sie ein weiteres Mal zum Fundort fahren und gegen neun Uhr dreißig auf dem Harmsen-Hof mit der Mutter und dem älteren Bruder von Merle sprechen.

Lena blieb abrupt stehen und ließ sich auf eine der an der Promenade aufgestellten Holzbänke fallen. Vor Bents Geburt hatte sie regelmäßig mehrere Wochen außerhalb von Kiel ermittelt, mit kurzen Pausen, in denen sie nach Hause gefahren war, um sich mit frischer Kleidung einzudecken. Sie war voll und ganz in den Fall eingetaucht, vierundzwanzig Stunden am Tag, war Motor und Richtungsgeberin der Ermittlungen gewesen. Und heute? Die Angst, das Gefühl für die Opfer und die Täter verloren zu haben, beschlich sie regelmäßig, sobald die Ermittlungen auch nur leicht ins Stocken gerieten. Sie hinterfragte jeden ihrer Schritte dreimal, wo sie zuvor intuitiv vorgegangen war, tastete sie sich inzwischen vorsichtig vor.

Lena sprang auf und lief weiter. Immer wieder schaute sie auf die Uhr, überlegte, wann sie umkehren musste. Sie passierte einen großen Campingplatz, lief den Küstenweg weiter und kehrte erst um, als die Zeit knapp wurde.

»Guten Morgen«, rief ihr Naya entgegen, als Lena nach einer kurzen Dusche mit noch nassen Haaren in den Frühstücksraum eilte.

Lena setzte sich zu Naya an den Tisch. »Gut geschlafen?«

»Ich habe gestern noch etwas recherchiert und bin vor dem Laptop eingenickt. Ist mir schon lange nicht mehr passiert.« Naya stand auf. »Ich wollte mir gerade noch einen Latte bestellen. Du auch?«

Lena nickte. Sie griff nach einem Vollkornbrötchen, schnitt es auf und bestrich es dünn mit Erdbeermarmelade.

»Und bei dir? So lange geschlafen?«, fragte Naya, zurück am Tisch.

»Ich war am Südstrand laufen. Etwas Dampf ablassen und den Kopf freibekommen.«

Naya zeigte ihr den gehobenen Daumen. »Nimm mich nächstes Mal mit. Ich kann mich nie aufraffen, alleine zu laufen.«

»Ich denk dran.« Lena biss ins Brötchen. »Was hast du recherchiert?«

»Ach, dieses Windparkprojekt. Viel ist nicht zu finden. Gesteuert wird es von einer Firma in Hamburg, Baustart sollte eigentlich in zwei Jahren sein, in Planung ist es schon seit fünf Jahren. Zwischendurch gab es einen Wechsel bei der Betreiberfirma, aber jetzt scheint alles im grünen Bereich zu sein.«

»Eigentlich?«, fragte Lena.

Eine junge Frau kam auf ihren Tisch zu und servierte den Latte macchiato. Naya bedankte sich.

»Es geht wohl gerade darum, das Verfahren zu beschleunigen. Bis vor ein paar Monaten gab es mehrere Einsprüche gegen den Bau, sie sind aber alle zurückgezogen worden. Der neue Baubeginn könnte jetzt Anfang des Jahres sein.« Naya trank einen Schluck Kaffee. »Wie gesagt, Voraussetzung ist, dass jetzt von oben das Okay kommt.«

»Zurückgezogene Einsprüche? Ungewöhnlich.«

»War auch mein erster Gedanke. Mehr Informationen habe ich aber nicht gefunden.«

Lena nahm sich vor, den Staatsanwalt danach zu fragen.

»Soll ich da weiterrecherchieren?«

Lena nickte. »Irgendwer muss doch hier Informationen haben. Wende dich an die Gemeindeverwaltung.«

»Diskret oder auch …«

»Mach so viel Wirbel wie möglich.«

Naya grinste. »Kein Problem. Das ist meine Spezialität.«

»Und wir müssen endlich Merles Auto finden. Sprichst du gleich noch mit Kollege Claasen? Das kann doch nicht so schwer sein.«

»Notiert.« Naya hob den Zeigefinger. »Doch jetzt frühstücken wir in Ruhe.«

Lena gab Staatsanwalt Alexander Cornelsen eine kurze Zusammenfassung der bisherigen Ermittlungen.

»Wir können also nicht ausschließen, dass jemand von der Schleswiger Kriminalpolizei etwas mit dem Tod von Frau Harmsen zu tun hat?«, stellte Cornelsen seine erste Frage.

»Nein. Wir kommen nicht darum herum, in Schleswig zu ermitteln.«

»Das bringt Unruhe in die Dienststelle. Ich möchte, dass Sie ausgesprochen vorsichtig vorgehen. Zerbrochenes Porzellan lässt sich nicht mehr kitten. Schaffen Sie das?«

Lena hatte bisher noch nicht mit Cornelsen zusammengearbeitet, vermutete aber, dass er sich über sie erkundigt hatte.

»Ganz geräuschlos wird es nicht gehen. Wenn sich der Verdacht erhärtet, dass Frau Harmsen von einem ihrer Kollegen sexuell belästigt wurde und der Kollege ihr sogar auf Fehmarn nachgestellt hat, muss ich dem nachgehen.«

»Selbstverständlich, Frau Hauptkommissarin. Das steht außer Frage. Sie haben in diesem Punkt meine volle Unterstützung. Trotzdem ist Vorsicht und Diskretion angesagt. Deshalb meine direkte Frage: Sie sind nicht ganz unvorbelastet, was das Thema angeht und auch den Standort Schleswig. Kann ich davon ausgehen, dass Sie den Ermittlungen, sollten welche notwendig sein, gewachsen sind?«

Cornelsen spielte auf die versuchte Vergewaltigung durch Lenas ehemaligen Vorgesetzten an. In Schleswig hatte Lena ihre erste Stelle nach der Polizeiakademie angetreten und den Vorfall erst viele Jahre später angezeigt. Ihr ehemaliger Vorgesetzter, der sich zu der Zeit auf eine leitende Stelle im LKA Kiel beworben hatte, wurde daraufhin in den Ruhestand versetzt und in einem separaten Verfahren zu einer Bewährungsstrafe verurteilt.

»Davon können Sie ausgehen, Herr Staatsanwalt. Mein persönlicher Fall, der übrigens über fünfzehn Jahre zurückliegt, wird mich in keiner Weise an einer objektiven Herangehensweise hindern.«

»Ich hoffe es. Kriminalrätin Nielsen hat sich für Sie verwendet.«

Lena schwieg. Aus ihrer Sicht gab es zu diesem Thema nichts mehr zu sagen.

»So weit, so gut«, sagte der Staatsanwalt. »Ich möchte jeden Tag informiert werden und sollte sich in Schleswig etwas in Bezug auf die dortige Dienststelle ergeben, bin ich der Erste, der davon erfährt.« Er machte eine kurze Pause. »Haben wir uns verstanden?«

»Durchaus, Herr Cornelsen. Ein Ermittlungsansatz führt, wie ich Ihnen ja berichtet habe, zu einem Windparkprojekt, das vermutlich im nächsten Jahr in Bau geht. Nach unseren Informationen sind sämtliche Einsprüche von Anwohnern und Umweltschutzvereinigungen zurückgezogen worden. Können Sie mir hierzu weitere Informationen besorgen?«

Cornelsen räusperte sich. »Sie wissen schon, dass bisher sämtliche Ermittlungen in Sachen Korruption, die Frau Harmsen mit ihrer Anzeige angestoßen hat, ins Leere gelaufen sind?«

»Das ist mir bekannt.«

»Frau Harmsen war krankgeschrieben. Ich bin mir nicht sicher, ob sie noch in der Lage war, bestimmte Gegebenheiten objektiv einzuschätzen.«

»Das werden die Ermittlungen sicher zeigen. Oder sollten wir die Hinweise komplett außer Acht lassen, Herr Staatsanwalt?«

»Das wollte ich damit keinesfalls andeuten. Es ist aus meiner Sicht allerdings Vorsicht geboten. Dieser Windpark ist politisch gewollt, Frau Harmsen war durch die Nähe des Hofes ihrer Eltern zur Anlage persönlich betroffen. Hinzu kommt, dass sie privat unterwegs war. Ich kann nur zur Vorsicht raten.«

»Können Sie uns die Informationen jetzt besorgen?« Lenas Stimme hatte einen leicht ärgerlichen Ton angenommen.

»Ich werde sehen, was sich machen lässt, Frau Hauptkommissarin.«

»Des Weiteren brauchen wir noch einen Beschluss für die Durchsuchung von Merle Harmsens Wohnung in Schleswig. Bis wann kann ich damit rechnen?«

»Zwei Stunden. Wollen Sie die Schleswiger Kollegen …«

»Nein, wir schicken jemanden aus Kiel zur Wohnung.«

»Wie gesagt, vorsichtig und ohne großes Getöse.«

»Das habe ich durchaus verstanden, Herr Staatsanwalt. Sie hören dann von mir.«

Kaum hatte Lena das Gespräch beendet, vibrierte das Handy. Luises Name erschien auf dem Display.

»Luise, so früh?«

»Ja, ich bin bereits seit vier Stunden dabei. Ich muss leider – Asche auf mein Haupt – meine Aussage von gestern widerrufen. Wir haben doch Sperma gefunden beziehungsweise Zellbestandteile, die einem Spermium zugeordnet werden konnten.«

»Bedeutet?«

»Dass sie Sex hatte oder vergewaltigt wurde. Wobei wir ja keine Verletzungen gefunden haben, die auf das Letztere hinweisen. Du wirst jetzt fragen, wann das passiert ist. Zwischen zwei und zehn Tage vor ihrem Tod. Und ja, du bekommst eine zeitliche Einschränkung von mir. Ich gehe von vier bis sechs Tagen aus.«

»Wann habe ich die DNA?«

»Ist in Arbeit. Mir ist klar, dass du sie schnell brauchst. Morgen, denke ich. Und nein, schneller wird es nicht gehen. Ob das Material dafür ausreicht, kann ich aber noch nicht versprechen.«

»Hoffen wir das Beste. Das könnte uns definitiv weiterhelfen.«

»Leider lag ich auch mit der DNA unter den Fingernägeln falsch. Es gab sie entweder nicht oder das Material hat nicht ausgereicht.«

»Schade! Aber vielleicht reicht ja auch das Sperma.«

»Ja, ich hoffe. Und sorry noch mal, aber es ist nicht immer leicht, den Nachweis zu führen.«

»Passiert schon. Danke, dass du mich gleich angerufen hast.«

»Viel Glück bei der Suche nach dem Täter.«

»Das werden wir wohl auch brauchen.«

Lena schickte Naya, die auf ihr Hotelzimmer gegangen war, eine Nachricht, dass sie sich etwas verspäten würde.

Anschließend rief Lena Kriminalrätin Nielsen an. Auch sie erhielt einen Überblick über die ersten Ermittlungsergebnisse.

»Ich benötige zwei Kollegen, die in etwa zwei Stunden die Wohnung von Merle Harmsen durchsuchen.«

»Heute wird das nichts mehr. Können Sie nicht ...«

»Nein, wir sind hier nur zu zweit und kommen kaum mit dem Papierkram hinterher. Ich brauche einen erfahrenen Kollegen. Können wir Ole Kotten aus Husum anfordern? Ich habe noch nicht mit ihm gesprochen, aber ich denke, er wird kommen können.«

»Alleine?«

»Ich werde ihn bitten, einen Kollegen mitzubringen. Soweit ich weiß, betreut er gerade eine Kommissaranwärterin.«

»Geben Sie mir fünf Minuten. Ich spreche mit seinem Vorgesetzten und melde mich gleich wieder bei Ihnen.«

Eine Viertelstunde später telefonierte Lena mit Ole und erklärte ihm die Aufgabe. Sobald der Staatsanwalt ihm den Durchsuchungsbeschluss nach Husum schickte, würden Ole und die Anwärterin nach Schleswig fahren.

»Bereite dich darauf vor, dass in die Wohnung eingebrochen wurde«, gab Lena ihm mit auf den Weg.

»Alles klar. Ich rufe dann die Kriminaltechnik aus Kiel und bleibe vor Ort.«

Elf

Lena hielt auf dem Feldweg an. »Würdest du hier reinfahren, obwohl es eine Sackgasse ist? Ich meine, als jemand, der sich hier nicht auskennt?«

»Eher nicht«, sagte Naya. Sie zeigte aufs Navi. »Auf der anderen Seite hat doch jeder heutzutage ein Navi. Und sei es nur auf dem Handy.«

Lena stieg aus, Naya folgte ihr. »Wo habe ich die Leiche?«

»Im Kofferraum. Ansonsten wäre es zu gefährlich.«

»Oder auf dem Rücksitz liegend mit einer Decke drüber.«

»Zu riskant. Im Kofferraum.«

Sie gingen zum Heck des Autos, Lena öffnete den Kofferraum. »Wie habe ich sie da hineinbekommen?« Sie sah Naya an. »Wie schwer bist du? Sechzig Kilo? Das sollte ungefähr das Gewicht von Merle sein. Legst du dich mal auf die Erde?«

Naya setzte sich und legte sich auf den Rücken. Lena griff ihr unter die Schultern und zog sie langsam hoch. »Das schaffe ich nicht alleine.«

Naya stand wieder auf und klopfte sich den Sand von der Hose. »Wie groß und stark müsste jemand sein?«

»Größer und stärker als ich. Und es kommt wohl auf die Technik an. Jemand, der sich damit auskennt, wird es vielleicht schaffen.«

Naya zog die Augenbrauen zusammen. »Wer kennt sich mit so etwas aus?«

»Krankenpfleger, Sanitäter, Feuerwehr, THW. Menschen, die anderen Menschen aus der Not helfen.« Lena schloss den Kofferraum. »Lass uns weiterfahren.«

Kurz vor dem Fundort, der immer noch mit Polizeiabsperrbändern markiert war, hielten sie an und stiegen wieder aus.

»Hat er oder sie gesehen, dass es hier nicht weitergeht?«, fragte Lena mehr sich selbst.

»Du meinst, jemand wollte Merles Leiche in die Ostsee bringen? Hier? Wie tief ist der See?« Naya zog ihr Handy aus der Tasche und suchte nach der Information im Netz. »Nur einen Meter.«

Lena sah sich um. »Wo stand das Fahrzeug? Hat die Person hier bemerkt, dass es weder nach rechts noch nach links am Deich weitergeht? Zu beiden Seiten ist der Weg durch einen Absperrpfosten blockiert.«

»So verwirrt kann man gar nicht sein, dass man als Fremder hier auf der Insel herumirrt und nach einem Platz sucht, wo man eine Leiche verstecken kann. Ich würde auf jeden Fall aufs Festland fahren.«

»Das hängt davon ab, mit welchem Auto der Täter unterwegs war. Angenommen es war Merles, dann musste er die Leiche loswerden, bevor er das Auto abstellen konnte.«

»Wirklich?«, fragte Naya. »Ist das so zwingend? Ich wäre aufs Festland gefahren, hätte zunächst die Leiche vergraben und mich anschließend ums Auto gekümmert. Dann zurück auf die Insel und mit meinem Auto …« Sie stockte. »Alles zeitaufwendig und umständlich. Mit der Bahn zurück auf die Insel? Mit dem Taxi?«

»Hast du Claasen nach Merles Auto gefragt?«

Naya nickte. »Nichts. Ich habe ihn gebeten, die Suche zu intensivieren. Er meinte, es gebe viele Parkplätze auf der Insel.«

»Okay, spielen wir es mal durch. Merle und der Mörder treffen aufeinander. Wo? Warum?«

»Zufällig eher nicht, also haben sie sich verabredet. Was wollte Merle von der Person? Sie mit ihren Erkenntnissen konfrontieren? Aber warum? Ihr muss klar gewesen sein, dass das gefährlich sein könnte.«

»Sie will weitere Informationen«, sagte Lena. »Quasi eine Befragung. Klar, dabei könnte sie die Person zu weiteren Aussagen provoziert haben. Wollte sie das Gespräch aufzeichnen und dann verwenden?«

»Merle und ihr Mörder verabreden sich also an einem Ort, wo sie von niemandem gesehen werden oder gesehen werden können. Warum? Weil die Person sonst nicht gekommen wäre?«

Lena nickte. »Wo kam das Messer her? Hatte der Täter von vornherein vor, sie zu töten?«

»Würdest du gerne unbewaffnet in so eine Situation gehen? Vielleicht hatte Merle das Messer dabei.«

Lena wiegte den Kopf hin und her. »Wenn ich keine eigene Pistole hätte, würde ich Pfefferspray oder was Ähnliches mitnehmen. Ein Messer ist in erster Linie eine Angriffswaffe.«

Naya legte den Kopf in den Nacken und stöhnte theatralisch. »Wir kommen so nicht weiter, Lena. Es gibt zu viele Fragezeichen.«

»Warum war Merle bis auf die Unterwäsche entkleidet?«

»Der Täter wollte verhindern, dass wir seine DNA finden.«

»Aber würde jeder in dieser Ausnahmesituation so überlegt handeln? Da musst du intuitiv reagieren, vorher wissen, was zu tun ist. Wir beide könnten das vielleicht. Andere auch?«

»Du meinst, hier wusste jemand, was er oder sie macht?«

Lena nickte und zeigte auf die Öffnung im Gestrüpp um die Fundstelle. »Ich gehe da noch einmal rein. Bleib ruhig hier.« Sie ging langsam auf das Gebüsch zu, stellte sich vor, sie würde rückwärtslaufen und eine Leiche über den Boden ziehen. Es mussten Schleifspuren entstanden sein. Merle musste zu diesem Zeitpunkt noch angekleidet gewesen sein, da ansonsten deutliche Spuren an ihren Beinen, Füßen und vermutlich auch am Rücken zu sehen gewesen wären. Luise hatte aber keine gefunden.

Rückwärts bewegte sie sich ins Gebüsch hinein und zog dabei eine imaginäre Leiche hinter sich her. Meter um Meter arbeitete sie sich voran, bis sie zu der eigentlichen Fundstelle kam. Hier bewegte sie sich so, als wenn sie eine leblose Person ausziehen würde. Platz genug war dafür vorhanden. War das der Grund, warum Merle an der Stelle gelegen hatte, die eine Art kleine Lichtung bildete?

Nach und nach zog sie die imaginäre Person aus, legte die Kleidung zur Seite und kontrollierte anschließend die Leiche auf Spuren, die sie hinterlassen haben könnte. *Er muss Schutzhandschuhe getragen haben*, fuhr es Lena durch den Kopf. Sie griff in ihre Tasche, wo sie immer ein Paar aufbewahrte, zog sie an und achtete auf dem Rückzug darauf, ihre Fußspuren mit einem Zweig mit Blättern zu verwischen. Dabei konnte sie nur eine Hand benutzen, da sie in der anderen Merles Kleidung hielt.

»Und?«, fragte Naya, die ans Auto gelehnt auf sie gewartet hatte.

»Er oder sie muss sehr planmäßig vorgegangen sein. Bis auf einen kleinen Stofffetzen hat die Kriminaltechnik nichts gefunden. Merle wurde dort im Gebüsch entkleidet. Deshalb auch die kleine Lichtung. Das war nicht unbedingt eine letzte

Ruhestätte, die der Täter für Merle ausgesucht hat.« Lena zeigte in Richtung Deich. »Ich gehe noch einmal hoch.«

Lena sah auf die Ostsee, wieder einmal fasziniert davon, dass es hier keine Gezeiten gab. Für den Strandbesuch und das Badevergnügen war das vorteilhaft, aber Lena liebte den ständigen Wechsel zwischen Flut und Ebbe, den Wellengang an der Nordsee und den kräftigen Wind. Als sie sich zur Landseite umdrehte, bemerkte sie eine größere Gruppe von Fahrradfahrern, die auf dem Deichweg Richtung Süden fuhren. Einige hatten kleine Kinder hinten oder vorne auf den Fahrrädern, andere zogen Fahrradanhänger oder fuhren mit Lastenrädern. Lena musste unwillkürlich an Bent denken, der bei gutem Wetter von Erck mit dem Fahrrad zur Tagesmutter gebracht wurde. Am späten Nachmittag würde sie ihren Sohn wiedersehen, gefühlt war es mindestens eine Woche her, dass sie von Husum aufgebrochen war.

Lena drehte sich noch einmal langsam um sich selbst und prägte sich die Landschaft ein, bevor sie sich auf den Rückweg zu Naya machte.

»Mit wem sprechen wir zuerst?«, fragte Naya, als sie auf den Harmsen-Hof zufuhren.

»Wenn es geht, mit dem älteren Bruder. Wie war noch sein Name?«

»Oke, siebenunddreißig, Pharmazeut aus Kiel.«

Lena nickte. »Genau der.« Sie standen jetzt vor der Tür, Lena klingelte und sagte leiser: »Auf geht's!«

Hendrik Harmsen öffnete ihnen die Tür, nickte ihnen zu und trat zur Seite. »Mein Bruder wartet im Büro auf Sie.« Er lief voraus, klopfte kurz an die Bürotür, bevor er sie öffnete. »Die Kommissarinnen sind jetzt da, Oke.« Er wandte sich zu Lena. »Brauchen Sie mich noch?«

»Danke, wir sprechen zunächst mit Ihrem Bruder.«

Oke Harmsen überragte Hendrik um einen halben Kopf. Sein dichtes, leicht krauses mittelblondes Haar hatte er hinten mit einem Haargummi zusammengebunden. Der Dreitagebart und seine scharf geschnittenen Gesichtszüge verliehen ihm ein attraktives Äußeres. Er stand auf, ging direkt auf Lena zu und reichte ihr die Hand, bevor er Naya mit dem gleichen müden, aber freundlichen Lächeln begrüßte. »Darf ich Ihnen etwas zu trinken anbieten? Vielleicht einen Kaffee?«

Als Lena und Naya nickten, wandte er sich an seinen Bruder. »Bist du so lieb und setzt Kaffee auf? Ich hole ihn dann gleich aus der Küche.«

Ohne etwas zu sagen, wandte sich Hendrik Harmsen ab und schloss die Tür.

»Setzen Sie sich doch bitte. Sie haben ja bereits mit meinem Bruder gesprochen.« Als sie zu dritt am Tisch saßen, seufzte Oke Harmsen leise. »Wir sind alle noch vollkommen fassungslos. Mein Vater ist überhaupt nicht ansprechbar. Der Arzt war bereits wieder da und hat ihm ein starkes Beruhigungsmittel gespritzt.«

Lena nickte. »Darf ich Ihnen zunächst ein paar Fragen stellen?«

»Selbstverständlich. Wenn ich helfen kann, immer.«

»Sie sind gestern aus Wien gekommen?«, stellte Lena ihre erste Frage.

»Das ist richtig. Ich war dort auf einem Fachkongress.«

»Seit wann?«

»Er hat am Freitagmittag begonnen und geht noch bis übermorgen. Ich hatte am Sonntag zwei Vorträge und habe einen Workshop geleitet. Für den Rest des Kongresses wäre ich sozusagen nur Teilnehmer gewesen.«

»Wann sind Sie nach Wien geflogen?«

Er lächelte matt. »Brauche ich ein Alibi? Nun gut, das war am Freitag. Mein Flug ging um kurz nach zehn von Hamburg.«

»Danke. Wann haben Sie das letzte Mal mit Ihrer Schwester gesprochen, persönlich oder telefonisch?«

»Hendrik sagte mir schon, dass Sie diese Frage stellen würden. Telefoniert haben wir in der letzten Woche. Soweit ich mich erinnere, war das am Mittwoch. Das muss am späten Nachmittag gewesen sein. So aus der Erinnerung würde ich auf siebzehn Uhr tippen.«

»Und persönlich? Waren Sie während der letzten Wochen hier auf Fehmarn?«

»Nein, aber Merle hat mich vor fast drei Wochen in Kiel besucht. Das war ein Samstag, an dem ich nicht arbeiten musste. Sie kam vormittags und ist am Nachmittag wieder gefahren.« Er hielt eine Hand hoch, als wolle er Lena von ihrer nächsten Frage abhalten. »Ich weiß natürlich, was Sie wissen wollen. Was hat Merle beschäftigt, warum war sie bei mir und über was haben wir uns am Telefon unterhalten.«

Lena nickte und wartete.

»Hätte ich gewusst, wie wichtig es vielleicht einmal werden würde, hätte ich mich mehr auf die Probleme meiner Schwester konzentriert. Ich muss leider gestehen, dass ich das nicht getan habe. Zu meiner Entschuldigung kann ich nur sagen, dass ich gerade eine Trennung hinter mir habe und … Na ja, Sie können sich das ja vielleicht vorstellen. Plötzlich ist nichts wichtiger als das eigene Leiden.«

»Das verstehe ich natürlich«, sagte Lena. »Aber Sie werden sicher noch im Groben wissen, über was Sie in Kiel mit Ihrer Schwester gesprochen haben. Haben Sie sie eingeladen oder ging die Initiative von Ihrer Schwester aus?«

»Merle rief an, am Freitagabend. Sie habe Zeit und wolle mich besuchen. Als ich etwas rumgedruckst habe, hat sie es dringend gemacht. Sie sei krankgeschrieben und wisse im Moment nicht weiter.«

»Merle hat Sie dann also am nächsten Tag besucht?«

Oke Harmsen nickte. »Ja. Wir sind erst mal in ein Café. Es gab Frühstück, für mich das erste, für Merle das zweite. Ich hatte einen schrecklichen Kater. Zu viel Wein und Whisky. Merle hat das wohl gemerkt und mich erst mal wach werden lassen. Anschließend haben wir einen Spaziergang an der Steilküste auf der Höhe von Stohl gemacht. Vielleicht kennen Sie das ja.«

Lena nickte.

»Ich habe ihr meine Probleme erzählt und sie ihre. Meine interessieren Sie sicher nicht. Merle war niedergeschlagen. Sie war in ihrer Dienststelle …« Oke Harmsen sah Lena fragend an. »Heißt das so?« Als Lena nickte, fuhr er fort. »Also auf ihrer Dienststelle hatte sie Unregelmäßigkeiten festgestellt. Sie nannte es Korruption. Einer oder mehrere – ich weiß es nicht mehr so genau – der Kriminalpolizisten dort, also einer von Merles Kollegen, hatte sich bestechen lassen. Es ging wohl um Geldwäsche oder Ähnliches. Sie meinte auch, dass sie es gemeldet habe.« Er stutzte. »Hat sie das? Sie müssten es doch wissen?«

»Ja, Ihre Schwester hat sich ans LKA gewandt. Es läuft seitdem eine Untersuchung.«

»Und? Hat dieser Mensch Merle ermor…« Er schluckte schwer und schien das Wort nicht aussprechen zu können. »Hat er?«

»Zu den laufenden Ermittlungen dürfen wir Ihnen leider nichts sagen.«

»Nein, natürlich nicht. Entschuldigen Sie.« Oke Harmsen räusperte sich leise. »Wo waren wir stehen geblieben?«

»Sie erzählten gerade von Ihrem Spaziergang an der Steilküste und Ihrem Gespräch mit Merle.«

Oke Harmsen nickte. »Ja, Merle war auf der einen Seite frustriert, dass sich offensichtlich nichts tat in dieser Sache, und andererseits …« Er zuckte mit den Schultern. »Ich glaube, Merle hatte auch privat ein paar Probleme. Nach ihrer großen Liebe … Sie wissen von Ben Kraemer?«

»Ja, wir haben gestern bereits mit ihm gesprochen.«

»Also die beiden waren lange ein Paar. Mit der ersten Beziehung ist das ja so ein Ding. So richtig kommt man nie darüber hinweg. Und bei Merle war es mehr als die übliche Jugendliebe. Ben und sie … ja, sie waren irgendwie füreinander geschaffen.« Oke Harmsen hielt kurz inne. »Ich bin sonst eigentlich nicht so romantisch veranlagt.«

Lenas Gedanken wanderten ab zu Erck, ihrer Jugendliebe, die sie erst vor ein paar Jahren wiedergefunden hatte. Erck und sie hatten am Morgen nicht wie üblich telefoniert. Lena vermutete, dass Bent lange geschlafen oder keine Lust auf die Tagesmutter gehabt hatte.

»Sie verstehen, was ich meine?«, holte Oke Harmsen Lena aus ihrem kurzen Tagtraum zurück.

»Ja, durchaus. Ihre Schwester hatte also Beziehungsprobleme?«

»Das ist zumindest meine Vermutung. Über diese Dinge hat sie in der letzten Zeit nicht mehr so viel mit mir gesprochen. Anders als früher.« Oke Harmsen schloss die Augen und schwieg eine Weile.

»Sie wissen also nicht, um wen es sich handelt?«, fragte Lena.

Oke Harmsen schreckte leicht auf. »Nein, leider nicht. Eigentlich hatte Merle nie Probleme, Männer kennenzulernen. Sie liefen ihr ja in Scharen nach. Vielleicht hängt es mit ihrem Alter zusammen. Sie machte sich schon seit einiger Zeit Gedanken um ein eigenes Kind. Aber dazu gehört natürlich der richtige Mann, wie Merle immer sagte. Je älter sie wurde, desto weniger glaubte sie daran, dass Mr Right noch auftauchen würde.«

»Wenn ich Sie richtig verstehe, gehen Sie davon aus, dass Ihre Schwester meinte, den richtigen Mann gefunden zu haben, dann aber die Beziehung zerbrochen ist?«

»Ja, so habe ich es mir zusammengereimt. Sie hat sich schon …« Oke Harmsen fuhr sich mit der Hand durch die Haare. »Ja, es sind bestimmt zwei Jahre, seit ich nichts mehr über ihre Männer gehört habe. Anfangs dachte ich einfach, dass sie sich noch nicht sicher war, dann habe ich das Thema nicht mehr angesprochen. So häufig haben wir uns ja auch nicht gesehen.«

»Hat Ihre Schwester noch mehr über den Korruptionsfall in ihrer Dienststelle erzählt?«, stellte Naya ihre erste Frage.

»Nein, ich habe vermutet, dass Merle mich da nicht mit reinziehen wollte. Sie hat mal so eine Bemerkung gemacht, dass diese Kriminellen ziemlich brutal vorgehen würden, wenn man ihnen in die Quere kommt.«

»Wollte Merle bald zurück nach Schleswig? Sie war ja schon über vier Wochen krankgeschrieben?«

Oke Harmsen stand auf. »Ich habe ganz vergessen, den Kaffee aus der Küche zu holen. Einen Moment bitte.« Er sprang auf und lief aus dem Büro.

»Was war das denn?«, fragte Naya.

Lena zuckte mit den Schultern. »Ich weiß es nicht.«

Kurz darauf kam Oke Harmsen zurück, teilte die Tassen aus und schenkte Kaffee ein. Er reichte Lena Milch und Naya den Zucker. »Bedienen Sie sich. Ich trinke meinen Kaffee schwarz.«

»Danke«, sagte Lena. »Wir waren bei der Krankschreibung Ihrer Schwester stehen geblieben. Wissen Sie etwas darüber?«

»Ja, Merle wollte zurück. Aber zuvor …« Oke Harmsen stellte die Tasse ab. »Ich weiß gar nicht, wie ich das jetzt sagen soll.«

»So wie Sie es von Ihrer Schwester gehört haben.«

»Nun gut, wenn Sie meinen. Merle sagte, sie werde bald den ganzen Laden in Schleswig hochgehen lassen. Sie sei kurz davor, den entscheidenden Trumpf in die Hand zu bekommen. Ja, genau so hat sie es gesagt.«

Zwölf

Lena und Naya befragten Oke Harmsen noch eine weitere halbe Stunde, aber bis auf wenige Details, die er zu der bisherigen Aussage hinzugefügt hatte, gab es keine neuen Erkenntnisse.

»Wir würden gerne noch einmal in Merles Zimmer schauen«, sagte Lena. »Ist die Tür zu ihrem Zimmer offen?«

»Nein, aber wir haben hier einen Zweitschlüssel. Augenblick.« Oke Harmsen ging wie sein Bruder zum Schreibtisch und öffnete dort eine Schublade. »Hier ist er.«

»Wir brauchen vielleicht zwanzig Minuten. Könnten wir anschließend mit Ihrer Mutter sprechen?«

»Ich werde sehen, was sich machen lässt.«

Lena schloss die Tür auf. Das Zimmer schien immer noch im selben Zustand zu sein, in dem es die Kriminaltechniker zurückgelassen hatten. Überall im Raum waren die Spuren der Fingerabdrucksuche zu sehen, die beim Einbruch entstandene Unordnung war durch die Durchsuchung noch vergrößert worden.

»Was genau suchen wir hier?«, fragte Naya, die zuvor Lenas Wunsch weder kommentiert hatte noch sich hatte anmerken lassen, dass sie erstaunt über die Frage war.

»Oke Harmsen hat vorhin in einem Nebensatz erwähnt, dass seine Schwester früher Tagebuch geführt hat. Die Kollegen haben keins gefunden, was allerdings nicht heißt, dass es keins gibt.«

»Und wir finden das jetzt?« Nayas Stimme klang skeptisch.

»Wenn es denn eins gibt oder andere Aufzeichnungen. Vielleicht hat sie das Tagebuch auf einem Stick abgespeichert. Der ist besser zu verstecken.« Lena zog sich Latexhandschuhe über und zeigte auf die rechte Seite des Zimmers. »Kannst du da anfangen?«

Lena wandte sich dem Kleiderschrank zu und klopfte zunächst die Rückwand ab, bevor sie die einzelnen Böden untersuchte und sich anschließend an den Schrankboden machte. Nachdem sie nichts gefunden hatte, stieg sie auf einen Stuhl, um auf den Schrank schauen zu können.

»Nichts?«, fragte Naya, als Lena sich das kleine Bücherregal vornahm.

»Nein, klopf auch die Wand ab. Eventuell gibt es da einen Hohlraum.«

Naya kroch unter das Bett und leuchtete den Boden Stück für Stück ab, während Lena jedes der Bücher aus dem Regal nahm und die Seiten durchblätterte. Weder in den Büchern noch am Regal fand Lena ein Versteck.

»Und bei dir?«, fragte Lena.

»Das Bett ist clean. Ich habe die Matratze Millimeter für Millimeter abgesucht. Da ist nichts. Jetzt ist die Wand dran.«

Lena machte sich über den kleinen Schreibtisch im Zimmer her. Zunächst leerte sie die Schubladen aus, tastete den Boden ab und sah sich das ausgekippte Sammelsurium an, das sich in den Schubladen befunden hatte.

»Hat Merle eigentlich geraucht?«, fragte Lena.

Naya schaute auf. »Als sie auf der Fortbildung war, jedenfalls nicht. Das wäre mir aufgefallen. Ich reagiere ziemlich allergisch auf Zigarettenrauch.«

Lena griff nach dem Feuerzeug, das sie zwischen dem anderen Krimskrams gefunden hatte. Sie versuchte vergeblich, die Flamme zu zünden, und drehte es um. Schließlich entdeckte sie den feinen Riss zwischen Ober- und Unterteil. Mit Kraft zog sie es auseinander. »Ich habe was!«, rief sie.

Naya ließ von der Wand ab und eilte durch den Raum zu Lena. Die hob triumphierend den Datenstick hoch. »Holst du deinen Laptop aus dem Auto?«

Naya nickte. »Bin gleich wieder da.«

Lena richtete sich auf und reckte sich. War das der Durchbruch? Würden sie auf dem Stick belastendes Material finden? Sie zog sich einen Stuhl an den Schreibtisch und wartete auf Naya.

»Hier!« Naya hatte bereits den Laptop geöffnet und ihr Passwort eingegeben.

Lena schob den Datenstick in den Laptop, kurz darauf poppte ein Fenster auf. Auf dem Stick befand sich nur eine Textdatei. Sie klickte sie an und wartete gespannt darauf, dass sie sich öffnete.

»Verdammt!«, stieß Naya hervor, die Lena über die Schulter blickte. »Wieso lässt sich die Datei nicht öffnen? Soll ich mal?«

Lena schob ihr den Laptop zu, sie klickte erneut auf die Word-Datei mit dem Namen »Fehmarn« und stöhnte leise, als sich ein Feld öffnete, in dem ein Passwort eingegeben werden musste. »Das Teil ist passwortgeschützt. Tut mir leid, um das zu knacken, reichen meine Kenntnisse nicht.«

»Warum Fehmarn? Ich hatte gehofft, dass wir Dokumente finden, die uns in der Korruptionssache weiterbringen.«

»Das kannst du vergessen. Die Datei ist viel zu klein, als dass da eingescannte Dokumente mit drin wären. Allenfalls eine Art von Protokoll oder Bericht.«

»Oder Aufzeichnungen der letzten Wochen, in denen Merle auf der Insel war«, warf Lena ein. »Da es passwortgeschützt ist, gehe ich mal davon aus, dass der Inhalt der Datei zumindest für Merle wichtig war.«

Jemand klopfte an die Tür. Oke Harmsen schaute herein. »Meine Mutter hätte jetzt Zeit für Sie.«

Dedda Harmsen wartete im Büro des Hauses auf die beiden Kommissarinnen. Wie zuvor ihr Sohn kam sie auf Lena zu und begrüßte sie mit einem Handschlag. Für eine Frau war sie groß, ihre dreiundsechzig Jahre sah man ihr nicht an. Mit ihren kurzen blonden Haaren und der schlanken Figur wirkte sie zehn Jahre jünger. Sie bat die beiden Frauen, Platz zu nehmen, und gesellte sich zu ihnen.

»Es tut mir leid, dass ich Sie gestern nicht empfangen konnte, aber meinem Mann geht es nicht gut. Ich musste mich um ihn kümmern.«

»Das geht selbstverständlich vor«, sagte Lena. »Zunächst möchte ich Ihnen mein Beileid aussprechen.«

»Danke«, sagte Dedda Harmsen.

»Wir wollen Sie auch nicht lange in Beschlag nehmen. Ihre beiden Söhne haben Sie gut vertreten. Wenn wir Ihnen noch ein paar Fragen stellen dürften?«

»Selbstverständlich. Fragen Sie ruhig.«

»Haben Sie mit Merle über ihre Krankschreibung gesprochen?«

»Ja, das blieb nicht aus. Sie ist ja sonst nur an Wochenenden auf Fehmarn oder wenn sie den Urlaub hier bei uns verbringt. Ich hatte schon eine ganze Weile beobachtet, dass es Merle nicht so gut ging. Sie hat ihre Arbeit viel zu sehr an sich rankommen lassen. Das ist nie gut, egal, was man macht. Man braucht etwas Distanz, um den klaren Blick zu behalten.«

»Hat sie Ihnen erzählt, um was es genau ging?«, fragte Lena weiter.

»Ja, Merle hatte wieder einmal ihre Arbeit über ihr eigenes Wohlergehen gestellt. Wir arbeiten auch viel, mein Mann und ich, aber wir haben auch Zeiten der Ruhe und der Erholung. Und das in und mit der Natur. Merle hat Raubbau an ihrer Gesundheit betrieben. Ich habe ihr das immer wieder gesagt, aber sie wollte nicht hören.«

Dedda Harmsen wirkte auf Lena unterkühlt und rational. Sie hatte vor nicht einmal achtundvierzig Stunden erfahren, dass ihre Tochter gestorben war, und wusste inzwischen auch, dass ein Tötungsdelikt vorlag. Ihre Ausführungen klangen eher wie eine Anklage als wie die Worte einer trauernden Mutter.

»Hat Ihre Tochter sich konkret zu den Problemen geäußert?«

»Konkret? Wie meinen Sie das?« Ihre Stimme klang jetzt leicht ärgerlich, als habe sie bereits alles gesagt und sei nicht bereit, es noch einmal zu wiederholen.

»Hat Ihre Tochter von bestimmten Personen gesprochen, mit denen sie Probleme hatte?«, konkretisierte Lena ihre Frage.

»Das wird wohl so gewesen sein, aber ich erinnere mich nicht an diese Namen.«

Naya beugte sich leicht vor. »Wie war Ihr Verhältnis zu Ihrer Tochter?«

»Selbstverständlich gut. Ansonsten wäre sie wohl kaum so häufig hier bei uns auf dem Hof gewesen. Merle hat doch sogar überlegt, den Ferienbetrieb zu übernehmen. Mein Mann ist zehn Jahre älter als ich und … nun gut, wir haben schon eine Weile vor, uns zur Ruhe zu setzen.«

»Wie geht es Ihrem Mann? Können wir bald mit ihm sprechen?«

»Im Moment schläft Hajo. Und ich glaube nicht, dass er in den nächsten Tagen in der Lage sein wird, Ihre Fragen zu beantworten. Merles Tod hat ihn sehr mitgenommen. Sie war sein Ein und Alles. Es tut mir leid, es wird so schnell nicht gehen.«

Lena nickte. »Hat Merle mit Ihnen darüber gesprochen, wann sie wieder nach Schleswig zurückwollte?«

»Nicht so konkret. In der letzten Woche war viel los auf dem Hof. Familien mit kleinen Kindern machen viel Arbeit und jetzt, wo die Schulferien fast überall vorbei sind, kommen halt vor allem Eltern mit Kleinkindern. Wir bieten dann ein kleines Programm an. Jeden Tag eine andere Attraktion.« Sie hielt kurz inne. »Ich glaube aber nicht, dass Merle wieder zurück nach Schleswig wollte.«

»Etwas gewöhnungsbedürftig, die Dame«, sagte Naya, als sie außer Hörweite des Hofes waren.

»Ich fürchte, ich war nicht ausreichend bei der Sache. Etwas stört mich an der Aussage der Mutter.«

»Etwas? Sie war so kalt wie das Eis auf Grönland. Ich glaube kaum, dass sie sich viel mit ihrer Tochter unterhalten hat. Sie hat doch keine Ahnung, wie es ihr wirklich ging.«

Lena schloss den Wagen auf. »Das meine ich nicht. Ich hätte noch etwas fragen sollen, aber ich weiß nicht, was es war. Aber vielleicht irre ich mich auch.«

»Da war nichts mehr zu holen, glaub mir.«

Lena setzte sich auf den Fahrersitz und wählte Ole Kottens Nummer. Es dauerte eine Weile, bevor er das Gespräch annahm.

»Sorry, ich habe den Handschuh nicht so schnell ausbekommen.«

»Hallo, Ole, ich stelle mal auf laut, damit meine Kollegin mithören kann. Wie sieht es bei euch aus?«

»Hast du meine Nachricht nicht gelesen?«

»Nein, wir waren in einer Befragung. Was …«

»Hier ist auch eingebrochen worden. Die Kollegen der Spurensicherung brauchen noch etwas, anschließend machen wir uns an die Durchsuchung der Räume.«

»Einbruchsspuren?«

»Konnten wir keine finden. Allerdings ist das Türschloss kein großes Problem für jemanden, der sich damit auskennt.«

»Wir haben hier einen Datenstick gefunden, der in ein Feuerzeug integriert war. Die Daten sind noch einmal per Passwort geschützt, deshalb weiß ich noch nicht, was drauf ist. Vielleicht gibt es in der Wohnung noch einen zweiten.«

»Ich melde mich, Lena.«

»Es wird immer undurchsichtiger«, sagte Naya, als Lena aufgelegt hatte. »Jetzt auch noch die Wohnung in Schleswig. Ermitteln wir hier auf Fehmarn überhaupt am richtigen Ort?«

»Das frage ich mich auch langsam.« Lena sah auf die Uhr. »Wir fahren nach Burg zurück. Ich setze dich bei der Polizeistation ab und fahre noch einmal zu Ben Kraemer.«

»Kein Problem. Ich habe noch Recherchen am Laufen und die Protokolle sind auch noch nicht vollständig.«

Lena fuhr den Feldweg zum Haus von Ben Kraemer entlang und hielt vor dem Haus. Der Lada Niva stand nicht wie am Tag zuvor auf dem Platz vor dem Haus. Lena wendete und stellte ihr Dienstfahrzeug am Weg ab. Sie ging auf das Haus zu, klopfte an die Tür. Nach dem zweiten Mal umrundete sie das Gebäude und sah durch die großen Fenster auf der Rückseite ins Innere.

Zurück am Auto wartete sie zehn Minuten, bevor sie eine kurze Nachricht für Ben Kraemer auf einen Notizzettel schrieb und in den Postkasten warf.

In Gedanken ging Lena noch einmal die Ermittlungen durch. Heute würde sie nichts mehr auf Fehmarn erreichen. Nach kurzem Zögern griff sie nach ihrem Handy und rief Naya an. »Kraemers Auto steht nicht vor der Tür, er ist nicht im

Haus. Ich fahr jetzt ins Hotel, hole meine Sachen und fahre über Schleswig nach Husum. Morgen gegen zehn bin ich wieder hier. Dann sehen wir weiter.«

»Okay. Ich habe genug zu tun. Hast du etwas dagegen, wenn ich noch einmal alleine mit Sandra Boysen spreche?«

»Nein, aber es wäre gut, wenn du das Gespräch aufzeichnest.«

»Dem wird sie kaum zustimmen.«

»Du findest schon einen Weg. Bis morgen.«

Lena startete den Motor und fuhr zurück zur Straße.

Dreizehn

»In etwa einer Stunde bin ich in Schleswig«, sagte Lena, als Ole Kotten das Gespräch angenommen hatte.

»Kleiner Kontrollbesuch?«

Lena lachte. »Was dachtest du denn? Nicht, dass du kurz vor der Pension noch einen Fehler machst.«

»Erinnere mich nicht daran. Vier Wochen noch und ich …« Ole brach ab. »Ich denke, wir werden noch nicht fertig sein, wenn du kommst. Zweiter Stock, die rechte Wohnung.«

»Bis gleich, Ole.«

Sie fuhr auf der B76, einer vierspurigen Schnellstraße, auf Kiel zu. Ab der Landeshauptstadt führte die Autobahn Richtung Westen und traf dort auf die viel befahrene A7, die bis Flensburg führte. Lena hoffte, dass sie gut durchkommen und später mindestens eine Stunde vor Ercks Termin in Husum sein würde.

Ihr Handy klingelte. Sie nahm das Gespräch über die Freisprechanlage an. »Moin, Luise! Ich bin auf dem Weg nach Schleswig. Ich hoffe, du kannst mich gut verstehen.«

»Wird schon gehen. Hast du die Ermittlungen auf Fehmarn schon abgeschlossen?«

»Nein, nur unterbrochen. In der Schleswiger Wohnung des Opfers ist auch eingebrochen worden. Hast du noch was für mich?«

»Ja und nein. Die DNA-Analysen lassen noch auf sich warten. Ich habe mir aber mit einem Kollegen noch einmal die Hämatome des Opfers angeschaut und mit ihm zusammen einen möglichen Tatverlauf rekonstruiert. Die ältesten Hämatome sind nach unserer gemeinsamen Einschätzung wenige Stunden vor dem Tod entstanden. Allerdings gehen wir nicht mehr unbedingt von einer körperlichen Auseinandersetzung und Abwehrspuren aus. Sie könnten auch von einem Sturz herrühren.«

»Der wiederum seine Ursache in einer Auseinandersetzung gehabt haben könnte.«

»Das ist dein Spezialgebiet, Lena. Die Frau könnte gestolpert sein und könnte sich dabei die Hämatome an den Unterarmen und am rechten Oberschenkel zugezogen haben.«

»Okay, habe ich verstanden. Zusätzliche Schläge konntet ihr aber nicht feststellen?«

»Wie gesagt, der Körper hat eine Reihe von Hämatomen und Abschürfungen. Sie sind etwa zwei bis vier Stunden vor dem Tod entstanden. Und bevor du fragst: Auf eine hundertprozentige Aussage kann ich mich nicht festlegen.«

Lena lachte. »Neunundneunzig reicht mir auch.«

»Du weißt, was ich meine. Dann komme ich noch einmal zu den mutmaßlichen Abwehrspuren, die kurz vor dem tödlichen Messerstich ins Herz entstanden sind. Die Spuren bei dem Opfer sind so minimal, dass man eigentlich nicht von Abwehrspuren sprechen kann. Der Angriff muss also plötzlich und unerwartet gekommen sein.«

»Ein Profi? Willst du mir das sagen?«

»Nicht unbedingt. Es könnte auch ein Zufallstreffer gewesen sein. Du weißt, wie schwierig es ist, einen solchen Stich sicher zu setzen.«

»Totschlag im Affekt? Passt nicht so richtig ins Bild. Aber gut, wir werden sehen, was die weiteren Ermittlungen bringen. Nach was für einem Messer suchen wir?«

»Die Klinge wird etwa fünfzehn Zentimeter lang gewesen sein. Spitz zulaufend. An der breitesten Stelle etwa zweieinhalb Zentimeter.«

»Es könnte also auch ein handelsübliches Küchenmesser gewesen sein?«, fragte Lena.

»Ja, durchaus. Jagdmesser sind in der Regel breiter. Klappmesser häufig schmaler. Aber letztlich können wir an der Form nicht genau bestimmen, um was für ein Messer es sich gehandelt hat.«

»Was ist dein Tipp?«

»Dazu kann ich wirklich keine Einschätzung abgeben. Wieder dein Verantwortungsbereich, aus dem ich mich raushalte. Wo war ich stehen geblieben? Die Hämatome hätten wir so weit durch. Zumindest fast. Was jetzt noch neu hinzukommt, sind Verletzungen, die durch den Transport der Leiche entstanden sind. Es sind leichte Abschürfungen, die an Händen und Beinen zu finden sind. Sprich, der Körper ist zwar nicht über Stein oder anderes hartes Material gezogen worden, aber vermutlich über festen Sand. Ich weiß nicht, ob dir das weiterhilft, da ihr ja bereits zu dem Schluss gekommen seid, dass der Fundort nicht mit dem Tatort identisch ist. Darauf weisen auch die Hämatome an den Handgelenken hin, die nach unserer Berechnung post mortem entstanden sind.«

»Die Person, die die Leiche transportiert hat, war also nicht kräftig genug, um die Leiche zu tragen.«

»Warum so vorgegangen wurde, kann ich dir natürlich nicht sagen. Das könnte ein Grund gewesen sein. Sagtest du nicht, dass sie in einem Gebüsch gefunden wurde? Vielleicht war es zu eng, sie zu tragen.«

»Oder unser Täter ist so clever, dass er nicht verraten wollte, dass er den Körper auch hätte tragen können.«

»Zum Beispiel«, sagte Luise. »Von meiner Seite aus wäre es das. Den Todeszeitpunkt haben wir auch noch mal überprüft. Es bleibt bei meiner ersten Einschätzung.«

Lena bedankte sich noch einmal für den Anruf und verabschiedete sich von Luise. Fast gleichzeitig verkündete die Navi-Stimme, dass sie in zwei Kilometern abfahren müsse. Lena fädelte sich rechts ein und setzte den Blinker, bevor sie auf die Abfahrtsspur wechselte.

Lena klopfte an die Tür von Merle Harmsens Wohnung. Zuvor hatte sie Ole eine Nachricht geschickt, dass sie jetzt vor dem Haus parken würde.

Der Husumer Hauptkommissar öffnete ihr die Tür. »Komm rein in die gute Stube. Wir sind auch fast durch.«

Lena betrat die Wohnung und wurde von Ole in einen kombinierten Wohn-, Ess- und Küchenbereich geführt. »Es gibt nur diesen Raum und ein Schlafzimmer. Und natürlich das Bad.«

Der Raum war großzügig geschnitten, hatte Echtholz-Parkettboden und bodentiefe Fenster nach Süden. Neben einem hochwertig aussehenden Sofa stand ein modernes Regalsystem, auf dem sich Bücher, CDs und eine Musikanlage befanden. Am kleinen Esstisch standen zwei Stühle, an der Wand hingen Drucke in Holzrahmen. Durch die zurückhaltende Möblierung wirkte das Zimmer größer, als es tatsächlich war.

»Schöne Wohnung«, sagte Lena an Ole gerichtet.

Ole nickte.

»Habt ihr was gefunden?«

»Weder einen Laptop noch ein Tablet. Auch kein Handy. Auch keinen Datenstick. Leider. Wie du siehst, sind einige Fingerabdrücke sichergestellt worden. Außerdem haben die Kollegen von mindestens zwei Personen Haare gefunden.«

»Und sonst? Kein Tagebuch, keine Dokumente, die mit dem Korruptionsfall zu tun haben könnten, keine …«

»Nichts! Willst du dich noch mal auf die Suche machen?«

Lena schüttelte den Kopf. »Wenn du nichts gefunden hast, werde ich auch nichts finden.« Sie zog einen Stuhl vom Tisch vor und setzte sich. Ihr Blick fiel auf die CD-Sammlung. »Was hat sie für Musik gehört?«

»Soul, Jazz, Klassik. Alles ruhige Sachen.«

Lena ließ das Zimmer auf sich wirken. Trotz der durch den Einbruch und die Wohnungsdurchsuchung angerichteten Unordnung wirkte der Raum beruhigend auf sie. Die Möbel, das geweißte Eichenparkett, der flauschige Teppich, die unterschiedlichen Farben der Wände, die Bilder an der Wand, alles war geschickt aufeinander abgestimmt. Entweder hatte Merle einen Innenarchitekten engagiert oder sie hatte ein Faible für Farben und Formen.

Das Schlafzimmer war mit gleicher Sorgfalt und Liebe zum Detail eingerichtet. Das breite Bett mit den zimtfarbenen Bezügen wirkte einladend und strömte Behaglichkeit und gleichzeitig Lebensfreude aus.

»Ich glaube, ich habe genug gesehen. Erck hat heute einen Termin mit einem seiner Kollegen. Ich mache mich dann mal auf den Weg.«

»Holger Krüger?«, fragte Ole.

Lena nickte erstaunt. »Woher …«

»Ach, Erck hat mal was von ihm erzählt. Sucht der alte Knacker jemanden, der seinen Laden übernimmt?«

Lena schmunzelte. »Ist Krüger nicht nur ein paar Jahre älter als du?«

»Auf dem Papier vielleicht …«

»Du machst dir Sorgen wegen der vielen freien Zeit, die auf dich zukommt?«

Oles Mann war zehn Jahre jünger als er und war häufig auf Geschäftsreisen. Sie hatten die eine oder andere Krise durchlebt und gemeistert.

»Mag sein. Ich kann ja als Nachtwächter arbeiten. Die suchen doch immer qualifizierte Kräfte, die mal bei der Polizei gearbeitet haben.« Er grinste. »Oder ist das nur in amerikanischen Filmen so?«

»Du brauchst ein Hobby. Wie wäre es mit Krimischreiben? Die werden immer gelesen. Erfahrung hast du doch genug.«

Ole deutete ein Augenrollen an. »Mit der Realität hat das in diesen Büchern nicht viel zu tun. Und ehrlich, ich habe in meinem Leben genug Protokolle geschrieben, da muss ich jetzt nicht auch noch anfangen, andere Geschichten zu erfinden.«

Lena schaute auf die Uhr. »Ich muss weiter. Erck überraschen, dass ich auch mal pünktlich sein kann.«

Ole begleitete sie bis zum Hausflur. Gerade, als Lena sich verabschieden wollte, öffnete sich die Fahrstuhltür. Ein Mann trat heraus und starrte Lena und Ole an. Im nächsten Augenblick zog er eine Waffe und richtete sie auf Lena, die nur wenige Meter vor ihm stand.

»Ich will Ihre Hände sehen!«, schrie der Mann. »Sofort!«

Da der Mann eine Walther P99 auf Lena richtete, mutmaßte sie, dass er Polizist war. »Wir sind vo…«, sagte sie ruhig.

»Schnauze!«, fuhr er sie an. »Was machen Sie hier?«

»LKA. Ich kann Ihnen gerne den Ausweis zeigen.«

Der Mann wirkte einen Moment verunsichert und senkte schließlich die Waffe. »Aber langsam.«

Lena nickte, zog ihren Ausweis aus der Tasche und reichte ihn dem Mann. Er warf einen Blick darauf und steckte die Waffe zurück in das Holster. »Was machen Sie hier in der Wohnung?«

Ole trat vor. »Etwas schräge Nummer, Kollege. Darf ich bitte Ihren Ausweis sehen?«

Der Mann griff mit ärgerlicher Miene in die Seitentasche seiner Jacke und hielt Ole den Ausweis vor die Nase. »Ich gehe mal davon aus, dass Sie einen Durchsuchungsbeschluss haben?«

»Ja, davon können Sie ausgehen«, entgegnete Ole scharf. »Seien Sie froh, wenn ich nicht mit Ihrem Vorgesetzten spreche. Und jetzt verschwinden Sie. Aber ein wenig zackig, Herr Schäfer.«

Lena legte Ole die Hand auf die Schulter. »Ist gut, Ole. Ich kläre das.« Sie wandte sich an Elmar Schäfer. »Kann ich kurz mit Ihnen sprechen, Herr Schäfer?«

Elmar Schäfer sah sie irritiert an. »Wie war noch Ihr Name? Lorenzen? Sind Sie die …« Er schüttelte fast unmerklich den Kopf. »Nein, danke. Ich habe gerade keine Zeit.« Er drehte sich abrupt um und lief die Treppe hinunter.

»Was war das denn?«, murmelte Ole und fügte laut hinzu: »Der ist ja wohl leicht hysterisch. Sofort die Waffe auf uns zu richten. Er hat sich nicht einmal als Polizist zu erkennen gegeben.«

»Das war der Kollege, den Merle Harmsen beschuldigt hat.«

Ole pfiff durch die Zähne. »Ah, sieh mal einer an. Und was wollte er hier bei ihrer Wohnung?«

»Das kläre ich morgen, Ole. Ich muss jetzt wirklich weiter.«

Vierzehn

Lena klappte leise das Buch zu. Bent war vor wenigen Sekunden eingeschlafen, nachdem sie ihm eine Weile vorgelesen hatte. Sie stand vorsichtig auf, deckte ihn zu und schlich aus dem Kinderzimmer.

Seit sie in Husum angekommen war, hatte ihr kleiner Sohn sie belagert. Erck war erleichtert gewesen, dass Lena eine Stunde früher als erwartet nach Hause gekommen war, und hatte die Zeit genutzt, um ein paar Telefongespräche zu führen.

In der Küche schenkte sich Lena ein Glas Weißwein ein, legte anschließend im Wohnzimmer eine Musik-CD ein und machte es sich auf dem Sofa gemütlich. Auf der Fahrt von Schleswig nach Husum hatte sie mit dem Staatsanwalt gesprochen und angekündigt, dass sie am nächsten Tag Elmar Schäfer und weitere Kollegen von Merle Harmsen im Schleswiger Kommissariat befragen würde. Den Vorfall vor Merles Wohnung hatte sie nicht erwähnt.

War Elmar Schäfer zufällig dort vorbeigekommen oder hatte er vorgehabt, die Wohnung zu betreten? Er hatte nicht wissen können, dass jemand dort eingebrochen war. Oder doch? Sollte er selbst etwas mit dem Tod von Merle Harmsen zu tun haben, war er womöglich bereits in der letzten oder vorletzten

Nacht in der Wohnung gewesen, hatte von der Durchsuchung erfahren und … Nein! Das ergab alles keinen Sinn.

War er der Mann, der Merle nach Fehmarn gefolgt war und sie dort vor dem Hof ihrer Eltern abgepasst hatte? Bisher hatten die Kollegen, die den Korruptionsverdacht untersuchten, weder ihn noch andere Schleswiger Beamte befragt. Konnte er von den Ermittlungen wissen?

Lena trank einen kräftigen Schluck aus dem Weinglas. Am meisten machte ihr Sorge, wie die Schleswiger Kollegen auf sie reagieren würden. Ihre Anzeige gegen Kriminalrat Groll hatte sich seinerzeit sicher herumgesprochen. War Schäfers Abgang nur ein Vorgeschmack der Ablehnung gewesen, die ihr von den Kollegen vor Ort entgegengebracht werden würde? War es unter diesen Umständen für sie überhaupt möglich, die Ermittlungen in Schleswig zu leiten?

Nein, die Anzeige lag inzwischen Jahre zurück. Sie würde sich nicht von Typen wie Schäfer in die Suppe spucken lassen. Die Zeiten waren lange vorbei.

»Hey«, sagte Erck, als Lena ihn um kurz vor zweiundzwanzig Uhr an der Haustür empfing. Sie hatte Ercks Auto gehört und war ihm entgegengegangen.

»Alles gut verlaufen?«

Erck nickte, zog seine Jacke aus und hängte sie an die Garderobe. »Ich brauche jetzt erst mal ein Bier.« Kurz darauf kam Erck mit der Flasche in der Hand zu Lena ins Wohnzimmer. »War unser Sohn brav?«

»Wie immer. Ich brauchte nicht lange vorzulesen. Er war hundemüde.«

»Dachte ich mir schon. Ich habe es gerade so geschafft, ihn auf der Rückfahrt von der Tagesmutter wach zu halten.«

»Erzähl, was wollte Holger Krüger von dir?«

Erck seufzte. »Wie ich mir das schon gedacht habe. Er will verkaufen. So schnell wie möglich. Ich bin der Erste, den er gefragt hat. Zwei Wochen hat er mir Zeit gegeben, mich zu entscheiden.«

»Aber warum so plötzlich?«

»Holgers Frau ist krank. Brustkrebs. Die nächsten Monate, vielleicht sogar Jahre werden schwer, meinte er. Und sollte es gut gehen, will er oder wollen beide die Zeit nutzen. Ihm ist wohl klar geworden, dass es nicht ewig so weitergehen kann.«

»Ist sie schon operiert?«

Erck schüttelte den Kopf. »In vier Tagen ist der Termin. Holger hat mir alle nötigen Unterlagen mitgegeben, damit ich mir ein Bild machen kann. Soweit ich das jetzt übersehen kann, ist das Angebot ausgesprochen fair. Ich muss morgen natürlich erst mal zum Steuerberater. Der soll sich die Unterlagen anschauen. Und dann zur Bank.«

»Was will er für die Kunden haben?«

»Zweihundertfünfzigtausend und für vier Jahre monatlich tausend Euro. Also zusammen fast dreihunderttausend Euro.«

»Eine Menge Geld. Du hast doch gar keine Garantien, dass die Kunden zu dir wechseln«, warf Lena ein.

»Ich würde die Verträge übernehmen, weil ich ja die GmbH kaufen würde. Die meisten Verträge haben lange Laufzeiten. Das würde sich schon rechnen.«

»Und du schaffst das alleine?«, fragte Lena.

»Das wohl eher nicht. Es sei denn, ich würde täglich zwölf Stunden ackern und das am besten sieben Tage in der Woche. Und die zweihundertfünfzigtausend sind auch nicht so nebenbei zu stemmen.«

Lena nickte nachdenklich. »Klingt nach einem mittelgroßen Abenteuer.«

»Eher nach einem großen. Hinzu kommt, dass ich bald wieder alleine bin.« Ercks Geschäftspartner wollte sich beruflich anders orientieren und hatte bereits seit zwei Monaten kontinuierlich seine Arbeitszeiten verringert. Seit einer Woche wusste Erck, dass sein Partner eine Arbeitsstelle in Hamburg gefunden hatte und in vier Wochen umziehen würde. »Sprich, Holger hat sich den schlechtesten Zeitpunkt ausgesucht.«

»Und jetzt?«

»Eine Möglichkeit wäre, dass du deinen Job an den Nagel hängst und mit einsteigst.«

»Erck, ich habe nicht die geringste Ahnung von dem Gewerbe. Und wenn ich einmal raus bin, komme ich auch nicht wieder rein.«

»Ich weiß. Das war auch nur ein theoretischer Vorschlag. Mir ist schon klar, dass das kein Weg ist. Und wir zwei Amrumer Sturköpfe den ganzen Tag im gleichen Büro …« Erck schmunzelte. »Ob das auf Dauer gut gehen würde?«

Lena griff nach einem kleinen Kissen und warf es in Ercks Richtung. »Spinner. Wir und Sturköpfe.«

»Aber im Ernst, du willst weiter als Polizistin arbeiten. Das weiß ich ja und ich will auch, dass du dich in deinem Job wohlfühlst. Das Problem ist, dass diese Chance, die Holger mir da gerade bietet, einmalig ist. Ja, es besteht ein finanzielles Risiko, aber ich schätze es klein ein. Ich brauche einen neuen Partner, am besten einen, der Geld mitbringt. Eine Mitarbeiterin kann ich von Holger sozusagen übernehmen. Ja, und Büroräume müsste ich auch noch anmieten.«

»Zwei Wochen hast du Zeit?«

Erck nickte. »Ja, vielleicht kann ich noch eine weitere Woche rausschinden, wenn ich mit Holger spreche. Mehr auf keinen Fall.«

»Dann solltest du morgen erst mal zum Steuerberater und zur Bank. Wenn von der Seite kein grünes Licht kommt, machen alle weiteren Überlegungen doch keinen Sinn.«

Erck nickte. »Das mache ich natürlich.« Er sah sie fragend an. »Aber das heißt, du siehst die ganze Sache durchaus positiv? Ich meine jetzt, grundsätzlich.«

»Die Zahlen kann ich natürlich nicht beurteilen. Das müssen andere machen, aber sonst, klar, wenn es deine Chance ist, hier in der Gegend besser Fuß zu fassen, dann solltest du das machen.«

Erck rutschte auf dem Sofa an Lena heran und küsste sie. »Wir schaffen das.«

Fünfzehn

Lena warf einen letzten Blick ins Kinderzimmer. Bent schlief noch tief und fest. Erck war mit ihr zusammen aufgestanden, hatte Kaffee gemacht und in der Küche auf sie gewartet.

Er nahm sie vor der Haustür in den Arm. »Du sagst mir Bescheid, wie es weitergeht?«

»Ja. Gib dem Kleinen einen Kuss von mir. Ich wollte ihn nicht aufwecken.«

»Das mache ich natürlich.« Er küsste sie. »Und pass auf dich auf.«

Lena löste sich von Erck. »Ich melde mich spätestens heute Nachmittag.«

Erck strich ihr über die Schulter und lächelte. »Mach's gut.«

Als Lena mit dem Auto zurücksetzte, winkte sie ein letztes Mal. Es kam ihr vor, als würde sie nicht für ein oder zwei Tage unterwegs sein, sondern einen längeren Urlaub antreten. Wenn Erck die Firma von Holger Krüger übernehmen würde, würde sich ihr Leben ein weiteres Mal verändern. Sie hatte Erck in seinem Plan bestärkt, spürte aber gleichzeitig eine tief sitzende Angst vor dem, was kommen würde.

Als sie am kleinen Husumer Flughafen vorbeifuhr, stockte der Verkehr für ein paar Minuten an einer Baustelle. Normalerweise fuhr Lena ein bis zwei Stunden früher am Tag, wenn sie sich auf den Weg nach Kiel machte. Ein langer Weg zur Arbeit, einmal quer durch Schleswig-Holstein, von der Nordsee- zur Ostseeküste. Vor der Geburt von Bent war ihr der Weg nie so lang vorgekommen. Im Gegenteil, sie war froh gewesen, dass sie nicht in ihrem Wohnort arbeiten musste und viele Kilometer zwischen ihrem Privatleben und der Arbeit als Polizistin lagen. Damals hatte sie noch ihre Wohnung in Kiel gehabt und dort für zwei oder drei Nächte die Woche geschlafen. Zwei Welten, zwei Orte. Inzwischen hatte die Kieler Welt an Bedeutung verloren. Husum war ihr Lebensmittelpunkt geworden, Kiel ein Ort unter vielen.

Um acht Uhr hatte Lena einen Termin mit Kriminalrätin Sonja Lippert, der Revierleiterin in Schleswig. Anschließend würde sie mit Elmar Schäfer und weiteren Kollegen von der Kriminalpolizei Schleswig sprechen. Sie hatte Naya informiert, dass sie erst am Nachmittag auf Fehmarn eintreffen würde.

Kurz hinter der Ortschaft Schuby überquerte sie die A7, auf die sie normalerweise Richtung Kiel auffuhr. Je näher sie der Stadt Schleswig und ihrem alten Arbeitsplatz kam, desto stärker drückte der Kloß im Hals. Die letzten zehn Kilometer kamen ihr länger vor als die Strecke quer durch Schleswig-Holstein. Kurz bevor sie das Polizeirevier erreichte, hatte Lena sich wieder im Griff. Die alten Zeiten waren ein anderes Leben gewesen, das mit der heutigen Lena nichts mehr zu tun hatte.

Sie bog auf den Parkplatz vor dem großen Gebäude ein und stellte das Auto auf einem der Besucherplätze ab. Nach einer weiteren Minute stieg Lena aus, zog ihre Jacke an und griff nach ihrer Umhängetasche. Als sie ihren Blick schweifen ließ, sah sie einen BMW auf den Parkplatz fahren. Elmar Schäfer saß am Steuer und schien sie nicht bemerkt zu haben. Er parkte etwa zwanzig Meter von ihr entfernt, stieg aus und ging, ohne sich umzuschauen, auf den Haupteingang zu.

Als er die Hälfte der Strecke hinter sich gebracht hatte, hallte ein Schuss über das Gelände – aus den Augenwinkeln sah Lena Elmar Schäfer, der wie durch eine unsichtbare Kraft nach hinten geschleudert wurde. Sie sank im gleichen Moment hinter ihrem Dienstfahrzeug auf die Knie, ließ ihre Tasche auf den Boden gleiten und zog mit einer schnellen Bewegung ihre Waffe. Für eine endlos lange Sekunde schien der Platz in vollkommener Stille zu verharren. Lena schnellte hoch, warf einen Blick zum Gebäude und ließ sich zurück hinter das Auto fallen. Schäfer lag wenige Meter von der Stelle entfernt. Lena horchte, hörte Schritte, die sich weiter hinter ihr entfernten und übertönt wurden vom markerschütternden Schrei einer Frau. Lena öffnete die hintere Wagentür, zog ihre auf dem Rücksitz liegende Schutzweste heraus und zog sie in einer schnellen Bewegung über. Im nächsten Moment sprang sie auf und lief in die Richtung, aus der sie die sich entfernenden Schritte gehört hatte.

Weit hinter ihr rief ein Mann, den sie aus dem Augenwinkel als Polizist identifiziert hatte, ihr hinterher. Lena konnte nur hoffen, dass er den Schriftzug auf der Rückseite ihrer Schutzweste gesehen hatte.

Ein Schatten verschwand hinter einem Fahrzeug auf der gegenüberliegenden Straßenseite, kurz darauf rannte eine Person zwanzig Meter weiter östlich in eine Straße. War das ein Gewehr auf dem Rücken gewesen? Lena scannte die Umgebung, aus der der Schuss gekommen sein musste, entschied sich im Bruchteil einer Sekunde, der flüchtenden Person zu folgen, und rannte auf die Straße zu. Von links nahm sie ein auf sie zukommendes Fahrzeug wahr, rechts schien frei zu sein. Sie hob im Laufen die Hand, als Zeichen, dass das Auto stoppen sollte, und lief im gleichen Moment über die Straße. Der Fahrer bremste stark und zog das Fahrzeug nach rechts. Lena spürte den Luftzug an den Beinen, konzentrierte sich aber gleich wieder auf den Bereich, in den die flüchtende Person eingebogen war.

Erst jetzt sah sie, dass es sich um die Rückseite eines Verbrauchermarktes handelte. Kurz vor der Ecke des Gebäudes stoppte sie abrupt und warf einen schnellen Blick den Weg entlang. Am anderen Ende verschwand gerade die Person nach rechts um eine Ecke. Lena war sich inzwischen sicher, dass es sich um einen Mann handelte, der auf dem Rücken ein Gewehr trug. Sie sprang auf den Weg, rannte weiter, ohne auf den Lärm hinter ihr zu achten. Offensichtlich waren mehrere Polizeifahrzeuge mit angeschalteten Sirenen unterwegs, um die Gegend abzusuchen.

Die etwa fünfzig Meter legte Lena gefühlt in ihrer Bestzeit zurück, sie stoppte wieder, orientierte sich und lief weiter auf ein lang gezogenes Gebäude zu. Bäume versperrten ihr die Sicht, im Zickzack bewegte sie sich vorwärts, um den fliehenden Mann zu finden. Als sie ihn nirgends sehen konnte, entschied sie sich für einen Weg, der eingesäumt war durch hohe Bäume. Nach etwa hundert Metern mündete dieser in einen Fußweg, der an Privathäusern entlangführte. Ohne lange nachzudenken, lief Lena nach rechts und erreichte kurz darauf eine Straße. Erschöpft blieb sie stehen, sah in beide Richtungen, konnte aber bis auf eine alte Dame mit einer Plastiktüte in der Hand niemanden entdecken.

Wütend stieß sie mit dem Fuß ein Steinchen die Straße entlang und fluchte lauthals.

»Waren Sie das, die vom Parkplatz gerannt ist?«, fragte einer der uniformierten Beamten, die gerade weiträumig den Tatort abriegelten.

Lena nickte und zeigte ihm ihren LKA-Ausweis. »An wen kann ich mich wenden?«

Der Polizist zeigte auf den Rettungswagen, der gerade auf eine kleine Gruppe von Menschen zufuhr. »Kollege Dittmann. Ich glaube, er war als Erster unten.«

»Der mit dem roten Pullover?«

Der Beamte nickte. »Daneben steht Kriminalrätin Lippert. Sie ist …«

»Ich weiß.« Sie zeigte auf das Flatterband. »Kann ich durch?«

»Einen Augenblick bitte.« Der Beamte griff nach seinem Funkgerät und trat ein paar Meter zur Seite, bevor er leise mit jemandem sprach und gleich darauf zurück zu Lena kam. »Sie sollen sich bei Frau Lippert melden. Gehen Sie bitte um die Absperrung herum.«

Kriminalrätin Lippert stand mit mehreren Beamten in einer Runde und schien das weitere Vorgehen zu besprechen. Um den Verletzten war inzwischen ein Sichtschutz gestellt worden, hinter dem der Notarzt und die Sanitäter, wie Lena durch einen Spalt beobachten konnte, um das Leben von Elmar Schäfer kämpften.

Lena trat neben die Kriminalrätin, das Gespräch der Runde verstummte. »Lorenzen, LKA. Ich war, als der Schuss fiel, in der Nähe und habe den mutmaßlichen Täter verfolgt.« Sie beschrieb den Weg, den sie ihm hinterhergelaufen war. Lippert nickte einem der Männer zu, der sich gleich darauf abwandte und, wie Lena vermutete, die Einsatzgruppen vor Ort informieren würde.

»Danke, Frau Kollegin«, sagte Sonja Lippert. »Ich komme dann gleich zu Ihnen. Vielleicht warten Sie besser im Gebäude auf mich.«

Lena nickte, verließ die Gruppe und stellte sich außer Hörweite an die Absperrung. Elmar Schäfer schien immer noch nicht transportfähig zu sein. Lena hörte kurze Anweisungen, die vermutlich vom Notarzt gegeben wurden. Seine Stimme klang ruhig, aber Lena ahnte, dass es schlimm um Elmar Schäfer stand.

Kurz darauf gesellte sich die Kriminalrätin zu Lena. Zusammen standen sie schweigend nebeneinander, bis Elmar Schäfer endlich auf die Trage gehoben wurde und wenig später der Rettungswagen mit Blaulicht, aber geringer Geschwindigkeit abfuhr.

»Ob er es schaffen wird?«, fragte Lena halblaut.

Sonja Lippert sah dem Rettungswagen hinterher, bis er nicht mehr zu sehen war. »Gehen wir doch in mein Büro.«

Lena folgte ihr und nahm an einem Besprechungstisch Platz. Lippert stellte zwei Gläser auf den Tisch und schenkte Mineralwasser ein.

»Sie können wirklich keine Beschreibung des Mannes geben?«

»Tut mir leid, aber ich habe den Verdächtigen nur aus großer Entfernung gesehen. Ich bin mir sicher, dass er ein Gewehr auf dem Rücken hatte und auch, dass es ein Mann war. Größe zwischen eins achtzig und eins neunzig. Haarfarbe konnte ich nicht sehen, da er eine Kapuze trug. Die Kleidung war schwarz. Er bewegte sich, als wenn er häufig joggen würde, und er lief mindestens so schnell wie ich.«

»Kannte er sich Ihrer Meinung nach in der Gegend aus?«

»Er hat kein Mal gezögert, wenn er die Richtung änderte. Ich denke schon, dass er irgendwo ein Auto stehen hatte. Wegen dem Gewehr auf dem Rücken wird es nicht allzu weit entfernt gestanden haben.«

»Die Suche läuft.« Die Kriminalrätin nahm das Handy hoch, schaute kurz darauf und legte es wieder auf den Tisch. »Ihre Befragungen der Kollegen werden warten müssen.«

Lipperts Handy machte sich bemerkbar. Sie griff danach, schaute aufs Display und nahm das Gespräch an. »Ja?« Sie hörte zu und legte das Handy anschließend wieder auf den Tisch.

Lena sah ihr an, dass die Nachricht ihr einen Schock versetzt hatte. Ihre Hand zitterte leicht, sie atmete flach. Schließlich schloss sie für einen Moment die Augen, bevor sie Lena ansah. »Kollege Schäfer hat es nicht geschafft. Er ist verstorben, noch bevor der Rettungswagen das Klinikum erreicht hat.«

»Mein Beileid«, sagte Lena halblaut.

Eine gefühlte Ewigkeit saßen sie schweigend voreinander, bis Kriminalrätin Lippert sich aufrichtete. »Warum wollten Sie ausgerechnet Kollege Schäfer sprechen?«

»Wie gesagt, ich ermittle im Fall von Merle Harmsen. In diesem Zusammenhang müssen wir alle Kollegen von ihr befragen. Das ist reine Rou…«

»Frau Lorenzen«, fiel Lippert ihr ins Wort. »Sie haben ausdrücklich nach Kollege Schäfer gefragt. Ich habe zwei Ermittler innerhalb weniger Tage verloren. Besteht zwischen den beiden Taten ein Zusammenhang? Was genau wissen Sie? Heraus damit!«

Lena ließ sich Zeit mit ihrer Antwort. So gut sie die Kriminalrätin verstehen konnte, sie war ihr gegenüber nicht weisungsbefugt. »Ich kooperiere gerne mit Ihnen, Frau Lippert, würde aber darum bitten, dass wir auf Augenhöhe miteinander sprechen.«

Kriminalrätin Lippert schwieg, räusperte sich schließlich und nickte. »Entschuldigen Sie meinen Ton. Die Situation ist ausgesprochen schwierig, wie Sie sich sicher vorstellen können.«

»Das verstehe ich selbstverständlich.« Lena hielt kurz inne. »Wir ermitteln gerade erst seit achtundvierzig Stunden. Nach unseren Informationen hatten Frau Harmsen und Herr Schäfer Probleme miteinander. Ein Zeuge hat ausgesagt, dass einer von Frau Harmsens Kollegen unangekündigt auf dem Hof ihrer Eltern aufgetaucht ist und es zu einer Auseinandersetzung kam. Dabei könnte es sich um Herrn Schäfer gehandelt haben.«

»Ist das alles?«

»Gestern haben wir die Wohnung von Frau Harmsen durchsucht. Auf dem Flur ist es dann zu einer unangenehmen Begegnung zwischen Herrn Schäfer und mir und einem Kollegen gekommen. Er hat uns ohne Vorwarnung und ohne sich zu erkennen zu geben mit der Waffe bedroht. Als ich mich als Kriminalbeamtin ausgewiesen habe, ist er, ohne sich zu erklären, aus dem Haus gestürmt.«

»Sie haben das nicht gemeldet?«

»Frau Kollegin, ist dieser Umstand im Moment wirklich relevant? Und nein, ich habe es bisher weder an die Staatsanwaltschaft noch an meine Vorgesetzte im LKA berichtet. Aber vielleicht verstehen Sie jetzt, dass ich vor allem an Elmar Schäfer interessiert war.«

Kriminalrätin Lippert stand auf. »Ich würde Sie bitten, die Befragungen der Kollegen um mindestens einen Tag zu verschieben. Ich gehe davon aus, dass eine Sonderkommission eingerichtet wird, und würde Sie bitten, Ihre Erkenntnisse mit den dann eingesetzten Kollegen zu teilen.«

Sechzehn

Lena lenkte ihren Dienstwagen aus Schleswig hinaus Richtung A7. Kriminalrätin Lippert hatte ihr zugesichert, dass sie bis zum späten Nachmittag eine Liste der Personen bekommen würde, die mit Merle Harmsen zusammengearbeitet hatten. Lena würde am nächsten Vormittag mit den ersten von Merles Schleswiger Kollegen und Kolleginnen sprechen.

Erst jetzt realisierte sie langsam, was in den letzten Stunden passiert war. Sie hatte hautnah miterlebt, wie ein Kollege vor dem Polizeigebäude erschossen worden war, hatte den mutmaßlichen Täter verfolgt und war nicht schnell genug gewesen. Alles in allem ein Albtraum. Lena wusste aus Erfahrung, dass erst nach Abklingen des ersten Schockes die Ereignisse ihre volle Wirkung zeigen und noch wochenlang nachklingen würden.

Sie seufzte und zwang sich, die notwendigen Anrufe zu erledigen. Als Erstes rief sie ihre Chefin in Kiel an und informierte anschließend den Staatsanwalt über die neue Entwicklung. Beide baten um ihre Einschätzung, inwieweit der Tod von Elmar Schäfer mit dem Fehmarn-Fall zusammenhinge. Beide Male äußerte sie, dass sie nicht an einen Zufall glaube und sie den Täter im Umfeld ihrer Ermittlungen vermute.

Nach einer kurzen Pause rief sie Naya Olsen an und berichtete ihr in kurzen Worten von dem Anschlag auf Elmar Schäfer und der anschließenden Verfolgungsjagd.

»Und du hast quasi danebengestanden?«, fragte Naya mit entsetzter Stimme.

»Ich war weit genug entfernt, um außer Gefahr zu sein. Aber es war trotzdem ein Schock.« Lena atmete schwer. »Aber lass uns da später drüber reden.«

»Na gut. Mit Sandra Boysen habe ich übrigens gesprochen. Ich war fast zwei Stunden bei ihr. Wir haben uns nett unterhalten.«

»Mit Erfolg?«

»Gute Frage. Ich beantworte sie dir, wenn du hier bist. So ganz genau weiß ich nämlich auch noch nicht, wie ich unser Gespräch einschätzen soll.«

»Okay. Kannst du bitte überprüfen, ob jemand von den bisher befragten Zeugen auf Fehmarn einen Waffenschein besitzt?«

»Du denkst an …« Naya brach ab. »Klar, wird erledigt. Die Protokolle habe ich auch so weit auf den neusten Stand gebracht. Wenn du sie nachher noch absegnest, kann ich sie ins System stellen.«

»Bis später, Naya.«

Lena überquerte auf der A7 den Nord-Ostsee-Kanal und setzte kurz darauf den Blinker, um die Autobahn zu wechseln. Eine halbe Stunde später rief sie Ole Kotten an.

»Lena, wie geht es dir? Bist du im Auto? Ich habe von dem Anschlag in Schleswig gehört und auch, dass du in der Nähe warst.«

»Die Buschtrommeln sind ja schneller, als ich gedacht habe.«

Ole Kotten reagierte nicht auf ihren Kommentar und wiederholte seine Frage. »Wie geht es dir?«

»Verdammt, Ole, ich habe den Schützen verfolgt, aber er war zu schnell. Oder besser gesagt ich zu langsam.«

»Das habe ich nicht gefragt, Lena.«

»So weit gut. Ich stand nicht neben Schäfer, falls du das gehört hast. Für mich bestand keine Gefahr. Selbst bei der Verfolgung nicht. Erfreulich war das alles nicht.«

»Erfreulich?«

»Können wir da später drüber sprechen?«

»Nein.«

Lena stöhnte innerlich auf. Sie hätte ahnen können, dass Ole schon von dem Vorfall gehört hatte. Warum hatte sie ihn nicht später angerufen? »Ja, mir geht es ziemlich dreckig. Aber ich komme darüber weg.«

»Versprich mir, vorsichtig zu fahren.«

»Mache ich, Ole. Versprochen.« Sie hielt kurz inne. »Du weißt Bescheid, dass ich dich angefordert habe?«

»Ja.«

Kriminalrätin Nielsen hatte Wort gehalten und mit Oles Chef gesprochen. »Kannst du ein paar Sachen packen und gleich losfahren? Ich buche dir ein Zimmer in unserem Hotel.«

»Sachen sind gepackt. Ich starte gleich durch. Bis später, Lena.«

Lena atmete erleichtert auf. Ole Kotten war ein kleiner Lichtblick. Sie schätzte ihn als besonnenen und intelligenten Ermittler und Freund, auf den sie sich hundertprozentig verlassen konnte. Naya hatte sich durchaus als kluge Ermittlerin gezeigt, aber ihr fehlte die Erfahrung.

Zurück im Büro auf Fehmarn sprach Lena kurz mit Naya und ging anschließend noch einmal alle Fakten durch. Auf der einen Seite standen Merle Harmsens Anschuldigungen gegen Elmar Schäfer, die von der SoKo nicht bestätigt werden konnten, auf der anderen Seite gab es Hinweise darauf, dass Merle und Elmar Schäfer ein Liebespaar gewesen sein könnten. Gleichzeitig war die Rede von sexueller Belästigung. Wie passten diese Fakten beziehungsweise Vermutungen zusammen? Elmar Schäfer war fast zehn Jahre älter als Merle gewesen, was aber eine Beziehung nicht ausschloss. Es hätte auch keinen wirklichen Grund gegeben, sie geheim zu halten. Zwar waren Liebespaare in der gleichen Polizeiinspektion nicht gerne gesehen, aber bisher kannte Lena keinen Fall, wo nur aufgrund dieses Umstandes einer von beiden die Arbeitsstelle hätte wechseln müssen. Oder waren die Zeugenaussagen zu ungenau gewesen und Merle hatte zu einem anderen Kollegen eine Beziehung gehabt und war von Schäfer sexuell bedrängt worden?

Unabhängig von den tatsächlichen Fakten schien es wenig wahrscheinlich, dass Merle aufgrund einer gescheiterten Liebesbeziehung getötet worden war. Selbst die Anzeige gegen Elmar Schäfer hielt Lena für kein ausreichendes Motiv. Schäfer war Kriminalpolizist gewesen und hätte gewusst, dass der Verdacht schnell auf ihn gefallen wäre.

Aber wer hatte Elmar Schäfer vor wenigen Stunden getötet? Sollten Merle Harmsens Anschuldigungen korrekt gewesen sein, kämen die kriminellen Kreise infrage, die Schäfer mit Informationen bedient hatte. War hier die Angst umgegangen, dass Schäfer auspacken könnte? Oder kam der Schütze aus Merles privatem Umfeld? Hier wären Merles Brüder und Ben Kraemer heiße Kandidaten.

Lena wählte die Nummer von Kriminalrätin Lippert. Sie meldete sich nach dem achten Klingelton mit einem knappen »Ja!«.

»Lena Lorenzen hier. Frau Lippert, haben Sie schon eine Information zu dem Projektil?«

»Wie Sie vermutet haben, ein Gewehr. Das typische Kaliber eines Jagdgewehrs«, sagte Kriminalrätin Lippert. »Sie haben einen Verdacht?«

»Ich könnte mir vorstellen, dass der Schütze aus dem privaten Umfeld von Merle Harmsen kommt. Ich bin jetzt auf Fehmarn. Wollen wir morgen, wenn ich wieder in Schleswig bin, ausführlich darüber sprechen?«

Kriminalrätin Lippert willigte mit einem leisen Murren ein und verabschiedete sich mit einem distanzierten »Ich erwarte Sie dann morgen in meinem Büro«.

Naya reichte Lena eine Tasse Kaffee.

»Danke!« Sie trank einen Schluck. »Sind jetzt die Daten von Merle Harmsens Bank gekommen?«

»Weder die noch die Handydaten. Ich habe heute bei beiden bereits nachgefragt.«

»Hast du etwas zu den Waffenscheinen herausbekommen?«

»Du denkst, das war jemand von Fehmarn. Sollte ich deshalb die Waffenscheine überprüfen?«

Lena nickte. »Und?«

Naya griff nach ihrem Notizblock. »Merles Vater hat mehrere Waffen angemeldet, darunter drei Gewehre. Der jüngere Bruder hat ebenfalls einen Waffenschein, Oke Harmsen allerdings keinen.«

»Die Freunde?«

»Ben Kraemer …« Naya sah von ihrem Notizbuch auf. »An ihn hattest du sicher am ehesten gedacht?«

»Unter anderem.«

»Er hat keinen Waffenschein und logischerweise auch keine Waffe eingetragen.«

»Hat er jemals einen Waffenschein gehabt?«, fragte Lena.

»Laut Datenlage nicht. Auch sein Vater oder die Mutter hatten während ihrer Zeit auf der Insel keinen Waffenschein.«

Lena lächelte. Naya war gründlicher, als sie ihr zugetraut hatte. »Gute Arbeit. Und weiter?«

»Sandra Boysen beziehungsweise ihr Mann haben keinen Waffenschein. Anna Detlefsen ist ja in Großbritannien gemeldet. Da sie per Flieger unterwegs war und sich ja nach bisherigen Erkenntnissen momentan nicht in Deutschland aufhält, fällt sie also zunächst raus. Bleiben Jan Matzen und Tobias Sievers. Der Erstere von beiden hat keinen Waffenschein, Sievers hat einen Waffenschein und zwei Gewehre. Er ist übrigens Sportschütze, wie ich im Internet gefunden habe.«

»Gut, kannst du einen Bericht schreiben und ihn an Kriminalrätin Lippert in Schleswig schicken? Sie soll entscheiden, ob die Waffen überprüft werden oder nicht.«

»Okay.« Naya hatte das Wort lang gezogen, sah Lena aber ungläubig an.

»Wir brauchen die Kooperation aus Schleswig. Wenn ich jetzt vorpresche, gibt es nur böses Blut. Schäfer ist nicht unser Fall.«

Naya nickte. »Ich kümmere mich gleich darum.«

Zum dritten Mal fuhr Lena den Feldweg zum Haus von Ben Kraemer hoch. Sein alter Geländewagen stand nicht in der Nische vor dem Haus. Lena wendete und platzierte ihren Dienstwagen so, dass ein aufs Haus zukommendes Fahrzeug es nicht gleich entdecken konnte.

Sie griff nach ihrem Handy und suchte in ihren Kontakten nach Ole Kotten. »Wo bist du?«

»Gerade an Preetz vorbeigefahren. Das Navi sagt, dass ich in einer Stunde in Burg bin.«

»Okay. Ich stehe hier vor dem Haus eines Zeugen und warte darauf, dass er auftaucht. Falls ich nicht rechtzeitig komme, melde dich bei Naya Olsen. Sie kann dir schon mal einen Überblick über die bisherigen Ermittlungen geben.«

»Alles klar.«

Nach zwanzig Minuten im Auto stieg Lena aus und vertrat sich die Beine. Naya hatte ihr inzwischen das Protokoll zur Durchsicht aufs Handy geschickt, Lena hatte es freigegeben und darum gebeten, die Datei gleich weiterzuleiten.

Eine weitere Viertelstunde lief Lena zwischen Auto und Haus hin und her, bis sie Motorengeräusch hörte. Schnell bückte sie sich hinter ein Gebüsch und wartete, bis der Lada an ihr vorbeigefahren war. Obwohl Kraemer den Platz vor seinem Haus erreicht hatte, lief der Motor des Ladas weiter. Einen Augenblick später setzte das Fahrzeug zurück und schien wenden zu wollen. Lena trat auf den Weg und hielt die Hand hoch. Der Lada blieb mit einem Ruck stehen, der Motor wurde abgewürgt.

Ben Kraemer sprang aus dem Auto und fuhr sie an: »Sind Sie vollkommen verrückt? Ich hätte Sie um ein Haar übersehen. Was machen Sie hier, verdammt noch mal?«

»Beruhigen Sie sich bitte, Herr Kraemer. Ich habe hier auf Sie gewartet. Ich war gestern schon da und muss noch einmal mit Ihnen sprechen.«

Ben Kraemer funkelte sie an, schwieg aber. Mit jedem weiteren Atemzug schien er sich zu beruhigen, schließlich schüttelte er verärgert den Kopf, stieg ins Auto und fuhr zurück zum Haus. Lena folgte ihm.

»Was wollen Sie denn noch von mir? Wir haben doch über alles gesprochen.«

Lena zeigte aufs Haus. »Gehen wir rein?«

»Nein. Auf die Terrasse können wir uns setzen. In meinem Haus haben Sie nichts mehr verloren.« Er zeigte auf den schmalen Weg am Gebäude entlang. »Einfach außenrum. Ich komme gleich.«

Ohne auf Lenas Reaktion zu warten, schloss Ben Kraemer die Haustür auf, schlüpfte hinein und schloss sie wieder. Lena wandte sich um und ging die wenigen Schritte zurück zum

Lada. Im Innenraum war kein Gewehr zu sehen, der Kofferraum war verschlossen. Mit schnellen Schritten lief Lena zurück und stand noch vor Kraemer auf der Terrasse.

»Wollen wir uns setzen?«, fragte Lena, als Ben Kraemer in der geöffneten Terrassentür stand.

Widerwillig zog Kraemer einen Stuhl vor und wartete, bis Lena saß, bevor er ihr folgte. »Was gibt es denn so Wichtiges?«

»Waren Sie auf dem Festland? Gestern und heute?«

»Das geht Sie einen feuchten Kehricht an.«

Lena lächelte. »Soll ich das als Ja werten? Sie waren also über Nacht auf dem Festland?«

»Selbst wenn, ich wüsste nicht, was das die Polizei angehen würde.«

»Gut, lassen wir das zunächst.« Lena hielt kurz inne. »Sie sagten bei unserem ersten Gespräch, dass Ihre Jugendfreunde heute nicht mehr Ihre Freunde sind. Warum nicht?«

Ben Kraemer verdrehte die Augen. »Geldgierige Langweiler, die sich selbst und ihre Ideale verraten haben. Mit solchen Menschen kann ich nichts anfangen.«

»Merle zählte nicht dazu?«

Kraemer sah sie abschätzig an. »Natürlich nicht. Ich habe zwar nie verstanden, was sie bei der Polizei wollte, aber Merle ging es um Gerechtigkeit. Sie ist die geblieben, die sie immer war. Gradlinig, ehrlich, empathisch.« Er schluckte und schwieg eine Weile, bevor er Lena direkt ansah. »Kannten Sie Merle persönlich?«

»Leider nein. Meine Kollegin hat sie einmal auf einer Fortbildung getroffen. Sie hat ähnlich über Merle gesprochen.« Nayas Einschätzung war viel zurückhaltender gewesen, aber Lena wollte die Situation nutzen, um Kraemers Vertrauen zu gewinnen.

Er sah auf. »Tatsächlich? Merle war eigentlich gegenüber Fremden eher zurückhaltend mit ihren Äußerungen. Aber vielleicht hatten die beiden gleich einen Draht zueinander.«

»Ich glaube schon. Polizistinnen unter sich sind häufig offener zueinander als zu den männlichen Kollegen.«

Ben Kraemer musterte sie. »Sie sind auch …« Er brach ab.

Lena nickte. »Ich war sehr jung und habe mich erst viele Jahre später dagegen gewehrt. Der Kollege ist inzwischen aus dem Polizeidienst entlassen worden. Einen Prozess gab es auch.«

»Mutig!« Ben Kraemer warf ihr einen anerkennenden Blick zu.

»Gar nicht mal. Wie gesagt, es war viele Jahre später, als ich wieder auf den Mann getroffen bin. Erst da hatte ich den Mut, mich zu wehren und ihn zur Rechenschaft zu ziehen.«

Kraemer nickte nachdenklich. »Als Mann stellt man sich das manchmal zu einfach vor. Ich schäme mich für mein Geschlecht. Wieso sind so viele Männer so rücksichtslos und krank?«

Lena wartete eine Weile und fragte dann in die entstandene Stille hinein: »Merle hatte zwei bis drei Tage vor ihrem Tod Geschlechtsverkehr. Mit Ihnen?«

Ben Kraemer starrte sie mit fassungsloser Miene an. »Sind Sie sicher? Das kann nicht sein.«

»Ja, wir sind sicher. Ob er freiwillig war oder erzwungen, lässt sich nicht nachweisen.«

»Dieser Polizist?«, fragte Ben Kraemer mit leiser Stimme. »War er wieder hier?«

»Das glaube ich nicht. Aber Ihrer Reaktion entnehme ich, dass …«

»Wir haben uns Dienstag vor ihrem Tod zum letzten Mal getroffen.« Ben Kraemer starrte durch sie hindurch. »Das kann nicht sein. Nein.«

Lena wartete, bis seine Atmung sich wieder beruhigt und das Zittern seiner Hände nachgelassen hatte. »Es tut mir leid, dass ich Sie mit diesen Dingen konfrontieren muss. Können Sie sich noch einmal an Ihr letztes Treffen erinnern? Wie hat Merle da auf Sie gewirkt?«

»Ruhig, gelassen, entschlossen. Sie hat mich an früher erinnert. Es ging ihr gut, soweit ich das sehen konnte.«

»Es war also nichts mehr von der Niedergeschlagenheit zu spüren, von der Sie mir bei unserem ersten Gespräch erzählt haben?«, fragte Lena.

»Ich glaube nicht. Sie war ein wenig wie verwandelt. Die alte Merle, in die ich so unglaublich verliebt war.« Er atmete tief durch. »Verliebt bin«, fügte er leise hinzu.

Siebzehn

Lena umarmte Ole zur Begrüßung. »Gut durchgekommen?«

»Die Straßen waren frei. Naya hat mich schon voll und ganz ins Bild gesetzt.« Er zwinkerte der jungen Kollegin zu. »Wir können sofort loslegen.«

Lena berichtete von ihrem Gespräch mit Ben Kraemer. »Sein Schockzustand, als er erfahren hat, dass Merle Verkehr mit einem Mann gehabt hatte, war garantiert nicht gespielt. Er war vollkommen entsetzt und wollte es nicht glauben.«

»Und was heißt das jetzt?«, fragte Naya. »Vielleicht war er so geschockt, weil er gerade für seine Jugendliebe jemanden getötet hat. Und dann diese Nachricht.«

»Möglich«, sagte Lena. »Ich könnte mir aber auch vorstellen, dass es zwischen den beiden wieder gefunkt hat und da sein Entsetzen herrührt.«

»Das werden wir jetzt nicht ergründen können«, warf Ole ein. »Konzentrieren wir uns doch auf die eigentliche Ermittlung. Wer hat Merle Harmsen getötet und warum.«

Lena nickte. »Sollte es Elmar Schäfer gewesen sein, werden wir große Probleme haben, es ihm nachzuweisen. Seine Kollegen in Schleswig werden jetzt sicher kein schlechtes Wort mehr über ihn verlieren.«

»Trotzdem. Wir müssen feststellen, wer Merle hier auf Fehmarn aufgelauert und sie bedrängt hat. War es Schäfer oder vielleicht doch ein anderer Mann?« Ole sah Lena an. »Kommen wir an die Fotos der Schleswiger Kollegen?«

»Wohl kaum auf dem direkten Weg. Ich rufe gleich den Staatsanwalt an. Er wird sie anfordern müssen.«

»Dann solltest du das jetzt sofort machen«, schlug Ole vor.

Lena griff nach ihrem Handy und stand auf. Sie erreichte den Staatsanwalt in einer Sitzungspause. Zunächst zögerte er, sah aber schließlich ein, dass es keinen anderen Weg gab. Er versprach, sich direkt mit Sonja Lippert in Verbindung zu setzen.

»Erledigt.« Lena setzte sich wieder an den Tisch. »Mit Glück haben wir die Fotos in ein oder zwei Stunden.«

»Sobald wir sie haben, sollten wir auf dem Harmsen-Hof die Zeugen befragen. Irgendjemandem wird der Mann ja aufgefallen sein. Was für ein Auto hatte Schäfer?«

»5er-BMW, etwa sechs Jahre alt, silbermetallic.«

»Der fällt doch auf«, sagte Ole.

»Okay.« Lenas Blick fiel auf Naya, die mit skeptischer Miene Ole anschaute. »Entschuldige, Naya, ich habe ganz vergessen, dass du ja gestern bei Sandra Boysen warst. Wir hatten ja nur kurz darüber gesprochen. Kannst du noch mal ins Detail gehen?«

Naya schien aus ihrer Verkrampfung aufzuwachen. »Ja, natürlich. Ich war übrigens auch in dem Restaurant, in dem Tobias Sievers sich mit Merle getroffen hat. Aber erst mal zu Sandra Boysen.« Naya schlug ihr Notizbuch auf. »Aufgenommen habe ich das Gespräch nicht. Sandra Boysen hat von Anfang an mein Handy beobachtet und ich hatte die Befürchtung, dass sie keinen Ton mehr sagt, wenn sie etwas von der Aufnahme mitbekommt.«

»Schon in Ordnung«, warf Lena ein.

»Überhaupt schien es mir so, als wenn sie viel mehr darauf geachtet hätte, was sie sagt. Warum das so war, kann ich nur vermuten. Ich habe in der Situation gleich auf Small Talk umgeschaltet und mich lange mit ihr über Kind und Kinderkriegen unterhalten. Ganz so glücklich, wie sie es uns beim ersten Mal geschildert hat, ist sie wohl doch nicht. Aber das nur nebenbei. Nach und nach habe ich Fragen zu den Freunden oder ehemaligen Freunden einfließen lassen. Ben Kraemer hat sich früh abgeseilt von allen. Merle Harmsen soll sich letztendlich gegen ihn entschieden und sich von ihm getrennt haben. Warum, habe ich nicht herausbekommen. Für Ben scheint das eine ausgesprochen traumatische Erfahrung gewesen zu sein. Dass Merle dann auch noch zur Polizei gegangen ist, hat ihn wohl ein zweites Mal getroffen. Sandra Boysen hat ihn als ›Revolutionär‹ bezeichnet, der sich gegen alles Staatliche aufgelehnt habe. Umso erstaunter waren wohl die alten Freunde, dass sich Ben hier auf Fehmarn verkrochen hat. Verkrochen ist wieder O-Ton Sandra.«

»Ist damals irgendetwas passiert?«, fragte Ole.

»Gute Frage, die ich aber nicht beantworten kann. Wie gesagt, Sandra Boysen war bezüglich ihrer Freunde erheblich zurückhaltender als beim ersten Gespräch.«

»Konntest du erfahren, welcher der Männer Sandra in der Zeit damals am nächsten stand?«, fragte Lena.

»Nein. Von sich selbst hat sie beim ersten Gespräch ja schon wenig erzählt. Zwischen den Zeilen meine ich herausgehört zu haben, dass sie in Ben verliebt war, der ja leider schon an Merle vergeben war.«

»Und gleichzeitig war sie Merles Freundin?«, fragte Ole. »Habe ich das so richtig verstanden?«

Naya nickte. »Schwierige Situation, würde ich sagen. Wenn ich jetzt von Lena höre, dass Ben und Merle vielleicht wieder zusammengekommen sind, könnte ich das natürlich weiterspinnen. Für meinen Geschmack wusste sie schon beim ersten

Gespräch ziemlich genau über Ben Bescheid, jetzt hat sie noch mehr von ihm erzählt. Ich hatte zeitweilig den Eindruck, dass Ben und Sandra mehr Kontakt gehalten haben, als sie uns bisher verraten hat.«

»Sie ist verheiratet und hat gerade von ihrem Mann ein Kind bekommen«, warf Ole ein. »Oder bekomme ich da wieder etwas durcheinander?«

»Nein, alles richtig«, sagte Lena und wandte sich an Naya. »Wie sicher bist du dir?«

Naya wiegte den Kopf hin und her. »Intuition, nicht mehr und nicht weniger. Wir haben fast zwei Stunden miteinander gesprochen. Und ich konnte mir ja schlecht Notizen machen. Einmal bin ich zur Toilette gegangen und habe mir da ein paar Sachen notiert. Mehr nicht.«

»Das hast du richtig gemacht«, sagte Lena. »Wir sollten den Punkt bei den weiteren Ermittlungen im Auge behalten.«

»Ich habe ja schon erwähnt, dass die Ehe von Sandra nicht die glücklichste zu sein scheint«, fuhr Naya fort. »Ihr Mann arbeitet viel, das Geld ist knapp und der Kinderstress kommt im Moment noch hinzu.«

»War das Kind geplant?«, fragte Ole.

»Hat mir Sandra nicht verraten, obwohl ich vorsichtig danach gefragt habe. Wieder nur ein Gefühl, aber ich denke, es war nicht die gemeinsame Entscheidung von ihr und ihrem Mann. Entweder war es ein Unfall oder Sandra hat alleine entschieden.«

»Hat sie noch mehr über die anderen Freunde gesprochen?«, fragte Lena.

»Immer mal wieder ein Nebensatz. An Anna Detlefsen hat sie kein gutes Haar gelassen. Ihr ging es schon damals nur ums Geld und um Einfluss, meinte Sandra. Sie hat es zwar scherzhaft formuliert, aber ich bin mir sicher, dass das im Kern ihre Meinung über die alte Freundin ist. Anna Detlefsen hat sich bei ihrem Kurzbesuch auch nicht bei Sandra gemeldet. Sandra war außerordentlich erstaunt, als ich erwähnt habe, dass Anna auf der Insel war.« Naya stutzte und warf Lena einen fragenden Blick zu. »Das war doch in Ordnung, oder?«

»Das kann passieren«, sagte Lena. Sie wusste aus Erfahrung, wie schwierig es ist, in einer solch privaten Gesprächssituation, in der man sein Gegenüber zum Sprechen bringen will, jedes einzelne Wort abzuwägen.

Naya seufzte. »Hätte aber nicht passieren dürfen. Nun gut, bleiben noch Jan Matzen und Tobias Sievers. Sandra war gegenüber Matzen milder eingestellt als gegenüber Tobias Sievers. Matzen habe es immer schon schwer gehabt, hat sie gemeint, und dass er viel arbeite und es mit seiner Frau nie leicht gehabt habe. Zu Tobias Sievers hat sie nicht viel gesagt. Es fiel wohl mal das Wort ›Casanova‹, aber im nächsten Augenblick schien es ihr peinlich gewesen zu sein. Eine richtig hohe Meinung scheint sie von ihm auf jeden Fall nicht zu haben. In einem Nebensatz klang durch, dass ihm Geld wichtiger sei als alles andere. Als ich nachfragte, hat sie aber gleich abgewinkt und gemeint, dass Menschen halt unterschiedliche Prioritäten hätten im Leben und Tobias Sievers immer schon so gewesen sei.« Naya legte eine kurze Pause ein und schien zu überlegen. Schließlich stöhnte sie leise und sah auf. »Am Schluss habe ich wohl etwas zu sehr gedrängt. Sandra Boysen ist misstrauisch geworden und wurde plötzlich wortkarg und hat dann auch direkt darum gebeten, dass ich wieder gehe.«

»Trotzdem, eine wahre Goldgrube, diese Dame«, warf Ole ein. »Sie scheint ja über alles und alle gut informiert zu sein.«

»Durchaus oder besser gesagt, sie hat zu allen ihren Freunden eine deutliche Meinung«, sagte Naya. »Ob sie denn immer die Wahrheit sagt, sei dahingestellt. Leider hat sie wieder über sich selbst nur wenig gesprochen. Aber als Täterin kommt sie wohl eher nicht infrage. Ich sehe kein Motiv, außerdem ist da ja noch das Baby. Oder siehst du das anders, Lena?«

Lena notierte sich ein paar Stichworte und sah auf. »Ein Motiv sehe ich auch nicht. Ob ihre Auskünfte mehr als Gerüchte sind, werden wir mit der Zeit schon herausfinden.« Sie sah auf ihre Notizen. »Du warst auch noch im Restaurant? Hast du da etwas erfahren?«

»Durchaus. Ich habe mit einer Servicekraft gesprochen, die sich gut an die beiden erinnern konnte.« Naya legte eine Pause ein und schmunzelte. »Sie war sich doch tatsächlich sicher, dass es sich bei Merle und Tobias Sievers um ein Liebespaar handeln würde.«

»Sieh an!«, entfuhr es Ole.

In diesem Augenblick machte sich Lenas Handy bemerkbar. Nach einem Blick aufs Display öffnete Lena die Nachricht. Luise hatte geschrieben, dass die Reste des Spermas analysiert worden seien und die DNA des Mannes bestimmt werden konnte.

Lena hob das Handy hoch. »Die Rechtsmedizin. Sie haben die DNA des Mannes, mit dem Merle im Bett war.«

»Passt doch«, murmelte Ole und schaute auf die Uhr. »Wir sollten hier mit Herrn Sievers ein zweites Mal reden.« Er warf Lena einen Blick zu. »Was meinst du?«

»Ich bitte Kollege Claasen, ihn abzuholen.« Lena stand auf. »Bin gleich wieder da.«

»Wie gehen wir vor?«, fragte Ole.

Frank Claasen war zusammen mit einem Kollegen auf dem Weg zu Tobias Sievers. Zuvor hatten sie sich telefonisch versichert, dass Sievers sich in seinem Büro aufhielt. Naya war unterwegs zur Gemeindeverwaltung, um etwas über die Einsprüche gegen das Windparkprojekt herauszubekommen.

»Wir gehen ihn etwas härter an als beim ersten Mal. Das ist deine Aufgabe. Mit Vertrauen aufbauen werden wir bei ihm nicht weit kommen. Er ist gewohnt, zu verhandeln.«

»Okay. Kein Problem.« Ole grinste. »Soll ich deinen Chef spielen?«

»Warum nicht. Bedienen wir doch die üblichen Klischees. Vielleicht beeindruckt das ja den Herrn. Ansonsten steht die Frage im Raum, was Merle von ihm wollte und ob sie deshalb mit ihm geschlafen hat.«

Ole nickte. Lena hatte bereits eins der Teststäbchen für die DNA-Probe auf den Tisch gelegt. Sie würde Sievers um eine freiwillige Abgabe bitten.

»Kommst du zurecht mit deiner neuen Kollegin?«, fragte Ole.

»Sie ist jung, wie wir alle einmal. Aber sie hat Potenzial.«

»Sie scheint etwas irritiert gewesen zu sein, als ich aufgetaucht bin.«

»Damit muss sie fertigwerden. Wir sind ein Team und sie wird sich professionell verhalten. Eifersüchteleien haben da keinen Platz.«

»Gib ihr eine Chance, falls sie sich verrennt. Ich habe einen guten Eindruck von ihr. Sie passt gut ins Team.«

Jemand klopfte an die Tür. Lena stand auf und öffnete Frank Claasen. Neben ihm stand Tobias Sievers und las etwas auf seinem Handy.

»Kommen Sie herein, Herr Sievers. Wir haben schon auf Sie gewartet.«

Sievers sah auf, verzog leicht das Gesicht. »Ich habe nicht viel Zeit. Allenfalls eine halbe Stunde. Ich weiß auch gar nicht, was …«

»Kommen Sie doch erst mal herein«, unterbrach Lena ihn und nickte Frank Claasen zu, der sich daraufhin zurückzog.

»Wenn's der Gerechtigkeit dient«, murmelte Sievers und setzte sich auf den angebotenen Stuhl.

Ole Kotten reichte ihm die Hand und stellte sich vor. »Vielen Dank, dass Sie so schnell kommen konnten, Herr Sievers. Wir haben noch ein paar Fragen im Zusammenhang mit dem Tod von Frau Harmsen.«

Sievers sah demonstrativ auf seine Uhr. »Die Zeit läuft.«

Lena legte das Plastikröhrchen auf den Tisch. »Wir brauchen von Ihnen einen DNA-Abstrich, um Spuren abgleichen zu können.«

Sievers warf ihr einen ungläubigen Blick zu. »Was für Spuren?«

»Spermaspuren, die wir bei Frau Harmsen gefunden haben«, sagte Ole. »Das ist reine Routine. Sie sind nicht der Einzige, der sich dieser Prozedur unterziehen muss.« Ole nahm das Röhrchen in die Hand. »Es geht ganz schnell. Sie kennen das sicher aus Kriminalfilmen. Einmal den Mund öffnen und …«

»Warum sollte ich das tun?«, fuhr ihn Sievers an.

Ole lächelte. »Die Frage ist eher, warum Sie es nicht tun sollten. Haben Sie etwas zu verbergen? Sicher nicht, oder? Es ist also zu Ihrem eigenen Nutzen, wenn wir Sie ausschließen können.«

Tobias Sievers wirkte leicht verunsichert. »Ist … ich meine, warum Sperma? Ist Merle etwa vergewaltigt worden?«

»Tut mir leid, Herr Sievers. Dazu darf ich Ihnen nichts sagen.« Ole lächelte wieder. »Wollen wir es hinter uns bringen?« Er zog sich Latexhandschuhe an und wollte gerade das Stäbchen herausziehen, als Sievers den Kopf schüttelte.

»Nein. Dazu bin ich ja wohl kaum verpflichtet.«

»Nein, sind Sie nicht. Einen richterlichen Beschluss zu bekommen, ist allerdings kein Problem. Dann stehen wir morgen vor Ihrer Tür und Sie haben nicht mehr die Wahl. Entscheiden Sie selbst.« Ole sah ihn auffordernd an. Schließlich zog er die Latexhandschuhe aus. »In Ordnung. Dann verschieben wir das auf morgen.«

Tobias Sievers räusperte sich. »Ich habe Merle nicht umgebracht. Warum auch? Sie hat mir sehr viel bedeutet.«

»Da wären wir genau beim Thema«, sagte Ole. »Nach allen bisherigen Zeugenaussagen hatten Sie in Ihrer Jugendclique kein besonders gutes Verhältnis zu Merle Harmsen und auch später hat sie mit Ihnen keinen oder kaum Kontakt gehabt. Ist das richtig?«

»Wer hat das gesagt?«, spuckte Sievers aus und starrte Ole wütend an.

»Herr Sievers, Sie können sich doch denken, dass wir Ihnen nicht sagen dürfen, wer welche Aussagen gemacht hat.« Ole lächelte ihn an. »Sie sind doch ein intelligenter Mensch. Zumindest nach Aktenlage würde ich das so einschätzen.«

»Was … soll … das jetzt … alles«, stammelte Sievers. »Sind Sie vollkommen verrückt?«

Ole Kottens Miene wurde schlagartig ernst. »Sie wissen schon, was Beamtenbeleidigung ist, Herr Sievers? Ich würde Sie bitten, sachlich auf unsere Fragen zu antworten. Es liegt einzig und allein in Ihrem Interesse, dass wir hier schnell zu einem Ergebnis kommen.«

Tobias Sievers schwieg.

Lena beugte sich leicht vor. »Sie haben uns erzählt, dass Sie mit Merle Harmsen in einem Restaurant essen waren. Nach Aussage des Personals machten Sie einen recht verliebten Eindruck. Was haben Sie nach dem Restaurantbesuch gemacht? Wo waren Sie und Frau Harmsen?«

»Das ist Privatsache.«

Lena schüttelte den Kopf. »In diesem Fall leider nein. Natürlich können Sie die Aussage verweigern, das ist Ihr gutes Recht.«

»Geschickt wäre das allerdings nicht«, warf Ole mit scharfem Unterton ein. »Selbstverständlich fragen wir uns, warum Sie nicht mit uns kooperieren wollen. Die Antwort ist eigentlich nicht sehr schwer, Herr Sievers.« Ole lächelte. »Oder?«

Tobias Sievers sah hektisch zwischen Lena und Ole hin und her. »Was wird das hier?«, stieß er hervor. »Wollen Sie mir den Mord anhängen?«

»Herr Sievers«, übernahm wieder Lena in ruhigem Ton. »Niemand will Ihnen etwas anhängen. Das hätte vor Gericht nicht den geringsten Bestand. Wir suchen nach einem Täter. Sie verstehen sicher, dass wir dabei zunächst das Umfeld von Frau Harmsen im Blick haben. Sie sind derjenige, mit dem sich Merle Harmsen am häufigsten getroffen hat.«

»Ja und?«

Ole schlug mit der flachen Hand auf den Tisch. »Verarschen Sie uns nicht, Mann. Entweder antworten Sie jetzt auf unsere Fragen oder wir nehmen Ihre letzten Wochen hier auf Fehmarn komplett Stunde für Stunde auseinander. Wir sprechen mit jedem, den oder die Sie getroffen haben, befragen Ihr Umfeld, Ihre Freunde und auch die, die nicht mit Ihnen befreundet sind.« Er beugte sich weit vor. »Haben Sie mich verstanden, Herr Sievers?«

Tobias Sievers schwieg und schien seine Optionen durchzugehen. Schließlich räusperte er sich. »Ja, verflucht. Es war ein feuchtfröhlicher Abend und wir sind in meiner Wohnung gelandet. Und ja, wir haben gevögelt. Und? Ist das etwa jetzt auch schon verboten? Zwei erwachsene Menschen haben etwas Spaß und fertig. Nicht mehr und nicht weniger.« Sievers schien mit jedem weiteren Wort sein Selbstvertrauen zurückgewonnen zu haben. »Ich sage jetzt nichts mehr. Sie können gerne mit meinem Anwalt Kontakt aufnehmen und ihm die Fragen übermitteln.« Er setzte ein geschäftsmäßiges Lächeln auf, das für einen Moment wie eine Fratze wirkte. »Falls es noch welche geben sollte.«

Ole kratzte sich am Kopf. »Das ist hier kein Fernsehkrimi, sondern knallharte Realität.« Er zeigte zur Tür. »Sie haben jederzeit die Möglichkeit, die Polizeistation zu verlassen. Was das bedeutet, habe ich Ihnen ja wohl gerade deutlich gemacht.«

Lena räusperte sich leise. »Es kam also zu einem Intimkontakt zwischen Ihnen und Frau Harmsen. Ist das richtig so?«

»Ja, verdammt, das habe ich doch schon gesagt.«

»War es das erste Mal in den Wochen, seit Merle auf Fehmarn war?«

»Nein.« Er hielt zwei Finger in die Luft.

»Also das zweite Mal?«

»Ja doch. Wollen Sie auch noch wissen, ob und wie lange sie gestöhnt hat?«

»Nein, das ist nicht notwendig«, sagte Lena. »Wir fragen uns allerdings, warum es zu diesem sexuellen Kontakt kam. Nach Auskunft mehrerer Zeugen hatte Merle nicht das geringste Interesse an Ihnen als Mann.«

Tobias Sievers rollte mit den Augen. »Das hat sie wohl anders gesehen.«

»Nein, das glaube ich nicht. Wir gehen davon aus, dass Merle Informationen von Ihnen haben wollte und sie aus diesem Grund mit Ihnen Geschlechtsverkehr hatte.«

»Träumen Sie weiter«, polterte Tobias Sievers, aber seine Stimme hatte ihren selbstverliebten und souveränen Klang verloren.

Lena schaltete das Aufnahmegerät aus und stand auf. »Wir machen eine kurze Pause. Möchten Sie etwas trinken? Kaffee, Tee, Wasser?«

»Kaffee, schwarz.« Sievers tippte auf seine Uhr. »Ich habe nicht mehr lange Zeit.«

»Dann würde ich Sie bitten, den Termin zu verschieben«, sagte Lena. »Wir haben noch ein paar Fragen an Sie.«

Achtzehn

Kurz darauf stand Lena mit Ole im Flur der Polizeistation. »Da kommt nicht mehr viel. Wir brauchen einen Durchsuchungsbeschluss für seine Wohnung.«

»Sehe ich auch so. Durchaus möglich, dass der Angriff in seiner Wohnung stattgefunden hat.«

»Du gehst wieder rein, ich spreche mit dem Staatsanwalt.«

Ole nickte und wandte sich ab, während Lena bereits das Handy aus der Tasche zog. Alexander Cornelsen nahm das Gespräch direkt an. Lena berichtete in wenigen Sätzen, was sie von Tobias Sievers erfahren hatte, und legte ihre Theorie dar.

»Wir wissen nicht, ob Frau Harmsen an dem Tag, bevor sie gefunden wurde, in der Wohnung war?«

»Nein. Aber die Umstände wei…«

»Das habe ich verstanden«, unterbrach Cornelsen Lena. »Das ist dünn, sehr dünn. Ich kann nur hoffen, dass Sie recht haben. Ich bin ohnehin gerade auf dem Weg ins Amtsgericht. Eine halbe Stunde werde ich brauchen. Ich schicke Ihnen eine Nachricht aufs Handy.«

»Danke. Sie hören von mir, Herr Cornelsen.«

»Mir wird das hier jetzt echt zu bunt«, zischte Tobias Sievers Ole Kotten an. »Wieso sollte ich Ihre sinnlosen Fragen ein fünftes oder sechstes Mal beantworten?« Ole hatte Sievers gefragt, wo er sich am Samstag zur mutmaßlichen Tatzeit aufgehalten hatte. Sievers hatte sich nach eigenen Angaben während dieser Zeit in seiner Wohnung aufgehalten. Zeugen dafür konnte er keine angeben.

Ole lächelte. »Sie müssen da etwas falsch verstanden haben. Es geht um Detailfragen, die Sie noch nicht beantwortet haben.«

»Quatsch.« Zum wiederholten Male hob Sievers demonstrativ den Arm und schaute auf die Uhr. »Haben Sie jetzt noch relevante Fragen oder kann ich gehen?«

»Sie haben vor«, dieses Mal schaute Ole auf seine Armbanduhr, »etwa zwanzig Minuten bestätigt, dass Frau Harmsen Sie mehrfach auf das Windparkprojekt in der Nähe des elterlichen Hofs angesprochen hat. Ist das richtig?«

»Wir haben natürlich darüber gesprochen. Merle lag das auf dem Magen, dass die Anlage in der Nähe des Ferienhofes gebaut werden soll. Ich konnte sie aber beruhigen. Die Abstände sind vollkommen ausreichend, um jegliche Störungen der Feriengäste auszuschließen.«

»Damit hat Frau Harmsen sich zufriedengegeben?«

»Zufriedengegeben! Natürlich konnte ich Merle in dem Punkt beruhigen. Darum geht es doch ihren Eltern. Niemand hier auf Fehmarn hat etwas gegen Windenergie. Das ist saubere Energie und wir brauchen in Deutschland dringend neue Flächen für Windparks. Davon sollten Sie eigentlich auch gehört haben.«

»Frau Harmsen war Polizistin«, übernahm wieder Lena. »Sie hat mit anderen Zeugen gesprochen und sich nach den Geldgebern des Windparks erkundigt. In Ihren Gesprächen war davon keine Rede?«

Sievers stöhnte theatralisch auf. »Sie können die Frage gerne auch noch zehnmal wiederholen. Ich werde Ihnen keine andere Antwort geben. Aus einem einfachen Grund: Ich habe mit Merle darüber nicht gesprochen.«

Lenas Handy vibrierte. Sie sah aufs Display und nickte Ole zu. »Herr Sievers, wir werden jetzt zu Ihrer Privatwohnung fahren und sie durchsuchen. Es liegt ein Durchsuchungsbeschluss vor. Wenn Sie uns bitte begleiten und die Wohnung öffnen würden.«

Tobias Sievers' Anwalt stand bereits vor dem Haus, in dem Sievers eine Eigentumswohnung besaß. Er sah sich den Durchsuchungsbeschluss an und nickte seinem Mandanten zu. Sie fuhren mit dem Aufzug in die Penthouse-Wohnung, Lena bat den Anwalt und Tobias Sievers, im Flur zu warten.

Ole und Lena zogen sich Schutzanzüge, Schuhüberzieher, Mundschutz und Latexhandschuhe über und betraten gemeinsam die Wohnung. Lena schätzte die Wohnung auf mindestens hundertzwanzig Quadratmeter und vermutete, dass das Haus erst wenige Jahre zuvor erbaut worden war.

»Ich gehe ins Bad und danach in die Küche«, sagte Ole.

Lena nickte. »Wir verschaffen uns einen Überblick und entscheiden dann, ob wir die Kriminaltechnik rufen müssen. Ich fange im Schlafzimmer an.«

In dem etwa zwanzig Quadratmeter großen Raum standen ein breites Boxspringbett, links und rechts davon Regale in Betthöhe und ein großer Einbauschrank. An der Wand hing ein überdimensionierter Flachbildschirm, daneben das dazugehörige Soundsystem.

Lena ging das Schlafzimmer Meter für Meter durch und suchte nach Hinweisen, die in Zusammenhang mit dem Tod von Merle Harmsen stehen konnten. Als sie die obere Matratze hochhob, bemerkte sie einen rotbraunen Fleck mit einem

Durchmesser von zehn bis zwölf Zentimetern. Sie stand auf und suchte nach Ole, den sie im Badezimmer fand.

»Ich wollte dich gerade rufen«, sagte er und zeigte auf mehrere Stellen der Bodenfugen, die dunkler waren als der Rest. »Wenn du mich fragst, ist das Blut. Sieht auch noch nicht sehr alt aus.«

Lena nickte. »Kommst du mal mit ins Schlafzimmer?« Sie ging voraus und zeigte Ole die Matratze. »Blut, oder?«

»Das war's denn wohl fürs Erste für uns.« Ole richtete sich auf. »Rufst du die Kollegen von der Kriminaltechnik an?«

»Blut?«, fragte Naya, als Lena ihr, zurück in der Polizeistation, einen Kurzbericht über die Ereignisse gab. »Dann haben wir ihn?«

»Abwarten«, sagte Ole. »Wenn es tatsächlich Merle Harmsens Blut ist, wird es eng für Sievers.«

»Die Kriminaltechniker müssten jeden Augenblick vor Ort sein. Sievers hat sich ein paar Sachen aus der Wohnung holen dürfen und ist wohl erst mal ins Hotel gezogen.« Einer von Frank Claasens Kollegen stand vor der Wohnung und würde den Kriminaltechnikern aufschließen. »Hast du etwas bei der Gemeindeverwaltung erreicht?«

»War nicht so einfach. Das scheint alles Verschlusssache zu sein. Gefühlt bin ich zehn Kilometer durch die Flure gelaufen und überall auf taube Ohren gestoßen.«

Lena seufzte. »Dann können wir nur auf den Staatsanwalt hoffen. Vorhin hatte er noch keine Informationen für mich.«

»Nicht so schnell. Ich habe schon noch was erfahren, aber nur unter der Hand. Ein Mitarbeiter aus dem Büro des Bürgermeisters hat mir einen Tipp gegeben, wo es den besten Kaffee in Burg gibt.«

»Hast du ihn da getroffen?«, fragte Ole schmunzelnd.

»Ja, rein zufällig. Wir haben einen Kaffee zusammen getrunken und uns etwas unterhalten. Wie gesagt, inoffiziell.« Naya machte eine kurze Pause und schien es auszukosten, dass sie trotz der Widrigkeiten etwas zu berichten hatte. »Es gab mehrere Einsprüche von Anwohnern. Merles Eltern waren übrigens nicht dabei. Also, mein Informant, der natürlich unerkannt bleiben möchte, weiß von mindestens fünf Personen, die Einsprüche eingelegt haben. Nach und nach haben sie allerdings ihre Vorbehalte zurückgezogen und seit etwa zwei Wochen ist der Weg sozusagen frei. Ich habe natürlich gefragt, wie es zu dem Sinneswandel bei den Personen gekommen ist, aber mein Informant konnte mir darauf keine schlüssige Antwort geben. Ich vermute, dass Geld geflossen ist.«

»Oder sie sind bedroht worden«, warf Ole ein.

»Hast du Namen?«

Naya nickte. »Zwei. Immerhin. Malte Hermannsen und Fenja Martens. Beide wohnen in der Nähe des geplanten Windparks. Die Daten suche ich gleich raus.«

»Über die beiden kommen wir vielleicht auch zu den anderen Gegnern des Windparks«, sagte Ole. »Die müssen doch voneinander wissen. Vielleicht haben sie sich sogar zu einer Gruppe zusammengeschlossen.«

Lenas Handy klingelte. Der uniformierte Kollege rief an und teilte mit, dass die Kriminaltechniker jetzt eingetroffen seien und er seinen Posten verlassen würde.

»Sie sind da«, sagte Lena in die Runde. »Wir bekommen Bescheid, sobald wir in die Wohnung können.«

»Okay.« Ole stand auf und griff nach einem der breiten Filzstifte auf der Ablage des Flipcharts. Er schrieb »Merle« in die Mitte des großen Blattes und sah Lena an. »Ich darf doch?«

Lena lächelte. »Selbstverständlich.«

Ole notierte »Anzeige Korruption, Elmar Schäfer, Freundeskreis, Windpark«. Unter dem Freundeskreis führte er die Namen der fünf Personen auf. »Was haben wir noch?«

»Wir wissen nicht, ob der Unbekannte, der Merle am Hof aufgelauert hat, tatsächlich Elmar Schäfer war«, warf Naya ein.

Ole nickte und schrieb »Treffen am Hof mit Unbekanntem« aufs Blatt.

»Die Familie fehlt«, fuhr Naya fort. »Vor allem der jüngere Bruder ist mir ein Rätsel.«

Ole notierte »Familie« und darunter die Namen der beiden Brüder. »Was ist jetzt im Moment der wichtigste Punkt, dem wir nachgehen sollten?«

»Das Windparkprojekt«, sagte Lena. »Bei den persönlichen Verbindungen zu den Freunden, den Brüdern und natürlich zu Elmar Schäfer sehe ich im Moment noch kein Motiv.«

Ole unterstrich »Windpark« mit einem roten Filzstift und zog eine Linie zu Tobias Sievers.

»Und Jan Matzen«, schlug Naya vor. »Ich glaube, wir haben ihm bisher noch nicht genügend Aufmerksamkeit geschenkt. Stille Wasser sind tief.«

»Wir sind bisher nur zu dritt«, sagte Lena. »Ich werde drauf drängen, dass wir Unterstützung bekommen, aber im Moment sieht es noch nicht danach aus.«

Jemand klopfte an die Tür und öffnete sie gleich darauf. Frank Claasen schaute ins Zimmer hinein. »Wir haben Merle Harmsens Wagen gefunden.« Er trat einen Schritt vor. »Auf einem der Parkplätze am Südstrand.«

»Sehr gut«, sagte Lena. »Abgeschlossen?«

Frank Claasen nickte. »Ich habe den Kollegen bereits gesagt, dass sie die Finger von dem Fahrzeug lassen sollen.«

»Schicken Sie mir bitte den genauen Standort. Die Kriminaltechnik ist gerade bei Tobias Sievers in der Wohnung eingetroffen. Sobald sie fertig sind, schicke ich sie zum Fahrzeug. Die Kollegen sollen so lange vor Ort bleiben.«

Claasen nickte und schloss die Tür hinter sich.

»Jetzt werden wir erfahren, ob Merle mit ihrem eigenen Fahrzeug zum Fundort gebracht wurde.« Lena hielt inne. »Warum am Südstrand?«

»Häufig wechselnde Fahrzeuge«, sagte Naya. »Da fällt es am wenigsten auf.«

»Der Täter hatte dort sein eigenes Fahrzeug stehen«, warf Ole ein. »Wie hätte er sonst dort wegkommen sollen, nachdem er den Wagen dort abgestellt hat?«

»Ein Treffen am Südstrand?« Lena schloss die Augen. Sie würden dringend Unterstützung brauchen. »Das wäre denkbar. Vielleicht sind sie danach nur mit Merles Fahrzeug weitergefahren. Wir werden eine groß angelegte Befragung vor Ort starten müssen.«

Ole stöhnte. »Halleluja!«

Lena nickte. »Ich schlage vor, ihr beide befragt die beiden Windparkgegner, während ich mit den Kriminaltechnikern spreche und die Befragung am Südstrand organisiere.«

Ole stand auf. »Auf geht's!«

Das Gespräch mit Kriminalrätin Nielsen dauerte keine fünf Minuten. Sie versprach, vier Kollegen zur Verstärkung zu schicken.

»Mehr ist im Moment nicht drin. Sie müssen auf die Kräfte vor Ort zurückgreifen. Wie lange die Kollegen bleiben, müssen wir morgen sehen.«

Lena verabschiedete sich von ihrer Chefin und machte sich auf den Weg zu Frank Claasen. Nachdem sie ihm die Situation erklärt hatte, orderte er vier seiner Mitarbeiter zurück zur Polizeistation und bereitete die Einsatzbesprechung vor. Als die Verstärkung aus Kiel eintraf, teilten sie das Gebiet auf und setzten die nächste Teambesprechung für den nächsten Morgen um acht Uhr an.

Nach dem Anruf bei den Kriminaltechnikern fuhr Lena zur Wohnung von Tobias Sievers und sprach mit dem Leiter der Gruppe.

»Das ist eindeutig Blut auf der Matratze«, teilte er Lena mit. »Es wird allerdings mindestens einen Tag dauern, bis wir einen Abgleich haben.«

»Was ist mit dem Badezimmer?«

»Da wird es schwieriger. Aber auch hier konnten wir nachweisen, dass eine kleine Menge Blut auf den Boden getropft sein muss. Hier wird es aber mit hoher Wahrscheinlichkeit nicht möglich sein, die DNA zu ermitteln.«

»Von welcher Menge Blut sprechen wir?«, fragte Lena.

»Das lässt sich nur schwer schätzen. Ich gehe von bis zu fünfzig Millilitern aus. Eher etwas weniger. Also bei Weitem noch keine lebensbedrohende Menge.«

»Das Opfer ist mit einem Messer angegriffen worden. Ein Stich ins Herz.«

Der Leiter der Kriminaltechnik zuckte mit den Schultern. »Das könnte passen, in diesen Fällen tritt häufig nur wenig Blut aus. Es gibt natürlich auch noch eine Reihe anderer Möglichkeiten für die Blutspuren. Suizidversuch, heftiges Nasenbluten, Kopfwunde nach einem Unfall und so weiter. Aber das brauche ich Ihnen sicher nicht zu erklären.«

»Weitere Spuren?«

»Spermaspuren im Bett. Auch nichts Ungewöhnliches. Haare von mehreren Personen. Einmal kurze Haare, dreimal längere. Täglich scheint der Herr seine Bettwäsche nicht zu wechseln. Dann haben wir noch jede Menge Fingerabdrücke und weitere DNA-Spuren. Sie müssten mir sagen, was zuerst gemacht werden soll.«

»Es wäre erst mal wichtig zu wissen, ob das Blut von Merle Harmsen stammt und ob Sie Fingerabdrücke des Opfers im Schlafzimmer nachweisen können.«

»Alles klar. Laptop haben wir nicht gefunden, das Handy wird der Herr wohl bei sich tragen. Ist das durch den Beschluss mit abgedeckt?«

»Handy ja. Ich habe es bereits eingetütet. Sie können es mitnehmen.«

»Okay, dann machen wir uns auf den Weg zu dem Fahrzeug.«

Als die Kriminaltechniker die Wohnung verlassen hatten, ging Lena ins Wohnzimmer und suchte nach geschäftlichen Unterlagen. Sie bewegte sich dabei in einer Grauzone, da der Beschluss sich ausdrücklich auf die Frage bezog, ob Merle Harmsen sich in der Wohnung aufgehalten hatte und angegriffen wurde.

Nach zwanzig Minuten gab Lena auf. Tobias Sievers schien alle geschäftlichen Unterlagen ausschließlich in seinem Büro zu lagern oder hatte sie elektronisch gespeichert. Sie schrieb Ole eine Nachricht, verließ die Wohnung und machte sich auf den Weg zum Südstrand.

Neunzehn

Der weiße VW Golf älteren Baujahrs stand weit hinten auf dem weitläufigen Parkplatz. Lena stieg aus und ging zum Wagen. Die Kriminaltechniker warteten auf sie.

»Wir sind durch«, sagte der Leiter der Kriminaltechnik, als Lena zu ihm trat. »Sie wollen sicher wissen, ob die Leiche mit dem Auto transportiert wurde.«

Lena nickte.

Der Kriminaltechniker hob eine Beweismitteltüte hoch, in der mehrere ausgeschnittene Teppichteile lagen. »Aus der Unterlage im Kofferraum. Sie ist leider verklebt, deshalb mussten wir schneiden. Es handelt sich um menschliches Blut. Ob es jetzt mit dem in der Wohnung und letztlich ja auch mit dem des Opfers identisch ist, kann ich natürlich noch nicht sagen.«

»Die Wahrscheinlichkeit ist hoch. Können Sie etwas zu dem Alter des Blutes sagen?«

»Exakt natürlich nicht. Aber wenn ich nach meinen Erfahrungen gehe, ist es nicht älter als eine Woche.«

»Sonstige Spuren?«

»Fingerabdrücke am Lenkrad, wie nicht anders zu vermuten war. Allerdings kaum brauchbar. Ich gehe davon aus, dass der

Täter Handschuhe getragen hat und beim Fahren die darunter liegenden Abdrücke verwischt hat. Zwei Teilabdrücke könnten allerdings brauchbar sein. Mehr dazu morgen. Ich beschäftige mich als Erstes mit den Spuren aus der Wohnung und dem Auto.« Er hielt kurz inne. »Das Fahrzeug wird gleich abgeschleppt und steht erst mal auf einem gesicherten Abstellplatz. Dann werden wir sehen, ob wir noch einmal kommen müssen.«

»Danke, Kollege. Sie fahren jetzt wieder nach Kiel?« Als der Mann nickte, wünschte sie ihm gute Fahrt und ging zu dem uniformierten Beamten, der beim Golf stand.

Sie stellte sich vor und fragte, ob der Abschleppwagen bald komme. Aus dem Augenwinkel sah sie im gleichen Augenblick einen Transporter auf den Parkplatz fahren. »Da ist er ja schon.«

Zurück in der Polizeistation setzte Lena frischen Kaffee auf und wartete auf ihre beiden Kollegen. Als Ole und Naya eintrafen, berichtete sie von dem aufgefundenen VW Golf und dem mutmaßlichen Blut im Kofferraum.

»Die Befragung am Südstrand ist auch in vollem Gange. Morgen früh um acht haben wir Teamsitzung. Wie lief es bei euch?«

Ole sah zu Naya und nickte ihr zu. Sie zog ihr Notizbuch aus der Tasche und klappte es auf. »Malte Hermannsen, fünfundfünfzig Jahre, Nebenerwerbsbauer. Im Hauptberuf ist er Kfz-Mechaniker und arbeitet in einer kleinen Werkstatt in Burg. Sein Hof, oder was davon noch übrig ist, liegt in unmittelbarer Nähe zum geplanten Windpark. Ein Teil des Windparkgeländes war ursprünglich sein Land beziehungsweise das seiner Eltern. Er hat es vor zehn Jahren günstig an einen Großbauern verkauft. Heute hätte es ihm viel Geld eingebracht. Die Pachten, die für solche Windparkflächen bezahlt werden, sind beträchtlich. Aber gut, das nur nebenbei. Herr Hermannsen war nicht sehr gesprächig. Er hat bestätigt, dass er mehrfach Einspruch gegen das Projekt erhoben hat und in einer Bürgerinitiative als stellvertretender Vorsitzender aktiv war. Warum er sich jetzt zurückgezogen hat, konnte oder wollte er uns nicht mitteilen. Als wir weitergebohrt haben, wurde er regelrecht aggressiv und hat uns quasi rausgeworfen.«

»Auf dem Hof haben wir eine kleine abgebrannte Scheune bemerkt«, übernahm Ole. »Wir haben Hermannsen darauf angesprochen. Erst hat er nur abgewinkt, dann aber auf meine erneute Nachfrage zugegeben, dass die Scheune vor sechs Wochen abgebrannt ist. Sie sei alt gewesen und er hätte sie sowieso bald abreißen wollen.«

»Wir waren dann auf dem Rückweg beim Hauptfeuerwehrmann Erken von der zuständigen freiwilligen Feuerwehr«, fuhr Naya fort. »Sie haben das Feuer gelöscht. So ganz ohne war es dann wohl doch nicht, wie Erken gemeint hat. Wäre der Wind aus der entgegengesetzten Richtung gekommen, hätte das Feuer auch aufs Haupthaus übergreifen können.«

»Hat die Feuerwehr eine Brandursache ermittelt?«, fragte Lena.

»Nein, nicht wirklich. Hermannsen hat ausgesagt, dass die Elektroleitung in dem Schuppen einen Kurzschluss gehabt habe und er sich am nächsten Tag darum habe kümmern wollen. Ich hatte den Eindruck, dass Erken nicht ganz überzeugt ist von der Story. Er hat aber nichts weiter dazu gesagt. Man kennt sich halt auf dem Dorf.«

»Ja, ich muss Naya zustimmen. Ich hatte den gleichen Eindruck«, sagte Ole. »Zunächst wollte Erken uns dazu noch was sagen, aber dann hat er quasi mitten im Satz abgebrochen. Wir haben es dabei belassen. Was wir vermuten, brauche ich dir nicht zu sagen.«

»Malte Hermannsen wurde mundtot gemacht.«

»Zuckerbrot und Peitsche, würde ich sagen. Ich vermute, dass nicht nur Gewalt im Spiel war. Da ist auch Geld geflossen.

In der Küche habe ich Prospekte für einen neuen Traktor gesehen. Hermannsen hat sie eiligst zur Seite geräumt, als er meinen Blick darauf bemerkte.«

»Und Fenja Martens?«, fragte Lena.

»Die war etwas redseliger«, antwortete Naya. »Sie bewohnt ein Haus in der Nähe der geplanten Anlage. Sie ist fünfundfünfzig, arbeitet halbtags in der Verwaltung eines Öko- und Ferienhofes und ist eine sehr resolute Frau: Fehmarn habe ausreichend Windräder aufgestellt und die Anlage sei viel zu nah an bebautem Gebiet und am Landschaftsschutzgebiet. Außerdem würde der Bau das Ökosystem der Insel noch weiter schwächen. Sie ist beziehungsweise war auch eine der aktivsten Gegnerinnen des Tunnelbaus.«

»Ist sie bedroht worden?«

»Sie sagt, nein. Abgebrannt ist bei ihr wohl nichts, aber als ich mich für ihre Fotowand interessierte, war sie merkwürdig abweisend. Sie hat zwei erwachsene Kinder und fünf Enkelkinder, die dort auf zahlreichen Fotos abgelichtet waren.«

»Verstehe«, sagte Lena. »Hat sie eine«, Lena malte Anführungszeichen in die Luft, »Entschädigungssumme bekommen?«

Ole schüttelte den Kopf. »Naya und ich sind uns sicher, dass sie niemals Geld angenommen hätte. Daher auch unser Verdacht, dass die Kinder und Enkelkinder mit ins Spiel gebracht wurden.«

»Immerhin hat sie uns noch fünf Namen ihrer ehemaligen Mitstreiter genannt«, übernahm wieder Naya. »Ich suche gleich die Daten raus. Ole und ich glauben aber nicht, dass wir dort viel mehr erfahren, als wir bei Hermannsen und Frau Martens gehört haben.«

»Hat Frau Martens sich nicht zu den möglichen Betreibern oder Geldgebern der Anlage geäußert?«, fragte Lena.

Naya nickte. »Haben wir natürlich gefragt. Es gibt eine Betreiberfirma, die die Anträge gestellt und die Gutachten in Auftrag gegeben hat. Sie gehört zu einem internationalen Firmenkonsortium. Wer genau dahintersteckt, ist laut Fenja Martens nicht herauszubekommen.«

»Das ist leider nichts Ungewöhnliches«, warf Ole ein. »Diese Netze sind so aufgebaut, auch bei legalen Firmen, dass auf den ersten und auch zweiten Blick nicht klar ist, wer wann was bestimmt und woher das Kapital fließt. Da können auch mehr oder weniger legale Steuersparmodelle der Grund sein. Wir müssen da nicht gleich an die Mafia denken.«

Lena stöhnte. »Hört sich alles so an, als wenn wir mit unseren Mitteln vor eine Betonwand laufen würden. Wir werden trotzdem die weiteren Windkraftgegner befragen müssen, allein um zu sehen, ob irgendwo der Name von Tobias Sievers auftaucht.«

»Was wäre eigentlich an Provision für Sievers möglich?«, fragte Naya. »Mal vorausgesetzt, er hat seine Finger im Spiel, berät diese Firma oder Firmen, die hinter dem Projekt stecken, und räumt die eine oder andere Hürde aus dem Weg. Ein Prozent? Oder zwei? Das wären schon bis zu drei Millionen Euro. Selbst eine wäre doch schon ein Lottogewinn.«

Lena warf einen Blick auf die Uhr. »Wir machen für heute Schluss.«

Ole nickte. »Ich checke ein, mache mich etwas frisch und dann brauche ich etwas zu essen. Wer kommt mit?«

Naya hob ihre Hand und sah Lena an.

»In einer Stunde?«, fragte Lena. »Ich wollte noch telefonieren. Bent sollte gleich im Bett sein.«

»Schläft der Kleine?«, fragte Lena.

»Tief und fest«, sagte Erck. »Wie sieht es bei dir auf Fehmarn aus?«

»Für drei Ermittlungstage sind wir schon ziemlich weit. Aber frag mich bitte jetzt nicht, ob wir auf dem richtigen Weg sind oder nur auf Nebenschauplätzen herumtanzen. Wir müssen auf Ergebnisse der Kriminaltechnik warten und in Schleswig haben wir noch gar nicht mit den Ermittlungen begonnen.«

»Ich habe da was im Radio gehört. Ein toter Polizist. Hast du etwas damit zu tun?«

»Das war ein Kollege unseres Opfers, den wir jetzt leider nicht mehr befragen können.« Lena hatte schon vor dem Gespräch beschlossen, Erck, wenn irgendwie möglich, die Details zu verschweigen.

»Schlimme Sache. Ist der einfach so vor dem Polizeirevier erschossen worden? Wahllos?«

»Das weiß ich nicht, Erck. Sag, warst du heute schon bei der Bank?«

»Ja. So richtig erfolgreich war das nicht. Für einen Teil der Summe kann ich einen Kredit bekommen, aber das reicht noch nicht.«

»Wie viel fehlt uns?«

Erck stöhnte. »Hunderttausend. Unser Hauskredit ist einfach zu hoch. Im Moment sind die Banken wohl doppelt vorsichtig mit Krediten.«

»Ich könnte … vielleicht meinen Vater …«

»Willst du ihn wirklich fragen?«

»Wenn es sich umgehen ließe, wäre ich nicht traurig. Ja, unser Verhältnis hat sich gebessert, aber ihn um Geld bitten …« Lena ließ den Satz in der Luft hängen. Erck wusste, wie schwer ihr die Bitte an ihren Vater fallen würde. Auch wusste sie nicht, ob er überhaupt so viel Geld zur freien Verfügung hatte.

»Meine Eltern habe ich schon gefragt. Sie haben gleich abgewinkt. Mein Erbe habe ich ja auch schon mit dem Haus auf Amrum bekommen. Das ist mehr als genug.« Erck hielt einen Moment inne. »Wir könnten es verkaufen. Aber wollen wir das?«

»Nein«, sagte Lena entschlossen. »Das wollen wir ganz sicher nicht.« Sie seufzte. »Ich könnte Ole fragen. Er hat mir letztens erzählt, dass ein Sparvertrag ausgelaufen ist und er noch nicht weiß, was er mit dem Geld machen soll. Zinsen gibt es ja schon lange nicht mehr. Mit der Börse hat Ole keine guten Erfahrungen gemacht. Immobilien will er keine kaufen.«

»Ich weiß nicht. Freunde und Geld, das ist so eine Sache. Klar, ich könnte einen privaten Darlehnsvertrag mit ihm machen. Trotzdem …«

»Ach was, Ole ist da anders. Ein Vertrag müsste her, das ist schon richtig, aber wir brauchen keine Angst zu haben, dass das unser Verhältnis irgendwie belastet.«

»Du kannst ihn ja fragen, wenn es sich mal ergibt.«

Lena fiel ein, dass sie Erck noch gar nicht erzählt hatte, dass Ole sie bei den Ermittlungen unterstützte. »Ole ist hier auf Fehmarn. Er ist Teil des Teams.«

»Tatsächlich. Wenn du meinst, dass das kein Problem ist, dann frag ihn ruhig. Ich spreche auch noch mal mit Holger, ob ich einen Teilbetrag nicht auch monatlich zahlen kann.«

Lena traf vor dem Hotel auf Ole. »Ist Naya noch nicht da?«

»Sie hat mir gerade geschrieben. Sie braucht noch zehn Minuten. Wir könnten schon losgehen und sollen ihr dann schreiben, wo wir sitzen.«

Sie entschieden sich für ein italienisches Restaurant, das nur zwei Straßen entfernt vom Hotel lag. Ole schickte Naya eine Nachricht, sie bestellten die Getränke.

»Wie geht es Erck?«, fragte Ole.

»Eigentlich gut.«

Ole sah sie fragend an. »Es ist doch alles in Ordnung bei euch?«

Lena lächelte. »Natürlich. Das ist es nicht.« Sie erzählte Ole von dem Übernahmeangebot und dem fehlenden Kapital.

»Hey, sucht Erck noch Mitarbeiter? Ich habe bald viel Zeit. Und so ein kleiner Nebenjob in der Vermietungsbranche wäre doch vielleicht etwas für mich.«

Lena lachte. »Frag ihn. Erck würde dich sicher sofort nehmen.« Sie warf Ole einen skeptischen Blick zu. »Oder war das ein Scherz?«

Ole schüttelte den Kopf. »Ich mache mir schon seit Monaten Gedanken, was ich mit meiner Zeit anfangen soll. Ich war sogar schon mal bei der Husumer Tafel. Aber so richtig hat mir das Team da nicht gefallen. Und ob das die richtige Arbeit für mich ist …«

Naya kam auf ihren Tisch zugelaufen. »Sorry, mein Vater hat mich angerufen. Ich wollte ihn nicht abwimmeln.«

»Kein Problem«, sagte Ole. »Wir haben mit der Essensbestellung auf dich gewartet.«

Zwanzig

Lena warf einen Blick auf den Wecker und kämpfte sich aus dem Bett. Sie hatte sich vorgenommen, eine Runde am Südstrand zu laufen, bevor sie sich mit Naya und Ole zum Frühstück treffen würde.

Um kurz nach halb sechs stellte sie ihren Dienstwagen auf dem Parkplatz ab und lief der aufgehenden Sonne entgegen.

Noch am Abend hatte sie mit Kriminalrätin Lippert gesprochen und die Befragungen in Schleswig auf den frühen Nachmittag verschoben. Lippert hatte ihr mitgeteilt, dass sie zwei Beamte auf die Insel schicken würde, um die gemeldeten Jagdgewehre im Hause Harmsen und die von Tobias Sievers zu begutachten und gegebenenfalls im kriminaltechnischen Labor überprüfen zu lassen. Lena hatte sie im Gegenzug über ihre aktuellen Ermittlungen informiert.

Im Moment sah alles danach aus, als wenn Merle Harmsens Tod nichts mit Schleswig zu tun hätte. Mit Glück würden sie am Abend oder am Freitagmorgen die Ergebnisse der Blutuntersuchung erhalten. Bis dahin hatte Tobias Sievers die Auflage, die Insel nicht ohne polizeiliche Erlaubnis zu verlassen.

Lena drehte nach zwanzig Minuten Lauf auf der Strandpromenade um und lief auf dem gleichen Weg zurück zum Auto. Die frische Morgenluft und der Blick auf die Ostsee gaben ihr neue Kraft für den Tag.

Nach der obligatorischen Begrüßung bat Lena die vier Teams, die am Südstrand die Befragungen durchgeführt hatten, um einen kurzen Bericht. Alle vier Teams hatten Zeugen gefunden, die Merle Harmsen in den letzten Wochen am Strand und in verschiedenen Strandbars oder -bistros gesehen hatten. Sie war bis auf einmal immer in Begleitung eines Mannes gewesen.

»Die Frau, mit der sie einmal gesehen wurde, konnten wir als Anna Detlefsen identifizieren«, sagte einer der jungen Kommissare vom LKA aus Kiel. »Die Servicekraft hat Frau Detlefsen eindeutig wiedererkannt. An das Datum konnte sie sich aber nicht erinnern. Entweder Montag oder Dienstag der letzten Woche.«

»Haben weitere Zeugen Frau Harmsen gesehen?«

Der Beamte nickte und schaute auf seine Notizen. »Frau Weber ist ihr in der letzten Woche am Donnerstagnachmittag auf dem Parkplatz begegnet. Sie erinnert sich, weil sie nebeneinander geparkt haben und gleichzeitig ausgestiegen sind. Frau Harmsen ist dann vor ihr hergelaufen, sie waren etwa zehn bis fünfzehn Meter auseinander. Frau Harmsen blieb dann an einem Fahrzeug, einer hellen Limousine, stehen, ein Mann stieg aus und sie begrüßten sich.«

»Freundschaftlich?«, fragte Lena.

»Frau Weber meinte, dass sie sich wohl nicht gekannt haben. Da sie das nur noch aus dem Augenwinkel gesehen hat, konnte sie es allerdings nicht mit Sicherheit sagen. Sie meinte aber, die beiden wären nur zögerlich aufeinander zugegangen und hätten sich nicht einmal mit Handschlag begrüßt.«

»Konnte sie den Mann beschreiben?«

Der junge Beamte nickte und schaute wieder auf seine Notizen. »Groß, mittelblond, norddeutsch.« Er sah auf. »Das waren genau ihre Worte.«

»Schulterlange Haare?«, fragte Lena.

Wieder zog der Beamte seine Notizen zurate. »Davon hat sie nichts gesagt und so präzise wie ihre Aussage war, hätte sie das vermutlich erwähnt.«

»Fragen Sie bitte noch einmal nach. Sie haben die Telefonnummer?«

Der junge Beamte nickte und notierte sich etwas. »Mehr Zeugen haben wir bisher nicht gefunden.«

Lena bat die drei anderen Teams um die Detailinformationen. Merle Harmsen war von zwei Zeugen mit einem Mann gesehen worden, dessen Beschreibung auf Jan Matzen passte, und ein weiteres Mal mutmaßlich mit Tobias Sievers. Mehrere Zeugen hatten Merle Harmsen alleine beobachtet, entweder in der Nähe des Parkplatzes, in einem der Cafés und Bistros oder spazieren gehend am Strand und auf der Promenade.

Außer mit Ben Kraemer und Sandra Boysen schien sie mit allen anderen Freunden am Südstrand gewesen zu sein.

Lena teilte die weiteren Befragungsgebiete ein und setzte für den folgenden Tag um neun Uhr die nächste Besprechung an.

Als die ersten Teams den Raum verließen, kam der junge Beamte auf sie zu. »Ich habe Frau Weber erreicht. Sie ist sich sicher, dass der Mann kurze gepflegte Haare trug. Was ich vorhin nicht erwähnt habe, der Mann hatte einen Anzug und ein weißes Hemd mit Krawatte an.«

»Danke. Schicken Sie mir gleich die Kontaktdaten der Dame. Wir werden eine Zeichnung von dem Mann anfertigen müssen.«

Der junge Kollege nickte und verabschiedete sich.

»Wie teilen wir die Arbeit auf?«, fragte Ole, als sie zu dritt am Tisch saßen.

»Ich fahre nach Schleswig, ihr sprecht mit den weiteren Zeugen, die ihre Einsprüche zurückgezogen haben.«

Ole nickte. »Du fährst anschließend nach Husum?«

»Ja, das hatte ich eigentlich vor. Ich bin dann morgen zur Teamsitzung wieder hier. Ist das für euch in Ordnung?«

»Klar«, sagte Naya.

Ole wiegte den Kopf hin und her. »Willst du dir Schleswig wirklich alleine antun? Das wird kein leichter Gang.«

Lena zuckte mit den Schultern. »Da muss ich durch. Und ja, ich fahre alleine.«

Naya hatte den kurzen Wortwechsel aufmerksam verfolgt, schwieg aber.

»Der Staatsanwalt hat mir einen Termin in Kiel gemacht. Jemand aus dem Ministerium, das für die Genehmigungen zuständig ist. Anschließend fahre ich dann weiter nach Schleswig.« Lena sah auf die Uhr. »Die Zeit drängt. Wenn etwas ist …« Sie hob ihr Handy, stand auf und verabschiedete sich von ihren Kollegen.

Dr. Wolters holte Lena am Empfang ab und führte sie über einen langen Flur zu seinem Büro. Lena schätzte Wolters auf Mitte fünfzig, er hatte kurzes dunkles Haar, einen Dreitagebart und trug Anzug. Er bot ihr etwas zu trinken an und ließ ihnen anschließend zwei Tassen Kaffee bringen.

»Staatsanwalt Cornelsen bat mich, mit Ihnen zu sprechen. Sie sind auf der Suche nach Informationen zum geplanten Windpark auf Fehmarn?«

»Das ist richtig. Im Rahmen unserer Ermittlungen kommt immer wieder die Sprache auf das Projekt. Viel konnten wir noch nicht in Erfahrung bringen.«

Dr. Wolters lächelte. »Nun, meine Abteilung war in erster Linie für die Prüfung der Umweltverträglichkeit zuständig. Wie Sie vielleicht wissen, gibt es auf Fehmarn schon eine ganze Reihe von Anlagen, von daher war von Anfang an strittig, ob eine weitere dieser Größenordnung sinnvoll ist.« Wolters lehnte sich auf dem bequemen Sessel nach hinten und faltete seine Hände ineinander. »Es gab verschiedene Gutachten und einen langen Entscheidungsprozess. Letztendlich steht das Projekt kurz vor der Genehmigung. Zwar mit Auflagen, aber …«

»Auflagen?«, fragte Lena.

»Die Anzahl der Windräder wird – so weit der Plan – auf zwanzig reduziert. Die Entfernungen zur nächsten Bebauung werden leicht erhöht. Aber wie gesagt, der Genehmigungsprozess ist noch nicht abgeschlossen.«

»Hatte beziehungsweise hat das Zurückziehen der Einsprüche von Anwohnern Einfluss auf den Prozess?«

»Wir bemühen uns immer um eine Akzeptanz vor Ort. Selbstverständlich ist dieser Aspekt auch mit in das Genehmigungsverfahren eingeflossen.«

»Wer sind die Betreiber?«

»Investoren, die neu auf die Windenergie setzen. Es handelt sich um ein internationales Konsortium, das in ganz Europa Investitionen in erneuerbarer Energie tätigt. Das ganze Genehmigungsverfahren ist auch öffentlich einsehbar. Ich kann Ihnen gerne die Links dazu schicken.«

Lena nickte und reichte ihm eine Visitenkarte. »Vielen Dank.«

Dr. Wolters räusperte sich leise. »Darf ich fragen, in welchem Zusammenhang das Windparkprojekt mit Ihren Ermittlungen steht?«

»Darüber darf ich leider nichts weitergeben. Sie verstehen das sicher, es handelt sich um laufende Ermittlungen.« Lena hielt kurz inne. »Gab es in der langen Planungsphase einen Wechsel des potenziellen Betreibers?«

»Ja und nein. Die Betreiberfirma, die die ursprüngliche Planung ins Rollen gebracht hat, ist vor etwa zwei Jahren von dem Konsortium übernommen worden. Zu den genauen Umständen kann ich Ihnen leider nichts sagen.«

»Das ist kein Problem.« Lena sah auf ihre Notizen. »Im Rahmen unserer Ermittlungen haben wir auch Herrn Sievers befragt. Kennen Sie den Herrn oder ist er Ihnen im Zusammenhang mit dem Windparkprojekt bekannt?«

»Tobias Sievers? Wenn ich mich recht entsinne, ist er als Berater des Betreiberkonsortiums eingetragen. Persönlich habe ich keinen Kontakt mit ihm. Soweit mir bekannt ist, hat er vor Ort auf Fehmarn für einen reibungslosen Übergang für den«, Wolters malte Anführungszeichen in die Luft, »neuen Betreiber gesorgt.«

Wolters hatte nur kurz gezögert, bevor er geantwortet hatte. Lena vermutete, dass Staatsanwalt Cornelsen ihn bereits vorgewarnt hatte. Sie konnte sich nicht vorstellen, dass Wolters ansonsten den Namen Sievers sofort präsent gehabt hätte.

Lena stand auf. »Sie haben mir sehr geholfen, Dr. Wolters.«

»Immer gerne«, sagte Wolters. »Ich begleite Sie noch hinaus.«

Kriminalrätin Lippert zeigte auf den Besucherstuhl vor ihrem Schreibtisch und tippte weiter etwas in die Tastatur ihres Computers. Lena wartete geduldig, bis die Kriminalrätin aufsah. »Sie können sich sicher vorstellen, dass wir die Befragungen von meinen Beamten zeitlich etwas eingrenzen müssen. Ich habe jeweils fünfzehn Minuten eingeplant. Ich denke, das sollte reichen.«

Lena ließ sich Zeit für eine Erwiderung. Schließlich räusperte sie sich leise und lächelte. »Ich kann Ihnen leider nicht versprechen, dass ich den von Ihnen gewünschten zeitlichen Rahmen einhalten kann. Aber das verstehen Sie sicherlich. Darf ich Ihnen vorab ein paar Fragen zu Frau Harmsen stellen?«

Lippert schien zu überrascht, als dass sie Lenas Bitte abschlagen konnte. »Aber bitte kurz, Frau Hauptkommissarin.«

»Wie würden Sie Frau Harmsens Arbeit als Oberkommissarin beurteilen?«

»Sie hatte keine Einträge in ihrer Personalakte und war ja auch, wie Sie wissen, schon recht früh befördert worden. Ich hatte keinerlei Anlass zur Klage. Frau Harmsen war eine fähige Ermittlerin mit einer durchaus sehenswerten Erfolgsstatistik.«

»Wie kam sie mit ihren Kollegen zurecht?«

»Auch hier sind mir keine Klagen zu Ohren gekommen. Sie war vielleicht etwas eigensinnig und neigte hin und wieder dazu, ihre Ansichten recht unverblümt mitzuteilen. Im Team kam das wohl nicht immer positiv an.«

»Gab es Vorbehalte gegen sie als Frau?«

»Sie dürfen mir glauben, dass ich solche Tendenzen in keiner Weise geduldet hätte. Wir müssen hier auch nicht um den heißen Brei herumreden, Frau Lorenzen. Mir sind natürlich die Umstände bekannt, die zum vorzeitigen Ruhestand meines Vorgängers geführt haben.«

»Und zu seiner Verurteilung.«

»Auch das, liebe Frau Lorenzen. Um es gleich vorwegzunehmen, Sie werden bei den Befragungen nicht nur auf wohlwollende Kollegen und Kolleginnen treffen. Das kann ich Ihnen leider nicht ersparen.«

Lena reagierte nicht auf die Ankündigung. Ihr war bewusst, was auf sie zukommen würde. Warum ihr allerdings die Kriminalrätin diesen Umstand so süffisant unter die Nase reiben musste, war ihr ein Rätsel. Fand auch sie, dass Lena damals mit ihrer Anzeige zu weit gegangen war und dass Kriminalrat Groll zu Unrecht verurteilt worden war?

»Vielleicht können wir uns noch einmal auf Merle Harmsen konzentrieren«, sagte Lena, ohne sich anmerken zu lassen, wie nah ihr die Ansprache der Kriminalrätin gegangen war. »Es gab also keine Spannungen zwischen Merle Harmsen und anderen Kollegen oder Kolleginnen?«

»Ich bekomme natürlich nicht alles mit und wenn doch, ist das Kind meistens schon in den Brunnen gefallen. Trotzdem hätte ich über kurz oder lang etwas davon gehört. Es gab keine Beschwerden über Merle. Ich weiß natürlich inzwischen von Merles Anzeige beim LKA. Um das gleich klarzustellen, ich halte es für ausgeschlossen, dass Elmar Schäfer oder jemand anders in meinem Team Verbindungen zur Organisierten Kriminalität hatte oder hat.«

»Dazu kann ich nichts sagen. Ein anderes Team ermittelt in dieser Sache.« Lena hielt kurz inne. »Noch einmal zu Merle Harmsen. Sie war in den letzten Wochen krankgeschrieben. Was hat sie Ihnen gesagt, weshalb sie nicht arbeiten kann?«

»Burn-out, Überlastung. Zunächst hieß es, ein oder zwei Wochen, dann kamen die Verlängerungen. Ich konnte nicht mehr mit ihr persönlich darüber sprechen. Sie hat meine Anrufe nicht entgegengenommen.«

»Wann haben Sie von den Ermittlungen gegen Elmar Schäfer erfahren und wusste er auch davon?«

»Das war vor knapp einer Woche und selbstverständlich habe ich Kollege Schäfer nicht informiert.« Kriminalrätin Lippert schüttelte verständnislos den Kopf und schaute auf ihre Uhr. »Haben Sie noch weitere Fragen? Ansonsten würde ich dem ersten Kollegen Bescheid geben. Wo der Vernehmungsraum ist, wissen Sie ja sicher noch.«

Einundzwanzig

»Moin, Hans«, sagte Lena, als Hans Rother in den Vernehmungsraum trat. Rother war der vierte Schleswiger Beamte, den Lena befragte. Die drei Kriminalbeamten vor ihm hatten zu Lenas Zeit noch nicht in Schleswig gearbeitet. Trotzdem hatten sie nur sehr einsilbig auf ihre Fragen geantwortet und schienen kein Interesse daran zu haben, ihr bei den Ermittlungen behilflich zu sein.

»Moin, Grünschnabel«, sagte Rother mit einem breiten Grinsen. Er setzte sich auf den Stuhl und sah sich um. »Interessant, mal auf der anderen Seite zu sitzen.« Er sah Lena gespielt erschrocken an. »Ich durfte doch diesen kleinen Scherz machen, oder?«

Hans Rother war fünfzehn Jahre älter als Lena und zu der Zeit, als sie in Schleswig angefangen hatte, bereits Oberkommissar gewesen. Sie hatte sich mit ihm immer gut verstanden, auch wenn es zwischen ihnen nie zu einer freundschaftlichen Beziehung gekommen war.

Lena lächelte. »Schon gut. Auch wenn es nicht mehr so ganz stimmt.«

Hans Rother lachte. »Nein, ganz sicher nicht. Ich habe deine Fälle etwas verfolgt. Ganz schön steile Karriere gemacht,

Frau Hauptkommissarin. Wer hätte das gedacht. Ich hätte damals geschworen, dass du den Verein ein für alle Mal verlässt. So kann man sich irren.« Er kratzte sich am Kopf. »Und dann bringst du auch noch den Alten zu Fall und reitest ihn so richtig in die Scheiße. Dir ist schon klar, was das für Groll bedeutet?«

»Ich war nicht die einzige Frau, die ihn angezeigt hat. Es gab mindestens drei Fälle, ich vermute, dass es noch mehr waren. Er ist mit dem Urteil noch ganz gut weggekommen. Vergewaltigung, versuchte Vergewaltigung, Nötigung und das alles als Dienstvorgesetzter.«

Hans Rother verzog sein Gesicht. »Du oder ihr habt ziemlich lange gewartet. Das hat schnell ein Geschmäckle, wenn du mich fragst.«

»Du nimmst mir übel, dass ich vor dem ganzen Mist davongelaufen bin und erst später den Mut hatte, Groll anzuzeigen? Ernsthaft jetzt?«

»Das war in meinen Augen alles ganz schön heftig. Der Alte hatte ja noch Glück, dass er den größten Teil seiner Pension bekommt. Um ein Haar hätte er vollkommen auf dem Trockenen gesessen.«

Lena beugte sich leicht vor. »Wie alt ist deine Tochter, Hans?«

»Zweiundzwanzig. Warum?«

»Würdest du auch so reden, wenn sie betroffen wäre? Meinst du etwa, mir ist es leichtgefallen, diesen Schritt zu gehen? In den ersten Jahren konnte ich mir im Spiegel kaum in die Augen gucken. Und ja, ich war wirklich kurz davor, zu kündigen und mir etwas anderes zu suchen. Und das war zu der Zeit noch mein kleinstes Problem.«

Hans Rother atmete schwer aus. »Warum hast du nie etwas gesagt?«

»Wem denn? Wer hätte mir geglaubt? Erst als ich weitere ehemalige Kolleginnen gefunden hatte, denen es genauso gegangen ist wie mir, ist überhaupt was passiert. Es sagt sich immer so leicht, warum geht die Frau nicht zur Polizei. Und ich war auch noch selbst Polizistin. Du weißt doch, wie schwierig ein Nachweis einer Vergewaltigung oder einer versuchten Vergewaltigung zu führen ist. Ein Großteil der betroffenen Frauen schweigt und heute weiß ich auch, warum.«

»Ist ja schon gut. Wir waren hier alle ziemlich erstaunt, als der Sturm losging. Und ja, ich hätte es eigentlich besser wissen müssen. Du würdest niemals einen Kollegen anschwärzen, wenn es nicht absolut ernst ist.«

»Lassen wir die alten Zeiten«, schlug Lena vor. »Ich bin wegen Merle Harmsen hier.«

Rother seufzte. »Ich weiß. Was willst du wissen?«

»Kann ich offen reden? Ohne dass gleich die ganze Mannschaft hier alles erfährt?«

»Ist die Frage ernst gemeint? Klar, Grünschnabel, pack aus.«

Lena musste unwillkürlich schmunzeln. Hans Rother erinnerte sie an ihre guten Zeiten hier in Schleswig. Die versuchte Vergewaltigung und die anschließende Bedrohung durch ihren Chef hatten alles zuvor Geschehene überlagert.

»Wie hast du Merle erlebt?«

Hans Rother zuckte mit den Schultern. »Wie wir alle hat sie klein angefangen, ihren Mund gehalten und das getan, was ihr aufgetragen wurde. Ich habe aber schnell gemerkt, dass richtig Feuer in ihr steckt. Das war mehr als nur ein Job für sie. Merle war engagiert bis in die Haarspitzen. Klar, Frauen sind bei uns immer noch in der Minderheit und manche Kollegen können einfach nicht begreifen, dass es hier nicht um irgendein Emanzipationsding geht, sondern darum, dass Frauen in unserem Job mindestens so gut wie wir Männer sind. Anders, ja, aber das ist es doch gerade.« Er stöhnte leise. »Ich gebe ja zu, dass ich auch eine Weile gebraucht habe, das zu kapieren. Aber wenn ich so manchen jungen Kollegen sehe und mir die

Sprüche anhöre, wird mir schlecht. Als wäre in den letzten dreißig Jahren nichts passiert, als hätte sich nichts geändert, auch bei uns.« Hans Rother raufte sich die Haare. »Aber das wolltest du sicher nicht von mir hören.« Er schloss kurz die Augen und nickte. »Merle. Sie war eine verdammt gute Polizistin und sie hat sich nicht die Butter vom Brot nehmen lassen. Wenn du verstehst, was ich meine. Mit dem Alten hatte sie so ihre Probleme, klar, aber der ist ja schon eine Weile nicht mehr hier.«

»Mit Lippert kam sie gut zurecht?«, fragte Lena.

»Ich habe nichts anderes gehört. Nicht, dass du denkst, dass die Chefin bei uns die Frauen bevorzugt. Nein, das hat wohl der eine oder andere seinerzeit befürchtet, aber das ist nicht so.«

»Willst du mir jetzt durch die Blume sagen, dass es kein besonderes Vertrauensverhältnis zwischen Merle und der Kriminalrätin gab?«

»So könnte man es ausdrücken. Habe ich aber auch nicht und ich komme gut mit ihr aus. Man muss sich ja nicht lieben, sondern einfach akzeptieren und Respekt voreinander haben. So schwer ist das nun auch wieder nicht.«

»Und die Kollegen? Wie ist Merle mit ihnen ausgekommen?«

»Was soll ich sagen? Ich hatte keine Probleme mit ihr, im Gegenteil. Habe gerne mit ihr zusammengearbeitet. Sie war intelligent, fragte nicht lange, wenn Arbeit anlag, sondern hat sie gemacht. Und das gut, ach, was sag ich, das war immer top, was sie abgeliefert hat.«

»Was nicht jedem hier gefallen hat?«, warf Lena ein.

Hans Rother machte eine abwertende Handbewegung. »Was weiß ich. Man steckt nicht in den Leuten drin. Mag schon sein, dass der eine oder andere sie als übereifrig angesehen hat. Kann ja bei jungen Kollegen schnell mal so rüberkommen.«

»Klingt alles ziemlich normal«, sagte Lena. »Und Elmar Schäfer? Wie kam sie mit ihm zurecht?«

»Elmar. Wieso fragst du gerade nach ihm?«

Lena antwortete nicht und wartete.

»Schon okay. Du darfst nicht alles ausposaunen. Also Elmar. Die beiden haben eine ganze Weile zusammengearbeitet. Elmar war ein Guter. Auf jeden Fall hatte er nichts gegen Frauen bei uns. Ich hatte immer den Eindruck, dass sie ein super Team waren.«

»Waren, weil sie beide tot sind oder …«

»Elmar hat … hatte eine Trennung hinter sich und war wohl noch mittendrin. Seine Frau – ich glaube, sie waren noch nicht geschieden – hat sich von ihm getrennt. Frag mich jetzt nicht, warum. Gerüchteweise hatte Elmar es mit der Treue nicht so ernst genommen. Aber trennt man sich dann gleich, wenn man zwei relativ kleine Kinder hat?«

»Zumindest denkt man mehr darüber nach, ob es der richtige Schritt ist.«

Hans Rother legte seinen Kopf schief und sah sie grinsend an. »Jetzt sag mir nicht, dass du auch Kinder hast. Wie viele?«

»Einen Sohn, gerade zwei Jahre.«

»Gratulation! Wer hätte das gedacht.« Er seufzte. »Aber wir sprachen über Elmar. Diese Trennungssache hat ihn komplett aus der Bahn geworfen. Quasi von einem Tag auf den anderen. Er soll alles versucht haben, um die Ehe zu kitten. Hat aber wohl nicht geklappt, wie ich gehört habe.«

»Schäfer hat mit dir nicht darüber gesprochen?«

Hans Rother schüttelte den Kopf. »So dicke waren wir nicht. Wir haben in den Jahren auch nur selten im Team zusammengearbeitet. Hat sich einfach nicht so ergeben. Wie das halt so ist. Aber Elmar hat die Trennung so richtig runtergezogen. Man konnte regelrecht verfolgen, wie er von Tag zu Tag kleiner und ruhiger wurde. Wütend war er, das habe ich schon mitgekriegt. Und wie du weißt, ist das keine gute Zutat in unserem Job. Da muss man einen kühlen Kopf behalten. Was soll ich sagen? Ich hätte gedacht, dass sich das legt, also dieser Trennungsschmerz oder wie immer man das bezeichnen soll. Aber nach allem, was ich beobachten konnte – was natürlich nicht so viel war –, hat er sich immer weiter in den Konflikt mit seiner Ex verstrickt. Das wird dann irgendwann zu einem Wahn und man kommt da alleine nicht mehr raus. Um die Kinder soll er auch gekämpft haben. Das ist doch alles irre.«

»Ja, ganz rational geht es in diesen Auseinandersetzungen selten zu. Noch einmal zu Merle. Hatte sie hier in der Inspektion zu einem Mann besonderen Kontakt?«

Hans Rother sah sie mit zusammengekniffenen Augen an. »Du meinst, ob sie mit jemandem ein Tête-à-Tête gehabt hat? Ich glaube nicht. Merle war so eine, die das Private und Berufliche strikt getrennt hat. Klar, kann trotzdem sein, dass sie mal mit jemandem in die Kiste gehüpft ist. Glaub ich aber fast nicht.« Er warf ihr einen fragenden Blick zu. »Du scheinst da gerade bessere Informationen zu haben als ich, oder?«

»Du kennst das doch, Hans. Das sind die üblichen Routinefragen rund um die Person, um die es geht.«

»Clever wie eh und je, Grünschnabel«, sagte Hans Rother grinsend und wurde gleich darauf ernst. »Ich habe wirklich nicht bemerkt, ob da mit jemandem etwas lief. Vielleicht bin ich einfach schon zu alt für solche Dinge.«

Lena unterhielt sich noch eine Weile mit Hans Rother und bat ihn, den nächsten Kollegen hereinzuschicken.

Zweiundzwanzig

Die nächsten vier Beamten, die Lena befragte, verhielten sich abweisend bis feindlich ihr gegenüber. Zwei von ihnen kannte Lena aus ihrer Schleswig-Zeit und hatte kaum etwas anderes erwartet.

Als Letztes bat sie Britta Kayser zu sich in den Vernehmungsraum. Die achtundzwanzigjährige Kommissarin war seit fünf Jahren in Schleswig tätig. Sie hatte ihre schulterlangen schwarzen Haare hinten zusammengebunden und lächelte zurückhaltend, als Lena sie bat, sich zu setzen.

»Ich untersuche den Tod von Merle Harmsen und hätte in dem Zusammenhang einige Fragen an Sie.«

Britta Kayser nickte.

»Sie und Merle Harmsen waren in den letzten zwei Jahren die einzigen Frauen im Kommissariat. Ich vermute mal, dass Sie und Merle sich gut verstanden haben?«

»Ja, wir sind hin und wieder mal ausgegangen. Ein Glas Wein, etwas essen.«

»Sie waren befreundet?«

Britta Kayser zuckte mit den Schultern. »Ja, man könnte das so nennen.«

»Sie haben sich auch über private Dinge unterhalten?«

»Natürlich. Irgendwann muss man auch abschalten. Wer will schon in seiner Freizeit auch noch über den Dienst reden.«

»Hatten Sie denn nach der Krankschreibung von Merle noch Kontakt mit ihr?«

»Ja. Allerdings hatte ich Urlaub, als ... ja, als sie sich hat krankschreiben lassen.«

Lena horchte auf. Das klang, als habe Britta Kayser guten Kontakt zu Merle gehalten. »Sie haben sich persönlich getroffen in dieser Zeit?«

»Nein, Merle hat mich eingeladen, aber es kam immer etwas dazwischen. Wir haben aber mehrfach telefoniert.« Britta Kayser sah auf die Uhr. »Können wir uns außerhalb des Kommissariats unterhalten? Ich würde gerne nicht so lange hier bei Ihnen bleiben. Die Kollegen wissen, dass ich ganz gut mit Merle konnte, und es herrscht gerade eine nicht so gute Stimmung in Bezug auf Sie. Es geht da um ...« Sie brach mitten im Satz ab.

»Ja, ich weiß. Wann und wo?«

»Ich habe in einer halben Stunde Mittagspause. Da gehe ich üblicherweise raus, etwas essen, oder ich gehe einfach etwas durch die Gegend. Kennen Sie das Café in der Rosemannstraße?«

Lena nickte.

»Es wäre mir lieb, wenn wir nicht zusammen gesehen würden. Vielleicht können Sie vorher ...«

»Ist in Ordnung. Ich breche hier gleich ab und parke das Auto in der Nähe des Cafés.« Lena stand auf und reichte der jungen Beamtin die Hand. »Dann bis gleich, Frau Kayser.«

Lena betrat das Café und suchte sich einen ruhigen Platz im hinteren Bereich. Eine Viertelstunde später kam Britta Kayser auf sie zu.

»Entschuldigen Sie die Umstände. Die Kollegen peitschen sich im Moment gegenseitig hoch. Sie sind für die meisten ein rotes Tuch. Ich spiel da nicht mit, aber möchte auch nicht unter die Räder kommen.«

»Das verstehe ich sehr gut.« Lena lächelte. »Sie waren also mit Merle befreundet?«

»Ja, ich glaube schon, dass auch sie das so gesehen hat. Aber Merle war noch mehr für mich. Sie war mein großes Vorbild und ist es eigentlich immer noch. Als Polizistin, meine ich. Sie hat ihren Job geliebt und war mit jeder Faser ihres Körpers dabei. Tough war sie und sie hatte vor nichts Angst.«

»Können Sie mir etwas über das Verhältnis von Merle zu Elmar Schäfer sagen?«, kam Lena auf den Punkt, der sie am meisten interessierte.

Britta Kayser nickte. »Ja, wir haben oft über ihn gesprochen. Jetzt, wo beide tot sind, muss ich ja auf niemanden mehr Rücksicht nehmen. Trotzdem wäre es mir lieb, wenn meine Kollegen hier in Schleswig nichts von meiner Aussage erfahren.« Sie sah Lena mit flehendem Blick an. »Kann ich mich darauf verlassen?«

»Ja, das können Sie. Keiner Ihrer Kollegen wird Einsicht in die Akten bekommen. Vermutlich werde ich nicht einmal ein Protokoll über unser Gespräch anfertigen.«

Britta Kayser atmete erleichtert auf. »Danke.« Sie schwieg eine Weile und schien ihre Gedanken zu sortieren. »Sie wollen sicher wissen, ob die beiden ein Paar waren.«

»Ja, es gibt Zeugenaussagen, die darauf hindeuten.«

»Merle und Elmar sind vor ungefähr drei Jahren zusammengekommen. Damals wusste ich noch nichts davon. Die beiden haben das so diskret gehandhabt, dass wohl niemand im Kommissariat etwas mitbekommen hat. Ich auf jeden Fall habe nichts bemerkt.«

»Es ging um Elmar Schäfers Ehe?«

»Ja. Elmar wollte seine Frau und die Kinder nicht verlassen. Merle sollte ganz klassisch die geheime Geliebte sein. Wie so viele Frauen in diesem Land.« Britta Kayser sah auf. »Wussten Sie, dass es Schätzungen nach etwa drei Millionen Frauen in Deutschland geben soll, die quasi als Schattenfrau leben? Das ist ein Leben in der Warteschleife. Nichts Halbes und nichts Ganzes. Manche Frauen haben sogar Kinder von ihrem heimlichen Geliebten und er verbringt regelmäßig Zeit mit ihnen. Oft wenig Zeit, aber immer wieder.«

»Elmar Schäfer wollte sich also nicht von seiner Frau scheiden lassen?«

»Versprochen hat er es Merle schon, aber es gab immer wieder Gründe, weshalb er es rausgeschoben hat. Die Frau hat ihre Arbeit verloren, ein Kind war krank, seine Eltern würden das nicht überleben, wenn er sich trennen würde. Und Merle hat das – zumindest am Anfang – auch noch geglaubt. Dabei genügt ein Blick ins Internet, um Bescheid zu wissen. Die Ausreden sind bei allen Männern die gleichen. Das Leiden der Frauen auch.«

»Alles, was ich bisher über Merle Harmsen erfahren habe, passt nicht zu dem Bild einer geheimen Geliebten«, sagte Lena.

»Das kommt in allen Gesellschaftsschichten und bei den unterschiedlichsten Frauentypen vor. Ich habe mich etwas mit der ganzen Sache auseinandergesetzt, nachdem Merle mir von ihrer Beziehung zu Elmar erzählt hat. Liebe denkt nicht, sie *ist* einfach. Beziehungsweise es dauert eine ganze Weile, bis der Frau klar wird, in welcher Situation sie ist.«

»Wissen Sie auch, wie es beim Ehepaar Schäfer zur Trennung kam und wer sich von wem getrennt hat?«

»Elmars Frau hat herausbekommen, dass er sie betrügt, und hat die Reißleine gezogen. Das alles weiß ich natürlich nur von Merle, aber ich denke, das entspricht der Wahrheit.«

»Wie hat Frau Schäfer das erfahren?«, fragte Lena.

Britta Kayser zuckte mit den Schultern. »Irgendwie wird er sich wohl verraten haben. War ja eigentlich auch besser so für Merle. Endlich hat sie gesehen, wie Elmar reagiert.«

»Wie hat er reagiert?«

»Wie schon. Er hatte doch nie vor, seine Frau zu verlassen. Er hat alles Mögliche unternommen, um sie wieder zurückzubekommen. Die Frau hat ihm wohl die kalte Schulter gezeigt. Ist ja auch zu verstehen. Und was macht dieser Mann? Er macht mit Merle Schluss, um seiner Frau zu beweisen, dass alles aus ist. Fantastische Strategie. Und als das nicht funktioniert hat, wollte er wieder zurück zu Merle. Aber die hatte zum Glück begriffen, was Elmar für ein Mensch ist.«

»Ist Herr Schäfer Merle nach Fehmarn nachgefahren?«

Britta Kayser lachte. »Wohl kaum. Er hatte längst kapiert, dass es mit Merle aus war. Wissen Sie was, er hat Merle sogar verdächtigt, dass sie seine Frau informiert hat.«

»Hat sie?«, fragte Lena, die ahnte, wer die Informantin gewesen war.

»Nein, natürlich nicht. Niemals hätte Merle den Mut gehabt, das zu machen. Sie war dem Mann mehr oder weniger hörig.«

»Seit wann sind Elmar Schäfer und Merle Harmsen kein Paar mehr gewesen, endgültig, meine ich?«

»Auf den Tag weiß ich es nicht genau, aber es sollte inzwischen so drei oder vier Monate her sein. Davor hatte Elmar ja schon die … wie soll ich das nennen … meinetwegen Beziehung, also, die hatte er schon zwei oder drei Monate zuvor beendet, nachdem seine Frau alles herausbekommen hat.«

»Bisher habe ich niemanden im Kommissariat getroffen, der die Beziehung oder das Ende der Beziehung mitbekommen hat«, sagte Lena. »Haben die beiden das selbst nach der Trennung so geheim gehalten? Es muss doch Spannungen zwischen den beiden gegeben haben, die für alle sichtbar waren.«

»Das scheint eine Frage der Übung zu sein. Ich glaube nicht, dass noch jemand bei uns Bescheid weiß oder wusste.«

»Wie war die Stimmung zwischen den beiden?«, fragte Lena weiter, die sich wunderte, dass Britta Kayser nicht auf Merles Anzeige zu sprechen kam.

»Angespannt, würde ich sagen. Ehrlicherweise muss ich zugeben, dass mein Kontakt zu Merle auch etwas abgekühlt war. Haben wir uns vorher alles Mögliche erzählt, so wurde es, nachdem Merle sich von Elmar getrennt hatte, etwas ruhiger zwischen uns. Allerdings hat Merle sich auch sonst zurückgezogen. Ich habe das akzeptiert und sie nicht gedrängt. Freundschaft kann man nicht erzwingen. Sie wusste, dass ich jederzeit für sie da war, und hat sich ja auch hin und wieder bei mir gemeldet.«

»Merle hatte also ihren Frieden mit der Situation gemacht?«

»Soweit ich weiß, ist das so gewesen. Bis …« Britta Kayser brach ab und seufzte. »Ich dachte es zumindest. Aber kurz vor meinem Urlaub – ich war drei Wochen mit dem Wohnmobil in Skandinavien unterwegs –, also, mir kam es so vor, als wenn der Konflikt zwischen den beiden sich wieder intensiviert hätte. Ich habe Merle danach gefragt, aber sie hat mir versichert, dass das Thema Elmar für sie abgeschlossen sei.«

»Hatte Merle eine neue Beziehung?«

»Nein, das würde mich jetzt wundern.«

»Hatte jemand im Kommissariat ein Auge auf Merle geworfen?«

Britta Kayser erstarrte für einen Moment, fing sich aber gleich wieder. »Wie meinen Sie das?«

»Hatte einer Ihrer Kollegen vielleicht Interesse an Merle?«

»Einer? Sie sah gut aus und war selbstbewusst. Das zieht durchaus Männer an.«

Lena sah Britta Kayser direkt an. »Wer?«

Die junge Kommissarin zuckte mit den Schultern. »Julius Hauser. Er ist vor eineinhalb Jahren von Husum nach Schleswig gewechselt. Eigentlich habe ich mich gewundert, dass er Merle nachgestellt hat. Er und Elmar kamen gut miteinander aus, ich glaube sogar, dass sie Freunde waren.«

»Wie lange ging das schon so?«

»Noch nicht so lange. Ein paar Wochen, allenfalls zwei Monate, bevor Merle sich hat krankschreiben lassen.«

»Aber sie hat seine Annäherungsversuche nicht erwidert?«

»Das glaube ich kaum. Als er hier anfing, hat sie kein gutes Haar an ihm gelassen. Später hat sie es immer wieder vermieden, mit ihm zusammenarbeiten zu müssen. Sie hat mal was erwähnt. Gerüchte aus seiner vorherigen Dienststelle. Aber ich weiß nichts Genaues.«

»Und als Merle sich krankgemeldet hat?«

»Das ist es ja. Ich habe Hauser sozusagen erwischt, wie er die Adresse von Merles Eltern gegoogelt hat.«

»Wie das?«

»Die Kriminalrätin hatte mir eine Akte gegeben, die ich bei ihm vorbeibringen wollte. Er war nicht im Büro, also habe ich ihm die Akte auf den Schreibtisch gelegt. Dabei habe ich die Maus bewegt und der Bildschirm wurde aktiviert.«

»Hat er es gemerkt?«

»Glaube ich nicht. Ich bin ihm kurz darauf in der Teeküche begegnet. Da stand er noch eine Weile.« Sie hob entschuldigend die Hände. »Mehr weiß ich aber nicht.«

Lena lächelte. »Das ist schon eine ganze Menge. Mich würde interessieren, wie gut Hauser mit Elmar Schäfer befreundet war.«

Sie zuckte mit den Achseln. »Weiß man das bei Männern immer so genau? Sie wirkten eher wie Kumpel. Er hat Elmar wohl ziemlich unterstützt, als seine Frau sich von ihm getrennt hat. Das schweißt ja vermutlich zusammen.«

Dreiundzwanzig

»Ich bin jetzt auf dem Weg nach Husum. Bei euch alles so weit in Ordnung?«

»Es läuft. Wir haben noch zwei Befragungen vor«, sagte Ole, den Lena, kurz nachdem sie in Schleswig ins Auto gestiegen war, angerufen hatte. »Und bei dir?«

»Ich habe einiges erfahren. Aber ein Kollege fehlt mir noch. Julius Hauser. Er hat sich heute krankgemeldet. Magen-Darm. Ich vermute mal, dass du ihn gut kennst?«

»Durchaus. Wie du sicher gehört hast, war er vorher in Husum. Ich habe allerdings nie allzu viel mit ihm zu tun gehabt und wusste nicht einmal, dass er nach Schleswig gewechselt hat. Sonst hätte ich dich schon vorgewarnt.«

»Erzähl!«

»Er hat mit einer Frau, die als Zeugin ausgesagt hat, aber auch zu dem Kreis der Verdächtigen gehörte, geschlafen. Ob die Zeugin das freiwillig oder unter Druck gemacht hat, blieb im Dunkeln. Ohnehin hat er alles abgestritten und die Zeugin war nicht bereit auszusagen. Rausgekommen ist alles, weil ein Kollege die beiden beobachtet hat, wie sie eng umschlungen in seine Wohnung gegangen sind.«

»Lass mich raten: Aussage stand gegen Aussage. Der Rest ist unter den Teppich gekehrt worden.«

»Genau so ist es gelaufen. Schwamm drüber und vergessen. Dass Hauser sich hat versetzen lassen, war natürlich auch vorteilhaft. Aber was ist jetzt mit ihm, außer dass er sich krankgemeldet hat?«

»Er könnte derjenige sein, der Merle auf Fehmarn belästigt hat und unter Umständen auch schon vorher.«

»Könnte passen.« Im Hintergrund rief jemand etwas. »Lena, ich muss jetzt. Der Zeuge kommt gerade nach Hause. Naya hat mich gerufen.«

Lena schnitt für Bent das Brot klein und stellte den Teller vor ihm auf den Tisch. Der Kleine griff nach dem ersten Stück und schob es sich in den Mund.

»So viel Hunger, mein Schatz?«

»Ich glaube, er hat gerade einen Wachstumsschub«, antwortete Erck für seinen Sohn. »Gestern bin ich auch kaum mit dem Schmieren nachgekommen.«

Lena wuschelte Bent durch die Haare, er strahlte sie an und aß weiter.

»Konntest du eigentlich mit Ole sprechen?«, fragte Erck. »Oder …«

»Nicht so richtig. Ich habe ihm die Sache erklärt, also mit dem Angebot, aber dann kam meine neue Kollegin dazu und wir haben das Gespräch aufgeschoben.« Lena schmunzelte. »Ole hat sich aber gleich als Arbeitskraft angeboten. Er ist auf der Suche nach einem Job, wenn er pensioniert ist.«

»Warum nicht. Ich nehme ihn sofort.«

»Ich frage ihn morgen, okay? Wenn du möchtest, kannst du ihn auch später am Abend anrufen. Ich vermute aber, dass er zusammen mit Naya essen geht.«

»Interessanter Vorname übrigens. Das wollte ich dich schon gestern fragen. Woher kommt sie?«

»Vater aus Grönland, Mutter ist Deutsche. Sie hat den dänischen und deutschen Pass. Ihr Großvater lebt wieder auf Grönland. Er war eines der Kinder, die damals nach Dänemark gebracht worden sind. Du erinnerst dich? Ich hatte dir mal davon erzählt.«

»Ja, natürlich. Und sie arbeitet jetzt beim LKA?«

Lena nickte. »Johanns Vertretung, sozusagen.«

»Und, kommt ihr gut miteinander aus?«

»Sehr gut, auch wenn ich hin und wieder das Gefühl hatte, dass Naya etwas verschnupft war, weil ich Ole mit ins Boot geholt habe. Aber die beiden verstehen sich inzwischen prächtig.«

»Klingt doch gut.« Ercks Stimme klang müde. Lena ahnte, dass er sich mehr von ihrem Gespräch mit Ole versprochen hatte. Sie nahm sich fest vor, Ole am nächsten Tag zur Seite zu nehmen und ihn nach dem Privatkredit zu fragen. Jetzt beugte sie sich vor und strich Erck über den Arm. »Wir schaffen das irgendwie. Zur Not muss ich doch meinen Vater fragen.«

Erck lächelte matt. »Ich bin nicht ganz so optimistisch.«

»War das vorhin ernst gemeint, dass du Ole sofort einstellen würdest?«, fragte Lena, als sie nebeneinander im Bett lagen.

»Klar. Bei Ole weiß ich, woran ich bin. Er ist clever, empathisch und lernt sicher schnell. Warum fragst du?«

»Vielleicht lässt sich ja beides miteinander verbinden. Kredit und Arbeit.«

»Du meinst, Ole soll Partner werden?«

»Nicht unbedingt, aber eben mehr als nur ein Angestellter. Da gibt es doch sicher rechtliche Möglichkeiten.«

»Klar, er kann Anteile der GmbH kaufen und gleichzeitig als Gesellschafter, was er dann wäre, in der Firma arbeiten.«

Erck zuckte mit den Schultern. »Aber das wäre etwas vollkommen anderes als ein Kredit. Als Gesellschafter ist das Kapital nicht so sicher wie bei einem Kredit, für den ich ja persönlich haften würde.«

»Vielleicht redest du besser mit Ole«, sagte Lena. »Ich könnte ihm das gar nicht genau erklären.«

»Ja, vielleicht ist das besser. Kommt er denn am Wochenende nach Husum?«

»Gute Frage. Ich weiß nicht, wie sich der Fall entwickelt. Vielleicht bleiben wir noch am Samstag.« Lena seufzte. »Ich würde auch lieber das Wochenende hier verbringen.«

Erck schwieg.

»Samstagabend will ich auf jeden Fall hier sein. Im Moment sehe ich nicht, weshalb wir Sonntag auf Fehmarn sein müssten.«

Erck nickte. Lena zog ihn zu sich und schmiegte sich an ihn. »Ich weiß, was ich dir da immer aufbürde.«

»Das ist nun mal deine Arbeit und dein Gehalt brauchen wir dringend. Mir geht es nicht anders als Millionen von Frauen, die Arbeit und Kind irgendwie unter einen Hut bringen müssen.« Erck strich ihr sanft über die Haare. »Wir schaffen das. Es kommen auch ruhigere Zeiten.«

Um kurz nach sechs Uhr am nächsten Morgen fuhr Lena vom Hof ihres Hauses und bog kurz darauf ab auf die B200 in Richtung Kiel. Ole hatte sich am Abend zuvor nicht mehr gemeldet. Lena vermutete, dass er sie bei den wenigen Stunden zu Hause nicht stören wollte.

Die erste Ermittlungswoche ging ihrem Ende entgegen. Tobias Sievers war bisher die vielversprechendste Spur. Allerdings war Sievers' Motiv noch nicht klar zu erkennen. Ging es um eine persönliche Auseinandersetzung, die letztlich eskaliert war? Hatte Merle Tobias Sievers aushorchen wollen und war trotz des »körperlichen Einsatzes« nicht weitergekommen?

Hatte sie sich dann dazu verleiten lassen, Sievers zu verhöhnen, und ihm den wahren Grund dafür genannt, weshalb sie sich auf ihn eingelassen hatte? Oder hatte Merle Informationen, die Sievers beruflich vernichtet und ins Gefängnis gebracht hätten? Oder hatte er seine Auftraggeber informiert und sie die dreckige Arbeit machen lassen?

Welche Rolle spielte Ben Kraemer? Waren Merle und er wieder ein Paar geworden? Hatte Kraemer erfahren, dass sie zur gleichen Zeit mit Sievers geschlafen hatte? War das der Auslöser für einen Streit gewesen, der blutig endete?

Lena hatte Kraemer in Verdacht, Elmar Schäfer erschossen zu haben. Merle hatte ihm den Namen genannt und angedeutet, dass er sie belästigt habe. Nur ergab es keinen Sinn, dass Kraemer Merle hätte töten sollen und anschließend Schäfer. Hätte Kraemer nicht eher Tobias Sievers erschossen? Zudem hatte sie bisher keine Hinweise gefunden, dass Ben Kraemer Zugang zu einem Jagdgewehr hatte.

Welche Rolle spielte Julius Hauser? Bisher gab es nur die Aussage von Britta Kayser, dass Hauser Merle bedrängt und ihre Heimatadresse recherchiert habe. Lena war sich nicht sicher, ob Britta Kaysers Motivation, Lena von Merle Harmsens Problemen im Kommissariat zu berichten, so uneigennützig war, wie sie es dargestellt hatte. Britta schien ein eigenes Interesse an Merle gehabt zu haben. Ob das nur freundschaftlicher Natur war oder weiter ging, hatte Lena nicht heraushören können.

Lena fragte sich nicht zum ersten Mal, warum Merle Harmsen den Mann angezeigt hatte, mit dem sie eine Beziehung, wenn auch eine geheime, gehabt hatte. War es eine Art Rache gewesen, um Schäfer etwas anzuhängen? Merle musste aber gewusst haben, dass die Lügen relativ schnell aufgeflogen wären. War sie also tatsächlich davon überzeugt gewesen, dass Elmar Schäfer Kontakte ins kriminelle Milieu gehabt hatte?

Naya schien überzeugt zu sein, dass Jan Matzen ihnen nicht alles gesagt hatte. Merle hatte sich viermal mit ihm getroffen. Hatte Matzen Informationen zum Windparkprojekt für sie gehabt oder hatte es einen anderen Grund für die häufigen Treffen gegeben?

Anna Detlefsens Besuch auf Fehmarn hatte Lenas Aufmerksamkeit geweckt. Hatte Anna Detlefsen tatsächlich in Hamburg zu tun gehabt oder war sie ausschließlich wegen Merle aus London angereist? Lena wählte Nayas Nummer. Sie meldete sich, kurz bevor Lena wieder auflegen wollte.

»Ich hoffe, ich habe dich nicht geweckt«, begrüßte Lena sie.

»Nein, ich war gerade unter der Dusche. Alles gut. Du bist im Auto?«

»Ja, in einer Stunde sollte ich vor Ort sein. Sag, haben wir eigentlich daran gedacht, Anna Detlefsens Angaben zu ihrem Flug zu kontrollieren?«

»Nicht wirklich. Soll ich gleich einen Versuch starten oder wollen wir auf einen Beschluss warten?«

»Wenn du freundlich anfragst, kommen wir vielleicht schneller ans Ziel.«

»Okay, bis später.«

Lena fand Ole und Naya in ihrem provisorischen Büro. Sie legte ihre Tasche ab und holte sich eine Tasse Kaffee aus der Küche, bevor sie sich zu ihren Kollegen setzte.

»Bist du gut durchgekommen?«, fragte Naya und klappte ihren Laptop zu.

»So früh ist das meistens kein großes Problem. Hast du etwas bei der Fluggesellschaft erfahren?«

»Ich bin da leider an die falsche Dame geraten. Datenschutz. Wir brauchen einen Beschluss. Ich war so frei und habe die Mail an den Staatsanwalt bereits formuliert. Habe sie dir gerade weitergeschickt.«

»Danke! Von der Kriminaltechnik haben wir noch keine Infos?«

Ole schüttelte den Kopf. »Ich habe gestern spätnachmittags in Kiel durchgeklingelt und mit einem genervten Kollegen gesprochen. Weder haben sie die Blutspuren aus Sievers' Wohnung identifiziert noch den Stick, den du bei Merle gefunden hast, entschlüsselt. Von den restlichen Ergebnissen einmal vollkommen abgesehen. Du kannst es ja später noch einmal versuchen, aber ich fürchte, da kommt heute nichts mehr.«

»Das hat uns gerade noch gefehlt.« Lena berichtete ausführlich von ihren Befragungen in Schleswig. »Das Bild von Merle Harmsen rundet sich zwar nach und nach ab, aber von einem Durchbruch können wir sicher nicht reden.« Lena wandte sich an Naya. »Sind eigentlich Merles Handydaten immer noch nicht da?«

»Nein. Da gibt es Probleme. Montag oder Dienstag.«

Lena schüttelte verärgert den Kopf. »Auch da scheint der Wurm drin zu sein. Was ist im Moment nur los?«

»Ist wenigstens Julius Hauser heute wieder im Dienst?«, fragte Naya.

»Schön wär's. Ich habe im Auto mit Kriminalrätin Lippert gesprochen«, sagte Lena. »Er ist bis einschließlich Dienstag krankgeschrieben.«

»Was uns nicht daran hindern sollte, noch heute mit ihm zu sprechen«, warf Ole ein. »Und zwar persönlich. Im Moment sieht es ja ganz danach aus, als wenn wir tatsächlich ins Wochenende kommen.« Ole warf Lena einen Blick zu. »Dann sollten wir auf der Rückfahrt bei ihm vorbeischauen. Hast du die Adresse?«

Lena nickte. »Ja, habe ich. Lippert hat mir freundlicherweise mitgeteilt, dass die Überprüfung der Gewehre hier auf Fehmarn keine Ergebnisse gebracht hat.«

»Sieh an, das ging aber schnell«, murmelte Ole. »Da hat wohl jemand einen sehr guten Draht ins Labor.«

Lena ging nicht auf Oles Bemerkung ein. »Wie liefen eure Befragungen?«

»Im Prinzip gut«, sagte Naya. Lena hatte schon bei ihrem Telefongespräch bemerkt, dass Nayas Stimmung besser zu sein schien als am Vortag. Sie und Ole schienen wunderbar zu harmonisieren. »Wir haben alle Windkraftgegner erreicht, alle haben mehr oder weniger offen mit uns gesprochen. In der Kurzfassung: Sie oder ihre Angehörigen sind entweder unter Druck gesetzt worden oder es ist Geld geflossen oder beides. Keiner von ihnen wollte Anzeige erstatten. Entweder mussten wir es zwischen den Zeilen lesen oder haben es in verharmlosender Form präsentiert bekommen.«

»Gut zusammengefasst«, sagte Ole. »Wir sind der Meinung, dass jemand mit guten Kenntnissen der örtlichen Gegebenheiten dabei mitgemischt hat. Was da unser Tipp ist, brauche ich nicht zu erwähnen.«

»Tobias Sievers«, sagte Lena. »Ist sein Name in den Befragungen aufgetaucht?«

Naya nickte. »Nur zweimal. Sievers hat eine Art Vermittlungsrolle angenommen und Geld geboten, damit die Einsprüche zurückgezogen werden.«

»Nur bei zwei Zeugen?«

»Wir vermuten, dass die anderen den Namen bewusst nicht erwähnt haben. Das waren die, die ohnehin nur sehr zurückhaltend geantwortet haben. Vermutlich war eine seiner Aufgaben, die Leute mit Geld ruhigzustellen.«

Lena sah auf die Uhr. »Wir müssen ins Meeting mit den Kollegen.«

Die vier Teams, die im Umfeld des Südstrands nach Zeugen gesucht hatten, berichteten nacheinander von den Befragungen.

Merle Harmsen war mit dem bisher unbekannten Mann in einer der Strandbars gesehen worden. Die Zeugin, eine Servicekraft, war sich sicher, dass eine aggressive Stimmung zwischen beiden geherrscht hatte, konnte aber nicht sagen, worum das Gespräch gegangen sei. Die beiden hätten nur Kaffee getrunken und wären nach etwa einer Viertelstunde wieder gegangen. Die Zeugin meinte, dass sie Richtung Parkplatz gegangen seien.

Ein weiterer Zeuge, ein alter Herr, der seinen Hund ausführte, hatte Merle Harmsen zusammen mit Tobias Sievers gesehen. Sievers kannte er aus der Zeitung und vom Sehen, Merle Harmsen war ihm unbekannt.

»Wie war die Stimmung zwischen den beiden?«, fragte Lena.

Die junge Kollegin, die von der Befragung berichtet hatte, wiegte den Kopf hin und her. »Der Zeuge ist den beiden entgegengekommen. Zuerst hat er nicht auf sie geachtet, aber als er Herrn Sievers erkannte, hat er genauer hingeschaut. Als Liebespaar hat er sie auf jeden Fall nicht bezeichnet. Sie gingen nicht sehr eng nebeneinander, hätten sich aber auch nicht gestritten. Da ist sich der Zeuge sicher.«

»Damit wäre es dann wohl relativ sicher, dass Sievers sich ein weiteres Mal mit Merle Harmsen getroffen hat«, warf Ole ein. »Das Treffen am Strand hat er in der Befragung verschwiegen.«

Die weiteren Befragungen hatten keine neuen Ergebnisse mehr gebracht. Lena bat die Teams, die Protokolle anzufertigen, und entschied, die Befragungen zu beenden.

Vierundzwanzig

Zurück in ihrem provisorischen Büro gingen sie noch einmal zu dritt die durch Zeugen nachgewiesenen Treffen von Merle Harmsen am Südstrand durch. Vor ihrem Todestag, dem Samstag, schien sich Merle in dieser Woche jeden Tag mit unterschiedlichen Personen am Südstrand getroffen zu haben. Bis auf den großen Unbekannten konnten durch die Zeugenaussagen Merles Gesprächspartner alle identifiziert werden.

»Viel weiter sind wir nicht, oder?«, fragte Naya, die auf dem Flipchart die Personen den einzelnen Tagen zugeordnet hatte.

»Der große Durchbruch ist es nicht«, stimmte ihr Lena zu. »Aber wir haben einen Unbekannten, der bisher noch nicht aufgetaucht war.«

Naya griff nach einem Blatt, das auf dem Tisch lag, und klebte es auf das Flipchart. »Die Zeichnung, die der Kollege nach den Angaben von Frau Weber gemacht hat, ist ziemlich nichtssagend.«

Ole nickte. »Ich habe mit dem Zeichner gesprochen. Er meinte, es wäre ein zähes Arbeiten gewesen. Und der Mann machte nicht den Eindruck, als wenn er schnell die Geduld verlieren würde.«

»Die Kollegen am Südstrand hatten die Zeichnung gestern mit?«, fragte Lena.

»Ja, ich habe sie gleich weitergeschickt«, sagte Naya. »Die Servicekraft in der Strandbar hat auch bestätigt, dass die Zeichnung mehr oder weniger gut getroffen ist.« Sie tippte auf die Phantomzeichnung. »Ist das etwa unser Mann? Hat er etwas mit Merles Tod zu tun? Können wir die Zeichnung veröffentlichen?«

»Ich fürchte, da wird der Staatsanwalt in dieser frühen Phase der Ermittlung nicht mitspielen. Wir haben nicht die geringsten Hinweise, dass der Mann der Täter ist oder direkt etwas mit der Tat zu tun hat. Es könnte ein Bekannter oder Freund von Merle sein, der sie auf Fehmarn besucht hat.«

»Wir haben gestern noch Merles Brüder und Sandra Boysen die Zeichnung gezeigt«, warf Ole ein. »Niemand kannte ihn oder konnte es mit jemandem zusammenbringen.«

»Auf der Fahrt hierher bin ich alles noch mal durchgegangen«, sagte Lena. »Wir treten auf der Stelle.« Sie griff nach ihrem Handy und stand auf. »Ich rufe jetzt die Kriminaltechnik an. Wir brauchen die Ergebnisse, verflucht noch mal.«

Mehrmals erklang das Freizeichen, bis sich Mark Frese endlich meldete. »Lena. Was gibt's?«

»Moin, Mark, Ole Kotten hatte dich ja schon gestern angerufen.«

Der Leiter der Kriminaltechnik stöhnte theatralisch. »Ich weiß, dass es eilt. Aber in neunzig Prozent der Fälle eilt es. Ach, was sage ich, in neunundneunzig Prozent. Mindestens. Ich bekomme Druck von allen Seiten. Das mit dem Kollegen Schäfer hast du ja wohl mitbekommen.«

»Wann?«, fragte Lena.

»Montagmittag. Früher geht es nicht, Lena.«

»Das reicht nicht, Mark. Wir suchen hier einen Täter, der eine Kollegin getötet hat. Auch wenn sie nicht im Dienst war, ich brauche noch heute die Ergebnisse.«

»Ich verstehe das ja alles, aber mir fehlen die Leute. Allein das Gespräch jetzt und gleich das nächste und übernächste nimmt so viel Zeit in An…«

»Morgen?«

»Morgen ist Samstag. Wie ge…«

»Morgen Mittag? Das Ergebnis des Bluttests ist am wichtigsten. Und ich brauche eine Zeitangabe, wie alt das Blut ist.«

Wieder erklang ein Stöhnen. Dieses Mal aber leiser.

»Ich will sehen, was zu machen ist.«

Lena atmete tief ein. Ihr war vollkommen klar, worauf Mark Freses Bemerkung hinauslaufen würde. »Morgen bis zwölf Uhr? Der Verdächtige läuft frei herum. Willst du dafür verantwortlich sein, wenn wir ihn am Montag nicht mehr antreffen?«

Es entstand eine Pause. »Zwölf Uhr. Okay. Auf dieser Nummer?«

»Ja. Danke, Mark. Du hast etwas gut bei mir.«

Lena knallte ihr Handy auf den Tisch. »Wie ich das hasse. Die Kollegen in Kiel können auch nichts für den Personalnotstand. Ich werde Mark wohl eine Flasche seines Lieblingswhiskys besorgen müssen.«

Jemand klopfte an die Tür, Frank Claasen trat ein.

»Darf ich stören? Es geht um die Freigabe der Wohnung von Tobias Sievers. Sein Anwalt hat gerade noch einmal nachgefragt. Viel länger können wir es wohl nicht hinauszögern.«

Lena berichtete dem Inselpolizisten von der noch fehlenden Blutanalyse. »Wir werden Sievers observieren müssen. Die Gefahr ist groß, dass er sich absetzt.«

»Hätte er das nicht längst gemacht?«, fragte Claasen.

»Ohne dass er vorher in seiner Wohnung war? Er braucht seine Papiere und sein Auto. Und seinen Laptop, damit er Zugriff auf seine Konten hat.« Lena hatte bewusst dafür gesorgt, dass Sievers' Rechner in seiner versiegelten Wohnung geblieben war. Den Personalausweis hatten sie ihm nicht abnehmen können, aber Lena wusste, dass auch der Pass noch in der Wohnung lag. »Können Sie bis zum frühen Abend ein Zweierteam abstellen, das die Wohnung bewacht?«

Frank Claasen nickte. »Das sollten wir hinbekommen. Diskret?«

»Nein, er soll ruhig merken, dass er beobachtet wird. Streifenwagen und Uniform sind in Ordnung.«

Während Naya zur Wohnung von Tobias Sievers fuhr, um das Polizeisiegel zu entfernen und ihm die Schlüssel der Wohnung zu übergeben, machten sich Lena und Ole ein weiteres Mal zum Harmsen-Hof auf, um mit Merles Brüdern und ihrer Mutter zu sprechen.

Hendrik Harmsen, Merles jüngerer Bruder, war im Beisein von Oke Harmsen kooperationsbereiter als bei den ersten Gesprächen. Beiden Männern sah man die Anstrengung der letzten Tage an.

Lena zeigte ihnen das Foto von Julius Hauser und fragte, ob sie den Mann jemals gesehen hätten.

»Ich war nicht hier auf Fehmarn«, sagte Oke, während sein Bruder das Foto aufmerksam musterte.

»Er kommt mir bekannt vor«, sagte er nach einer Weile. »Ich könnte mich aber auch irren.«

»Wo meinen Sie, ihn gesehen zu haben?«, fragte Lena.

»In Burg vielleicht. Aber wäre er mir da aufgefallen? Ich glaube nicht. Dann kann es nur hier am oder auf dem Hof gewesen sein. Aber hier laufen immer viele Gäste rum. Auch Lieferanten und manchmal Handwerker. Ich achte nicht auf jeden.«

»Es könnte sehr wichtig sein, Herr Harmsen. Überlegen Sie doch einmal.«

»Vielleicht in einem Auto.« Hendrik Harmsen sah auf. »Was für einen Wagen fährt er denn?«

Lena ärgerte sich, dass sie dieses Detail noch nicht in Erfahrung gebracht hatte. Sie stand auf. »Einen Augenblick bitte.«

Auf dem Flur rief sie Britta Kayser auf dem Handy an. »Können Sie gerade sprechen?«

»Wenn es nur kurz ist. Mein Büropartner ist gerade Kaffee holen.«

»Welches Auto fährt Julius Hauser?«

»Einen schwarzen Mercedes B-Klasse. Baujahr weiß ich nicht, aber ganz neu ist er nicht mehr.«

»Gibt es irgendwelche Besonderheiten am Auto?«

»Keine Ahnung, ich bin … Doch, die Felgen. Hässliche Teile. Typisch Mann.«

»Danke, das reicht mir schon.«

Lena ging zurück ins Büro und setzte sich wieder an den Besprechungstisch. »Mercedes B-Klasse.«

Hendrik Harmsen hob den Zeigefinger. »Da klingelt was. Schwarz und mit auffälligen Alufelgen. Richtig? Ich habe noch gedacht, die passen doch gar nicht zu dem Modell. Der Wagen kam mir auf unserem Privatweg entgegen. Ich musste ausweichen und bin stehen geblieben, damit der Wagen vorbeifahren konnte.« Er nickte. »Doch, das muss er gewesen sein.« Er sah Lena fragend an. »Wer ist das?«

»Tut mir leid, das darf ich Ihnen leider nicht sagen.« Lena holte die Phantomzeichnung heraus. »Kennen Sie auch diesen Mann? Es ist leider nur eine Zeichnung, die nach Angaben einer Zeugin gemacht wurde. Er könnte also auch etwas anders aussehen.«

Beide Brüder schauten sich intensiv die Zeichnung an und schüttelten schließlich den Kopf.

»Wer soll das sein?«, fragte Oke Harmsen.

»Er ist mit Ihrer Schwester am Südstrand gesehen worden und wir konnten ihn bisher noch nicht identifizieren.«

»Tut mir leid. Ich kenne diesen Mann nicht und auch niemanden, der ihm ähnlich sehen könnte«, sagte Oke Harmsen. Sein Bruder stimmte ihm zu.

Ole beugte sich leicht vor. »Ich hätte noch eine Frage zu dem ehemaligen Freundeskreis Ihrer Schwester. Wie ist Merle mit den beiden Frauen in der Gruppe ausgekommen? Sandra Boysen und Anna Detlefsen?«

Lena wunderte sich über Oles Frage, ließ es sich aber nicht anmerken. Ole hatte unzählige Berufsjahre als Kommissar hinter sich und ein feines Gespür für Menschen und Beziehungen entwickelt, das ihnen bei ihren Ermittlungen nicht nur einmal geholfen hatte.

»Das ist lange her«, sagte Hendrik Harmsen und schaute seinen Bruder an. »Ich glaube, du hast da einen besseren Einblick gehabt, oder?«

»Mag sein. Ich war hin und wieder mit der Clique unterwegs. Ich bin ja nur ein Jahr älter als Merle.« Er schluckte schwer und schloss für einen Moment die Augen. »Ja, die drei waren nicht immer ein Herz und eine Seele. Sandra hat Merle für ihre Energie und ihr Temperament bewundert, aber Merle hat das auch schon damals nicht beeindruckt. Ich glaube, das hat hin und wieder zu Konflikten geführt. Eine Art Hassliebe. Damals hatte ich sogar die Vermutung, dass Sandra stärkere Gefühle für Merle hatte, als sie zugab.«

»Sie meinen, sie war in Merle verliebt?«, fragte Ole.

»So könnte man es ausdrücken. Aber Sandra scheint ja nicht lesbisch zu sein. Sie ist ja verheiratet und hat ein Kind.«

»Das muss nichts heißen«, sagte Ole ruhig. Lena ahnte, dass es in ihm brodelte und er liebend gerne eine scharfe Antwort gegeben hätte. Aber Ole war professionell genug, die eigene Meinung und seine Gefühle zurückhalten zu können. »Ist das nur Ihnen aufgefallen?«

Oke Harmsen warf einen Blick zu seinem Bruder. »Was meinst du?«

»Ich hatte in der Zeit genug mit mir selbst zu tun. Es stimmt schon, Sandra war extrem anhänglich, daran erinnere ich mich. Merle hat das hin und wieder erwähnt. Mehr weiß ich nicht. Lesbisch? Sandra doch nicht.«

»Und wie war Merles Beziehung zu Anna Detlefsen?«, fragte Ole weiter.

Oke Harmsen rollte mit den Augen. »Die hielt sich damals schon für etwas Besseres. Ich habe sie auf der Beerdigung von Tamme getroffen und mich länger mit ihr unterhalten. Und was ich später so von Merle über sie gehört habe, ging in die gleiche Richtung. Die eine Freundin, also Sandra, hat Merle vergöttert, die andere hat sie im Grunde genommen verachtet.«

»Verachtet?«, fragte Ole nach. »Wie genau meinen Sie das?«

Oke Harmsen zuckte mit den Schultern. »Das war jetzt spontan so ausgedrückt. Ich bin kein Psychologe oder Therapeut, aber ich hatte den Eindruck – selbst noch auf der Beerdigung –, dass Anna Merle verachtet hat, weil ihr alles zuflog. Merle war immer der Mittelpunkt in der Clique, der Motor, die Inspiration für die anderen. Charisma kann man sich nicht erarbeiten, das hat man oder man hat es nicht. Anna musste hart für ihre Abiturzensuren arbeiten, schien kein Leben in London zu haben, so mein Eindruck damals. Sie investierte vierundzwanzig Stunden am Tag in ihre Karriere. Sie hatte in London keinen Mann, nur kurze Bettgeschichten. Genauso hat sie es bezeichnet, als ich mit ihr nach der Beerdigung gesprochen habe. Sie hatte etwas zu viel getrunken, aber es klang schon ehrlich.«

»Sie war also eifersüchtig?«, hakte Ole noch einmal nach.

»Nein, Neid war das nicht wirklich. Sie hat Merle verachtet, weil sie so wenig aus ihren … wie soll ich das jetzt nennen, ihren Talenten oder Anlagen gemacht hat. Normalerweise studiert man mit einem solchen Abitur Medizin oder Jura. Merle ist zur Polizei gegangen. Sie hat das gemacht, was sie wollte, und nicht, was irgendjemand anders für sie erdacht oder vorgesehen hat.« Oke Harmsen schüttelte sich leicht. »Eigentlich sollte ich nicht so viel über andere reden. Schon gar nichts Negatives. Sandra und Anna sind schließlich Merles alte Freundinnen. Nehmen Sie das also nicht so ernst, was ich dahingeplappert habe.«

»Sie sprachen von Merles Abiturnoten. Waren Sie auch überrascht, dass sie damit«, Ole malte Anführungszeichen in die Luft, »nur zur Polizei gegangen ist?«

»Meine Schwester hat lange mit sich gerungen. Ich weiß das, weil sie mich direkt nach dem Abitur häufiger besucht hat. Wir haben über ein Studium gesprochen, aber letztlich …«

»Sie wollte keine akademische Laufbahn?«, hakte Ole nach.

»Wie sie genau auf die Idee gekommen ist, zur Polizei zu gehen, weiß ich nicht. Aber …« Oke Harmsen brach ab und schien zu überlegen. »Nun gut, ich kann es Ihnen auch sagen. So energiegeladen Merle meistens war, es gab auch Phasen, in denen sie sich zurückgezogen hat.«

»Wie muss ich mir das vorstellen?«

»Depressive Phasen. Merle war auch in Therapie. Nicht lange, weil sie … genau weiß ich es nicht, aber ich denke, Merle hat es abgebrochen und meine Eltern überzeugt, dass sie ohne Hilfe auskommt.«

»Wann war das?«

»Zwischen sechzehn und siebzehn. Es kann sein, dass es etwas damit zu tun hatte, dass sie zu der Zeit nicht mehr mit Ben Kraemer zusammen war. So viel habe ich davon auch nicht mitbekommen. Wie gesagt, sie war dann in Therapie.« Er hielt kurz inne. »Und nach dem Abitur ging es ihr auch nicht so gut. Das war zumindest mein Eindruck. Professionelle Hilfe hat Merle da aber abgelehnt.«

Fünfundzwanzig

»Du hast einen Verdacht?«, fragte Lena, als sie wieder im Auto saßen. »Ich habe nicht so ganz verstanden, weshalb du gerade die Fragen nach den Freundinnen gestellt hast.«

»Wir konzentrieren uns bisher ausschließlich auf die Männer in Merle Harmsens Umfeld. Nur sie kommen für uns als Täter infrage.«

»Sandra Boysen ist durch ihr kleines Kind ziemlich eingeschränkt in der Bewegungsfreiheit. Und sie wäre auch wohl kaum in der Lage, die Leiche zu transportieren. Anna Detlefsen war in London.«

»Wissen wir das mit London sicher?«, warf Ole ein.

»Nein, aber sobald wir den Beschluss haben, bekommen wir die Infos von der Fluggesellschaft.«

»Sie kann auch mit dem Auto gekommen sein. Es ist eine lange Fahrt, ja, aber möglich. Oder sie ist auf einem der anderen Flughäfen gelandet und hat sich einen Mietwagen genommen.«

Lena sah Ole ungläubig an. »Ole, möglich ist viel. Wir haben weder ein Motiv noch Hinweise, dass Anna Detlefsen zum Tatzeitpunkt auf Fehmarn war. Sandra Boysen war auf der Insel, aber ein Motiv sehe ich bei ihr noch weniger.«

»Ich weiß, Lena. Trotzdem sollten wir die beiden nicht außer Acht lassen.«

Lena nickte. »Du hast ja recht. Je breiter wir uns aufstellen, desto höher ist die Wahrscheinlichkeit, dass wir etwas finden. Naya und ich hatten beide das Gefühl, dass Sandra Boysen uns etwas verschweigt. Deshalb war sie alleine ein zweites Mal bei ihr. Da war Frau Boysen auch gesprächiger, aber ob das alles war …« Lena zuckte mit den Schultern und startete den Motor.

Gegen fünfzehn Uhr trafen sich Lena, Ole und Naya zu einem kleinen Imbiss in einem Dönerladen nahe der Polizeistation. Während des Essens sprach keiner von ihnen über die Ermittlungen, selbst auf dem Rückweg unterhielten sie sich über den nächsten Urlaub und über das Wetter der kommenden Wochen.

»Dann berichte ich mal kurz«, schlug Lena vor, als sie sich mit einer Tasse Kaffee an den Besprechungstisch setzten. Lena fasste die Befragung zusammen und erwähnte auch die Fragen von Ole zu den beiden Freundinnen.

»Dann war das tatsächlich Julius Hauser, der Merle am Hof belästigt hat«, sagte Naya. »Aber was wollte er? Ja wohl kaum noch einmal sein«, sie malte Anführungszeichen in die Luft, »Glück bei Merle versuchen.«

»Das halte ich auch für unwahrscheinlich«, stimmte Lena ihr zu. »Der Name Hauser ist bei den LKA-Ermittlungen nie gefallen.«

Naya schüttelte den Kopf. »Nicht als Verdächtiger. Ich kannte den Namen, da wir eine Liste der Schleswiger Kollegen und Kolleginnen hatten.«

Lena stand auf, trat an das Flipchart und blätterte die Seite um. Sie schrieb eine Eins und dahinter »Tobias Sievers«. An zweiter Stelle stand »Elmar Schäfer«, an dritter »unbekannter Mann«.

»Nummer vier?«, fragte Lena, ohne sich umzudrehen.

»Jan Matzen«, sagte Naya. »Platz fünf Julius Hauser. Da besteht doch noch einiges an Klärungsbedarf.«

Ole räusperte sich. »And last, not least: Platz sechs mit Sandra Boysen.«

Lena schrieb alle Namen untereinander und setzte sich wieder. »Ich schlage Folgendes vor: Wir bringen jetzt die Ermittlungsakten auf den neusten Stand, ich telefoniere mit Kriminalrätin Nielsen und dem Staatsanwalt. Ihr beide übernehmt um zwanzig Uhr die erste Schicht. Ich lege mich schlafen und löse Ole dann um elf Uhr ab, der wiederum Naya gegen drei ablöst. So bekommen wir alle etwas Schlaf.«

»Ich kann auch die ganze Nacht aufbleiben, wenn ich zwischendurch im Wagen mal 'ne Stunde schlafen kann«, warf Naya ein.

Ole schmunzelte. »Noch bin ich nicht in Pension. Ich finde Lenas Vorschlag gut, vorausgesetzt«, er sah Lena direkt an, »du schläfst tatsächlich ein paar Stunden.«

Lena schrieb Ole eine Nachricht, dass sie sich kurz vor dem Observationsfahrzeug befand. Sie blieb in Sichtweite stehen und wartete, bis Ole ausstieg, sich kurz umsah und in ihre Richtung schlenderte.

»Alles ruhig«, sagte Ole, als er in den Hauseingang trat, in dem Lena auf ihn wartete. »Das Licht ist an. Es gibt nur den einen Ausgang, es sei denn, der seilt sich aus einem der hinteren Fenster ab.«

»Okay.« Sie reichte ihm den Autoschlüssel. »Hundert Meter in die Straße nach links. Da steht mein Wagen.«

Ole griff nach dem Schlüssel und musterte sie. »Hast du geschlafen?«

Lena rollte mit den Augen. »Ja, Papa. Drei Stunden. Und jetzt ab mit dir ins Bett.«

Lena wartete ein paar Minuten, bevor sie sich auf den Weg zum Observationsfahrzeug machte. Sie öffnete die Tür und schlüpfte auf den Fahrersitz. Naya reichte ihr einen Becher. »Habe ich gerade erst geholt. Sollte noch warm sein.«

Lena roch den frischen Kaffee und griff nach dem Becher. »Danke!«

Sie saßen eine Weile schweigend nebeneinander, bis Naya sich leise räusperte und zu Lena sah. »Ole und du seid ein klasse Team. Persönlich wie beruflich.« Sie hielt inne und räusperte sich ein zweites Mal. »Bist du eigentlich mit meiner Arbeit zufrieden?«

Lena sah erstaunt auf. »Ja, durchaus. Hattest du einen anderen Eindruck?«

»Ehrlich gesagt schwimme ich bei der Frage etwas.«

Lena seufzte. »Mein Fehler. Ich hätte dir zwischendurch mehr Feedback geben sollen. Vielleicht bin ich ja auch manchmal etwas zu abgeklärt. Das bringen wohl die Jahre so mit sich.«

»Echt jetzt? Abgeklärt? Glaube ich nicht. In dir brodelt es doch immer noch.«

Lena schmunzelte. »Nicht mehr so wie früher.«

»Früher? Du meinst die Zeit vor deinem Sohn?«

Lena nickte. »Ja, wahrscheinlich meine ich die.«

»Jetzt hör aber auf. Ich kenne Dutzende Kollegen und auch Kolleginnen, die du noch fünfmal in die Tasche stecken würdest. Mit deiner Intuition, deinem Feuer und deiner Hartnäckigkeit.«

»Jetzt hör aber mal auf. Sonst werde ich gleich noch rot.«

»Warum? Hast du nicht selbst gesagt, dass wir alle auch Menschen sind und nicht nur Polizisten?«

Lena seufzte. »Ja, das habe ich wohl.« Sie warf ihrer jungen Kollegin einen fragenden Blick zu. »Und du? Gefällt dir der Job beim LKA?«

»Wenn wir öfters zusammenarbeiten, auf jeden Fall.«

»Und es dich nicht nach Grönland zieht.«

Naya schwieg und sah aus dem Seitenfenster. Nach einer Weile wandte sie sich Lena zu. »Merkt man mir das so deutlich an?«

»Wenn du von deinem Großvater sprichst, leuchten deine Augen. Selbst dann noch, wenn du von dem schweren Leben in diesem kalten Land erzählst.«

»Verrückt, oder? Ich bin da weder geboren noch aufgewachsen. Ich bin da eine Fremde. Selbst mit meinem Aussehen.« Sie zuckte mit den Schultern. »Hier und in Dänemark aber auch.«

»Stelle ich mir verdammt schwer vor«, sagte Lena leise.

»Ach, damit müssen inzwischen viele Menschen hier und anderswo fertigwerden. Ich habe es noch gut getroffen. Immerhin bin ich zur Hälfte Deutsche. Und ich habe einen guten und sicheren Job. Also verschiebe ich die Jammerei mal auf viel, viel später. Und kümmere mich um ein wenig Gerechtigkeit.« Naya verzog das Gesicht. »Falls es so was überhaupt noch gibt oder jemals gegeben hat.«

Lena stieß sie freundschaftlich an. »Kopf hoch. Wir sind gerade auf einem guten Weg, den Mörder einer Kollegin zu fassen.«

Naya nickte mit dem Kopf in Richtung des Gebäudes, in dem Tobias Sievers wohnte. »Du meinst den Kandidaten Nummer eins?«

»Da bin ich mir noch nicht ganz so sicher.«

»Müde?«, fragte Lena mit Blick auf die Uhr. In spätestens einer halben Stunde würde Ole Naya ablösen.

»Alles gut. Werdet ihr morgens wieder von den örtlichen Kollegen abgelöst?«

Lena nickte und wollte gerade antworten, als die Lampe über dem Hauseingang aufleuchtete. Im nächsten Moment trat jemand auf den Fußgängerweg. Lena griff nach dem Fernglas. »Sievers.«

»Ohne Koffer?«

»Scheint so. Vielleicht will er nur die Lage checken.«

»Das hätte er auch unauffälliger aus dem Fenster machen können.«

Das Licht über der Tür ging aus, Sievers ging zwei Schritte nach links, die Lampe sprang wieder an.

»Er wartet auf etwas, ein Auto oder ein Taxi«, murmelte Lena, die bereits den Autositz auf die normale Fahrposition gebracht hatte und sich jetzt anschnallte.

»Er hat doch ein eigenes Fahrzeug«, sagte Naya.

In diesem Augenblick fuhr ein Taxi vor, Sievers öffnete die Beifahrertür, stieg ein, der Wagen startete. Lena wartete einige Sekunden und folgte dem Taxi.

»Wo will der hin? Kein Koffer, nicht einmal eine Aktentasche«, sagte Naya, während Lena abbog. Das Taxi verschwand gerade in einer Seitenstraße. Lena warf einen Blick auf das Navi. Die Straße ging über mehrere Hundert Meter geradeaus, ohne dass es eine Möglichkeit zum Abbiegen gab. Sie verlangsamte die Geschwindigkeit und ließ dem Taxi einen größeren Vorsprung, um keine Aufmerksamkeit auf ihr Fahrzeug zu lenken.

Als sie in die Nebenstraße einfuhr, sah sie das Fahrzeug mit dem leuchtenden Taxischild in etwa siebzig Meter Entfernung. Es fuhr langsam die Straße entlang, setzte rechtzeitig den Blinker, um auf eine der Hauptstraßen von Burg einzubiegen.

»Ganz schön langsam«, murmelte Lena.

»Verstehe ich auch nicht.«

Lena fuhr schneller, stellte das Blaulicht an und bog mit hoher Geschwindigkeit in die nächste Straße ein. Kurz darauf hatte sie das Taxi erreicht, überholte es und zwang es, stehen zu bleiben. Naya sprang aus dem Wagen, lief zum Taxi und riss die

Beifahrertür auf. Lena beobachtete die Szene im Rückspiegel. Naya schlug die Tür des Taxis wieder zu und winkte sie zu sich her. Lena drehte auf der Straße und hielt vor Naya, die ins Auto sprang.

»Sievers hat uns verarscht. Er ist ausgestiegen. Direkt nachdem das Taxi außer Sicht war.«

Lena fuhr mit einem Ruck an. »Ruf Ole an. Wir brauchen ihn an der Brücke.« Die knapp zwei Kilometer Rückfahrt kamen Lena vor wie zwanzig.

»Ole ist schon im Auto. Auf dem Weg zu uns.«

»Er soll zur Brücke fahren. Jetzt sofort.«

Lena hielt mit quietschenden Reifen vor dem Mietshaus, sprang aus dem Wagen und lief zur Tür. Auf ihr Sturmklingeln öffnete niemand. Es gab nur eine Erklärung. Sievers hatte sie entdeckt, sie getäuscht und war dann mit seinem Audi Q8 aus der Tiefgarage gefahren.

Lena rannte zurück zum Auto, startete den Motor und überlegte kurz, wie sie am schnellsten zur Fehmarnsundbrücke kommen würde. Mit angeschaltetem Blaulicht fuhr sie mit hoher Geschwindigkeit über den Blieschendorfer Weg auf die B207, die Zubringerstraße zur Fehmarnsundbrücke.

»Sag Ole, er soll über die Brücke fahren und bei der Aral-Tankstelle auf Sievers warten. Die ist knapp zwei Kilometer hinter der Brücke.«

Naya nickte und sprach kurz darauf mit Ole. »Er ist schon auf der Brücke und hatte die gleiche Idee.«

Lena bog auf die Bundesstraße ein und erhöhte die Geschwindigkeit. Die letzten zwei Kilometer bis zur Brücke war niemand vor ihnen. Kurz bevor sie sie erreichten, klingelte Nayas Handy.

»Sievers ist gerade an Ole vorbeigefahren. Er hat sich hinter ihn gehängt. Aber er weiß nicht, ob er an ihm dranbleiben kann.«

Lena drückte das Gaspedal durch. Oles Fahrzeug hatte keine ausreichende Motorisierung, um mit einem Audi Q8 mitzuhalten.

»Und jetzt?«, fragte Naya, die zur gleichen Erkenntnis wie Lena gekommen zu sein schien.

»Ruf die Kollegen in Oldenburg an. Sievers wird auf der A1 bleiben. Sie sollen eine Kontrolle einrichten.«

Naya tippte etwas ins Handy ein und sprach kurz darauf mit den Kollegen der Nachtschicht in Oldenburg.

»Sie sind auf dem Weg. Aber nur ein Fahrzeug. Sie wissen nicht, ob sie es zeitlich schaffen.«

Lena nickte und warf einen Blick auf ihren Tacho. Die Nadel vibrierte bei kurz vor zweihundertzwanzig. Fuhr Sievers schneller? Oles Fahrzeug kam in Sicht. Sie überholten.

»Sag ihm Bescheid«, rief Lena, während Naya das Handy schon wieder am Ohr hatte.

»Er kommt hinterher.« Naya riss den Arm hoch und zeigte nach vorne. »Ist das Sievers?«

Ein weißer Audi SUV fuhr dreihundert Meter vor ihnen, schien jetzt die Geschwindigkeit zu erhöhen. Lena kam näher, der Audi machte einen Satz nach vorne.

»Er ist zu schnell«, rief Naya gegen das Motorengeräusch von Lenas Fahrzeug an. »Was ma…« In diesem Augenblick wurde der Audi langsamer, Lena wechselte die Spur und setzte sich vor ihn. Sievers hatte bereits den Blinker betätigt und ließ sein Fahrzeug auf dem Seitenstreifen ausrollen.

Sechsundzwanzig

»Er wird sich rausreden wollen«, sagte Lena, als sie zu dritt gegen vier Uhr dreißig in ihrem provisorischen Büro saßen.

Tobias Sievers wartete zusammen mit einem Beamten der Polizeistation im Befragungsraum auf seine Vernehmung. Er hatte sich auf der Autobahn vollkommen erstaunt gezeigt, dass ihn die Polizei angehalten hatte, und behauptet, auf dem Weg nach Hamburg zu sein, wo er heute Vormittag einen Termin habe. Als er von Lena aufgefordert worden war, mit ihnen zurück nach Burg zu fahren, hatte er mäßigen Protest erhoben, sich aber gefügt, als Lena ihm die vorläufige Festnahme als Alternative vorgeschlagen hatte. Ole war zu diesem Zeitpunkt zu ihnen gestoßen. Im Konvoi waren sie schließlich zurück auf die Insel gefahren.

»Und das Taxi?«, warf Naya ein. »Um ein Haar wären wir auf den Trick reingefallen. Ich habe den Fahrer vorhin telefonisch erreicht. Er bestätigt, dass eine ganz normale Fahrt nach Oldenburg angefragt war. Sievers hat ihn nach wenigen Metern gebeten anzuhalten, ihm einen Hunderter in die Hand gedrückt und gesagt, er habe es sich anders überlegt.«

»Klingt verdächtig, aber mehr auch nicht«, sagte Ole.

»Sievers hatte per Beschluss die Auflage, sich weiter auf Fehmarn aufzuhalten«, sagte Lena. »Er hat dagegen verstoßen.«

»Er wird sagen, dass er uns da missverstanden hat.« Ole hob beide Hände als Zeichen, dass er auch keinen Rat wusste.

»Vorläufig festnehmen?«

»Aus welchem Grund? Ja, er hat gegen die Auflage verstoßen. Aber wir können ihm im Moment nicht nachweisen, dass er keinen Termin in Hamburg hat. Festnehmen wegen Verstoß gegen die Auflagen? Gut, sein Anwalt wird so früh nicht zu erreichen sein, aber spätestens um zehn steht er hier vor der Tür.«

»Wir werden ihn vernehmen und der Tötung von Merle Harmsen beschuldigen. Dann wird er garantiert schweigen und seinen Anwalt hinzuziehen. Bis zwölf Uhr müssen wir die Vernehmung ausdehnen und hoffen, dass Mark Frese uns die erhofften Beweise liefert. Noch einmal können wir Sievers nicht von der Autobahn pflücken.«

Ole nickte, Naya zuckte mit den Schultern.

»Wer von euch möchte dabei sein?«, fragte Lena.

Naya lächelte. »Alter vor Schönheit. Geh du, Ole.«

»Ich bin müde. In diesem Fall geht Schönheit vor Alter.«

Naya stand auf. »Dann mache ich uns erst mal einen starken Kaffee, bevor wir uns in die Höhle des Löwen aufmachen.«

Gegen kurz nach sechs betraten Lena und Naya den Befragungsraum, bedankten sich bei dem uniformierten Beamten und setzten sich an den Tisch, an dem Tobias Sievers auf sie wartete.

»Das wird auch Zeit«, platzte der sichtlich verärgerte Sievers heraus. »Ich kann nur hoffen, dass Sie eine gute Erklärung für diese massive Belästigung haben. Ansonsten wird das für Sie nicht ohne Folgen bleiben.«

Lena reagierte unbeeindruckt, klärte ihn über seine Rechte auf und informierte ihn darüber, dass er als Beschuldigter in dem Ermittlungsverfahren Merle Harmsen geführt werde.

»Zuerst die unrechtmäßige Durchsuchung meiner Wohnung und des Autos und jetzt das? Sind Sie von allen guten Geistern verlassen? Ich habe nichts und wirklich gar nichts mit dem Tod von Merle zu tun.«

»Die Hinweise und Indizien verdichten sich und weisen ziemlich deutlich auf Sie. Die Lage ist ernst, Herr Sievers. Das ist hier kein Theater. Sie stehen kurz davor, in Untersuchungshaft zu kommen.«

Tobias Sievers schien für einen Moment die Fassung zu verlieren. Sein arroganter Gesichtsausdruck wich einem ängstlichen Augenaufschlag, er schluckte schwer. Schließlich richtete er sich auf dem Stuhl auf, sah Lena mit festem Blick an. »Gerede. Soweit mir bekannt ist, haben wir in Deutschland immer noch einen Rechtsstaat und Sie müssen mir diese abstrusen Verdächtigungen lückenlos nachweisen. Da das aus einem einfachen Grund nicht möglich ist, sollten wir dieses ganze Schauspiel hier schnell beenden. Ich habe bes…«

»Herr Sievers«, unterbrach Lena ihn mit erhobener Stimme. »Das ist hier keine Diskussionsveranstaltung. Wir stellen die Fragen, Sie antworten. Können wir uns darauf verständigen?«

Sievers rollte mit den Augen, schwieg aber.

»Sie haben bei der letzten Befragung angegeben, dass Sie sich am letzten Samstag zwischen achtzehn und zweiundzwanzig Uhr in Ihrer Wohnung aufgehalten haben.«

»Das ist richtig. Und nein, ich habe immer noch keine Zeugen dafür. Wo ich anschließend war, habe ich Ihnen ja gesagt.«

»Was genau haben Sie während der Zeit gemacht?«, fragte Naya.

Tobias Sievers zögerte und schien zu überlegen, ob er überhaupt antworten sollte. Schließlich wendete er sich Naya zu und lächelte eiskalt. »Geschlafen, Musik gehört, eine Kleinigkeit gegessen. Die Samstagnacht ist meistens lang. Kontakte knüpfen, Sie wissen schon. Man muss präsent sein, wenn man für die Region etwas erreichen will.«

»In welchen Lokalen waren Sie? Wen haben Sie da getroffen?«

»Schreiben Sie eigentlich keine Protokolle? Da muss doch alles stehen. Oder suchen Sie nach Widersprüchen, um mich dann festzunageln?« Er holte tief Luft und seufzte leise. »Noch einmal zum Mitschreiben: Ich habe einen Zug durch die Gemeinde gemacht. War hier und da. Mit wem ich mich alles getroffen habe, weiß ich nicht mehr. Und ja, vielleicht habe ich auch das eine oder andere Glas zu viel getrunken. Das kommt schon mal vor. Und bevor Sie weiterfragen: Ich weiß nicht mehr, wann ich im Bett lag, und werde mich auch nicht mehr daran erinnern. Dafür ist das Wochenende nun mal da. Da schaue ich weder auf die Uhr noch gehe ich früh ins Bett. Und am Sonntag? Da habe ich lange geschlafen, bis zwölf oder eins, war frühstücken und am Nachmittag habe ich ein wenig gearbeitet. Am Montag hatte ich einen wichtigen Termin.«

»In Hamburg?«, fragte Naya trocken. Dabei hatte sie Sievers' kaltes Lächeln imitiert.

»Wollen Sie mich verarschen, Frau …« Sievers sah Naya mit einem verächtlichen Blick an. »Irgend so ein dänischer Name, oder?«

Naya schob ihm eine Visitenkarte über den Tisch. »Ich habe noch mehr davon, falls Sie sie wieder verlieren sollten.«

Tobias Sievers beugte sich vor, warf einen Blick auf die Karte und lehnte sich wieder auf dem Stuhl zurück. »Naya Olsen. Schöner Name.« Er musterte Naya. »Grönland? Was hat Sie zu uns verschlagen?«

Lena überlegte kurz, ob sie ihrer jungen Kollegin beispringen sollte, sah aber aus dem Augenwinkel, dass Naya sich durch Sievers' Provokation nicht aus der Ruhe bringen ließ.

»Sie haben also am Samstag zur fraglichen Uhrzeit geschlafen?«, fragte Naya unbeirrt weiter.

»Die Kandidatin hat hundert Punkte«, sagte Sievers mit einem abfälligen Lächeln. »Kann ich jetzt gehen?«

»Nein«, sagte Naya. »Wann genau haben Sie sich das letzte Mal mit Merle Harmsen getroffen?«

»Weiß ich nicht mehr.«

»In den sieben Tagen vor ihrem Tod?«, hakte Naya nach.

»Nein. Hatten Sie das nicht auch schon gefragt?«

»Bitte überlegen Sie noch einmal. Wir haben Zeugen, die Sie mit Merle gesehen haben.«

Tobias Sievers stöhnte theatralisch. »Dann haben sich Ihre Zeugen halt geirrt.«

»Nein, sicher nicht. Sie sind eindeutig wiedererkannt worden.«

Lena beugte sich leicht vor. »Es wird eng für Sie, Herr Sievers. Sie sind so nah«, Lena hielt Daumen und Zeigefinger nah aneinander, »an der Untersuchungshaft. Uns fehlen no…«

»Ich sage jetzt gar nichts mehr und will meinen Anwalt sprechen«, stieß Sievers hervor.

Lena stand auf. »Dann lassen wir Sie mal alleine. Sagen Sie Bescheid, wenn Sie etwas essen oder trinken möchten. Vor der Tür steht ein Kollege.«

Zurück im Büro sah Naya auf die Uhr. »Sieben Uhr am Samstagmorgen. Dann hoffen wir mal, dass Sievers ihn nicht erreicht.«

»Eine kleine Atempause haben wir auf jeden Fall«, sagte Ole, der die Vernehmung über einen Bildschirm verfolgt hatte.

Zwei Stunden später klopfte Lena an die Tür des Befragungszimmers und ging hinein. Tobias Sievers stand am Fenster und drehte sich zu ihr um.

»Haben Sie Ihren Anwalt erreicht?«

»Bisher nicht. Ich habe ihm auf die Mailbox gesprochen und warte auf den Rückruf.«

»Das könnte schwierig werden am Samstagvormittag. Vielleicht ist er ins Wochenende gefahren und nicht auf Fehmarn. Wollen Sie es bei jemand anders versuchen?«

»Ich warte.« Sievers kam auf Lena zu. »Was würde passieren, wenn ich die Polizeistation verlasse?«

»Wir würden Sie vorläufig festnehmen und inhaftieren«, sagte Lena. Ihr war bewusst, welches Risiko sie mit der Ankündigung einging. Beim momentanen Ermittlungsstand würde kein Richter Sievers in U-Haft schicken.

»Und dann?«

»Innerhalb der nächsten vierundzwanzig Stunden würden Sie einem Haftrichter vorgeführt werden. Der entscheidet letztlich, ob Sie in Untersuchungshaft kommen.«

Sievers nickte nachdenklich, schwieg eine Weile, setzte sich dann wieder an den Tisch und sah auf. »Ich warte auf den Rückruf meines Anwalts.«

Lena verließ den Befragungsraum, nickte dem Beamten zu, der vor der Tür stand, und ging in ihr provisorisches Büro. Ole und Naya hatten sich für eine Pause verabschiedet, um in einem nahen Café zu frühstücken. Lena griff nach dem Handy und wählte die Nummer von Mark Frese, dem Leiter der Kriminaltechnik.

»Lena, lass mich arbeiten«, sagte er, ohne sie zu begrüßen. »Desto schneller bekommst du deine Ergebnisse.«

»Unser Mann wollte heute Nacht Fehmarn verlassen. Im Moment sitzt er hier in der Polizeistation, aber ich werde ihn nicht mehr lange hier festhalten können. Sein Anwalt könnte sich jeden Augenblick zurückmelden oder hier auftauchen.«

»Verstehe. Mit Glück kann ich dir in einer halben Stunde etwas sagen. Reicht das?«

»Muss. Danke, Mark. Meine Schulden bei dir sind schon wieder gestiegen. Bis später.«

Kaum hatte Lena das Handy auf den Tisch gelegt, klopfte es an der Tür. Frank Claasen, der bereits seit den frühen Morgenstunden vor Ort war, schaute herein. »Dr. Kiehl ist am Empfang. Er möchte sofort mit seinem Mandanten sprechen.«

Lena nickte. Sie hatte gehofft, die drohende Konfrontation mit Sievers' Anwalt umgehen zu können, fügte sich jetzt aber ins Unvermeidliche. Auf dem Weg zum Empfang schrieb sie Ole und Naya eine Nachricht und bat darum, dass sie ihr Frühstück unterbrachen.

»Herr Dr. Kiehl.« Lena ging auf den Mittfünfziger zu und reichte ihm die Hand. »Es freut mich, dass Herr Sievers Sie doch noch erreicht hat.«

Kiehl nickte. »Kann ich jetzt mit meinem Mandanten sprechen?«

»Selbstverständlich. Sie wissen um die Umstände?«

»Lassen wir doch die Spielchen, Frau Hauptkommissarin Lorenzen. Können wir dann?«

Lena begleitete Kiehl zum Befragungszimmer und öffnete die Tür. »Sagen Sie doch bitte Bescheid, wenn wir anfangen können mit der Vernehmung.«

Wortlos betrat der Anwalt den Raum und schloss hinter sich die Tür.

Lena wandte sich an den Beamten. »Rufen Sie mich bitte, wenn Dr. Kiehl bereit ist. Sie wissen, wo Sie mich finden.«

Der junge Beamte nickte. »In Ordnung.«

Kurz nachdem sie das Büro betreten hatte, trafen Ole und Naya ein.

»Wie sieht es aus?«, fragte Ole.

»Kiehl spricht jetzt mit Sievers.« Lena sah auf die Uhr. »Mark versucht, mir in zwanzig Minuten die Ergebnisse zu liefern.«

»Das sollte zu schaffen sein«, sagte Ole und warf einen Blick zu Naya. »Kann ich dieses Mal mit rein?«

Naya verbeugte sich. »Aber sicher doch, Kollege.«

Sie mussten nicht lange warten, bis der uniformierte Beamte im Büro erschien, um sie zu holen. Lena und Ole ließen sich Zeit und betraten einige Minuten später den Befragungsraum.

Lena legte ihr Handy auf den Tisch, startete die Video- und Tonaufnahme und zählte die Formalien auf.

»Können wir jetzt zur Sache kommen?«, drängte Frederik Kiehl. »Ich habe noch etwas vor an diesem schönen Tag.«

»Selbstverständlich. Ihr Mandant hat gegen die richterliche Anordnung verstoßen und heute in den frühen Morgenstunden Fehmarn verlassen. Wir ha...«

»Das ist alles bekannt, Frau Lorenzen. Können wir jetzt dazu kommen, weshalb Sie meinen Mandanten seit Stunden hier festhalten? Er hat zugegeben, dass er die Anordnung falsch interpretiert hat, und ist freiwillig mit zurück nach Burg gekommen. Er wird für sein Fehlverhalten die Verantwortung übernehmen. Ich denke, damit ist die Angelegenheit wohl zunächst vom Tisch.«

»Wir hatten noch einige Fragen an Ihren Mandanten, die ...«

Zum zweiten Mal fiel der Anwalt Lena ins Wort. »Frau Hauptkommissarin, mein Mandant hat Ihnen deutlich erklärt, dass er die Aussage verweigert. Das ist sein gutes Recht. Ich benötige sofortige Akteneinsicht. Am Montag können wir uns gerne wieder zusammensetzen und dann werden wir gegebenenfalls Ihre Fragen vollumfänglich beantworten.« Er stand auf und forderte mit einem Blick Tobias Sievers auf, ihm zu folgen.

In diesem Augenblick vibrierte Lenas Handy. Sie sah aufs Display. Eine Nachricht von Mark Frese. Sie überflog die drei Zeilen und sah auf. »Bitte setzen Sie sich wieder. Es wird wohl doch noch etwas länger dauern, Herr Dr. Kiehl.«

Siebenundzwanzig

Nachdem Lena die neue Beweislage dargelegt hatte, bat Kiehl um ein weiteres Gespräch mit seinem Mandanten. Lena und Ole verließen den Raum und warteten auf dem Flur.

»Wollen wir eine Wette abschließen?«, fragte Ole leise.

»Nein, wir denken wohl das Gleiche, da ergibt das wenig Sinn.«

»Wohl wahr«, murmelte Ole. »Dann warten wir mal wieder.«

Eine knappe Viertelstunde später öffnete der Anwalt die Tür und nickte Lena zu.

»Mein Mandant hat mir die Blutspuren in seinem Schlafzimmer und im Bad erklärt«, sagte Kiehl, als sie wieder zu viert am Tisch saßen. »Wie mein Mandant bereits ausgesagt hat, war Frau Harmsen am Donnerstagabend vor zwei Wochen bei ihm zu Gast. Es kam zu einvernehmlichem Geschlechtsverkehr. Im Anschluss daran bekam Frau Harmsen Nasenbluten, das sie zunächst nicht stoppen konnte. Sie ist dann ins Bad der Wohnung gelaufen und kam nach etwa fünf Minuten zurück. Mein Mandant hat später das Blut im Bad entfernt und am Abend die Matratze auf die andere Seite gelegt. Ebenfalls hat er eine neue Matratze geordert, die aber erst in einigen Wochen geliefert wird.« Dr. Kiehl machte eine bedeutungsvolle Pause. »Ich denke, damit dürfte der Sachverhalt ausreichend geklärt sein.« Er sah Lena auffordernd an. »Haben Sie noch weitere Fragen oder können wir die Befragung hier abbrechen?«

Lena wandte sich an Tobias Sievers. »Haben Sie Frau Merle Harmsen getötet und in der Nähe des Fastensees abgelegt?«

»Nein«, antwortete Kiehl für seinen Mandanten.

»Tobias Sievers, ich nehme Sie hiermit vorläufig fest. Sie werden verdächtigt, Frau Merle Harmsen getötet zu haben.« Lena klärte Sievers ein weiteres Mal über seine Rechte auf, stand auf und sah erst jetzt zu Frederik Kiehl. »Ich gehe davon aus, dass Sie noch mit Ihrem Mandanten sprechen möchten.«

Als der Anwalt nickte, verließen Lena und Ole den Raum. Lena informierte den Staatsanwalt, der ihr bezüglich der Festnahme Rückendeckung gab. Er versprach, noch am Samstag einen Termin beim Haftrichter und einen Beschluss für Tobias Sievers' Handydaten zu besorgen. Anschließend rief Lena Kriminalrätin Nielsen an und brachte sie auf den neusten Stand.

»Ich schlage vor, ihr fahrt ins Wochenende«, sagte Lena, als sie eine halbe Stunde später mit Ole und Naya zusammensaß. »Der Staatsanwalt hat gerade angerufen. In drei Stunden haben wir bereits einen Haftprüfungstermin. Ich treffe mich eine Stunde vorher mit Cornelsen und gehe mit ihm die gesamten Ermittlungsergebnisse durch. Die Blutspuren sind laut Analyse deutlich jünger als zweieinhalb Wochen. Sie sind allenfalls bis zu drei Tage vor der Tat entstanden. Zusammen mit dem Fluchtversuch wird das sicher reichen, dass Sievers in U-Haft kommt.«

»Okay«, sagte Ole. »Verschieben wir die Befragung von Hauser in Schleswig?«

»Ja, wir brauchen alle einen freien Tag zum Durchatmen.«

»Sehe ich auch so«, sagte Ole. »Wir schreiben allerdings noch die letzten Protokolle und Berichte und machen dann Schluss. Montagmorgen um neun in alter Frische?«

Lena nickte.

»Soll ich selbst fahren?«, fragte Naya.

»Nein, ich hole dich in Kiel ab«, schlug Ole vor. »Wo wohnst du?«

Naya nannte ihm die Straße.

»Die kenne ich sogar. Da ist doch dieser hervorragende Bäcker, der die besten Brötchen von Kiel hat.«

Naya lachte. »Das kann ich nur bestätigen.«

Gegen siebzehn Uhr am Samstag erreichte Lena Husum. Sie parkte vor dem Haus und atmete tief durch. Der Haftrichter hatte Tobias Sievers nach einer längeren Diskussion zwischen Staatsanwalt Cornelsen und Sievers' Anwalt Kiehl in Untersuchungshaft geschickt. In zwei Wochen war der nächste Haftprüfungstermin angesetzt. Bis dahin hatten Lena und ihr Team Zeit, die weiteren Beweise zu finden, die Sievers' Täterschaft untermauern würden. Der Haftrichter hatte bereits angedeutet, dass ihm der jetzige Ermittlungsstand für eine weitere Inhaftierung nicht ausreichen würde.

Lena schrak auf, als jemand an die Seitenscheibe klopfte. Sie hatte zuvor ihren Kopf nach vorne aufs Steuer gebeugt und die Augen für einen Moment geschlossen. Jetzt sah sie in Bents strahlendes Gesicht. Sie öffnete die Autotür, nahm Bent auf den Arm und drückte ihn an sich. Nach einer innigen Begrüßung stieg Lena mit Bent auf dem Arm aus und küsste Erck auf die Wange. Wider Erwarten schien er ausgesprochen gut gelaunt zu sein.

»Alles gut bei euch?«, fragte sie.

»Ich habe Kaffee gekocht und noch ein Stück Kuchen übrig. Ole hat ihn mitgebracht.«

»Er war hier?«

Erck nickte. »Erzähle ich dir später. Komm erst mal rein.«

»Wow!«, sagte Lena, nachdem Erck ihr von Oles Vorschlag erzählt hatte. »Ich habe gar nicht mehr mit ihm über die Sache gesprochen.«

»Ich weiß. Ihr habt nicht allzu viel Schlaf heute Nacht bekommen. Ole kam von sich aus auf das Thema. Er ist tatsächlich bereit, sich mit hundertfünfzigtausend Euro an der GmbH zu beteiligen. Und halbtags will er auch mit einsteigen.«

Lena schenkte sich Kaffee nach und trank einen Schluck. »Klingt doch gut. Was hast du ihm gesagt?«

»Dass ich darüber nachdenke und mit dir vorher sprechen muss. Das war vollkommen in Ordnung für ihn.« Erck hob abwehrend die Hände. »Nicht heute. Das machen wir morgen. Du musst ja hundemüde sein.«

Lena strich Bent zärtlich über die Haare. »Alles gut. Machen wir einen kleinen Spaziergang. Ich brauche dringend frische Nordseeluft in meiner Lunge.«

Der Sonntag brachte viele Stunden Sonne mit sich. Lena verbrachte den Tag mit ihrer kleinen Familie im Garten und auf dem Fahrrad. Am Nachmittag kehrten sie auf einem Bio-Bauernhof mit angeschlossenem Café ein. Bent freute sich über die Hühner, Enten und Schafe. Kuchen und Kaffee schmeckten hervorragend und eh Lena sichs versah, las sie Bent am frühen Abend eine Gute-Nacht-Geschichte vor.

»Ich hoffe, das war jetzt heute nicht zu anstrengend für dich«, sagte Erck, als Lena zu ihm in die Küche kam. Er schenkte ihr ein Glas Wein ein und setzte sich zu ihr.

»Nein, ganz im Gegenteil. Das war genau die richtige Dosis Familie, die ich dringend gebraucht habe.« Sie strich Erck zärtlich über den Arm. »Und bei dir? Alles in Ordnung?«

»Ja. Das war ein schöner Tag.« Er hielt inne. »Hast du noch Kraft, über Oles Angebot zu sprechen?« Als Lena nickte, fuhr er fort. »Ich neige dazu, es anzunehmen. Selbst wenn Ole nur mit halber Kraft bei mir einsteigt, wird er mehr wegschaffen als eine normale Ganztagskraft.«

»Die auch noch schwer zu bekommen ist.«

»Genau. So könnte ich ohne weitere Mitarbeiter starten. Dann wird sich zeigen, was an Arbeit aufläuft, und ich muss halt reagieren, wenn es für uns zu viel wird. Ole ist sicher auch mal bereit, kurzfristig einzuspringen, selbst wenn er keinen Dienst hat.«

»Aber?« Lena ahnte, dass Erck noch nicht ganz überzeugt war.

»Ole ist ein Freund, ein richtiger Freund. Geld und Freundschaft ist nicht immer die beste Kombination.«

»Ich glaube nicht, dass du da mit Ole Probleme bekommst. Sollte er wirklich wieder aussteigen wollen, dann wird er das offen ansprechen und einen fairen Weg finden. Ihm ist unsere Freundschaft auch mehr wert als irgendein Job oder das Kapital, das er investiert hat.«

»Du kennst ihn besser als ich.« Erck nickte nachdenklich. »Wer nicht wagt, der nicht gewinnt. Ich sage ihm zu.« Er stand auf. »Am besten gleich, oder?«

Lena lächelte. »Ja, mach das. Ole wartet wahrscheinlich schon auf deinen Anruf.«

Punkt neun Uhr am Montagmorgen saßen sie zu dritt in ihrem provisorischen Büro in der Polizeistation auf Fehmarn. Lena berichtete von dem Termin beim Haftrichter und fragte Naya, ob inzwischen Merle Harmsens Handydaten eingetroffen waren.

»Immer noch nicht. Ich mache noch mal Dampf.«

»Okay. Auf der Fahrt hierher hat mich Mark Frese angerufen. Er und seine Kollegen haben gestern und vorgestern eine Wochenendschicht eingelegt. Sie sind sich inzwischen sicher, dass Merles Leichnam mit ihrem eigenen Auto transportiert wurde.«

»Gibt es Spuren des Täters im Auto?«, fragte Ole.

»Leider nein. Allerdings gibt es noch eine Chance auf eventuelle DNA-Funde. Steuer und alle anderen Stellen, die man normalerweise als Fahrer berührt, sind gründlich abgewischt worden. Die beiden einzigen Abdrücke am Steuer haben sich auch als unbrauchbar herausgestellt.«

»Wir brauchen einen Aufruf in den örtlichen Medien«, sagte Ole. »Wer hat das Fahrzeug am Samstag oder Sonntag gesehen?«

»Ja, das Gleiche habe ich auch schon gedacht. Jetzt muss nur noch Cornelsen mitspielen. Ich spreche nachher mit ihm.« Lena schaute auf ihre Notizen. »Der Stick, den wir bei Merle gefunden haben, ist mehr als gut geschützt. Sprich, unsere Experten haben ihn nicht knacken können. Es bleibt jetzt noch eine Spezialfirma. Das dauert dann wieder.«

»Mist!«, warf Naya ein.

»Die Fingerabdrücke von Sievers, die Samstag noch abgenommen wurden, sollten jetzt in Kiel vorliegen. Wir werden dann bald wissen, ob Sievers bei Merle im Zimmer war.«

Naya griff nach ihrem Handy und öffnete die Foto-App. »Das Stück Stoff, was am Fundort gefunden wurde, haben wir immer noch nicht zugeordnet.« Sie hielt das Handy hoch. »Die Kriminaltechnik hat ja vermutet, dass es von einem T-Shirt oder Sweatshirt stammt.«

»Ja, sorry. Mark Frese hat auch darüber gesprochen. Es gibt keine DNA-Spuren an dem Stoff. Ein Experte hat ihn sich gestern noch einmal angesehen. Es sieht danach aus, als wäre er tatsächlich beim Durchzwängen durch das Gebüsch abgerissen worden. Frank Claasen hat sich darum gekümmert, dass alle Personen, die am Fundort waren, ihre Kleidung kontrollieren. Also Herr Hartmann, der Spaziergänger, der Merle Harmsen gefunden hat, die Sanitäter, der Notarzt und unsere Kollegen. Wie mir Frank Claasen schon am Samstag gesagt hat, gab es keinen Treffer.«

»Insofern ist die Wahrscheinlichkeit, dass es sich um ein Kleidungsstück des Täters handelt, sehr groß«, warf Ole ein.

»Bei Tobias Sievers ist kein Gegenstück zum Stofffetzen gefunden worden«, sagte Lena. »Dafür stimmt die Größe der Fußabdrücke, die am Fundort gesichert wurden, mit Sievers' Schuhgröße überein. Leider waren keine entsprechenden Schuhe in seiner Wohnung.«

»Was ist mit Sievers' PC und Handy?«, fragte Naya. »Die sind doch sicher im Zuge der U-Haft sichergestellt worden, oder?«

»Ja, noch am Samstag.«

»Sievers hat doch bestimmt reihenweise Selfies von sich selbst gemacht. Die könnte ich durchgehen. Vielleicht trägt er irgendwo ein entsprechendes Sweatshirt oder einen passenden dünnen Pullover.«

»Gute Idee!«, sagte Lena. »Wir haben die Passwörter von beiden Geräten bekommen. Kollege Claasen hält die Geräte unter Verschluss.« Sie wandte sich an Ole. »Wir beide werden noch mal im Keller des Mietshauses, in dem Sievers wohnt, den Müll durchgehen. Das haben die Kriminaltechniker noch nicht gemacht.«

»Muss das sein?«, stöhnte Ole. »Ich habe noch drei Wochen Dienst und du …«

Lena lachte. »Jetzt sag mir nicht, dass das dein erster Müllcontainer ist, durch den du dich wühlst.«

»Nein, aber vermutlich mein letzter. Dann wollen wir mal hoffen, dass der Müll gut getrennt ist und wir keine Atemmasken brauchen.«

»Die Wohnung nehmen wir uns auch noch mal vor«, sagte Lena. »Anschließend sprechen wir noch einmal mit Sandra Boysen.« Sie lächelte Ole an. »Dein Einwand letzte Woche hat mich nachdenklich gemacht. Ich bin noch mal die Befragungsprotokolle durchgegangen und denke, sie weiß mehr, als sie uns gesagt hat. Und du willst sie sicher auch kennenlernen, oder?«

Lena sah zu Naya, die zustimmend lächelte. »Alles gut. Ich habe hier noch genug zu tun.«

Lena nickte, auch wenn sie meinte, einen enttäuschten Blick bei ihrer jungen Kollegin gesehen zu haben.

Achtundzwanzig

Lena stellte den Motor ab und stieg aus ihrem Dienstfahrzeug. Als sie bemerkte, dass Ole sitzen blieb, warf sie einen Blick ins Wageninnere. »Was ist, alter Mann? Es wird schon nicht so schlimm.«

Ole rollte mit den Augen und folgte ihr. »Nun sag schon, was hältst du von meinem Vorschlag?«

»Von welchem?«, fragte Lena.

»Dass ich bei Erck ins Geschäft mit einsteige. Was sonst?«

Auf der Fahrt durch Burg hatte Lena das Thema bewusst nicht angesprochen. Für sie war es in erster Linie eine Angelegenheit zwischen Erck und Ole, in die sie sich ungern einmischte.

»Du wirst es dir gut überlegt haben«, sagte Lena.

»Wie man's sieht«, murmelte Ole und fügte laut hinzu: »Es war wohl mehr eine spontane Entscheidung, die ich auf der Rückfahrt getroffen habe. Mein Geld verfault auf dem Konto und ich wahrscheinlich auch, wenn ich mir nicht irgendeine Beschäftigung suche.«

»Was sagt dein Mann dazu?«

»Er findet es gut.« Ole schmunzelte. »Ich glaube, er hat sich noch mehr Sorgen gemacht als ich selbst, dass ich zu Hause eingehe.«

»Ich wollte mich da eigentlich raushalten. Aber wo du es jetzt direkt ansprichst: Ich finde es klasse, dass du mit Erck zusammenarbeiten willst. Und das habe ich Erck auch so gesagt.«

Ole atmete erleichtert auf. »Ich dachte schon, du hältst es für eine Schnapsidee.«

Sie standen inzwischen vor dem Mietshaus. Lena tippte eine Nummer in ihr Handy und sprach mit dem Hausmeister der Anlage.

»Er ist auf dem Weg zu uns«, sagte Lena mit Blick auf Ole. »Zu deinem Plan: Ich muss mir doch keine Sorgen machen, dass unsere Freundschaft darunter leidet, oder? Das wäre es nicht wert.«

»Ganz sicher nicht«, sagte Ole. »Ich denke, ich komme prima mit Erck aus.«

Ein stämmiger Mann kam auf sie zu, ließ sich Lenas Ausweis zeigen und schloss die Haustür auf.

»Wir müssen in den Keller.«

»Sie haben Glück, morgen werden die Container geleert. Alle zwei Wochen am Dienstag.«

Der Müll lag jetzt seit einer halben Stunde auf einer großen Plastikplane und verschwand Mülltüte um Mülltüte langsam wieder in dem schwarzen Container. Lena und Ole hatten sich Schutzanzüge übergezogen und trugen Latexhandschuhe und Mundschutz. Schweigend arbeiteten sie sich durch den Abfall der Hausbewohner und legten alles zur Seite, was im ersten Augenblick verdächtig aussah.

Eine weitere halbe Stunde später lagen auf der Plane noch zehn Funde, die sie sich näher anschauen wollten.

Ole griff nach der halbdurchsichtigen Mülltüte, durch die es rot durchschimmerte. »Das hier zuerst?«

Lena nickte. »Sieht am vielversprechendsten aus.«

Ole griff nach einem Cuttermesser und schnitt vorsichtig die Tüte auf der Längsseite auf. Als Erstes holte er mehrere Einmalküchentücher heraus. Eins nach dem anderen breitete er die zusammengeknüllten Tücher auseinander. »Blut«, sagte Ole. »Die sind zum Nachputzen benutzt worden.«

Lena nickte und hielt Ole die geöffneten Asservatenbeutel hin, verschloss sie anschließend und beschriftete sie. Ole zog als Nächstes ein ehemals weißes Handtuch heraus, das an mehreren Stellen große rote Flecken aufwies.

»Wie viele Wohnungen hat das Haus?«, fragte Ole.

»Neun, eine Penthouse-Wohnung, vier relativ große und vier um die siebzig Quadratmeter.«

»Es wäre schon ein großer Zufall, wenn das nicht Merle Harmsens Blut ist.«

»Sehe ich auch so. Allerdings hat Sievers zugegeben, dass Merle geblutet hat.«

Ole zuckte mit den Schultern. »Schauen wir, was noch zu finden ist.«

Nach einer weiteren halben Stunde lag nur noch ein Müllbeutel vor ihnen. Alle anderen hatten sich als unverdächtig herausgestellt.

Ole hielt Lena das Messer hin. »Willst du? Meine Knie schmerzen schon. Ich scheine wirklich …«

»… alt zu werden«, beendete Lena lachend seinen Satz. »Gib her.«

Vorsichtig schnitt sie die Tüte auf und holte ein dünnes Sweatshirt heraus.

Ole stieß einen überraschten Pfiff aus, als Lena das Kleidungsstück ausbreitete. »Das sieht verdammt nach dem Stoff aus, den wir suchen. Sind das Blutspritzer?«, fragte er und zeigte auf hellrosa Flecken, die aussahen, als seien sie durch eine Wäsche heller geworden.

»Gut möglich.«

»Und das da?« Ole deutete auf die Rückseite des Kleidungsstücks. »Es scheint, als hätte da jemand den Stoff eingerissen.«

Lena betrachtete die Stelle genauer. Der etwa vier Zentimeter lange Riss war ausgefranst. »Hier könnte unser Stofffetzen herstammen. Keine Ahnung, ob Mark und seine Leute das nachweisen können.«

Sie tüteten das Sweatshirt ein und beschrifteten den Beutel. Anschließend säuberten sie den Kellerraum und durchsuchten noch einmal eine halbe Stunde die Wohnung ohne relevante Funde.

»Du hast vorhin mit Schleswig gesprochen?«, fragte Ole, als sie wieder in Lenas Dienstwagen saßen.

»Ja, Julius Hauser ist wieder zur Arbeit erschienen. Wir sollten das für morgen einplanen.«

»Das wär's ja denn wohl«, sagte Naya. Lena hatte soeben von ihrem Ausflug in die Tiefen des Müllcontainers berichtet.

»Nicht unbedingt.« Lena streifte sich Latexhandschuhe über und zog das weiße Sweatshirt aus dem verschließbaren Beweismittelbeutel. »Das Teil ist gewaschen worden. Ich glaube kaum, dass da mehr zu machen ist als der Nachweis, dass es sich um menschliches Blut handelt.«

Naya musterte das Kleidungsstück. »Etwas klein für Sievers, oder?«

Lena suchte nach dem Etikett mit der Größe des Sweatshirts. »Größe M. Sievers ist schlank. Und wie groß?«

»Ein Meter achtzig?«, warf Naya ein.

»Er dürfte ein oder zwei Zentimeter kleiner sein als ich«, sagte Ole. »Also knapp unter eins achtzig.«

Lena hob das Sweatshirt hoch. »Das könnte einem kleineren Mann oder auch einer Frau gehört haben. Vielleicht nur ein Zufall und jemand im Haus hat sich geschnitten, das Sweatshirt anschließend gewaschen und festgestellt, dass das Blut nicht rausgegangen ist. Also ab in den Müll.«

»Möglich, aber nicht sehr wahrscheinlich, dass dieses Sweatshirt nichts mit unserem Fall zu tun hat«, konterte Naya. »Aber du hast natürlich recht, vermutlich können wir das nicht beweisen.«

Lena tütete das Kleidungsstück wieder ein und verschloss den Beweisbeutel. »Das hängt entscheidend davon ab, ob die Kollegen nachweisen können, dass der Stofffetzen von diesem Sweatshirt stammt.« Sie legte den Beutel zur Seite. »Hast du dir Sievers' Computer und das Handy angeschaut?«

Naya nickte. »Auf dem Laptop befinden sich mehrere Ordner mit Fotos. Auf einer ganzen Reihe von ihnen ist auch Tobias Sievers zu sehen.« Naya zeigte auf das Sweatshirt. »Weiß trägt er nur als Hemd unter dem Jackett, selten, dass er überhaupt etwas anderes trägt. Und wenn, sind es teure Markenklamotten. Das Teil sieht nach Massenware aus.«

»Und das Handy?«

»Die komplette Anrufliste ist gelöscht. Fotos sind quasi identisch mit denen auf dem Laptop. Auch der Verlauf der Webbrowser ist gelöscht, wie auch auf dem Laptop.«

»Kontaktliste?«, fragte Ole.

»Gesäubert, würde ich sagen. Für seinen Job waren nach meinem Geschmack viel zu wenig geschäftliche Kontakte hinterlegt.«

»Whatsapp oder Telegram?«

»Er hat beides drauf. Auch hier sind alle Gesprächsverläufe gelöscht. Das Handy ist quasi sauber. Wir können nur auf die Daten des Providers hoffen. Aber da haben wir dann leider nur ein- und abgehende Anrufe. Niemand schreibt heute noch eine SMS.«

»Wunderbar!«, murmelte Ole. »Wir brauchen mehr als die bisher wenigen Indizien, dass Sievers der Täter ist. Sonst wird er schnell wieder draußen sein.«

»Keine Panik!«, sagte Lena. »Wir haben fast zwei Wochen Zeit.« Sie stand auf, trat an das Flipchart und schlug eine neue Seite auf. In die Mitte schrieb sie »Tobias Sievers«. »Was haben wir?«

»Die Flucht mit Täuschungsmanöver«, sagte Naya. »Blut auf der Matratze und im Badezimmer. Die beiden Funde im Müll. Widersprüchliche Aussagen zum letzten Treffen mit Merle Harmsen. Gesäubertes Handy.«

Lena hatte mitgeschrieben und wandte sich jetzt wieder um. Im gleichen Moment klingelte ihr Handy. Mark Frese, der Leiter der Kriminaltechnik, rief an.

»Mark! Hast du vorhin noch etwas vergessen?«, fragte Lena ihn.

»Nein, aber die Kollegen haben gerade die Fingerabdrücke des Verdächtigen, der in U-Haft sitzt, unter die Lupe genommen. Jetzt rat mal, wo wir sie gefunden haben.«

»Doch im Auto des Opfers?«

»Nein. In dem Zimmer des Opfers auf dem Ferienhof.«

»Warte, ich stell mal auf laut. Wir sitzen hier gerade in der Runde. Ole Kotten und Naya Olsen kennst du ja.«

»Moin, zusammen«, begrüßte Mark Frese Ole und Naya. »Ich sagte gerade, dass wir die Fingerabdrücke von«, es war ein Papierrascheln zu hören, »Tobias Sievers im Zimmer des Opfers gefunden haben.«

»Wo?«, fragte Lena.

»An drei verdächtigen Stellen, an die ein normaler Besucher wohl kaum hinlangen würde. Zweimal an der Innenseite einer Schublade und einmal im Kleiderschrank. Es sind zwar nur Teilabdrücke, aber sie werden vor Gericht Bestand haben. Nach den Abdrücken zu urteilen, hat Sievers Latexhandschuhe getragen, von denen einer gerissen ist. Wahrscheinlich hat er es zu spät gemerkt. Nun gut, Pech für ihn, Glück für uns.«

»Danke, Mark, die Info kam gerade richtig. Hast du noch mehr?«

»Nein. Das muss für den Augenblick reichen.«

Lena verabschiedete sich und beendete das Gespräch.

»Da bin ich aber gespannt, wie er sich da rauswinden will«, warf Naya ein.

Ole nickte. »Es wird gerade sehr eng für Herrn Sievers.«

Lena notierte die neue Information auf dem Flipchart. »Trotzdem sollten wir uns nicht zurücklehnen. Der Einbruch in Merles Zimmer ist zwar ein weiteres Indiz, aber kein Beweis, dass er der Täter sein muss.« Sie drehte sich wieder zum Flipchart um, schrieb »Motiv« auf den Zettel und unterstrich es.

»Merle ist Sievers auf die Schliche gekommen«, mutmaßte Naya.

Lena wiegte den Kopf hin und her. »Dass er für die Betreiberfirma arbeitet, ist kein großes Geheimnis. Ja, er hat höchstwahrscheinlich Kritiker durch Druck und Geldgeschenke gefügig gemacht. Selbst uns gegenüber wollte niemand von denen reden. Was hatte Sievers also zu befürchten? Sein Ruf auf der Insel scheint ja ohnehin nicht der beste zu sein.«

»Geldwäsche im großen Stil?«, schlug Ole vor.

»Wie hat Merle das herausbekommen beziehungsweise wie wollte sie es beweisen? Bisher ist bis auf die Planungen für den Windpark noch nichts passiert. Ja, die haben Jahre gedauert und sind sehr umfangreich und kompliziert. Aber Fakt ist, dass der Windpark noch nicht gebaut wurde.« Lena hielt kurz inne. »Selbst wenn Merle Unterlagen in die Hände bekommen hätte, wäre das auf Sievers zurückgefallen? Er ist Vermittler, Ansprechpartner vor Ort. Nicht mehr und nicht weniger. Würde er deshalb Merle Harmsen töten?«

»Oder töten lassen«, sagte Naya.

»Profikiller, die auf Fehmarn eine widerspenstige Polizistin ermorden und dann am Fastensee ablegen? Dann noch die Leiche im Auto des Opfers transportieren? Und das alles im Auftrag einer Betreibergesellschaft, die … Nein, das ist alles nicht logisch. Ganz davon abgesehen, dass wir keine ausreichenden Beweise dafür haben.«

Ole räusperte sich. »Dann gibt es weitere Motive. Private, die zu den geschäftlichen hinzugekommen sein können. Ein Streit ist eskaliert, Sievers greift zum Messer und sticht zu.«

»Im Bett? Nach dem Sex? Er hatte also ein Messer dieser Länge in greifbarer Nähe? Also hatte er die Tat geplant? Ein kaltblütiger Mord in seinem eigenen Bett?« Lena schüttelte den Kopf. »Daran glaube ich nicht.«

»Also ein anderer Täter?«, fragte Naya.

»Das habe ich nicht gesagt. Die Indizien und Beweise gegen Tobias Sievers verdichten sich. Aber unser Bild ist so lückenhaft, dass ich nicht an eine Verurteilung glaube. Wir brauchen mehr. Viel mehr.«

Ole nickte nachdenklich und zeigte auf das Flipchart. »Aber wir sind uns schon einig, dass Sievers der Schlüssel zu allem ist?«

»Ja«, sagte Lena. Ihr Handy vibrierte. Sie sah aufs Display. »Eine Nachricht vom Staatsanwalt.« Sie öffnete die Mail und las. »Wir können die Medien in Sachen Merles Fahrzeug mit einbeziehen.«

Naya hob die Hand. »Soll ich das organisieren?«

»Am besten gleich. Wann ist Merles Fahrzeug am Tattag wo gesehen worden? Haben wir ein Foto von dem Auto?« Als Naya nickte, fügte sie hinzu: »Dann formuliere einen Text und telefoniere alle Medien durch.«

»Ich mache mich gleich an die Arbeit.«

Lena warf Ole einen Blick zu. »Und wir sprechen noch einmal mit Sandra Boysen.«

Ole schmunzelte und zeigte ihr den erhobenen Daumen.

Neunundzwanzig

»Sie? Schon wieder?« Sandra Boysen hatte soeben auf ihr Klingeln hin die Haustür geöffnet. »Ich habe eigentlich keine Zeit.«

»Nur noch ein paar Fragen«, sagte Lena. »Dürfen wir reinkommen?«

Sandra Boysen blieb in der Tür stehen und schien unschlüssig zu sein, wie sie reagieren sollte. »Wie gesagt, ich …«

»Hier bei Ihnen zu Hause ist es sicher angenehmer als auf der Polizeistation«, sagte Lena ruhig. »Schläft Ihre Tochter gerade?«

Mit leicht genervtem Gesichtsausdruck trat Sandra Boysen zur Seite. »Aber bitte wirklich nur ein paar Fragen.«

Sie folgten ihr in die Küche, wo Lena Ole vorstellte und sie sich anschließend an den Tisch setzten.

»Und? Was gibt es denn jetzt noch?«, fragte Sandra Boysen. »Ich wollte eigentlich gerade was kochen.«

»Wir werden uns so kurz fassen wie irgend möglich.« Lena legte ihr Handy auf den Tisch. »Sie haben sicher nichts dagegen, dass wir das Gespräch aufzeichnen? So ist es später einfacher, das Protokoll zu schreiben.«

»Eigentlich schon. Muss ich das erlauben?«

»Nicht, wenn Sie es nicht möchten. Es handelt sich ja im Moment nur um eine Zeugenaussage. Wir können auch mitschreiben.«

»Ja, meinetwegen, stellen Sie das Gerät an.«

Lena öffnete die Aufnahme-App und startete sie. »Wir wissen inzwischen, wann Ihre Freundin Merle getötet wurde. Wir müssten noch einmal im Detail wissen, wo Sie sich an dem Samstag, bevor Merle Harmsen gefunden wurde, aufgehalten haben. Etwa von sechzehn bis vierundzwanzig Uhr.« Lena und Ole hatten zuvor besprochen, Sandra Boysen mit der Frage nach ihrem Alibi aus der Reserve zu locken und zu verunsichern.

»Hatte ich das nicht schon gesagt?« Sie deutete ein Augenrollen an. »Ich habe mich hier im Haus aufgehalten. Mit meiner Tochter Marieke. Wo auch sonst.«

»Kann Ihr Mann das bestätigen?«

»Habe ich diese Fragen nicht schon alle beantwortet? Mein Mann war geschäftlich unterwegs. Er ist am Sonntagnachmittag zurückgekommen.«

»Kann vielleicht sonst jemand bezeugen, dass Sie …«

»Was soll der Quatsch. Brauche *ich* ein Alibi? Das ist doch lächerlich. Eine Mutter mit einem Baby.«

»Das ist reine Routine, Frau Boysen.«

»Routine? Auch das sollte doch irgendeinen Sinn haben. Oder stellen Sie hier Fragen, die zu nichts führen?« Ihre Stimme klang schrill und überdreht. Lena zwang sich, ruhig zu bleiben, wunderte sich aber über Sandra Boysens Auftreten.

»Sagten Sie nicht, Sie hätten wenig Zeit?«, fragte Ole ruhig. »Vielleicht wäre es dann naheliegend, wenn Sie einfach unsere Fragen beantworten.«

Sandra Boysen schluckte schwer. Sie schien Ole Kotten bisher überhaupt noch nicht richtig wahrgenommen zu haben.

»Sie waren also in der besagten Zeit hier im Haus, zusammen mit Ihrer kleinen Tochter?«, fuhr Ole fort. »Keine Anrufe, keine Besuche, nichts dergleichen?«

Sandra Boysen nickte.

»Wie war Ihr Verhältnis zu Merle Harmsen?«, fragte Ole weiter.

»Damals sehr gut. In den letzten Jahren haben wir uns nur selten gesehen. Da ist man natürlich nicht mehr so eng wie früher. Trotzdem waren wir gut befreundet.«

»Das kann ich verstehen«, sagte Ole. »Mir geht es genauso. Man entwickelt sich weiter, hat plötzlich andere Interessen, eine Ehe, Kinder. Merle Harmsen lebte sicher in einer ganz anderen Welt.«

»Mag sein«, murmelte Sandra Boysen.

»Wollte Merle auch Kinder?«

»Ohne Mann? Wohl kaum.« Jetzt klang ihre Stimme wieder fester. Lena glaubte, Häme herauszuhören.

»Sie haben also nicht über das Thema gesprochen? Wo Sie doch eine so kleine Tochter haben. Das hätte doch nahegelegen.«

»Wenn Sie das sagen …«

»Nach unseren Informationen hat Merle durchaus darüber nachgedacht, ein Kind zu bekommen«, sprach Ole weiter.

Lena ließ sich nicht anmerken, dass sie über Oles Behauptung erstaunt war. Bisher hatte sich keiner der Zeugen zu dem Thema geäußert.

Sandra Boysen deutete ein Lachen an. »Wer hat Ihnen denn den Bären aufgebunden? Merle war doch mit ihrem Beruf verheiratet. Sie hat sich für Kinder überhaupt nicht interessiert. Dafür war sie viel zu egoistisch.«

»Sie haben sich also doch über Kinder unterhalten?«

Sandra Boysen schien einen Augenblick irritiert zu sein, fing sich aber gleich wieder. »Das habe ich doch gar nicht gesagt. Ich kannte Merle halt. Kinder waren ihr vollkommen egal.«

»Ich kannte Frau Harmsen leider nicht persönlich«, sagte Ole. »Aber aus allen Informationen, die wir über sie gesammelt haben, geht hervor, dass sie ein warmherziger und empathischer Mensch war.«

Sandra Boysen schwieg.

»Sie scheinen das nicht so zu sehen?«, fragte Ole weiter.

»Man soll über Tote nichts Schlechtes sagen. Heißt es nicht so?«

Ole nickte. »Durchaus. Man verzeiht ihnen vieles. Das halte ich auch für richtig. Aber hier geht es um etwas anderes. Wir suchen einen Mörder. Da ist es wichtig, dass wir auch über nicht so positive Seiten eines verstorbenen Menschen sprechen.«

»Ich kann nicht viel mehr zu Merle sagen. Sie war halt, wie sie war.«

»Egoistisch, selbstgerecht, auch manchmal arrogant und herablassend«, zählte Ole langsam auf.

»Das haben Sie gesagt.« Sandra Boysen starrte an Ole und Lena vorbei aus dem Küchenfenster. »Mit einer solchen Person wäre ich wohl kaum befreundet gewesen. Es ging doch um Kinder.«

»Ja, da haben Sie recht. Man muss mit einer Freundin nicht in allen Dingen einer Meinung sein. Gerade beim Thema Kinder gehen die Ansichten doch sehr weit auseinander.«

Sandra Boysen sah auf. »Ja, das stimmt. Jemand ohne Kinder kann sich kaum vorstellen, was es heißt, ein eigenes Kind zu haben. Die Verantwortung, die ständige Sorge. Das Leben wird doch auf den Kopf gestellt. Nichts ist mehr, wie es mal war.« Sie warf Ole einen Blick zu. »Haben Sie Kinder?«

»Leider nein. Das Glück ist mir verwehrt geblieben.«

»Ja, das tut mir leid. Ich habe auch lange warten müssen. Aber jetzt … meine Kleine bedeutet mir alles.«

»Das verstehe ich gut. Ihr Kind kann sich glücklich schätzen«, sagte Ole, dessen Stimme jetzt weicher und wohlwollender war als zuvor. Lena hatte beschlossen, sich zurückzuhalten und Ole die Gesprächsleitung zu überlassen.

Sandra Boysen nickte. »Ich hätte als Kind auch gerne eine Mutter gehabt, die mich …« Sie schluckte schwer, schwieg eine Weile, bevor sie schließlich mit den Schultern zuckte. »Aber das interessiert Sie sicher nicht. Sie sind ja wegen Merle hier.«

»Ach, ich habe Zeit«, sagte Ole. »Aber lassen Sie uns noch einmal auf Ihren alten Freundeskreis zurückkommen. Meine Kollegin hat Sie ja bereits zu Ben Kraemer befragt. Wir haben inzwischen mehrfach mit ihm gesprochen.«

»Tatsächlich? Ich dachte, Ben wäre vollkommen zum Einsiedler geworden und verweigere jeden Kontakt.«

»Nein, das ist nicht so. Wann haben Sie ihn das letzte Mal gesehen?«

»Vor ein paar Wochen bin ich mit meiner Tochter spazieren gegangen. Ich hatte eine kranke Freundin in Marienleuchte besucht. Das ist in der Nähe von Puttgarden. Anschließend habe ich in der Nähe einen Spaziergang gemacht und bin auf Ben getroffen.« Sie lächelte. »Ich glaube, er hat mich im ersten Augenblick überhaupt nicht erkannt. Ich habe ihn natürlich angesprochen und wir sind dann zusammen ein Stück gegangen.«

»Wie ging es ihm?«

Sie hob beide Hände. »Fragen Sie mich nicht. Er sagte, dass es ihm gut gehe, aber ich habe doch Augen im Kopf. Er sah verdammt schlecht aus. Abgemagert und deprimiert. Wissen Sie, wo er wohnt?«

Ole nickte.

»Alleine in der Wildnis, würde ich mal sagen. Ich bin mir nicht mal sicher, ob er überhaupt ein Handy hat. Freunde haben mir erzählt, dass er sich in den letzten Jahren vollkommen zurückgezogen habe. Finanziell mag es ihm gut gehen, aber sonst? Nein!«

»War Merle zu diesem Zeitpunkt schon auf der Insel?«

»Ja, doch. Sie hatte ein paar Tage zuvor kurz bei mir vorbeigeschaut. Und Ben hat auch von ihr gesprochen.« Sandra Boysen schien in ihren Gedanken zu versinken. Schließlich sah sie wieder auf. »Da leuchteten seine Augen zumindest. Das war wie ein plötzlicher Energieschub. Ich dachte schon, da ist er wieder, der alte Ben. Aber das hat nur kurz angehalten.«

»Das klingt gerade, als habe Ben Kraemer noch Gefühle für seine alte Liebe gehabt«, sagte Ole.

»Das Gleiche habe ich auch gedacht. Aber dann habe ich mir gesagt, dass es ja absurd ist. Ja, Gefühle kann man nicht so einfach steuern, aber die beiden sind schon seit einer Ewigkeit nicht mehr zusammen und leben doch ein vollkommen unterschiedliches Leben.« Sie stutzte. »Lebte, in Merles Fall.« Sie schien einen Augenblick irritiert zu sein, bevor sie weitersprach: »Aber fragen Sie ihn selbst. Ben war immer schon anders als der Rest der Clique.«

»Wo die Liebe hinfällt. Das kann man sich tatsächlich nicht aussuchen«, sagte Ole. »Eine alte Jugendliebe wird allzu gerne glorifiziert. Das kennen Sie ja sicher auch.«

Für einen Moment erstarrte Sandra Boysen, fing sich aber gleich wieder. »Wie meinen Sie das?« Ihre Stimme klang jetzt angespannt. Sie sprach leise, aber gut verständlich.

»Ach, das war nur so eine Bemerkung. Ich zumindest erinnere mich gut an meine Jugendliebe. Aber gut, lassen wir das.«

Hatte Ole ebenfalls Sandra Boysens Reaktion bemerkt und wechselte jetzt bewusst das Thema?

»Wir haben ja auch mit Ihren anderen alten Freunden gesprochen. Anna Detlefsen, Jan Matzen und Tobias Sievers.«

Sandra Boysen nickte und reagierte auf den Namen Tobias Sievers nicht auffällig. Bisher hatten die Medien noch keinen Wind von Sievers' U-Haft bekommen. Zu Sandra Boysen könnte die Neuigkeit allenfalls per Gerüchteküche gelangt sein.

»Sie haben ja netterweise meinen Kolleginnen schon die eine oder andere Information gegeben. Das hat uns sehr geholfen. Vielen Dank noch einmal für Ihre Kooperationsbereitschaft.«

Sandra Boysen schwieg. Sie schien tatsächlich noch nichts von der Inhaftierung ihres alten Freundes erfahren zu haben.

»Ist Ihnen in der Zwischenzeit vielleicht noch etwas eingefallen? Ein Detail, an das Sie zuvor nicht gedacht haben?«

Sandra Boysen schüttelte den Kopf.

»Vielleicht darf ich Sie noch einmal zum Fastensee befragen. Sie wissen ja, dass Merle Harmsen dort tot aufgefunden wurde.«

Sie nickte und schwieg.

»Waren Sie in der letzten Zeit mal wieder am See?«, fragte Ole weiter.

»Eher nicht. Mit dem Kind ist das nicht so praktisch. Wegen den Parkplätzen und so.«

»Und vor der Geburt?«

»Kann sein. Ich kann mich nicht genau erinnern.«

»Haben Sie mit Merle über den Fastensee gesprochen?«

»Nein, warum auch. Ja, wir haben uns damals mit der Clique hin und wieder da getroffen. Aber auch an anderen Orten. Wie es gerade passte.« Sandra Boysen warf Ole einen misstrauischen Blick zu, sah auf ihre Armbanduhr und räusperte sich leise. »Meine Tochter wacht wahrscheinlich jeden Augenblick auf.« Sie stand auf, griff nach dem Babyfon, das auf dem Küchenschrank stand, und hielt die Lautsprecheröffnung ans Ohr, um zu kontrollieren, ob das Gerät funktionstüchtig war. Schließlich sah sie auf. »Haben Sie noch Fragen?«

Ole nickte. »Wann haben Sie das letzte Mal Ihre beiden alten Freunde Jan Matzen und Tobias Sievers gesehen?«

»Jan und Tobi?« Sie zuckte mit den Schultern. »Das weiß ich so schnell nicht. Man trifft sich schon mal hier und da.« Sie verzog das Gesicht. »Ist das jetzt wirklich wichtig?«

Ole hob entschuldigend die Hände. »Na ja, die deutsche Polizei ist halt gründlich. Was meinen Sie, wie viel Zeit für die ganze Schreibarbeit draufgeht.« Ole lächelte. »Vielleicht können Sie sich ja noch erinnern. Fangen wir mit Jan Matzen an.«

Erneut sah Sandra auf die Uhr. »Ich habe jetzt wirklich keine Zeit mehr. Und genau erinnern kann ich mich auch nicht. Die Tage sind alle so gleich, dass ich es wirklich nicht mehr sagen kann.«

»Versuchen Sie es ganz grob, das reicht uns schon«, sagte Ole. »Haben Sie Jan Matzen und Tobias Sievers in der Zeit gesehen, als Merle auf Fehmarn war? Ich spreche jetzt von den letzten fünf bis sechs Wochen.«

»Kann sein. Aber …« Sie brach ab und machte einen Schritt auf die Tür zu. »Dann müssen Sie halt noch einmal wiederkommen.«

Lena stand auf, Ole folgte ihr.

»Und?«, fragte Lena, als sie wieder im Auto saßen.

»Interessantes Gespräch. Ich hatte mir übrigens eine ganz andere Frau vorgestellt. Frag mich nicht, warum. Der Name, das Kind.«

Lena schmunzelte. »Ein pummeliges Hausmütterchen?«

»Auf jeden Fall nicht so attraktiv. Sie wusste doch nicht, dass wir kommen, und war trotzdem perfekt geschminkt. Und das, obwohl ich fast behaupten würde, dass sie es gar nicht nötig hätte. Halt mich für einen Chauvi, aber sie wirkte auf mich nicht wie eine Hausfrau und Mutter.«

»Wenn du mir jetzt noch erklärst, wie eine Hausf…«

»Ach, Lena. Du weißt doch, wie ich das meine. Ich war nur erstaunt, weil ich einen ganz anderen Typ erwartet habe.« Er ließ sich zurück auf den Sitz fallen. »Aber das nur nebenbei. Ich muss mir im Büro noch einmal ein paar Stellen der Befragung anhören. Irgendwie habe ich das Gefühl, dass mir etwas entgangen ist.«

»Kenne ich«, sagte Lena. »Es war gut, dass ich mich zurückgehalten habe. So hatte ich ausgiebig Zeit, sie zu beobachten.«

»Und?«

»Ich habe sie wohl unterschätzt. Ich weiß nicht, ob das mit dem Kind zusammenhängt. Gleich bei unserer ersten Befragung musste sie ihre Tochter erst mal stillen. Das hat mich an meine intensivste Zeit mit Bent erinnert. Sandra Boysen scheint viel reflektierter mit unseren Fragen umzugehen, als ich gedacht habe. Ich hatte jetzt mehrfach den Eindruck, als wenn sie sich sehr genau die Antworten zurechtgelegt hätte. Nur am Ende kam sie etwas ins Schwimmen, als du wissen wolltest, wann sie das letzte Mal die beiden Männer getroffen hat.«

»Und weiter?«, fragte Ole.

»Sie hat nicht viel von Merle gehalten. Das ist ihr sicher rausgerutscht, aber sie klang dabei sehr überzeugt. Merle muss das gewusst haben. Trotzdem war sie zweimal bei ihr. Das letzte Mal wenige Tage vor ihrem Tod. Das unterstreicht doch, dass Merle etwas Bestimmtes von Sandra wollte.«

Ole nickte. »Und dass es sehr wahrscheinlich mit Tobias Sievers und seiner Tätigkeit für den geplanten Windpark zusammenhängt.«

Dreissig

Auf halber Strecke zurück zur Polizeistation in Burg machte sich Lenas Handy bemerkbar. Sie nahm das Gespräch über die Freisprechanlage an und begrüßte Kriminalrätin Lippert aus Schleswig.

»Sie sind auf Fehmarn?«, fragte Lippert direkt.

»Ja.«

»Es ist etwas passiert. Zwei meiner Mitarbeiter sind in einen Schusswechsel geraten. Einer von ihnen ist leicht verwundet, konnte sich aber von dem Haus entfernen. Der andere scheint unverletzt zu sein, ist aber in der Gewalt von Ben Kraemer.«

»Hier auf Fehmarn?«

»Ja. Unsere Recherchen hatten ergeben, dass ein Jagdgewehr im Haus sein könnte. Aber das alles erfahren Sie noch. Vor Ort sind jetzt gerade zwei meiner Leute angekommen, die in der Nähe auf dem Festland waren. Ich bin unterwegs, das SEK ist informiert.«

Lena atmete tief durch. Weder hatte sie mit dieser Entwicklung gerechnet noch hätte sie Ben Kraemer diese Reaktion zugetraut. »Was kann ich tun?«

»Deshalb rufe ich an. Kraemer will nicht mit den Kollegen sprechen. Er hat ausdrücklich nach Ihnen verlangt. Ich wollte Sie bitten, vor Ort den Kontakt zu dem Geiselnehmer herzustellen und die Lage so lange unter Kontrolle zu halten, bis wir und die SEK-Einheit eintreffen.«

»Selbstverständlich. Ich kann in fünf Minuten vor Ort sein.«

»Ich informiere die Kollegen.« Lippert hielt inne. »Und, Frau Lorenzen, keine Alleingänge. Es geht lediglich um die Beruhigung der Lage. Der Mann scheint hoch…«

»Ich weiß Bescheid«, unterbrach Lena die Kriminalrätin. »Sie hören von mir.«

Lena war während des Gesprächs in eine Seitenstraße gefahren, hatte gewendet und fuhr jetzt mit hoher Geschwindigkeit die Hauptstraße zurück.

»Verdammt«, stieß Ole hervor. »Was ist das für ein Mist? Hast du geahnt, dass der Ma…«

»Nein, Ole. Ich hatte zwar spontan den Verdacht, dass Kraemer etwas mit dem Mord an Elmar Schäfer zu tun hat, aber da keine Waffe auf ihn angemeldet ist und er auch nie Zugang zu einer hatte, habe ich das verworfen. Er wirkte auf mich nicht im Ansatz aggressiv.«

»Kurzschlussreaktion?«

»Es sieht ja im Moment danach aus, dass er eine eigene Waffe im Haus hat. Ich kann mir nicht vorstellen, wie er die Kollegen sonst hätte überwältigen können.« Lena setzte den Blinker und reduzierte die Geschwindigkeit. »In zwei Minuten sollten wir vor Ort sein.«

Lena stoppte mitten auf dem Weg, auf dem zwei Fahrzeuge standen. Sie sprang aus dem Wagen, öffnete den Kofferraum und legte ihre Schutzweste an. Ole war ihr gefolgt und griff jetzt nach seiner Weste.

Ein Mann Anfang dreißig kam auf sie zu. Lena erkannte Tim Kleske von ihren Befragungen in Schleswig. Sie ging auf ihn zu und reichte ihm die Hand. »Wie ist die Lage?«

»Der Kollege Lange ist mit dem Rettungswagen abgeholt worden. Es ist zum Glück nur ein Streifschuss.«

»Sie haben Kontakt ins Haus?«

Tim Kleske nickte. »Über das Handy des Kollegen, der dort festgehalten wird.«

»Forderungen?«

»Nein, nicht wirklich. Es ging letztlich nur darum, dass er nur mit Ihnen sprechen will.«

»Wissen Sie, was genau im Haus passiert ist?«, fragte Lena weiter.

»Soweit der Kollege erzählt hat.« Kleske wandte sich ab. Hinter ihnen hielt ein Streifenwagen. Frank Claasen stieg aus und trat zu ihnen.

»Sie kommen gerade richtig«, sagte Lena und nickte Kleske zu als Zeichen, dass er weitersprechen solle.

»Die beiden Kollegen wollten Herrn Kraemer bezüglich einer Waffe befragen, die nach unseren Recherchen beim Verkauf des Hauses quasi übernommen wurde. Das war zumindest unsere Vermutung, als wir mit der Vorbesitzerin gesprochen haben. Deren Großvater war Jäger und als er starb, hat die Enkelin das Haus geerbt und an Kraemer verkauft. Mit dem gesamten Inventar.«

»Verstehe«, sagte Lena. »Und was ist im Haus passiert?«

»Kraemer hat wohl zugegeben, dass das alte Jagdgewehr des Vorbesitzers noch im Hause sei. Er meinte, es müsse auf dem Boden des Hauses liegen und er würde es holen. Anschließend ist die Situation wohl eskaliert. Kraemer hat die Kollegen mit der Waffe bedroht, es kam zu einem Wortwechsel und ein Schuss fiel. Der getroffene Kollege konnte im Durcheinander fliehen und uns rufen. Im Haus ist noch Daniel Steffen. Meine Chefin ist unterwegs, das SEK informiert.« Tim Kleske sah auf die Uhr. »In spätestens einer Dreiviertelstunde sollte Kriminalrätin Lippert hier sein. Das SEK braucht wohl etwas länger.«

»Danke«, sagte Lena. »Geben Sie mir bitte die Handynummer.«

»Lena Lorenzen. Herr Kraemer?«

»Ja.« Kraemers Stimme klang angespannt. »Sind Sie vor dem Haus?«

»Ja, Herr Kraemer. Sie wollten mit mir sprechen?«

»Ich will, dass Sie alle verschwinden. Dann lasse ich den Mann frei.«

»Das kann ich leider nicht alleine entscheiden. In Kürze wird jemand hier sein, die …«

»Nein!«, fiel Kraemer ihr schreiend ins Wort. »Nicht noch mehr Polizisten. Hauen Sie alle ab. Ich will niemand mehr sehen.«

»Und dann lassen Sie unseren Kollegen frei?«

Kraemer schwieg. War ihm klar geworden, wie sinnlos seine Forderung war?

»Ich muss nachdenken.«

Die Verbindung wurde abrupt unterbrochen. Lena fragte noch einmal nach, ob Kraemer weiter in der Leitung sei, und ging anschließend zurück hinter die Fahrzeuge.

»Und?«, fragte Ole.

»Wir sollen verschwinden. Das war seine Forderung. Aber kurz darauf hat er aufgelegt. Er müsse nachdenken, hat er nur noch gesagt.«

»Gut, das bringt Zeit«, sagte Tim Kleske.

Ole sah Lena fragend an. Sie zuckte mit den Schultern und hob ihr Handy etwas an. »Ich denke, er wird sich gleich wieder melden.«

»Das vermute ich auch«, sagte Ole.

Lenas Handy klingelte. Nach einem raschen Blick aufs Display stand sie auf und nickte den Kollegen zu. »Da ist er schon … Herr Kraemer?«

»Ich werde den Polizisten mitnehmen. Machen Sie den Weg frei.«

»Das muss ich zuerst mit meinen Vorgesetzten besprechen. Kann ich mich in zehn Minuten wieder bei Ihnen melden?«

»Nein, ich will jetzt eine Entscheidung. Sofort.« Kraemers Stimme klang schrill.

»Es tut mir leid. Wenn ich entscheiden könnte, würde ich es sofort tun, aber das kann ich nicht. Ich bin hier nicht alleine und habe keine große Befugnis. Geben Sie mir die Zeit, damit ich …«

»Drei Minuten. Rufen Sie in drei Minuten wieder an.« Wieder unterbrach Kraemer ohne Vorwarnung die Leitung.

Lena legte das Handy mit einem leisen Seufzer auf das Wagendach vor ihr. »In drei Minuten will Kraemer eine Antwort.«

Tim Kleske beugte sich vor. »Wir sollten Kriminalrä…«

»Ja, schon gut«, unterbrach Lena den jungen Kollegen, griff nach ihrem Handy und hatte kurz darauf Lippert am Apparat. Mit wenigen Worten berichtete sie von dem aktuellen Stand.

»Auf gar keinen Fall darf Kraemer die Insel verlassen. Schon gar nicht in Begleitung unseres Kollegen. Sie müssen ihn davon überzeugen, dass …« Sie brach ab. »… dass das der falsche Weg ist.«

»Ich fürchte, ich kann Ben Kraemer nicht mit logischen Argumenten kommen. Er wirkte wirr auf mich. Der Angriff auf die Kollegen kann nur eine absolute Kurzschlussreaktion gewesen sein. Er hat keinen Plan, wie er aus der Sache wieder herauskommt.«

»Lassen Sie sich was einfallen. Sie haben den Mann doch schon mehrfach befragt. Die SEK-Einheit braucht mindestens noch vierzig Minuten. Schaffen Sie das?«

Lena sah auf die Uhr. Die drei Minuten waren inzwischen abgelaufen. »Ich gebe mein Bestes. Bis später.« Sie beendete das Gespräch und wählte im nächsten Augenblick die Nummer.

»Ja!«

»Ich kann meine Vorgesetzte nicht erreichen. Sie werden sich no…«

Ein ohrenbetäubender Knall zwang Lena, das Handy vom Kopf wegzureißen. Aus dem Augenwinkel sah sie, wie Ole und die anderen Beamten zusammenzuckten.

Ole warf ihr einen entsetzten Blick zu. »Hat er …?«

»Weiß ich nicht«, sagte Lena und horchte angestrengt ins Handy. »Herr Kraemer? Ist alles in Ordnung bei Ihnen?«

»Nein!«, schrie Kraemer. »Die Kugel hat nur knapp seinen Kopf verfehlt. Beim nächsten Mal werde ich treffen.« Seine Stimme überschlug sich regelrecht, klang, als habe er vollkommen die Kontrolle über sich und sein Tun verloren. »Fahren Sie die Autos weg und verschwinden Sie. Alle!«

»Ben, hören Sie mir zu«, sagte Lena. »Ich lege jetzt meine Waffe ab und komme zu Ihnen herein. Ist das in Ordnung?«

»Was wollen Sie?«

»Ich will mit Ihnen sprechen. Persönlich. Genau, wie wir es zuvor auch getan haben. Ich hatte bei unseren Gesprächen den Eindruck, als wenn Sie mir vertrauen würden. Oder habe ich mich geirrt?«

Lena wandte sich von Ole ab, der, seitdem sie angekündigt hatte, ins Haus zu gehen, vehement den Kopf schüttelte.

»Nein, haben Sie nicht«, sagte Kraemer.

»Gut, dann komme ich jetzt zu Ihnen ins Haus. Ist das in Ordnung?«

Kraemer schwieg eine Weile, bevor er ein »Ja« murmelte.

Lena unterbrach die Verbindung, zog ihre Waffe aus dem Holster und reichte sie Ole, der sie aber nicht annahm. »Es gibt keinen anderen Weg. Kraemer scheint vollkommen durchzudrehen. Seine Forderungen sind irrational, seine Reaktion ist unkalkulierbar.«

»Eben! Unkalkulierbar. Du gehst da nicht rein. Das lasse ich nicht zu.«

»Willst du den jungen Kollegen im Haus alleine lassen? Er ist diesem Mann ausgeliefert.« Lena drückte Ole ihre Waffe in die Hand, nickte den anderen zu und wandte sich ab zum Haus.

Einunddreissig

»Ich komme jetzt herein!«, rief Lena, als sie vor der Haustür stand.

Als niemand antwortete, öffnete sie die Tür einen Spaltbreit und rief ein weiteres Mal.

»Ja«, antwortete Ben Kraemer. »Die Tür wieder abschließen.«

Lena schlüpfte ins Haus, schloss die Tür ab und ging langsam den Flur entlang. Die Dielen kündigten sie knarrend an.

»In der Küche.«

Sie stieß vorsichtig die Küchentür auf, hob die Arme und ging langsam in den Raum. Ben Kraemer stand neben dem Fenster, eine Pistole in der Hand. Der junge Kommissar saß kreidebleich auf den Fliesen, die Hände mit einem Kabelbinder auf dem Rücken fixiert. Das Jagdgewehr stand neben Ben Kraemer in der Ecke.

»Sie brauchen Ihre Arme nicht so zu halten«, sagte Ben Kraemer leise.

Lena nickte. »Können wir reden?«

»Was wollen Sie noch besprechen? Es ist, wie es ist. Ich will hier nur noch weg.«

»Wohin?« Lena hatte sich auf dem kurzen Weg zum Haus für eine Strategie entschieden, die Kraemer offen und ehrlich begegnen würde.

»Ich kann nicht ins Gefängnis«, sagte er. »Das halte ich niemals durch.«

Lena deutete mit dem Kopf auf die Jagdwaffe. »Haben Sie den Polizisten in Schleswig erschossen?«

»Nein.«

»Waren Sie letzte Woche Mittwoch in Schleswig?«

»Ja.«

»Mit der Jagdwaffe?«

»Nein.«

»Warum waren Sie da?«

Ben Kraemer zuckte mit den Schultern. »Ich wollte ihn sehen, diesen Menschen, der Merle das Leben zur Hölle gemacht hat.«

»Nur sehen?«

Ben Kraemer schwieg.

»Sie haben sich, als der Schuss fiel, vor dem Polizeigebäude aufgehalten?«

»Ja.«

»Sie haben den Schützen gesehen?«, fragte Lena weiter, während sie fieberhaft über das Gehörte nachdachte. Sagte Kraemer die Wahrheit oder versuchte er, sich mit einer wirren Theorie aus der Affäre zu ziehen? Selbst er musste wissen, dass eine Kugel der Waffe zugeordnet werden konnte. Warum sollte er jetzt lügen? Um sie einzuwickeln, damit sie ihm half?

Lena sah Ben Kraemer direkt an. »Das wäre ein großer Zufall, wenn zwei Personen am gleichen Tag zur gleichen Uhrzeit ein und dieselbe Person beobachtet hätten.«

»Ich weiß, dass mir niemand glauben wird. Aber ich hatte keine Waffe dabei. Ich wollte sie ja mitnehmen, aber dann …« Er schluckte schwer.

Lena deutete mit dem Kopf auf den am Boden sitzenden Beamten. »Warum dann das hier?«

»Ich hatte Angst«, murmelte Ben Kraemer. »Sie wollten mir etwas anhängen.«

»Es lässt sich zweifelsfrei feststellen, ob mit Ihrer Waffe auf den Polizeibeamten geschossen wurde. Wenn Sie es nicht waren, haben Sie nichts zu befürchten.«

»Das ist jetzt zu spät«, sagte Kraemer mit brüchiger Stimme.

»Nein, ist es nicht. Geben Sie mir jetzt die Waffen und kommen Sie mit mir nach draußen. Wenn Sie den Mann nicht erschossen haben, brau…«

»Unsinn!«, schrie Kraemer Lena an. Er zielte jetzt mit der Waffe auf sie. »Ich habe den anderen Polizisten doch angeschossen!«

Lena hob schützend die Hand. »Bitte, zielen Sie nicht auf mich. Die Waffe könnte versehentlich ausgelöst werden.«

Kraemer senkte langsam die Pistole.

Lena atmete erleichtert auf. »Dem Beamten geht es gut. Es war glücklicherweise nur ein Streifschuss.«

»Ist das wirklich wahr?«

»Ich gebe Ihnen mein Wort darauf.«

Kraemer deutete mit der Hand auf den am Boden sitzenden Mann. »Und das hier? Sie werden mich verurteilen.«

»Ich will ehrlich sein«, sagte Lena. »Es kommt zum Prozess. Aber das heißt nicht, dass Sie automatisch eine Haftstrafe bekommen. Sie sind nicht vorbestraft, haben einen festen Wohnsitz und wenn Sie jetzt mit mir rausgehen, sehe ich gute Chancen, dass Sie eine Bewährungsstrafe bekommen.«

Ben Kraemer schüttelte den Kopf. »Ich glaube Ihnen nicht.«

»Das SEK wird in Kürze hier vor Ort sein. Sie wissen, was das bedeutet?«

Kraemer antwortete nicht.

»Sie werden das Haus stürmen und ganz sicher nicht mit Ihnen diskutieren. Wollen Sie sterben?«

Lena hielt die Luft an. Ihre Strategie war riskant. Ben Kraemer schien ausgesprochen instabil zu sein, schwankend zwischen Aggression und Aufgabe. Jetzt starrte er sie an, als habe er nie mit der Möglichkeit gerechnet, dass ihm persönlich etwas passieren könne.

»Es sind viele Faktoren unglücklich zusammengekommen«, fuhr Lena leise fort. »Merle ist zurückgekommen, Sie haben sich Hoffnung gemacht, dass Sie wieder zusammenkommen würden. Dann Merles Tod und Ihre Trauer. Ich kann mir gut vorstellen, was Sie durchgemacht haben.«

Ben Kraemer schüttelte kaum merklich den Kopf. »Nein, das können Sie nicht«, flüsterte er.

»Bitte, geben Sie mir jetzt die Waffen und dann gehen wir gemeinsam raus. Bisher sind dort nur drei meiner Kollegen. Frank Claasen kennen Sie doch auch. Er leitet die hiesige Polizeistation.«

Kraemer nickte. »Ja, den kenne ich.«

Lena trat einen halben Schritt vor und streckte die Hand aus. »Bitte!«

Kraemer senkte den Kopf und schloss die Augen. Über den Raum legte sich eine bleierne Stille. Nach einer gefühlten Ewigkeit sah er auf, nickte schließlich, reichte Lena die Waffe und ging mit schweren Schritten an ihr vorbei auf die Küchentür zu.

Lena schnitt den Kabelbinder durch und zog den jungen Kriminalbeamten hoch. »Geht's?«

Daniel Steffen rieb sich die Handgelenke und nickte. »Danke! Sie waren sehr überzeugend. Respekt für Ihren Mut, hier reinzukommen.« Er sah zur Tür. »Wo ist er?«

»Die Kollegen kümmern sich um ihn. Können Sie mir sagen, was hier genau passiert ist?«

»Der Typ ist durchgedreht.« Er zeigte auf das Jagdgewehr. »Es ging lediglich um die Frage, ob das Gewehr des Vorbesitzers in seinem Besitz ist. Das Ergebnis kennen Sie ja.« Er stockte. »War es wirklich nur ein Streifschuss oder haben Sie …« Daniel Steffen sah sie fragend an.

»Ihrem Kollegen geht es gut. Wahrscheinlich ist er schon wieder aus der Klinik raus.« Als Daniel Steffen sich abwenden wollte, hielt Lena ihn zurück. »Warum ist Herr Kraemer«, Lena malte Anführungszeichen in die Luft, »durchgedreht? Was genau ist passiert?«

»Eigentlich nichts.« Er machte einen Schritt auf die Tür zu. »Ist die Chefin auch vor Ort?«

»Sie ist gerade angekommen. Aber noch ein…«

»Dann gehe ich mal zu ihr. Sie will sicher einen Bericht haben.« Er öffnete die Haustür und war im nächsten Augenblick verschwunden.

Lena sah ihm kopfschüttelnd nach, zog ihr Handy aus der Tasche und schoss aus drei verschiedenen Perspektiven Fotos von der Küche, bevor sie sich Latexhandschuhe anzog und die Waffe vorsichtig aus dem Haus trug.

Kriminalrätin Lippert kam auf sie zu. »Die Waffe?«, fragte sie ohne einen Gruß. »Geben Sie sie bitte dem Kollegen Hauser. Er steht dort hinten bei den Fahrzeugen.«

Lena nickte, ging auf Hauser zu und überreichte ihm das Jagdgewehr.

»Danke«, sagte er. »Sie wollten noch mit mir sprechen, Kollegin?«

»Morgen Vormittag in Schleswig. Zehn Uhr?«

Julius Hauser zog die Augenbrauen zusammen. »Das kann ich Ihnen nicht versprechen. Sie wissen ja, es ist eine Menge los bei uns.«

»Doch, das können Sie. Wir sind dann um zehn Uhr vor Ort.«

»Wie gesagt, ich …«

Lena nickte ihm zu und ließ ihn ohne ein weiteres Wort stehen. Lippert war inzwischen auf das Haus zugegangen und sah jetzt in den Flur hinein. Lena trat zu ihr.

»Ich bin morgen Vormittag in Schleswig, um Julius Hauser zu befragen. Reicht es, wenn ich Ihnen dann das Protokoll reinreiche?«

Lippert drehte sich zu ihr um. »Steffen hat mir berichtet. Gute Arbeit, auch wenn ich nicht ein solches Risiko eingegangen wäre.«

»Ben Kraemer streitet ab, auf Elmar Schäfer geschossen zu haben.«

»Lassen Sie das unsere Sorge sein. Es wäre hilfreich, wenn ich das Protokoll in zwei Stunden vorliegen hätte. Schaffen Sie das?«

Als Lena nickte, fuhr sie fort: »Ich hörte, ein Verdächtiger ist in U-Haft. Ist er derjenige, der Merle Harmsen erstochen hat?«

»Im Moment spricht viel dafür. Die Ermittlungen sind allerdings noch nicht abgeschlossen. Sie hören von mir, falls es neue Entwicklungen geben sollte.« Sie wandte sich zum Gehen, drehte sich aber nach wenigen Metern wieder um. »Darf ich Sie bitten, dafür zu sorgen, dass Kollege Hauser morgen um zehn zu unserer Verfügung steht?«

»Ich dachte, dass …«

»Wie gesagt, die Ermittlungen sind noch nicht abgeschlossen.«

»Was wird das jetzt?«, fragte Lena, als sie auf dem Parkplatz vor der Polizeistation angekommen waren. Ole hatte während der Fahrt nach Burg geschwiegen und selbst auf ihre Fragen nicht geantwortet. »Was sollte ich denn anderes machen? Ich war die Einzige, die zu Kraemer durchdringen konnte.«

»Das hätte komplett danebengehen können. Bei einem Schuss mit dem Jagdgewehr aus unmittelbarer Nähe hätte dir die Weste auch nicht mehr viel genutzt. Ist dir das eigentlich klar?«

»Ja, ich gebe zu, dass ich darüber nicht nachgedacht habe. Da war keine Zeit für, Ole. Und das weißt du auch. Es musste etwas passieren. Kraemer stand vollkommen neben sich. Diese ganze Aktion war vollkommen hirnrissig, wenn er Schäfer nicht erschossen hat.«

»Was noch abzuwarten wäre.«

»Ja, natürlich. Trotzdem … Was hättest du an meiner Stelle gemacht?«

»Ich habe keinen zweijährigen Sohn, der mich braucht.«

Lena rollte mit den Augen. »Ah, daher weht der Wind. Eine Mutter darf sich nicht in Gefahr bringen. Das machen die mutigen Männer für sie. Echt jetzt, Ole. Das hätte ich nicht von dir gedacht.«

»Du hättest auch nicht Erck erklären müssen, was passiert ist. Und irgendwann Bent, wenn er älter ist.«

Lena schloss die Augen. In gewisser Weise verstand sie Ole nur zu gut. Sie selbst hatte sich nach der Geburt geschworen, gefährliche Situationen zu vermeiden. Auf der anderen Seite hatte sie keine Wahl gehabt. So irrational wie Kraemer im Gespräch reagiert hatte, war er kurz vor einer Kurzschlusshandlung mit gravierenden Folgen für den jungen Kollegen gewesen.

»Ich wäre auch lieber zu Hause bei Bent und Erck. Aber das ist hier nun mal mein Job und ich war in der Situation vollkommen überzeugt, dass ich Kraemer beruhigen kann.« Lena stieß Ole freundschaftlich in die Seite. »Hey, ich hatte das im Griff.«

»Na, der junge Kollege war sich da nicht so sicher.«

»Ihm fehlt die Erfahrung. Deshalb saß er auch gefesselt auf der Erde. Übrigens bin ich mir nicht so sicher, dass die beiden vollkommen unschuldig an dem ganzen Schlamassel waren.«

Ole legte den Kopf in den Nacken und atmete tief durch. »Lass uns reingehen und das Ganze drin besprechen.« Er sah sich um. »Ein Parkplatz ist nun wirklich nicht der richtige Ort dafür.«

Zweiunddreissig

Lena schickte den fertigen Bericht an Kriminalrätin Lippert, holte sich eine frische Tasse Kaffee und setzte sich zu Ole und Naya an den Tisch. Ole hatte ihr inzwischen von Sandra Boysens Befragung und Ben Kraemers Geiselnahme berichtet. Lena ergänzte seine Ausführungen mit den Ereignissen in Kraemers Haus.

»Glaubst du ihm?«, fragte Naya. »Das klingt ja alles sehr abenteuerlich.«

»Gute Frage. Kraemer scheint massive psychische Probleme zu haben. Er hat sich so in die Situation reingesteigert, dass sie schlagartig eskaliert sein muss. Was die beiden jungen Kollegen dazu beigetragen haben, werden wir wohl nie erfahren. Jetzt bleibt abzuwarten, ob das Gewehr die Tatwaffe war.«

»Du hast meine Frage noch nicht beantwortet«, bohrte Naya nach.

»Ich weiß. Aber ich bin mir nicht sicher. Im Moment tendiere ich stark dazu, dass Kraemer die Wahrheit gesagt hat. So verrückt seine Schilderungen auch geklungen haben. Aber ich habe dafür keine Belege. Das ist reine Intuition.«

»Warten wir ab«, warf Ole ein. »Die Medien hat Naya alle informiert. Online sollte der Aufruf wegen Merles Auto heute noch erscheinen, morgen ist er in den Zeitungen.«

Lena nickte. »Ich habe mit Frank Claasen abgesprochen, dass zwei seiner Leute die Anrufe entgegennehmen und protokollieren.«

»Übrigens: Merles Handydaten sind endlich gekommen«, sagte Naya. »Ich werde sie gleich im Anschluss durcharbeiten.«

Lena zeigte ihr den erhobenen Daumen.

»Die Auskunft von der Fluggesellschaft ist auch da«, fuhr Naya fort. »Die Informationen von Anna Detlefsen sind letztlich bestätigt worden. Ob sie von Hamburg per Zug oder Auto angereist ist, wissen wir natürlich noch nicht.«

»Wir sollten Anna Detlefsen erst mal zurückstellen«, sagte Lena. »Und uns auf Tobias Sievers, Sandra Boysen und Jan Matzen konzentrieren.«

»Die DNA aus Merle Harmsens Auto ist noch nicht identifiziert?«, fragte Ole. »Und ist das Sweatshirt, das wir bei Sievers im Müllcontainer gefunden haben, schon in Kiel bei der Kriminaltechnik?«

»Ich rufe später Mark Frese an. Er ist eigentlich extrem zuverlässig. Wenn er was haben würde, hätte er sich schon gemeldet.«

Ole hob die Hand. »Ich weiß nicht, wie es euch geht, aber ich habe Hunger.« Er sah auf seine Armbanduhr. »Mittagszeit ist lange vorbei.«

Naya grinste. »Alte Männer brauchen regelmäßig Nahrung. Das stimmt schon. Also, ich würde mich fügen.«

Lena stand auf. »Wo gehen wir hin?«

Ole schob seinen leeren Teller zur Seite und lehnte sich auf dem Stuhl zurück. »Das hat gutgetan.«

Sie hatten nach kurzer Suche ein Lokal gefunden, das den ganzen Nachmittag über geöffnet hatte.

Lena schaute sich um. Sie waren inzwischen die einzigen Gäste im Lokal. »Mit Sievers' Motiv sind wir noch keinen Schritt weiter. Mein Bauchgefühl sagt mir, dass mehr hinter der Tat steckt, als wir bisher vermuten.«

»Merle schien richtig austeilen zu können«, warf Naya ein. »Und ein Blatt vor den Mund hat sie auch nicht genommen. Da könnte die eine oder andere tiefe Wunde aus der Jugendzeit wieder aufgerissen sein.«

Ole nickte. »In euren Protokollen habe ich gelesen, dass Sievers als Mitläufer bezeichnet wurde.«

»Das war zumindest unsere Interpretation nach den Zeugenaussagen«, sagte Naya. »Er ist später als die anderen in die Gruppe gekommen und nie so richtig aufgenommen worden. In solchen Cliquen, die über viele Jahre halten, kann es leicht zu Rollenzuschreibungen kommen, die Menschen tief treffen können.«

»Das sind reine Spekulationen«, sagte Lena. »Die uns nicht weiterbringen. Irgendetwas passt noch nicht ins Bild. Ich weiß …« Lenas Handy klingelte. Sie sah aufs Display. »Die Polizeistation.«

»Claasen hier«, meldete sich der Inselpolizist. »Haben Sie eine Minute für mich?«

»Selbstverständlich! Was ist passiert?«

»Ein Zeuge hat sich aufgrund der Onlineveröffentlichung zum Opferfahrzeug gemeldet. Er behauptet, das Auto in der fraglichen Nacht gesehen zu haben.«

»Wo?«

»Auf dem Parkplatz am Südstrand. Der Kollege, der mit ihm telefoniert hat, hält ihn für glaubwürdig. Ich schicke Ihnen gleich die Daten. Vielleicht wollen Sie ja direkt mit dem Mann sprechen.«

Nach einem kurzen Zwischenstopp in der Polizeistation betraten Lena und Ole das Restaurant, in dem der Zeuge als Koch arbeitete. Kurz darauf saßen sie mit Jannik Beck an einem ruhigen Tisch.

»Kann ich mich auf Ihre Diskretion verlassen?«, fragte Beck, ein gut aussehender Mann Anfang dreißig.

»Wir haben Schweigepflicht«, sagte Lena. »Solange es nicht um strafbare Handlungen geht, wird erst mal niemand etwas erfahren.«

»Es ist nämlich so: Ich war nicht allein da auf dem Parkplatz. Die Dame, mit der ich dort war, ist verheiratet und würde reichlich Ärger bekommen, wenn ihr Name auftauchen würde.«

»Haben Sie oder die Dame das Auto gesehen?«, fragte Ole.

»Nur ich.« Er deutete ein Schmunzeln an. »Die Dame lag unter mir und konnte … nun ja, Sie wissen sicher, was ich meine.«

»Machen Sie sich keine Gedanken«, sagte Lena. »Sollte Ihre Begleiterin das Auto und den Fahrer oder die Fahrerin nicht gesehen haben, brauchen wir nicht mit ihr zu sprechen.«

Jannik Beck atmete erleichtert auf. »Wir parkten also dort, ohne Licht natürlich, und es war eigentlich, wie um diese Uhrzeit zu erwarten, vollkommen ruhig auf dem Parkplatz.«

»Wie spät war es?«

»Das muss so gegen kurz nach drei gewesen sein. Zuerst habe ich natürlich die Lichter gesehen. Als das Auto an uns vorbeifuhr, konnte ich auch Farbe und Marke erkennen. Es war ein weißer Golf.«

»Von denen es viele gibt«, warf Ole ein.

»Richtig! Ich hätte auch nicht angerufen, wenn mir nicht zufällig das Nummernschild aufgefallen wäre. Ich habe mir die drei Zahlen gemerkt, weil ich die gleichen bei meinem ersten Auto hatte. Eins, neun, vier. Das ist mein Geburtstag. 19. April.«

»Konnten Sie auch den Fahrer oder die Fahrerin erkennen?«, fragte Lena.

»Zuerst nicht, aber … Sie müssen wissen, dass wir eine kleine Pause eingelegt hatten. Meine Begleiterin hat sich weiter bedeckt gehalten und ich habe darauf gewartet, dass der Typ endlich abhauen würde.«

»Es war also ein Mann?«

»Ja, das Auto stand gute dreißig Meter von uns entfernt. Der Typ hat es dort abgestellt und hat dann noch was im Fahrzeug gemacht. Fragen Sie mich nicht, was. Er war auf jeden Fall alleine.« Jannik Beck grinste. »Ich dachte natürlich zuerst, sie wären auch zu zweit. Sie wissen schon. Aber dann hat der Typ das Licht im Wageninneren angestellt – deshalb konnte ich ihn überhaupt erst richtig sehen – und hat wohl irgendwas gesucht oder so. Auf jeden Fall hat er sich noch zwei bis drei Minuten im Auto aufgehalten. Vielleicht war es mehr, vielleicht auch weniger. Ich war natürlich genervt, dass er da auftauchte und uns sozusagen gestört hat.«

»Der Mann ist dann ausgestiegen?«, fragte Lena.

»Ja, zum Glück. Er ist dann in die andere Richtung gegangen und dann kam da noch ein Auto. Ich wäre beinahe durchgedreht. Was für ein Verkehr. Aber der Wagen hielt am Eingang des Parkplatzes und ist dann wieder weggefahren. Übrigens mit diesem Typen. Keine Ahnung, was die Aktion sollte. Wir, also meine Begleitung und ich, hatten dann jedenfalls Ruhe. Mehr Autos sind nicht gekommen.«

»Sind Sie hundertprozentig sicher, dass er in das zweite Auto gestiegen ist?«

»Hundertprozentig? Was sollte das Auto da sonst gewollt haben? Ich meine, dass ich den Typen danach nicht mehr gesehen habe. Aber beschwören könnte ich das jetzt nicht.« Er stutzte. »Muss ich doch auch nicht, oder?«

»Das wissen wir noch nicht«, sagte Lena. »Würden Sie den Mann wiedererkennen?«

Jannik Beck zuckte mit den Schultern. »Kommt auf einen Versuch an. Ich habe so was noch nie gemacht. Ich meine, man sieht das ja häufiger in Krimis, so hinter diesem Spiegel und so.«

Lena lächelte. »Wir machen das etwas einfacher.« Sie holte die vier Fotos aus der Tasche, die Naya ihr vorhin rasch vorbereitet hatte. Neben Sievers hatte sie Fotos von drei weiteren Männern aus dem Internet gezogen, die den gleichen Typ Mann darstellten. Lena legte die Aufnahmen nebeneinander. »Erkennen Sie einen der Männer?«

Jannik Beck zögerte keinen Augenblick und zeigte auf das Foto von Tobias Sievers.

»Dann können wir ja unsere Koffer packen«, sagte Naya, nachdem Lena von der Zeugenaussage berichtet hatte.

»Beck wird Sievers noch hier in der Polizeistation identifizieren müssen«, sagte Lena. »Der nächste Schritt wird eine abschließende Vernehmung von Tobias Sievers sein. Ich möchte das hier auf Fehmarn machen. Er kann aber erst am Mittwochvormittag gebracht werden. Ich will nach Möglichkeit ein Geständnis.«

»Nicht zu vergessen die zweite Person. Sievers ist laut Zeugenaussage am Parkplatz abgeholt worden«, warf Ole ein. »Ihr hattet ja schon früh den Verdacht, dass zwei Personen die Leiche ins und aus dem Auto geschafft haben.«

»Der Wagen hielt leider zu weit entfernt, als dass Jannik Beck ihn hätte erkennen können«, sagte Lena. »Er ist sich auch nicht hundertprozentig sicher, ob Sievers tatsächlich eingestiegen ist.«

Naya beugte sich vor. »Er wird schon reden. Die Beweiskette wird immer enger. Merle ist in ihrem eigenen Auto transportiert worden, Sievers stellt den Wagen in der Tatnacht auf einem großen Parkplatz ab. Er ist in Merles Zimmer eingebrochen und hat dort vermutlich nach belastendem Material gesucht. Wahrscheinlich war das nach Merles Tod. Woher soll er gewusst haben, dass sie tot ist? Zusätzlich haben wir den Blutflecken auf der Matratze, das Sweatshirt – zumindest sieht es danach aus – und die widersprüchlichen Aussagen von Tobias Sievers.«

Lena wiegte den Kopf hin und her. »Ich bin mir nicht sicher, dass das reicht. So manch ein reiner Indizienprozess ist daran gescheitert, dass sich Ermittler und Staatsanwalt zu sicher waren.«

Naya schmunzelte. »Ich dachte mir schon, dass du das sagen wirst. Deshalb habe ich mir das Sahnehäubchen bis zum Schluss aufbewahrt.« Sie hielt kurz inne und schien den Moment zu genießen. »Ich bin jetzt einmal alle Daten von Merles Mobilfunkanbieter durchgegangen. Natürlich muss ich noch die eine oder andere Telefonnummer recherchieren, aber für den ersten Überblick reicht es.« Naya griff nach ihren Notizen. »Ich fange mal von hinten an, weil es die entscheidenden Daten sind. Am mutmaßlichen Tattag hat Merle mit einigen Personen telefoniert. Je einmal mit: Hendrik Harmsen, ihrem jüngeren Bruder, Ben Kraemer, Elmar Schäfer, Jan Matzen, Sandra Boysen. Mit Tobias Sievers hat sie zweimal telefoniert. Die Gespräche dauerten zwischen zwei und fünf Minuten. Nur das mit Sandra Boysen war extrem kurz. Da vermute ich, dass sie nur die Mailbox erreicht hat.«

»Haben wir auch ein Bewegungsprofil?«, fragte Ole.

»Musst du so ungeduldig sein? Ich wollte doch etwas Spannung aufbauen. Also: Ein Bewegungsprofil für den Tag habe ich natürlich auch. Merle beziehungsweise ihr Handy war am Samstag von siebzehn bis neunzehn Uhr in Burg eingeloggt.« Naya legte eine aus dem Internet ausgedruckte Detailkarte von Burg auf den Tisch und zeigte auf einen roten Punkt. »Hier ist der Sendemast, der ihre Signale empfangen hat. Ich habe die anderen Sendemasten mit einem blauen Punkt markiert. In diesem Umkreis«, sie zeigte auf einen gelb umrandeten Bereich, »muss sie sich aufgehalten haben. Dort gibt es weder Cafés noch Restaurants. Nur ein paar kleine Geschäfte, in denen man sich sicher nicht zwei Stunden aufhalten würde.« Sie griff nach einem Stift und malte einen weiteren roten Punkt in der Nähe des ersten. »Und hier, ihr ahnt es schon, ist Sievers' Wohnung.« Sie legte eine kurze Pause ein und hob triumphierend den Zeigefinger. »Anschließend muss das Handy ausgestellt worden sein, da weder Anrufe angenommen noch Bewegungsdaten aufgezeichnet wurden.«

»Wow!«, sagte Ole. »Das ist der Hammer. Und danach war definitiv Schluss?«

»Ja. Es sind keine Daten mehr vorhanden.«

»Das klingt tatsächlich nach einem Durchbruch«, sagte Lena.

»Durchbruch?« Naya rollte mit den Augen. »Was brauchen wir noch mehr?«

»Wie hat Tobias Sievers die Leiche ins Auto gebracht, ohne dass er aufgefallen ist? Merle wird irgendwo auf der Straße geparkt haben.«

»Das Wohnhaus hat eine Tiefgarage«, sagte Naya. »Sievers hatte Zugriff auf ihren Autoschlüssel. Wenn er mitten in der Nacht in der Tiefgarage geparkt hat, sollte es nicht so schwierig gewesen sein, die Leiche ohne Zeugen ins Auto zu bringen. Anschließend ist er zum Fastensee und dann zum Parkplatz. Hier hat er sich dann abholen lassen.«

»Ja, so könnte es gewesen sein«, sagte Ole.

»Gratulation, Frau Lorenzen. Wirklich gute Arbeit. Ich hatte schon die Befürchtung, dass wir bis zum nächsten Haftprüfungstermin nicht ausreichend Material zusammenbekommen, um Sievers anzuklagen.«

Lena hatte Staatsanwalt Cornelsen soeben telefonisch von den neuesten Ermittlungsergebnissen berichtet.

»Am Mittwoch werden wir Herrn Sievers hier vor Ort noch einmal befragen und ihn mit dem aktuellen Stand konfrontieren. Möchten Sie dabei sein?«

»Das wird nicht nötig sein. Ich vertraue Ihnen voll und ganz.« Er räusperte sich. »Ich habe übrigens von Ihrem Einsatz bei der Geiselnahme gehört. Respekt, Frau Hauptkommissarin. Dazu gehört Mut. Sie haben vermutlich dem jungen Kollegen das Leben gerettet. Ich werde das gegenüber Kriminalrätin Nielsen lobend erwähnen.«

»Danke, aber ich musste handeln. Im Übrigen bin ich mir nicht sicher, ob Ben Kraemer tatsächlich Elmar Schäfer erschossen hat.«

»So, so. Das sehen die Kollegen aus Schleswig etwas anders. Aber zum Glück ist das nicht unsere Baustelle. Ich würde Sie auch bitten, sich aus den Ermittlungen herauszuhalten.«

»Hat Sie Kollegin Lippert darum gebeten?«

»Nicht direkt. Sagen wir mal so, Frau Lippert hat sich anerkennend über Sie geäußert, allerdings scheint von ihrer Seite damit die Zusammenarbeit beendet zu sein.«

»Warten wir ab, was die Kriminaltechnik sagt. Wenn es sich tatsächlich um die Tatwaffe handelt, habe ich mich in Kraemer getäuscht.«

»Das kann vorkommen, Frau Hauptkommissarin. Und wie gesagt, das ist nicht unsere Baustelle.« Er hielt kurz inne. »Wann kann ich die vollständige Ermittlungsakte einsehen?«

Lena klappte ihren Laptop zu. In den letzten zwei Stunden hatten sie gemeinsam die Ermittlungsakten überarbeitet und auf den neuesten Stand gebracht. Sie sah auf. »Alles verschickt. Endlich Feierabend.«

Naya sah auf die Uhr. »Gehen wir noch ein Bier trinken?«

»Ich hatte eigentlich vor, nach Hause zu fahren«, sagte Lena. »Im Grunde genommen steht nur noch am Mittwoch die Vernehmung von Tobias Sievers an. Nimm dir doch einen Tag frei.«

»Gute Idee«, stimmte ihr Ole zu.

»Dann bin ich wohl überstimmt«, sagte Naya. »Also Mittwoch?«

»Zehn Uhr«, antwortete Lena. »Das wird sicher eine Marathon-Vernehmung. Wir sollten uns abwechseln.«

»Okay! Und ihr befragt morgen noch Julius Hauser?«

Lena nickte. »Ich denke, das sind wir Merle schuldig. Egal, was dabei herauskommen wird.«

»Sehe ich auch so«, stimmte ihr Ole zu. »Mich interessiert schon, was Merle Harmsen zu ihrer Anzeige bewogen hat.«

Naya nickte. »Ich kann mir nach all den Informationen über sie nicht vorstellen, dass sie Schäfer aus Frust über das Ende der Beziehung beschuldigt hat.« Naya stand auf und packte ihre Unterlagen in eine Umhängetasche. »Haltet ihr es für möglich, dass diese Korruptionsgeschichte etwas mit dem Windpark auf Fehmarn zu tun haben könnte?«

Lena zuckte mit den Schultern. »Darüber habe ich auch schon nachgedacht. Vielleicht wird Tobias Sievers uns da helfen, wenn er erst mal sieht, wie aussichtslos seine Position ist.«

»Ich werde mich noch mal bei den Kollegen in Husum umhören«, sagte Ole. »Vielleicht erfahre ich so ein paar Schwachstellen von Julius Hauser, die uns bei der Vernehmung helfen.«

Dreiunddreissig

Lena wartete vor ihrem Haus auf Ole, der sich angeboten hatte, nach Schleswig zu fahren. Erck hatte Bent früh zur Tagesmutter gebracht und war anschließend zu den letzten Absprachen mit Holger Krüger gefahren.

»Guten Morgen«, begrüßte Lena Ole, als sie neben ihm auf dem Beifahrersitz saß. »Gut geschlafen?«

»Tief und fest.« Ole drehte den Wagen und fuhr zurück auf die Hauptstraße. »Und bei dir? Alles in Ordnung?«

Lena nickte. »War gut, dass wir gestern nicht auf Fehmarn geblieben sind. Bent hat zwar schon geschlafen, aber heute Morgen hatten wir zumindest etwas Zeit.«

»Trotzdem stressig, oder?«

»Frag lieber nicht. Ich bin froh, wenn die Verhandlungen wegen der Übernahme durch sind. Erck macht sich ziemlich viele Gedanken darüber, ob er das alles stemmen kann.«

»Ich bin ja jetzt auch mit im Spiel. Zusammen schaffen wir das schon. Ich habe noch zwei Wochen Urlaub, also kann ich auch etwas früher anfangen.«

»Weiß Erck schon davon?«

»Nein, ich habe erst gestern nachgerechnet. Wenn du nichts dagegen hast, komme ich heute Abend bei euch vorbei. Dann kann ich mit Erck auch noch über den Vertrag reden.«

»Klar.« Lena nahm ihr Handy aus der Tasche. »Soll ich das Erck schreiben? Er freut sich sicher.«

Kriminalrätin Lippert kam ihnen auf dem Flur der Polizeiinspektion entgegen. »Frau Lorenzen, haben Sie eine Minute für mich?«

Ole nickte ihr zu und blieb zurück. Lena reichte Lippert die Hand und begleitete sie in ihr Büro.

»Kollege Hauser wartet in seinem Büro auf Sie. Ich wollte Sie nur kurz informieren, dass die Kriminaltechnik das Jagdgewehr untersucht hat. Es handelt sich um die Waffe, mit der Elmar Schäfer getötet wurde.«

Lena schluckte schwer. Sie hatte weder damit gerechnet, dass die Ergebnisse heute bereits vorliegen würden, noch damit, dass Ben Kraemer der Schütze war.

»Ich sehe, Sie sind erstaunt. Aber die Fakten sind eindeutig. Da gibt es nichts zu rütteln.« Sie räusperte sich. »Im Namen der ganzen Mannschaft möchte ich Ihnen noch einmal für Ihr Engagement danken. Der Kollege, dem Sie wahrscheinlich gestern das Leben gerettet haben, wird sich noch einmal direkt mit Ihnen in Verbindung setzen.« Lippert sah auf die Uhr. »Von meiner Seite war das alles. Kollege Hauser wird sicherlich auch schon auf Sie warten.«

»Alles gut?«, fragte Ole, als Lena auf ihn zuging. »Du siehst etwas mitgenommen aus.«

»Die Kugel, die Elmar Schäfer getötet hat, stammt aus Kraemers Gewehr.«

»Oh. Also doch.« Ole musterte sie. »Du hast Kraemer wirklich die Geschichte abgenommen?«

»War vielleicht der Situation gestern geschuldet. Konzentrieren wir uns jetzt auf Hauser.«

Als Lena den Raum betrat, stand Julius Hauser von seinem Arbeitsplatz auf und kam ihr entgegen. Er reichte ihr die Hand und zeigte auf die beiden Besucherstühle vor seinem Schreibtisch. »Ich dachte, wir unterhalten uns hier in meinem Büro. Möchten Sie etwas trinken?«

»Mineralwasser wäre gut.«

Hauser holte eine Flasche und drei Gläser und schenkte ein.

»Sie wollten mich wegen Merle sprechen?«, fragte er schließlich.

»Ja, Sie haben ja sicher mitbekommen, dass wir alle Kollegen von Merle Harmsen befragt haben«, sagte Lena. »Wie war Ihr Verhältnis zu ihr?«

»Gut. Kollege Kotten hat Ihnen ja sicher erzählt, dass ich vorher in Husum war und noch nicht ganz so lange hier in Schleswig bin.« Während er sprach, hatte er kurz zu Ole geschaut und sich dann wieder auf Lena konzentriert.

»Sie haben auch hin und wieder direkt mit Merle Harmsen zusammengearbeitet?«, fragte Lena weiter.

»Das kam vor. Wir wechseln ja durchaus mal die Teams. Dann ist der eine oder andere krank oder hat Urlaub. Aber das kennen Sie ja alles.«

»Wie war Frau Harmsen persönlich?«

Hauser schien eine Weile über die Frage nachzudenken. »Erst mal sehr nett und umgänglich. Ansonsten sehr eifrig dabei, immer bedacht, alles richtig zu machen.« Er hob abwehrend die Hände. »Das soll jetzt keine Kritik an Merle sein. Das verbittet sich ja schon allein, weil sie nicht mehr lebt. Ich sehe das durchaus positiv, wenn jemand sehr zielgerichtet arbeitet und Biss hat.«

»Hatte Frau Harmsen zu bestimmten Beamten ein besonders gutes Verhältnis?«

Julius Hauser zuckte mit den Schultern. »Da weiß ich jetzt gar nicht, ob ich für diese Frage der richtige Ansprechpartner bin. So genau …« Er brach ab und sah Lena mit entschuldigendem Blick an.

»Versuchen Sie es doch einfach. Man bekommt doch schon eine Menge mit, wenn man den ganzen Tag zusammenarbeitet.«

»Na ja, mit Britta hat sie sich wohl gut verstanden. Ist ja auch naheliegend. Und sonst, keine Ahnung.«

»Sie hat lange mit Elmar Schäfer im Team gearbeitet«, warf Lena ein. »Wie war das Verhältnis zwischen den beiden?«

»Na ja, Elmar war schon einer von den Guten hier im Revier. Bei allen beliebt und von allen geachtet.« Er stutzte. »Läuft Ihre Frage auf etwas ganz Bestimmtes hinaus? Sie meinen, dass die beiden … also etwas miteinander gehabt haben?«

»Hatten sie?«

»Ich kannte Elmar ziemlich gut. Wir waren nicht nur Kollegen, sondern trotz der kurzen Zeit durchaus so was wie befreundet. Hin und wieder haben wir ein Bier zusammen getrunken oder haben uns gegenseitig geholfen. Und ich denke doch, dass ich auch so einiges über ihn weiß. Um es kurz zu machen, ich hatte tatsächlich die Vermutung, dass da was zwischen den beiden läuft oder gelaufen ist.«

»Erzählen Sie ruhig weiter«, forderte ihn Lena auf.

»Viel mehr kann ich dazu nicht sagen. Elmar war in diesen Dingen eher zurückhaltend, ein Gentleman.«

»Frau Harmsen war mehrere Wochen krankgeschrieben.«

»Ja, das weiß ich natürlich. Dadurch kam es hier zu einigen Engpässen.«

»Hatten Sie Kontakt zu ihr während dieser Zeit?«

Julius Hauser schien nicht mit dieser Frage gerechnet zu haben. Er strich sich mit der Hand über die Haare und knetete sich die Stirn. »Kontakt? Sie war doch krankgeschrieben.«

»Vielleicht haben Sie ja mit ihr telefoniert oder sind ihr zufällig begegnet. So groß ist Schleswig ja auch nicht.«

»Nicht, dass ich wüsste«, sagte er schließlich. »Nein, so eng waren wir nicht, dass wir außerhalb des Dienstes telefoniert hätten.«

Lena schob ihm eine Liste über den Schreibtisch. »Viermal haben Sie Frau Harmsen angerufen. Zweimal gab es eine Verbindung.«

Julius Hauser schien für einen Augenblick die Luft anzuhalten. Schließlich lächelte er. »Tatsächlich? Ich kann mir das nur so erklären, dass mein altes Handy manchmal gesponnen hat. Das wählte sich schon mal versehentlich ein, wenn ich es in der Hosentasche hatte.«

Ole beugte sich vor und warf ihm einen scharfen Blick zu. »Herr Hauser, wollen Sie uns für dumm verkaufen? Viermal, davon zwei Verbindungen bis zu vier Minuten.«

»Ich kann es mir nicht anders erklären. Oder …« Er legte den Kopf in den Nacken. »Jetzt fällt es mir wieder ein. Ich habe von Merle Ermittlungen übernommen und hatte Fragen zu ihren Berichten. Da haben wir tatsächlich miteinander telefoniert.«

»Wann genau war das?«, fragte Lena.

»Das weiß ich nicht mehr genau.« Julius Hauser schob sich leicht zurück mit seinem Bürostuhl. »Sie haben ja offensichtlich die Telefonlisten. Also wissen Sie doch die genaue Zeit.«

»Es ging also ausschließlich um dienstliche Angelegenheiten?«

»Keine Ahnung. Ich werde Merle wohl gefragt haben, wie es ihr geht und so. Und wann sie wiederkommt.«

»Was hat sie geantwortet?«

»Sie ist mir ausgewichen, glaube ich.«

»Darf ich noch einmal auf Ihren Freund Elmar Schäfer zurückkommen? Stand er auch mit Merle Harmsen in Kontakt?«

»Kann sein. Oder, warten Sie …« Hauser schloss die Augen und schien einen Moment zu überlegen. »Doch, er hat mir von Merle erzählt. Sie haben telefoniert. Privat, meine ich. Elmar sagte mir, dass es ihr mental nicht so gut ginge. Burn-out oder so. Er meinte aber, dass sie sich wieder berappeln würde.« Er seufzte. »Schon verrückt, dass beide nicht mehr da sind. Nun gut, zumindest haben wir Elmars Mörder schnell gefunden. Eine unglaubliche Geschichte, oder? Was diesen Mann dazu getrieben hat? Er schweigt übrigens. Aus dem ist kein Wort rauszukriegen. Aber das wird ihm nicht viel helfen.«

»Waren Sie vor Ort, als Kollege Schäfer erschossen wurde?«, fragte Ole.

Vor Lenas innerem Auge lief die Szene vor der Polizeiinspektion zum wiederholten Mal ab. Sie hörte den Schuss, sah Elmar Schäfer, der nach hinten geschleudert wurde, spürte die schwere Waffe in der Hand und das Adrenalin in ihrem Körper. Das Gewehr. Auf den Rücken geschnallt. Der Mann vor ihr lief, schnell und … die Bewegungen waren flüssig, kraftvoll, ohne Panik. Der Mann wusste, was er machte. Er kannte seinen Weg. Das konnte niemals Ben Kraemer gewesen sein.

Hauser warf Ole einen abfälligen Blick zu. »Was hat das jetzt mit Merle zu tun?« Er sah zwischen Lena und Ole hin und her. »Haben Sie noch Fragen? Mein Schreibtisch …« Er zeigte auf einen Stapel Papiere. »Hier ist einiges liegen geblieben.«

»Ja, haben wir«, sagte Lena. »Ich würde aber vorher um eine kleine Pause bitten. Die Toiletten waren rechts den Flur entlang, oder?«

Als Lena die Damentoilette erreicht hatte, kontrollierte sie die drei Kabinen, bevor sie das Handy aus der Tasche zog und Britta Kayser anrief.

»Sind Sie im Dienst?«, fragte Lena.

»Ja, im Büro. Warum?«

»Ich würde Sie um einen großen Gefallen bitten wollen. Wenn Sie ablehnen, ist das vollkommen in Ordnung.«

»Um was geht es?« Ihre Stimme klang zurückhaltend.

»Gestern ist Ben Kraemer auf Fehmarn festgenommen worden. Sie haben sicher davon gehört.«

»Natürlich.«

»Das Jagdgewehr, das sichergestellt wurde. Wissen Sie, wo sich das befindet?«

»Entweder noch bei der Kriminaltechnik oder wieder im Asservatenraum. Warum?«

»Kommen Sie an das Gewehr ran?«

»Wie meinen Sie das?«

»Ich brauche ein Foto von der Waffe. Nur ein Foto.«

»Warum? Ich kann nicht einfach … Sie wissen doch selbst, dass das nicht so einfach geht. Ja, vielleicht, wenn es noch bei der Kriminaltechnik ist. Aber …«

»Vertrauen Sie mir. Ich brauche wirklich nur ein Foto. Es ist wichtig.«

Britta Kayser schwieg eine Weile. »Hat es mit Merle zu tun? Sie ist doch erstochen worden.«

»Indirekt schon. Bitte, wenn Sie Ihrer Freundin einen letzten Dienst erweisen wollen. Sie würde es Ihnen, wenn sie noch leben würde, hoch anrechnen.«

»Okay. Ich versuche es, kann aber nichts versprechen.«

»Danke. Schicken Sie mir das Foto, falls es klappen sollte. Es ist wirklich wichtig. Auch für Merle.«

Vierunddreissig

Lena betrat Hausers Büro. »Entschuldigen Sie die Unterbrechung.« Sie setzte sich. »Ich möchte noch einmal zurückkommen auf die Telefonate mit Frau Harmsen.«

Julius Hauser sah demonstrativ auf die Uhr. »Ich habe leider …«

»Es dauert nicht mehr lange. Sie hatten also keinen Kontakt zu Frau Harmsen außer diesen beiden Telefongesprächen?«

»Nein.«

»Aus welchem Grund waren Sie dann vor dem Harmsen-Hof auf Fehmarn?«, fragte Lena wie beiläufig.

»Was meinen Sie?« Hauser sah sie mit belustigter Miene an. »Ich war nicht auf Fehmarn.«

»Wir haben Zeugen, die Sie eindeutig identifiziert haben.«

Hauser rollte mit den Augen. »Dann haben sich Ihre Zeugen geirrt. Sie wissen doch selbst, wie wenig man sich auf die meisten Aussagen verlassen kann. Da ist ein Fahrzeug bei dem einen rot, bei dem anderen schwarz und beim Dritten grau.«

»Sie haben mit Frau Harmsen gesprochen?«, fragte Lena unbeirrt weiter.

»Telefoniert, das hatten wir doch schon.« Erneut sah er auf die Uhr. »Ich muss jetzt wirklich …«

Ole beugte sich vor. »Wir haben einen sehr zuverlässigen Zeugen gefunden. Er hat nicht nur Sie, sondern auch Ihr Fahrzeug eindeutig wiedererkannt.«

»Kollege Kotten, jetzt reicht es! Nehmen Sie meine Aussage auf, ich unterschreibe sie. Und noch einmal zum Mitschreiben: Ich … war … nicht … auf Fehmarn.«

»Sie werden sich für eine Gegenüberstellung bereithalten müssen«, sagte Lena. »Wenn Ihnen das lieber ist …«

Julius Hauser sprang auf. »Sie sind doch beide vollkommen durchgeknallt! Machen Sie, was Sie wollen, aber jetzt verschwinden Sie aus meinem Büro.«

»Das war zu erwarten«, sagte Ole, als sie zum Parkplatz gingen. »Die Kollegen in Husum, mit denen ich gestern gesprochen habe, haben mich schon vorgewarnt. Hauser ist ein aalglatter Typ, der ausgesprochen unangenehm werden kann, wenn man ihm auf die Pelle rückt.«

Lena wandte sich zum Polizeigebäude um. »Bekommen wir einen Beschluss für seine Handydaten?«

»Vergiss es. Da spielt der Staatsanwalt niemals mit.«

Ole schloss das Auto auf und setzte sich hinters Steuer. Lena blieb noch einen Moment draußen stehen, bevor sie die Beifahrertür öffnete und sich neben Ole setzte.

In diesem Augenblick vibrierte ihr Handy. Eine Nachricht von Britta Kayser. Sie öffnete die Mail und betrachtete das Foto. Ole hatte inzwischen den Motor gestartet und schaltete den Rückwärtsgang ein, um aus der Parklücke zu fahren.

»Warte mal«, sagte Lena. »Das musst du dir anschauen.«

Ole stellte den Motor ab und nahm das Handy entgegen. »Was ist das? Die Tatwaffe?«

»Britta Kayser hat mir das Foto geschickt. Sie war für mich in der Kriminaltechnik.« Sie nahm Ole das Handy aus der Hand und suchte nach den Fotos, die sie in Kraemers Küche gemacht hatte. Auf einem der Fotos sah man das an die Wand gelehnte Jagdgewehr. Sie vergrößerte den Ausschnitt und musterte die Waffe. »Das ist nicht dieselbe, oder?« Sie reichte Ole das Handy.

Ole ließ sich Zeit, wechselte mehrfach zwischen den beiden Fotos hin und her und sah schließlich auf. »Sie ähneln sich, aber selbst auf den Aufnahmen kann ich erkennen, dass sie definitiv nicht baugleich sind.«

»Die Waffe ist ausgetauscht worden«, murmelte Lena und fügte laut hinzu: »Ich habe sie Hauser vor Kraemers Haus übergeben.«

»Bist du dir sicher, dass die Kollegin die richtige Waffe fotografiert hat?«

»Ich war nicht dabei, Ole. Trotzdem, Britta Kayser schätze ich als zuverlässig ein.«

»Und jetzt?«

»Haben wir ein verdammtes Problem. Lippert wird mir kein Wort glauben und woher ich das Foto habe, kann ich ihr nicht sagen.«

Ole nickte nachdenklich. »Und wenn du selbst zu den Kollegen der Kriminaltechnik gehst und unter einem Vorwand die Waffe …« Ole brach ab.

»Was könnte das sein?«

»Dir fällt schon was ein. Immerhin warst du an der Aktion beteiligt, hast sogar den Täter verfolgt und hättest ihn fast erwischt.«

Lena betrat den Flur, von dem die Räume der Kriminaltechnik abgingen. Ole war zurückgeblieben, um sie warnen zu können, sollte einer der Kommissare aus Lipperts Team auftauchen.

Ein Mann um die fünfzig kam Lena entgegen und sah sie fragend an. Sie reichte ihm ihren LKA-Ausweis und stellte sich vor.

»Sie sind …«, sagte der Mann, der sich als Volker Erken vorgestellt hatte. »Ich habe von der Sache gestern gehört. Respekt, dass Sie da reingegangen sind und Daniel das Leben gerettet haben.«

»Danke. Etwas mulmig war mir schon dabei. Aber es ist ja glücklicherweise gut gegangen.«

»Ja, da haben Sie recht.« Er musterte sie. »Was kann ich für Sie tun?«

»Ich würde gerne kurz einen Blick auf das Gewehr werfen, das gestern sichergestellt wurde. Es ist doch bei Ihnen?«

»Die Tatwaffe, meinen Sie. Ja, die liegt abholbereit bei mir auf dem Schreibtisch. Kommen Sie doch mit.«

Ole schaute sie erstaunt an. »Schon wieder da?«

»Alles gut gegangen. Ich habe ein Foto der Waffe. Ging wider Erwarten ziemlich leicht.«

»Auf zu Lippert?«

»Kommst du mit?«

»Glaubst du ehrlich, ich würde mir das entgehen lassen?«

Wenige Minuten später standen sie im Büro von Kriminalrätin Lippert. Lena zeigte ihr die beiden Fotos und erklärte ihr, dass es sich um zwei verschiedene Waffen handelte.

»Das ist vollkommen unmöglich«, stieß Lippert hervor. »Sie müssen sich irren.«

»Tut mir leid, Frau Kriminalrätin. Ich bin mir vollkommen sicher, dass die Waffe ausgetauscht wurde. Sie haben übrigens die Fotos auch zusammen mit meinem Bericht erhalten.«

»Unmöglich. Das muss eine optische Täuschung sein. Der Lichteinfall ist doch komplett unterschiedlich und was ist mit der Auflösung Ihres Fotos? Sie haben doch den ganzen Raum fotografiert.« Sie stutzte. »Warum überhaupt? Sie wussten doch, dass die Kriminaltechnik kommen würde. Fotos waren doch überhaupt nicht nötig für den Bericht. Und was haben Sie bitte schön in der Kriminaltechnik zu suchen gehabt?«

Lena verschlug es den Atem. Wollte die Kriminalrätin ihr ernsthaft vorwerfen, sie habe den Tatort manipuliert?

»Kollegin Lippert«, mischte sich Ole ein. »Ich habe einige Erfahrung mit Jagdgewehren. Sie können mir glauben, dass die beiden Waffen nicht identisch sind. Im Übrigen stelle ich mich gerne als Zeuge zur Verfügung. Ich habe Frau Lorenzen gestern mit der Waffe aus dem Haus kommen sehen. Es war eine andere als die, die jetzt in der Kriminaltechnik untersucht wurde. Ich denke, das sollte reichen, um sofort eine Untersuchung einzuleiten. Außerdem mache ich selbst auch immer eigene Fotos von einem Tatort. Allein, um mich für den Bericht richtig zu erinnern.«

Die Kriminalrätin starrte Ole Kotten an, als habe sie ihn zuvor überhaupt nicht bemerkt. Nach einer gefühlten Ewigkeit nickte sie und griff nach dem Telefonhörer.

»Das wird hohe Wellen schlagen«, sagte Ole, als sie sich vier Stunden später auf dem Rückweg nach Husum befanden.

Kriminalrätin Lippert hatte als Erstes den zuständigen Staatsanwalt informiert, der eine halbe Stunde später vor Ort eingetroffen war. Nachdem sie gemeinsam in den Räumen der Kriminaltechnik das sichergestellte Jagdgewehr mit Lenas Foto verglichen hatten, hatte er entschieden, dass eine SoKo aus Kieler Kommissaren die Ermittlungen übernehmen würde. Zwei Stunden später übergab Lena den Kieler Ermittlern ihr Handy und Ole und sie machten ihre Aussagen. Dass Britta Kayser ihnen geholfen hatte, verschwiegen sie.

»Zumindest bleibt Ben Kraemer die Mordanklage erspart«, sagte Lena. »Auch wenn er nicht ungeschoren davonkommen wird.«

»Glaubst du, dass Hauser etwas mit dem Gewehrtausch zu tun hat?«, fragte Ole nach einer Weile.

»Dann wäre er auch der Schütze.«

»Oder ein Komplize. Oder er ist gezwungen worden, die Waffe auszutauschen.«

»Hast du die Bemerkung von Lippert vorhin mitbekommen?«

»Was meinst du?«

»Sie hat gegenüber dem Staatsanwalt angemerkt, dass sie am Tatmorgen einen Termin mit Elmar Schäfer gehabt hätte. Was dabei Thema hätte sein sollen, habe ich nicht hören können.«

»Interessant.« Ole überholte einen Lkw und fädelte sich wieder ein. »Aber mit unserem Fall hat es wohl nichts zu tun.«

»Das wissen wir noch nicht.«

»Lena, du denkst doch jetzt nicht etwa über eine große Verschwörung der Geldmafia nach, die Merle Harmsen und Elmar Schäfer getötet hat, weil beide ihr im Weg standen.«

»Kannst du es ausschließen?«

»Natürlich nicht, aber die Logik spricht dagegen, dass es hier einen unmittelbaren Zusammenhang gibt.«

Lena legte den Kopf in den Nacken und schloss die Augen. »Merle Harmsen hat Schäfer angezeigt, weil sie ihn der Korruption verdächtigt hat. Was wäre, wenn Schäfer zwar mit drinsteckte, aber mehr als Mitläufer. Merle ist das auch klar geworden, sie hat – wie wir inzwischen wissen – mehrfach in den Wochen mit Schäfer telefoniert. Schäfer ist nach der Trennung knapp bei Kasse und lässt sich da in etwas reinziehen. Er sieht nach den Gesprächen mit Merle ein, dass er nur aus dem Schlamassel rauskommt, wenn er reinen Tisch macht. Merle wusste davon und war sich deshalb auch sicher, dass die ganze Korruptionssache mit Schäfer als Kronzeuge bald auffliegen würde.«

»Okay, das wäre eine schlüssige Theorie. Aber ich kann mir nicht vorstellen, dass die Baumafia einen Auftragskiller herumschickt, der alle Widersacher mal eben ermordet. Das ist drei Nummern zu groß für Schleswig-Holstein.«

Lena nickte nachdenklich. »Ja, vielleicht schieße ich übers Ziel hinaus und suche überall den großen Unbekannten. Zumindest bei Ben Kraemer scheine ich recht zu behalten. Vielleicht werden wir morgen nach Sievers' Vernehmung klarer sehen.«

»Versprich dir nicht zu viel davon. Sein Anwalt spielt seine Rolle ziemlich gut. Sie werden komplett die Aussage verweigern, um in Ruhe an einer Verteidigungsstrategie feilen zu können. Die Ermittlungsakten liegen dem Anwalt doch sicher schon vor.«

»Ja, natürlich. Sie sind ihm heute zugestellt worden. Der Staatsanwalt wollte sich auf keine Spielchen einlassen. Ich habe vergeblich versucht, alles bis morgen zurückzuhalten.«

»Vielleicht auch besser, wenn wir mit offenen Karten spielen«, sagte Ole. »Wir hätten die Beweise ohnehin auf den Tisch legen müssen. So sparen wir möglicherweise Zeit und Nerven.«

»Mag sein. Mir ist ohnehin noch nicht klar, mit welcher Strategie wir in die Vernehmung gehen.«

»Kommt Zeit, kommt Rat. Ich komme ja heute Abend sowieso bei euch vorbei, um ein paar Sachen mit Erck zu klären. Dann können wir auch noch einmal über die Vernehmung sprechen.«

Lena nickte. »Gute Idee.« Sie sah auf die Uhr. Ein paar Stunden am Nachmittag würden ihr noch mit Bent und Erck bleiben. Ihre Stimmung hellte sich schlagartig auf. Sie schloss die Augen und atmete tief durch.

Fünfunddreissig

»Guten Morgen, Herr Sievers«, begrüßte Lena Tobias Sievers. Sie reichte ihm die Hand, die er erst nach kurzem Zögern nahm. Frederik Kiehl nickte ihr geschäftsmäßig zu und setzte sich neben seinen Mandanten.

Lena begann mit den Formalien und wollte gerade die erste Frage stellen, als Kiehl seine Hand hob. »Mein Mandant wird sich vorläufig nicht weiter zu den Vorwürfen äußern und auch keine Ihrer Fragen beantworten.«

»Sie hatten ausreichend Zeit, die Ermittlungsakten durchzusehen?«, fragte Lena den Anwalt.

»Ja, vielen Dank dafür.«

»Kann ich Sie kurz unter vier Augen sprechen?«

»Selbstverständlich, Frau Hauptkommissarin.«

In Lenas provisorischem Büro bat sie ihn, Platz zu nehmen.

»Ich stehe lieber«, sagte Kiehl. »Was kann ich für Sie tun?«

»Nicht für mich, für Ihren Mandanten. Ich brauche Ihnen nicht zu erklären, dass die Beweislage ziemlich eindeutig ist. Sollte es Grund zur Annahme geben, dass Herr Sievers Frau Harmsen nicht erstochen hat, wäre es gut, das in dieser Phase der Ermittlungen auf den Tisch zu bringen.«

»Ist das ein Angebot?«, fragte Kiehl.

»Das müssen Sie entscheiden. Natürlich ist dem Staatsanwalt ein lupenreines Geständnis lieber, aber bei der Beweislage wird er zumindest auf Totschlag, wenn nicht auf Mord plädieren. Beides nicht sehr erfreulich.«

»Sie werden staunen, aber das alles ist mir durchaus bewusst.« Kiehl setzte ein professionelles Lächeln auf. »Darf ich trotzdem Ihren Ausführungen entnehmen, dass Sie es für möglich halten, dass mein Mandant nicht der Täter ist?«

»Das Gericht entscheidet, nicht ich. Wenn es entlastende Beweise gibt, sollten Sie damit nicht länger hinterm Berg halten. Ich wäre die Erste, die sich damit beschäftigt, intensiv beschäftigt.«

»Bisher schien es mir nicht so, dass die Polizei auch nach entlastenden Beweisen gesucht hätte.«

»Reden wir nicht um den heißen Brei herum, Herr Kiehl. Wenn wir die Ermittlungen abschließen – und wir stehen kurz davor –, dann läuft alles auf eine Anklage hinaus. Das ist Sache der Staatsanwaltschaft und wir sind dann raus. Wenn es noch etwas zu ermitteln gibt, sollte Ihr Mandant jetzt damit rauskommen.« Lena hielt kurz inne und fixierte den Anwalt. »Aber auch das wissen Sie alles. Deshalb frage ich mich, warum Sie nicht aktiv werden. Es gibt nur zwei Antworten: Entweder ist Herr Sievers der Täter und vermutlich auch der alleinige Täter …«

»Oder?«, unterbrach Kiehl Lena.

»Oder Ihr Mandant schützt – warum auch immer – den wahren Täter. Dem er vielleicht«, Lena malte Anführungszeichen in die Luft, »nur geholfen hat.«

Frederik Kiehl beugte sich leicht vor. »Das sind beides durchaus denkbare Konstellationen.«

»Mir ist klar, dass Sie nur das sagen dürfen, was Ihr Mandant Ihnen aufgetragen hat. Aber vielleicht gibt es ja auch noch einen anderen Weg, wie wir zusammenkommen.«

Kiehl warf ihr einen erstaunten Blick zu. »Wie stellen Sie sich das vor?«

»Ich stelle Ihnen Fragen, die Sie nicht unbedingt konkret beantworten, vielleicht schweigen Sie sogar auch nur dazu oder machen eine kleine Bemerkung. Ich ziehe meine Schlüsse daraus und werde weiterermitteln.«

Frederik Kiehl schwieg eine Weile. »Es kommt auf einen Versuch an. Fragen Sie.«

Lena hatte nicht damit gerechnet, dass er ihren Vorschlag annehmen würde, und dachte jetzt fieberhaft nach, welche Fragen sie stellen sollte, um mehr über die Hintergründe zu erfahren.

»Frau Harmsen hatte Ihren Mandanten im Verdacht, den Windpark mit unlauteren Methoden durchgeboxt zu haben.«

Kiehl lächelte. »Das ist jetzt aber keine Frage, Frau Lorenzen.«

»Ich war auch noch nicht fertig, Herr Kiehl.« Lena lächelte zurück. »Frau Harmsen konnte sehr energisch ihr Ziel verfolgen. Auch in diesem Fall, nehme ich an, hat sie reichlich Material gesammelt, das Ihren Mandanten nicht im besten Licht dastehen lassen würde. Hat Ihr Mandant genau diese Unterlagen gesucht, als er bei Frau Harmsen eingebrochen ist?«

Auch Kiehl überlegte eine Weile, bevor er antwortete. »In der Logik, die Sie gerade präsentiert haben, wäre dieser Schritt durchaus nachvollziehbar.«

Lena nickte. »Ich kann mir nicht vorstellen, dass Ihr Mandant großes Interesse daran gehabt hat, Staub aufzuwirbeln. Sein Geschäft ist nicht die Öffentlichkeit, sondern die Arbeit hinter den Kulissen. Ein Mord bringt nicht nur viel Aufmerksamkeit mit sich, sondern auch intensive Untersuchungen.«

»Das sind durchaus nachvollziehbare Gedanken«, warf Kiehl ein.

»Trotzdem ist Ihr Mandant in diesen gewaltsamen Tod von Frau Harmsen verwickelt. Ist er gegen seinen Willen in die Sache hineingeraten?«

Kiehl schwieg.

»Sollte es so gewesen sein, konnte er sich nicht dagegen wehren. Das bedeutet, dass Ihr Mandant entweder beruflich so weit unter Druck zu setzen war, dass er sich beteiligt hat, oder er war privat so in die ganze Angelegenheit eingebunden, dass er keinen Rückzieher machen konnte, als es ernst wurde.« Lena hatte Kiehl aufmerksam beobachtet, konnte aber bisher keine Reaktionen bei ihm entdecken. »Oder gibt es noch eine dritte Möglichkeit?«

»Die beiden Alternativen, die Sie aufgezeigt haben, sind ja schon sehr aussagekräftig. Natürlich kann ich Ihnen auch weiterhin keine konkreten Angaben machen. Das zu entscheiden, obliegt allein meinem Mandanten.«

»Ich gehe einmal davon aus, dass Ihr Mandant nicht beabsichtigt, für eine Tat, die er nicht begangen hat, eine lange Haftstrafe auf sich zu nehmen. Oder liege ich da falsch?«

»Ich bitte Sie, Frau Lorenzen. Welcher rational denkende Mensch würde schon für viele Jahre in Haft gehen wollen, obwohl er die Tat nicht begangen hat. Das ist doch ein Selbstgänger. Ich zumindest würde meinem Mandanten immer strikt davon abraten. Den meisten Menschen ist nicht bewusst, was selbst eine kurze Haftstrafe aus einem machen kann. Das ist wahrlich kein Zuckerlecken.«

Lena stand auf. »Von meiner Seite her sind wir hier fertig. Möchten Sie noch einmal mit Ihrem Mandanten sprechen, bevor er in die Haftanstalt zurückgebracht wird?«

Zwanzig Minuten später verließ Frederik Kiehl den Vernehmungsraum, nickte Ole zu und verlangsamte seinen Schritt kaum merklich, als er an Lena vorbeiging. Sie bemerkte ein leichtes Kopfschütteln des Anwalts und begleitete ihn noch bis zum Ausgang der Polizeistation.

»Ich hoffe, ich höre bald von Ihnen«, sagte Kiehl zum Abschied. »Es freut mich, Sie kennengelernt zu haben.«

Auf dem Rückweg zu Ole begegnete Lena Tobias Sievers, der gerade zum Transporter geführt wurde. Er starrte mit leeren Augen geradeaus und schien weder Lena zu bemerken noch die Umgebung zu registrieren.

»Du musst mir das noch einmal genau erklären«, sagte Ole, als Lena mit ihm in ihr provisorisches Büro ging.

»Gleich, wenn wir mit Naya zusammensitzen. Ist das in Ordnung?«

Lena berichtete ausführlich von dem Gespräch mit Sievers' Anwalt. Naya hatte bereits von Ole erfahren, dass die eigentliche Vernehmung im Sande verlaufen war.

»Deine Intuition in allen Ehren, aber dieses Mal komme ich nicht mit. Der Anwalt hat dir doch nur etwas vorgespielt. Er hofft, dass wir Fehler machen und …« Ole zuckte mit den Schultern. »Was weiß ich, was er sich erhofft.«

»Was sagst du?«, fragte Lena an Naya gewandt.

»Puh, ich bin gerade etwas überfragt. Für mich ist Sievers' Schweigen eher ein Zeichen von Schuldeingeständnis. Ja, ein Geständnis wäre hilfreich und sicherer, aber auch nur, wenn Sievers bereit wäre, voll und ganz auszupacken. Erst dann können wir die letzten Puzzleteile ergänzen.« Naya hatte schnell gesprochen und es war ihr anzusehen, dass sie sich ungern zwischen Ole und Lena entscheiden wollte.

»Spielen wir es doch einmal durch«, schlug Lena vor.

»Warum nicht«, sagte Ole und Naya nickte zustimmend.

»Version eins: Sievers ist von seinen Geldgebern beziehungsweise deren Auftragskiller gezwungen worden, die Leiche zu beseitigen. Hier kommt vielleicht der Unbekannte vom Südstrand ins Spiel.«

»Warum sollte der Auftragskiller das nicht selbst gemacht haben?«, fragte Naya.

»Um Sievers zum Schweigen zu bringen? Weil der Unbekannte keine ausreichende Ortskenntnis hatte? Weil die Tat nicht planmäßig gelaufen ist? Eventuell war gar nicht vorgesehen, dass Merle stirbt. Eine Verkettung unglücklicher Umstände.«

»Klingt abenteuerlich«, warf Ole ein. »Ein Profi würde keine Laien miteinbeziehen. Er hätte eine andere Möglichkeit gefunden, um die Leiche zu entsorgen. Vielleicht sogar so, dass sie nicht wieder aufgetaucht wäre.«

»Guter Punkt«, stimmte ihm Lena zu. »Wie könnte es sich sonst abgespielt haben?«

»Sievers hatte den Auftrag, sie zum Schweigen zu bringen«, sagte Naya, stutzte und fügte hinzu: »Aber wieso sind sie dann im Bett gelandet? Hat Sievers nicht gecheckt, was Merle vorhatte?«

»Haben wir denn inzwischen die Bestätigung von der Rechtsmedizin, dass es Sievers war, mit dem Merle Sex hatte?«, fragte Ole.

»Ja, der DNA-Abgleich des Spermas ist gekommen, als ihr in der Vernehmung wart«, sagte Naya.

»Entweder hat Sievers mit Merle gespielt und wusste genau, was sie von ihm wollte«, sagte Lena, »oder er hat es zu spät gemerkt und es kam noch verletzte Eitelkeit hinzu.«

Ole nickte. »Das Letzte halte ich für die wahrscheinlichere Variante. Männer handeln in solchen Situationen oft irrational. Nicht, dass ich Sievers in Schutz nehmen will, aber es könnte wirklich ein viel privateres Motiv hinter der ganzen Sache stecken, als wir bisher angenommen haben. Merle hat Sievers verhöhnt und ihm deutlich zu verstehen gegeben, was für ein Würstchen er ist.«

»Warum sollte sie?«, fragte Naya. »Wenn sie nur mit ihm gepennt hat, um an Informationen zu kommen, wäre das doch vollkommen überflüssig, ja sogar kontraproduktiv gewesen.«

»Sie ist nicht zum Ziel gekommen«, schlug Ole vor. »Sie ist weder durch ihn an die Informationen gekommen noch hat sie in seiner Wohnung Unterlagen gefunden. Bei der Durchsuchung lagen in seiner Privatwohnung auch keine geschäftlichen Papiere. Sie war frustriert und dann kam es zum großen Streit.«

»Ja, an eine solche sehr emotionale Auseinandersetzung habe ich auch schon gedacht«, sagte Lena. »Das wäre dann bestenfalls Totschlag, unter Umständen hätte er auch auf Notwehr plädieren können. Merle hat ihn mit dem Messer angegriffen, er hat sich verteidigt, im Eifer des Gefechts ist es zu dem tödlichen Stich ins Herz gekommen.«

»Aber?«, fragte Ole.

»Warum gesteht er nicht? Wir haben schon jetzt genügend Beweise für eine Mordanklage. Aus der Nummer kommt er doch nicht so leicht wieder raus.«

»Okay, spielen wir doch die andere Variante durch«, schlug Ole vor. »Merle wird getötet, Sievers wird informiert und um Hilfe gebeten. Richtig so?«

Lena nickte. »Warum würde er so einer Bitte Folge leisten? Ihm muss klar gewesen sein, was für ein Risiko er eingehen würde.«

»Wenn wir den Täter oder die Täterin jetzt im privaten Bereich suchen«, sagte Naya, »bleiben nicht mehr viele Personen übrig. Jan Matzen, Ben Kraemer, Anna Detlefsen und Sandra Boysen. Das sind die Menschen, die gleichzeitig intensiven Kontakt mit Merle und – zumindest in früheren Zeiten – Tobias Sievers hatten.«

»Jan Matzen.« Lena beugte sich vor. »Er war in jungen Jahren in Merle verliebt. Merle hat ihn mindestens viermal getroffen. Was wissen wir von dem privaten Kontakt zwischen Matzen und Sievers?«

Naya schlug in ihrem Notizbuch nach. »Nicht viel. Sie waren in der gleichen Clique, vielleicht Freunde. Aktuell könnte es zwischen den beiden eine Verbindung wegen des geplanten Windparks geben. Aber würde das ausreichen, damit Sievers ihm bei der Vertuschung eines Mordes hilft?«

»Wir haben zu wenig Hinweise, wie die geschäftliche Beziehung zwischen den beiden ist«, sagte Lena. »Ich halte es aber für möglich. Jan Matzen hat auf mich eher den Eindruck eines durch und durch unsicheren Menschen gemacht. Er wäre überfordert, wenn er Merle in einer emotionalen Auseinandersetzung getötet hätte.«

»Laden wir ihn vor oder überraschen wir ihn an seiner Arbeitsstelle?«, fragte Ole.

»Arbeitsstelle«, sagte Lena. »Ben Kraemer. Immerhin hat er zugegeben, dass er Elmar Schäfer ermorden wollte.«

»Er wirkte auf mich absolut getroffen, als er von Merles Tod gehört hat«, warf Naya ein. »Allerdings zeigt sein Amoklauf auch, dass er zu ausgesprochen irrationalem Verhalten neigt.«

»Sievers und Kraemer. Hätte Sievers ihm geholfen?«

Naya schüttelte den Kopf. »Es gibt keinerlei Anzeichen, dass die beiden weiterhin Kontakt hatten«, sagte Naya. »Zwei unterschiedliche Persönlichkeiten, die, so vermute ich mal, nichts mehr miteinander anfangen konnten. Wahrscheinlich konnten sie das auch in ihrer Jugend schon nicht wirklich.«

»Kraemer sollten wir zurückstellen«, schlug Lena vor. »Anna Detlefsen: Sie kann per Bahn oder Auto hier gewesen sein. Wir brauchen Nachweise, wo sie sich am Tattag aufgehalten hat. Kannst du mit ihr telefonieren und anschließend die Angaben überprüfen, Naya?«

»Klar, wird erledigt.«

Lena warf einen Blick zu Ole. »Sandra Boysen.«

»Ich habe mir gestern noch einmal die Befragung angehört«, nahm Ole den Faden auf. »Schon beim Gespräch hatte ich das Gefühl, dass sie eine gute Schauspielerin ist. Beim Abhören hat sich der Eindruck noch einmal verstärkt. Wie ist die Verbindung zwischen ihr und Sievers? Hat sie da überhaupt mal etwas zu gesagt?«

Naya ging im Schnelldurchgang ihre Notizen durch. »Also, bei der ersten Befragung hat sie ihn fast ganz ausgelassen. Sie sagte, dass sie nicht viel Kontakt zu ihm habe, wie wohl auch die anderen aus der alten Clique. Als ich sie alleine befragt habe, hat sie ihn Casanova genannt, es aber gleich wieder relativiert. Sie wisse nicht viel von ihm, hat sie gesagt, und dass sich Menschen ja auch ändern könnten.«

Lena warf einen Blick zu Ole. »Und bei unserem letzten Besuch hat sie auch nicht über Sievers gesprochen, oder?«

»Nicht viel. Mehr über Merle Harmsen und Ben Kraemer. Nein, da waren nur Andeutungen, mit denen man nichts anfangen konnte.«

»Spielen wir es einmal durch«, schlug Lena vor. »Was könnte Merle von Sandra gewollt haben? Informationen, an die sie nicht selbst kommen konnte? Was sollte das gewesen sein? Was hat Sandra mit dem Windpark zu tun?«

»Weder sie noch ihr Mann arbeiten in irgendeiner Weise in dem Bereich«, sagte Naya. »Vielleicht kennt sie Sievers doch besser, als sie zugegeben hat. Sollte sie Druck auf ihn ausüben? Aber wie?«

»Vielleicht hat sie brisante Informationen über Sievers, die ihn erpressbar machen«, warf Ole ein.

Lena schüttelte ungläubig den Kopf. »Woher? Und was sollte das sein?«

Sechsunddreissig

Ein Mitarbeiter der Bank begleitete Lena und Ole bis vor Jan Matzens Büro, klopfte an und fragte, ob er Zeit habe.

»Kommen Sie rein«, forderte Matzen sie auf, als er Lena erkannte. Er zeigte auf seinen Besprechungstisch und wartete, bis Lena und Ole sich gesetzt hatten. »Möchten Sie etwas trinken?«

»Kaffee, schwarz«, sagte Ole.

»Latte macchiato«, wünschte sich Lena.

Matzen nickte und bat den Mitarbeiter, der Lena und Ole begleitet hatte, sich um die Getränke zu kümmern.

»Was kann ich für Sie tun?«, fragte Jan Matzen, als wenig später die Getränke auf dem Tisch standen. »Ich habe gehört, dass Tobias Sievers festgenommen wurde. Hat er …?«

»Dazu dürfen wir Ihnen leider keine Auskunft geben«, antwortete Lena. »Bei unserem ersten Gespräch haben wir Sie nicht danach gefragt, wo Sie sich am Samstag vorletzter Woche aufgehalten haben. Es geht um die Zeit von achtzehn Uhr am späten Nachmittag bis zum frühen Morgen des Sonntags.«

»Also brauche ich doch ein Alibi? Sie sagten doch … und Tobi … also Herr Sievers ist doch festgenommen worden.«

»Das ist reine Routine, Herr Matzen«, sagte Ole in beruhigendem Tonfall. »Sie können sich doch sicher erinnern, oder?«

»Ich denke schon.« Er stand auf und holte seinen Terminkalender. »Am Samstag arbeite ich normalerweise nicht, aber ich trage mir auch wichtige private Termine ein.« Er blätterte zurück. »Hier steht nichts. Also werde ich zu Hause gewesen sein. Vielleicht habe ich einen Film geschaut. Ich weiß es nicht mehr so genau.«

»Kann Ihre Frau das bestätigen?«, fragte Lena.

»Tut mir leid. Ich war alleine zu Hause. Meine Frau hat mit unserer Tochter ihre Eltern besucht. Sie waren am Sonntagnachmittag wieder auf Fehmarn.«

»Sie haben mit niemandem telefoniert? Hatten Sie vielleicht zwischendurch Besuch?«

Jan Matzen blickte unsicher auf seine Hände und schüttelte nach einer Weile den Kopf. »Nein. Nichts von allem.«

Ole räusperte sich hörbar. »Herr Matzen, Sie wissen sicherlich, dass wir als Polizei Zugriff auf Ihre Handydaten bekommen können. Da sind dann nicht nur die Anrufe verzeichnet, sondern auch die verschiedenen Funktürme, bei denen sich Ihr Handy eingeloggt hat.«

Matzen schwieg.

»Es wäre gut, es jetzt von Ihnen zu erfahren, wenn Sie nicht zu Hause vor dem Fernseher gesessen haben.«

Jan Matzen sah auf. »Ich habe nichts mit dem Mord an Merle zu tun. Absolut nichts. Das müssen Sie mir glauben.«

»So einfach geht das leider nicht«, sagte Lena. »Entscheiden Sie, wie wir weiter verfahren.« Lena war klar, dass sie kaum eine Chance haben würden, an die Handydaten von Jan Matzen zu kommen. Doch nachdem Ole, dem der Umstand auch klar sein musste, die Drohung ausgesprochen hatte, schien es ihr ratsam, dabei zu bleiben.

»Kann ich mich … also, es wäre wichtig, dass die Sache unter uns bleibt«, sagte Jan Matzen mit belegter Stimme.

»Geht es um eine Frau?«, fragte Lena direkt.

Jan Matzen holte tief Luft und nickte schließlich. »Meine Frau, also, es wäre eine Katastrophe, wenn sie davon …« Er brach mitten im Satz ab und senkte wieder den Kopf.

»Solange uns die Zeugin bestätigen kann, dass Sie zur fraglichen Zeit bei ihr waren, gibt es keinerlei Veranlassung, Ihre Frau zu informieren.«

Jan Matzen zog einen Notizblock zu sich, schrieb etwas und riss schließlich die Seite heraus. Er reichte sie Lena. »Isabell wird Ihnen bestätigen, dass ich die ganz Nacht bei ihr war. Ab ungefähr neunzehn Uhr am Samstag.«

Lena gab den Notizzettel weiter an Ole. Er stand auf und verließ den Raum. Jan Matzen sah ihm misstrauisch nach. »Ruft er jetzt Isabell an?«

»Ja, wir müssen uns zumindest vorab telefonisch mit ihr unterhalten. Später machen wir ein Protokoll.«

»Damit ich nicht, also, mit Isabell die Zeiten absprechen kann?«

Lena nickte. »Warten wir doch mit den weiteren Fragen, bis mein Kollege zurück ist.«

Wenige Minuten später betrat Ole wieder das Büro, nickte Lena kurz zu und setzte sich in die Runde.

»Dann wäre das ja erst mal geklärt«, sagte Lena. »Wir benötigen noch ein paar Auskünfte von Ihnen.«

»Ja.« Jan Matzens Stimme klang, als wäre er kurz vor dem Zusammenbrechen. »Was wollen Sie wissen?«

»Wie war das Verhältnis von Sandra Boysen und Tobias Sievers zur Zeit Ihrer Clique?«

»Verhältnis? Wie meinen Sie das?«

»Wie sind die beiden miteinander ausgekommen?«

»Wir haben uns alle super verstanden. Die beiden auch.«

»Mehr nicht?«, fragte Lena weiter.

»Zuerst wohl nicht. Sandra war ziemlich auf Merle fixiert. Ich hatte sogar mal die Vermutung, dass sie in sie verliebt sei. Vielleicht war es tatsächlich so. Bei Mädchen wechselt es ja wohl leicht mal, zu welchem Geschlecht sie sich hingezogen fühlen.«

Lena sah aus dem Augenwinkel, dass Ole leicht zusammenzuckte, sich aber weiter nichts anmerken ließ. »Und später?«

Jan Matzen zögerte und schien eine Weile zu überlegen. Schließlich nickte er. »Ich erinnere mich da an eine Strandfete, Lagerfeuer, Zelte. Das war nicht erlaubt, aber darum haben wir uns damals nicht so geschert.« Er nahm einen Kugelschreiber in die Hand und spielte damit herum. »Sie wollen wahrscheinlich wissen, ob die beiden etwas miteinander hatten?«

»Hatten sie?«

»Bei dieser besagten Strandfete habe ich sie in den Dünen gesehen. Ich weiß nicht, ob es nur der Alkohol war oder sie schon länger zusammen waren.«

»War das das einzige Mal, dass Sie die beiden in der Weise zusammen gesehen haben?«

»Nein, später auch noch einmal. Oder zweimal. Ich weiß es nicht mehr so genau. Ich weiß aber noch, dass ich mich gewundert habe, dass sie das so geheim hielten. Niemand von uns hatte doch etwas dagegen, wenn die beiden sich vergnügten.«

»Muss ich mir das wie eine On-off-Beziehung vorstellen?«, fragte Ole. »Mit sehr kurzen Intervallen?«

»Ich kenne mich mit solchen Sachen nicht wirklich aus«, sagte Jan Matzen, dem es unangenehm zu sein schien, so über seine ehemaligen Freunde zu sprechen.

»Haben Sie die beiden später noch einmal zusammen gesehen?«, fragte Lena. »Nach der Cliquenzeit?«

Jan Matzen sah sie erstaunt an. »Woher wissen Sie das?«

»Das war eine Frage«, sagte Lena. »Wo haben Sie die beiden getroffen?«

»Das ist schon mindestens ein Jahr her. Ich war in einem dieser angesagten Clubs in Kiel. Ich habe mich aber nicht zu erkennen gegeben, da … ja, ich war nicht alleine dort. Wir haben den Club dann verlassen, aber ich habe die beiden sehr innig beieinandersitzen gesehen.« Er schluckte. »Bevor Sie fragen, ja, sie haben sich geküsst.«

»Die Dame, die sich mit Jan Matzen vergnügt hat, hast du einbestellt?«, fragte Lena, als sie sich zu Fuß auf dem Rückweg zur Polizeistation befanden.

»Sie kommt spätestens in einer Stunde. Dann setze ich ein Protokoll auf und sie unterschreibt. Ihr war sehr daran gelegen, die Sache schnell hinter sich zu bringen.«

»Ist sie auch glücklich verheiratet?«

»Lena, warum so zynisch? Wir wissen nicht, ob es nicht für beide die große Liebe ist und sie es nicht schaffen, aus ihren jeweiligen Beziehungen herauszukommen.«

»Ja, du hast ja recht. Ich sollte nicht so über die beiden reden. Aber ich bin genervt. Überall Lug und Betrug. Keiner aus der alten Clique scheint die Wahrheit zu sagen. Und Sandra Boysen mit ihrem Baby …« Sie rollte mit den Augen. »Läuft das immer noch zwischen den beiden?«

»Das werden wir herausfinden. Zumindest sind wir einen großen Schritt weitergekommen. Matzen ist raus und bei Sandra Boysen sehen wir etwas klarer. Vielleicht hat sie Sievers geholfen und ihn am Südstrand abgeholt.«

»Ich würde gerne Naya mitnehmen, wenn ich gleich zu Sandra Boysen fahre. Ist das in Ordnung?«

»Ja, natürlich. Und es ist ohnehin besser, wenn zwei Frauen sie zu diesem Thema befragen. Es wird nicht leicht werden.«

»Das denke ich auch. Ich nehme die Befragung auf. Dann kannst du sie dir später anhören.«

Siebenunddreissig

Lena parkte an der Straße kurz vor Sandra Boysens Haus. Als sie am Opel Astra der Familie vorbeigingen, fiel Lena auf, dass auf dem Rücksitz das Oberteil eines Kinderwagens stand.

Erst nachdem sie beim zweiten Mal länger geklingelt hatten, öffnete Sandra Boysen die Tür. Auf dem Arm trug sie ihre kleine Tochter. »Tut mir leid, ich habe überhaupt keine Zeit für Sie. Können wir das ein anderes Mal machen?«

»Das geht leider nicht, Frau Boysen«, sagte Lena bestimmt und trat einen Schritt vor.

»Ich habe einen wichtigen Termin beim Kinderarzt. Den kann ich nicht verschieben.« Ihre Stimme klang schrill und leicht hysterisch.

»Zehn Minuten«, sagte Lena.

Sandra Boysen schien einen Moment zu überlegen, wie sie reagieren sollte, trat aber schließlich zur Seite. »Wenn es unbedingt sein muss.«

In der Küche blieb sie stehen und sah Lena mit einem genervten Gesichtsausdruck an.

»Möchten Sie sich nicht auch kurz setzen?«, fragte Lena.

»Nein, danke. Es dauert ja nicht lange.«

»Sie haben sicher davon gehört, dass Herr Sievers in Untersuchungshaft sitzt?«

»Ja, natürlich. Sie hätten es mir ruhig schon beim letzten Mal sagen können, dann hätte ich nicht beim Bäcker davon gehört, dass …« Sie brach ab und schaukelte leicht ihr Baby, als habe sie Angst, dass es unruhig werden würde.

»Bei unseren letzten Gesprächen haben Sie sich nicht genau erinnert, wann Sie zuletzt Kontakt mit Herrn Sievers gehabt haben«, sagte Naya. »Ist es Ihnen wieder eingefallen?«

»Nein.« Sie warf Naya einen trotzigen Blick zu. »Wofür sollte das auch wichtig sein? Können Sie sich an alle Begegnungen der letzten Jahre erinnern?«

»Wenn ich eine Beziehung mit dem Mann hätte, würde ich es schon wissen.« Lena und Naya hatten noch in der Polizeistation abgesprochen, dass sie bei Sandra Boysen direkt zur Sache kommen wollten und dass Naya die ersten Fragen zur Beziehung zwischen den beiden stellen sollte.

»Geht's noch, Frau Olsen?« Nayas Nachnamen hatte Sandra Boysen in die Länge gezogen und ihr dabei einen herablassenden Blick zugeworfen.

»Ein Zeuge hat Sie und Herrn Sievers in Kiel in einer Bar gesehen. Vor etwas über einem Jahr.«

»Zeuge? Was ist das denn für ein Quatsch. Kiel? Da bin ich selten.« Sie rollte mit den Augen. »Und schon gar nicht mit Herrn Sievers.«

»Sie haben also nie eine sexuelle Beziehung zu Tobias Sievers gehabt?«, fragte Naya weiter.

»Was soll das schon wieder heißen? Mag sein, dass wir damals etwas geflirtet haben.« Sie grinste schief. »Meinen Sie das?« Sandra Boysen sah demonstrativ auf ihre Armbanduhr. »Haben Sie noch mehr Fragen? Ich muss jetzt wirklich.«

»Wir müssen noch einmal auf die Zeit am Samstag vorletzter Woche von etwa achtzehn Uhr bis zum nächsten Morgen zurückkommen. Sie sagten beim letzten Gespräch, dass Sie alleine waren und niemand das bezeugen könne. Bleibt es dabei?«

»Soll ich jetzt lachen oder weinen? Das haben Sie doch alles schon dreimal gefragt.« Sie hielt ihre Tochter so, dass Naya und Lena sie gut sehen konnten. »Eine Zeugin habe ich auch. Noch Fragen?«

»Ja, da Ihre Zeugin noch nicht sprechen kann, wäre es gut, wenn Sie sich dazu herablassen würden, uns etwas mehr zu erzählen«, sagte Naya, deren Gesichtsausdruck verriet, was sie von Sandra Boysens Verhalten hielt.

»Achtzehn Uhr? Da schläft meine Tochter schon. Dann wacht sie irgendwann wieder auf und will die Brust. Das wiederholt sich dann noch zweimal, wenn ich Glück habe, einmal. Spätestens um fünf Uhr ist sie quietschmunter und hält mich dann wieder bis gegen zehn Uhr auf Trab. Brauchen Sie noch mehr Infos?«

Lena räusperte sich leise. »Wie Sie uns schon erzählt haben, war Ihr Mann auf Geschäftsreise. Hat Sie während der Zeit jemand hier besucht? Haben Sie mit jemandem telefoniert?«

»Nein! Und mir wird das alles allmählich zu bu…«

»Frau Boysen«, fiel Lena ihr ins Wort. »Sie scheinen den Ernst der Lage nicht zu begreifen. Herr Sievers ist in Untersuchungshaft, weil er verdächtigt wird, Merle Harmsen getötet zu haben. Es gibt starke Indizien dafür, dass er nicht alleine gehandelt hat.« Sie fixierte Sandra Boysen. »Können Sie sich vorstellen, wie hart eine solche Haft ist? Gerade am Anfang? Ich gehe davon aus, dass er in ein paar Tagen kooperationswilliger sein wird. Verstehen Sie, was ich damit sagen will?«

Sandra Boysen war um einige Nuancen blasser geworden. Sie sah zwischen Lena und Naya hin und her und tätschelte schließlich die Wangen ihrer Tochter. »Ja, du hast Hunger.« Mit einem giftigen Blick auf Lena fuhr sie fort: »Ich muss jetzt meine

Tochter stillen. Für den Arzt ist es ohnehin zu spät. Geben Sie mir eine Viertelstunde. Dann bin ich wieder bei Ihnen.«

Bevor Lena etwas antworten konnte, befand sich Sandra Boysen bereits auf dem Weg zur Tür, öffnete sie mit der freien Hand und schloss sie wieder hinter sich. Lena stoppte die Aufnahme ihres Handys, das vor ihr auf dem Tisch lag.

»Was war das denn für ein Auftritt?«, fragte Naya. »Wir werden sie offiziell vorladen müssen. Ohne Kind und ohne Ausreden.«

Lena nickte und sah zur Küchentür. Irgendetwas stimmte hier nicht. Sie hatte überhaupt keine Anzeichen von Hunger bei dem Baby bemerkt. Konnte es sein … Lena stand auf. »Ich gehe mal nachschauen, was sie macht.«

Auf dem Flur war alles ruhig. Alle Türen waren geschlossen. Lena öffnete eine der Türen. Das Wohnzimmer war leer. Im Hauswirtschaftsraum war auch niemand. Lena warf einen Blick in die Toilette und ging anschließend die Treppe hoch. Auch hier waren die Türen verschlossen. Sie öffnete sie eine nach der anderen und schaute in die Räume. Nichts. Im letzten Zimmer hastete sie zum Fenster und sah nach unten. Sandra Boysens Auto war verschwunden.

»Naya!« Lena nahm drei Stufen auf einmal, rutschte bei der letzten aus und stieß mit Wucht gegen die Wand im Flur. Fluchend richtete sie sich wieder auf und rieb sich die rechte Seite.

»Ist sie abgehauen?«, fragte Naya.

»Ja. Sie kann nicht weit sein. Komm!«

Sie liefen zu Lenas Dienstwagen, sprangen hinein, Lena startete und fuhr zurück auf die nächstgrößere Straße. Hier blieb sie stehen.

»Wohin?«

»Auf der Insel zu bleiben, macht doch keinen Sinn«, sagte Naya. »Sie ist zur Brücke.«

Lena schaltete Blaulicht und Sirene ein und fuhr mit hoher Geschwindigkeit Richtung Burg und der nächsten Auffahrt zur B207, die direkt zur Fehmarnsundbrücke führte.

»Wahrscheinlich hatte sie schon alle Sachen gepackt«, sagte Lena. »Der Kinderwagen lag auch auf dem Rücksitz.«

»Warum sollte sie fliehen? Das ergibt …« Naya stutzte. »Das Kind ist nicht von ihrem Mann, sondern von Sievers?«

Lena nickte. »Ja, genau das vermute ich inzwischen.«

»Deshalb hat sie Sievers geholfen?«

Lena schüttelte den Kopf. »Wohl eher er ihr oder eigentlich Mutter und Kind.«

»Verdammt, du meinst, sie hat …« Naya schluckte schwer. »Und dann hat sie Sievers gerufen, der dann mit ihr zusammen die Leiche entsorgt hat?«

»Ja, zumindest würden so sämtliche Indizien und Beweise passen.«

Lena verringerte die Geschwindigkeit, als sie auf eine Kreuzung zufuhren. Die vor ihnen fahrenden Autos waren zur Seite ausgewichen, die Ampel stand auf Rot. Langsam fuhr Lena auf die Kreuzung zu, schaute ein weiteres Mal und fuhr hinüber.

Fünf Minuten später hatten sie die B207 erreicht. Lena fuhr auf und beschleunigte, während Naya endlich Ole erreichte. Sie informierte ihn über Sandra Boysens Flucht und bat darum, zwei Streifenwagen zum Festland zu schicken.

Als sie die Brücke erreichten, zeigte Naya nach vorne und rief: »Das muss sie sein.«

In diesem Augenblick wurde der Opel Astra langsamer und hielt schließlich auf dem Seitenstreifen. Als Lena hinter dem Astra zum Stehen kam, war Sandra Boysen bereits auf das Brückengeländer gestiegen. In der Hand hielt sie die Babyschale mit ihrer Tochter.

Lena gab Naya ein Zeichen, dass sie zurückbleiben und Verstärkung holen solle, und ging langsam auf Sandra Boysen zu.

»Sandra, bitte, kommen Sie zurück auf die Brücke.« Lena war inzwischen bis auf fünf Meter an Sandra Boysen herangetreten. »Ich bin auch Mutter. Mein Sohn ist gerade zwei Jahre alt. Ich verstehe Sie und kann Ihre Verzweiflung nachfühlen. Wir finden ei…«

»Bleiben Sie stehen oder ich springe!«

Lena hob entschuldigend die Hände. »Ja, ich gehe nicht weiter. Versprochen. Aber lassen Sie uns reden, Sandra. Egal, was passiert ist, wir finden eine Lösung.« Lena war voll und ganz auf die Frau vor ihr konzentriert. Die Autogeräusche der Bundesstraße drangen wie aus weiter Ferne an ihr Ohr. Aus dem Augenwinkel sah sie, dass Naya sich ins Auto zurückgezogen hatte und dort telefonierte.

»Hören Sie mich, Sandra? Bitte, kommen Sie da runter. Wir finden eine Lösung für Ihr Problem.«

»Einen Scheiß tun Sie!«, schrie Sandra Boysen, die urplötzlich aus einer Art Trance gerissen schien. »Lösung? Ich habe sie erstochen. Und Sie wissen das. Alle wissen es. Ich war es, ich!« Die letzten Worte hatte sie mit aller Kraft herausgeschrien.

»Das war kein Mord, Sandra. Sie haben im Affekt gehandelt. Merle trifft auch Schuld. Sie hat Sie provoziert.«

Sandra Boysen nickte und sah mit einem liebevollen Blick in die Babyschale. Ihre Augen wurden feucht, Tränen liefen ihr über die Wangen, ohne dass sie es zu bemerken schien.

»Sandra, kommen Sie bitte runter. Ich nehme Ihnen die Babyschale ab.« Lena ging einen kleinen Schritt nach vorne und behielt dabei Sandra Boysen fest im Blick.

»Aber ich muss ins Gefängnis. Für viele Jahre.« Sandra Boysen sprach nun leiser, sie realisierte nicht, dass Lena bereits zwei Meter vor ihr stand. »Das geht nicht. Was soll aus meiner Tochter werden? Mein Mann … er kann …«

»Wenn Sie in Haft müssen, kann Ihr Kind für ein paar Jahre bei Ihnen bleiben. Es ist aber nicht gesagt, dass Sie tatsächlich ins Gefängnis müssen. Es gibt viele Fälle, in denen das Gericht eine Bewährungsstrafe ausgesprochen hat.« Lena verschwieg, dass das Strafmaß bei Totschlag im Affekt ein bis zehn Jahre umfasste. Trotzdem hielt sie es für möglich, dass Sandra Boysen die Chance hatte, mit einem dunkelblauen Auge davonzukommen, sollte Merle Harmsen sie provoziert oder gar erpresst haben.

»Ich kann nicht ins Gefängnis.« Sandra saß immer noch auf dem Geländer. Jetzt schwankte sie leicht. Lena hielt die Luft an und machte sich bereit für einen Sprung, um wenigstens Sandras Tochter retten zu können.

»Das verstehe ich, Sandra. Und das wird auch der Richter verstehen. Lassen Sie uns das gemeinsam durchstehen. Wir beide. Ich helfe Ihnen. Ich bin auch Mutter eines kleinen Kindes. Ich verstehe Sie, Sandra.«

In der Ferne hörte Lena leises Sirenengeheul. Wie würde Sandra reagieren, wenn es lauter wurde? Intuitiv ging Lena einen weiteren Schritt auf Sandra zu, als sie gerade ihrer Tochter über den Kopf streichelte. Für einen Moment war die Sirene des Rettungswagens nicht mehr zu hören, im nächsten erklang sie ohrenbetäubend laut aus nächster Nähe. Als Lena Sandras verzweifelten Gesichtsausdruck sah, setzte sie zum Sprung an, riss mit der einen Hand die Babyschale an sich und bekam mit der anderen Sandras Jacke zu fassen. Im nächsten Augenblick ließ sie sich mit voller Kraft nach hinten fallen und zog so Mutter und Kind vom Geländer weg auf den Seitenstreifen.

Achtunddreissig

Sandra Boysen hatte sich beim Aufprall das Handgelenk gebrochen. Ihre Tochter Marieke war glücklicherweise noch angeschnallt gewesen und blieb beim Sturz unverletzt.

Am folgenden Tag wurde Sandra Boysen aus dem Krankenhaus entlassen und unmittelbar danach von Lena und Naya in der Polizeistation vernommen. Ole war bereits am Abend zuvor nach Husum zurückgefahren.

Die Vernehmung lief zunächst schleppend, aber Lena gelang es, Sandra Boysen davon zu überzeugen, dass sie mit einer vollständigen und wahrheitsgemäßen Aussage die besten Chancen hatte, von der Untersuchungshaft verschont zu bleiben.

Merle Harmsen hatte Sandra am Samstag gegen neunzehn Uhr dreißig unangekündigt zu Hause aufgesucht und unter Druck gesetzt, Tobias Sievers auszuhorchen und vertrauliche Unterlagen zum Windpark von ihm zu entwenden. Als Sandra Boysen sich strikt geweigert hatte, drohte Merle Harmsen ihr damit, ihrem Mann zu verraten, wer der wirkliche Vater der kleinen Marieke war, und ihn über die langjährige Affäre zu informieren. Woher Merle Harmsen wusste, dass Marieke Tobias Sievers' leibliche Tochter war, konnte Sandra Boysen nicht sagen. Sie vermutete, dass Merle schon während ihrer Cliquenzeit mitbekommen hatte, dass sie und Tobias Sievers hin und wieder miteinander geschlafen hatten. Lena ahnte, dass Jan Matzen Merle auf die Idee gebracht hatte, erwähnte es aber nicht gegenüber Sandra.

Bei der Auseinandersetzung ging Merle Sandra, die sich standhaft geweigert hatte, Tobias Sievers auszuspionieren, immer härter an. Sie erzählte Sandra süffisant, dass sie geradewegs aus Sievers' Bett komme, wie einfach es gewesen sei, ihn zu verführen, und behauptete, dass er mehr als abfällig über Sandra gesprochen habe. Als Merle schließlich drohte, direkt Sandras Mann anzurufen, griff Sandra in einer Wutattacke zu einem auf dem Tisch liegenden Küchenmesser und stach zu. Erst eine Stunde später war sie in der Lage, Tobias Sievers anzurufen und ihn um Hilfe anzuflehen. Sievers fuhr direkt los, beruhigte Sandra Boysen, zog die Leiche von der Küche in die Garage und beseitigte die Blutspuren. Anschließend fuhr er Merles Golf direkt vor das Garagentor. Gemeinsam hievten sie die Leiche in den Kofferraum. Anschließend fuhr Tobias Sievers wieder nach Burg, machte eine Tour durch mehrere Bars, um sich, wie er Sandra sagte, ein Alibi für den Abend zu verschaffen. Sandra erinnerte sich, dass Merle ihr Handy in Sievers' Wohnung vergessen hatte und wie erleichtert sie darüber gewesen war. Erst spät in der Nacht kehrte Sievers zu Sandra Boysen zurück und fuhr mit Merles Auto, gefolgt von Sandra in Sievers' Audi, die ihre Tochter schlafend in der Babyschale mitgenommen hatte, zum Fastensee. Weshalb Tobias Sievers gerade diesen Ort ausgesucht hatte, wusste Sandra Boysen nicht.

Gemeinsam hoben sie die Leiche aus dem Auto und zogen sie ins Gebüsch. Sandra sah zu, wie Tobias Sievers Merle bis auf die Unterwäsche auszog. Als er schließlich den mitgebrachten Spaten aus dem Fahrzeug holen wollte, bekam Sandra einen Nervenzusammenbruch. Erst nach einer Stunde hatte sie sich so weit beruhigt, dass sie in der Lage war, mit dem Audi hinter Sievers herzufahren. Seinen Plan, Merle im Gebüsch zu vergraben, hatte Sievers zu dem Zeitpunkt bereits aufgegeben.

Auf der Fahrt zum Südstrand entdeckte sie den Riss in ihrem weißen Sweatshirt. Sie zog es aus und vergaß es später in Sievers' Auto. Sandra wusste weiter zu berichten, dass der Akku von Merle Harmsens Handy, kurz nachdem sie Sievers' Wohnung verlassen hatte, leer gewesen war.

Die Vernehmung lief über viele Stunden. Sandra erzählte von ihrer Freundschaft zu Merle, die einen tiefen Riss bekommen hatte, als sie wieder einmal bei Merle übernachtete und es im Laufe der Nacht zu einem verhängnisvollen Kuss gekommen war. Nach wochenlangem Schweigen zwischen ihnen war ihre Freundschaft auf einem Tiefpunkt angelangt. Erst als Ben Kraemer zwischen den beiden Frauen vermittelt hatte, kam es zu einer Art Waffenstillstand und Sandra und Merle näherten sich wieder an.

Während die Vernehmung lief, untersuchte die Kriminaltechnik Sandra Boysens Haus und fand nicht nur an den angegebenen Stellen Blutreste, sondern auch eine noch nicht gewaschene Jeans, an der sie menschliches Blut entdeckten. Die Tatwaffe stammte aus einem Küchenset, das Sandra Boysen zwei Tage nach der Tat nachgekauft hatte. Auf ihrem Laptop fand sich neben diesem Online-Einkauf auch die Bestellung eines weißen Sweatshirts, das identisch war mit dem, was Tobias Sievers in seiner Mülltonne entsorgt hatte.

Am späten Nachmittag führten sie eine Ortsbesichtigung am Fastensee durch, bei der sich zeigte, dass Sandra Boysen genaue Kenntnis von dem Fundort und der Lage der Leiche hatte.

Staatsanwalt Cornelsen hatte die Vernehmung per Videoaufzeichnung verfolgt und entschied sich am gleichen Tag, Sandra Boysen nicht dem Haftrichter vorzuführen und sie wegen Totschlag im Affekt anzuklagen. Sandra Boysen musste ihren Pass abgeben, bekam strikte Meldeauflagen und wurde auf freien Fuß gesetzt.

Am nächsten Tag fand die Vernehmung von Tobias Sievers in Burg statt. Seine Aussage bestätigte die Angaben von Sandra

Boysen. Er gab den Einbruch in Merle Harmsens Zimmer auf dem elterlichen Hof zu, stritt aber ab, in ihrer Schleswiger Wohnung gewesen zu sein. Die Schlüssel zu ihrem Zimmer habe er in Merles Tasche gefunden. Der Staatsanwalt beantragte noch am gleichen Tag seine Haftentlassung.

Als Lena am späten Nachmittag die Polizeistation in Burg verließ, wartete Ben Kraemer auf sie.

»Haben Sie ein paar Minuten Zeit für mich?«, fragte er.

Lena wandte sich zur Polizeistation um. »Wollen wir uns dort unterhalten?«

Ben Kraemer schüttelte den Kopf. »Wenn Sie Lust haben, können wir in den Stadtpark gehen. Er ist nicht sehr groß, aber man kann eine Runde gehen.«

Lena nickte und folgte ihm, nachdem sie ihre Tasche im Auto deponiert hatte.

»Sie sind aus der Untersuchungshaft entlassen worden?«, fragte Lena, als sie den Stadtpark erreicht und sich dort auf eine Holzbank gesetzt hatten.

»Ja, dank Ihnen. Mein Anwalt hat mir erklärt, dass die Waffe ausgetauscht wurde und ich um ein Haar des Mordes angeklagt worden wäre. Ich wollte mich dafür und auch für Ihren Einsatz bei dieser vollkommen dummen Sache bei mir im Haus von ganzem Herzen bedanken.«

»Sie sind noch nicht aus dem Schneider.«

»Ich weiß. Eventuell muss ich sogar ins Gefängnis. Aber sicher nicht für fünfzehn Jahre. Und ich lebe noch. Inzwischen ist mir klar, was passiert wäre, wenn die Spezialkräfte früher eingetroffen wären. Mein Anwalt meinte, ich wäre dem Tod noch einmal gerade so von der Schippe gesprungen.«

»Er könnte durchaus recht haben.«

»Ich bin auch noch wegen Merle zu Ihnen gekommen. Was ist jetzt tatsächlich passiert? Ich würde es so gerne wissen.«

»Es tut mir leid, aber ich darf Ihnen keine Details der Ermittlungen mitteilen. Allerdings wird die Staatsanwaltschaft morgen eine Pressekonferenz abhalten. Sie werden dann alles, was öffentlich gemacht werden darf, in den Medien lesen können.«

»Ich habe gehört, dass Sandra und Tobias etwas mit dem Tod von Merle zu tun haben.«

Lena schwieg. Sie durfte und wollte Ben Kraemer keine Informationen geben. Er war schon einmal aufgebrochen, um den vermeintlichen Mörder von Merle zur Rechenschaft zu ziehen.

»Sie haben Angst, dass ich noch einmal durchdrehe?«, fragte Ben Kraemer. »Das müssen Sie nicht. Ich war in einer absoluten Ausnahmesituation. Ich habe mich jetzt im Griff.«

»Das mag sein«, sagte Lena. »Ich darf Ihnen trotzdem keine Informationen zu den Ermittlungen geben. Warten Sie einfach. Über kurz oder lang wird alles öffentlich werden.«

Ben Kraemer nickte. »Ich habe in der U-Haft lange über alles nachgedacht. Mir ist klar geworden, dass nicht nur ich in einem Ausnahmezustand war, sondern es Merle genauso ergangen sein muss. Sie hat mir von Elmar Schäfer erzählt, aber es ging alles so durcheinander, dass ich nur die Hälfte verstanden habe. Inzwischen bin ich mir nicht einmal mehr sicher, ob es Schäfer war, der sie bedroht hat.«

»Ich darf Ihnen leider nichts von den aktuellen Ermittlungen erzählen, aber so viel schon, ich denke, dass Merle in einer schwierigen psychischen Verfassung war.«

»Es war jemand anders, der sie hier auf Fehmarn bedroht hat?«

Als Lena schwieg, stand Ben Kraemer auf. »Wollen wir zurückgehen? Sie waren sicher auf dem Weg nach Hause. Zu Ihrer Familie?«

Lena nickte. »Ja, Husum. Zwei Stunden werde ich wohl fahren.«

Neununddreissig

In der folgenden Woche besuchte Ole Lena, die sich einen Tag freigenommen hatte. Lena berichtete ihm ausführlich von den Ereignissen der vergangenen Tage.

»Ich habe gestern Abend mit einem Kollegen aus Schleswig telefoniert. Hast du die Neuigkeiten schon gehört?«, fragte Ole.

»Nein, die letzten zwei Tage war ich im Dauerstress. Geht es um Julius Hauser?«

Ole nickte. »Er ist festgenommen worden und wird seit gestern Morgen vernommen. Die bisherigen Indizien weisen auf ihn als Schützen. Die Waffe scheint aus der Nähe von Husum zu stammen. Sie ist vermutlich hier beschlagnahmt worden und dann aus der Asservatenkammer verschwunden. Zwei Kollegen aus Kiel sind gerade hier in Husum und ermitteln.«

»Ein weiterer schwerer Schlag für die Schleswiger Kollegen. Weißt du auch, was Elmar Schäfer mit Kriminalrätin Lippert an diesem Vormittag besprechen wollte?«

»Nur gerüchteweise. Schäfer scheint es auch nur angedeutet zu haben, aber es sollte wohl um sehr schwerwiegende Dinge gehen.« Ole hielt kurz inne. »Was ja auch zu unseren Vermutungen passen würde.«

Lena nickte. »Ich denke, dass Schäfer reinen Tisch machen wollte. Hauser hat davon erfahren und hat keinen anderen Weg gesehen, als Elmar Schäfer auszuschalten.«

»Dann lag Merle Harmsen doch etwas daneben mit ihrer Einschätzung.«

»Was du noch nicht weißt: Wir haben inzwischen Zugriff auf Merle Harmsens Stick. Sie hat viele Informationen über die Korruptionsgeschichte in Schleswig gesammelt, die noch ausgewertet werden müssen. Auch über den Windpark finden sich dort interessante Recherchen.«

»Aber?«, fragte Ole.

»Ich bin keine Psychologin, aber wenn du mich fragst, hatte sie eine Art Zwangsneurose. Sie scheint an jeder Ecke Korruption und Verrat gewittert zu haben.«

»Aber ihre Vermutungen an und für sich sind doch korrekt?«

»Die eigentlichen Rechercheergebnisse klingen alle ganz schlüssig. Ich glaube schon, dass sie da auf dem richtigen Weg war und die Informationen beim Prozess gegen Julius Hauser eine wichtige Rolle spielen werden. Auch die Fakten, die sie auf Fehmarn gesammelt hat – vor allem in Zusammenhang mit den Anwohnern der geplanten Windkraftanlage –, scheinen Hand und Fuß zu haben. Aber sie hat noch eine Art Tagebuch geführt. Und das liest sich dann schon etwas anders. Sie hat am Schluss die halbe Polizeiinspektion in Schleswig verdächtigt, korrupt zu sein. Ich denke, die Trennung von Elmar Schäfer war der Wendepunkt in ihrem Leben. Vermutlich hat sie das aus der Bahn geworfen und immer tiefer in den Strudel hineingezogen.«

Ole nickte. »Ich habe schon so etwas vermutet. Ganz aufgeklärt wird die Sache jetzt wohl nicht mehr. Schäfer und sie sind tot und dass Hauser reden wird, halte ich für eher unwahrscheinlich.«

»Apropos Hauser. Merle schreibt in ihren Tagebuchaufzeichnungen, dass sie sich, als sie bereits auf Fehmarn war, mit Elmar Schäfer getroffen hat. Wohl auf seine

Initiative. Schäfer hat ihr bei dem Treffen gestanden, dass er in der Korruptionsaffäre mit drinsteckt und dass Hauser ihn sozusagen angeworben hat. Er hatte nach der Trennung von seiner Frau arge finanzielle Probleme und hat sich nach und nach in die Sache reinziehen lassen. Merle ist davon ausgegangen, dass Schäfer sich stellt. Die Begegnung mit Hauser hat sie übrigens auch beschrieben. Er hat ihr gedroht. Er hatte wohl herausbekommen, dass sie sich mit Schäfer getroffen hatte.«

»Geldnot, gut und schön, aber als Entschuldigung kann ich das nicht stehen lassen. Viele Männer und auch Frauen kommen nach der Trennung in finanzielle Schwierigkeiten.«

»Natürlich, Ole. So war das nicht gemeint. Ich habe eher nach den Beweggründen gesucht, weshalb sich Schäfer darauf eingelassen hat.«

»Schon gut. Ist auch nicht unsere Baustelle.« Er hielt inne. »Vielleicht hat Schäfer sogar die Vermutung gehabt, dass Hauser Merle getötet hat.«

»Gut möglich. Daran habe ich auch schon gedacht. Nach Merles Tod ist für Elmar Schäfer vermutlich der letzte Halt weggebrochen. Ich kann mir gut vorstellen, dass er in der Situation reinen Tisch machen wollte. Durchaus auch, weil er Hauser in Verdacht hatte, etwas mit Merles Tod zu tun zu haben.«

»Hat Sievers jetzt eigentlich erklärt, wie es zu dem Blut auf der Matratze kam?«, fragte Ole.

Lena nickte. »Merle war noch bis kurz vor ihrem Tod bei Sievers. Wohl ein letzter Versuch, etwas aus ihm herauszubekommen. Sex hatten die beiden laut Sievers an dem Tag allerdings nicht, Merle wollte Sandra also damit nur provozieren. Das Blut soll tatsächlich von heftigem Nasenbluten stammen. Sie musste sich kurz hinlegen – so Sievers' Aussage – und hat dann die Wohnung verlassen. Etwas später hat dann Sandra Boysen bei Sievers angerufen. Er ist zu ihr gefahren und hat ihr geholfen, die Leiche aus dem Haus zu bringen.«

Lena hörte, dass die Haustür aufgeschlossen wurde. »Das wird Erck sein.« Sie stand auf und öffnete die Küchentür. »Erck, hast du was vergessen?«

Er kam auf sie zu und küsste sie. »Ja, meine Unterlagenmappe.« Er entdeckte Ole und schmunzelte. »Hey, du hier. Ich dachte, du fängst erst in zwei Wochen bei mir an?«

»Kleiner Plausch unter Kollegen«, sagte Ole. »Und du hast mich noch früh genug an den Hacken.«

Erck zog einen Stuhl vor und setzte sich zu Ole. »Na, nun stell dein Licht mal nicht unter den Scheffel. Aber im Ernst, es bleibt doch bei dem Termin?«

»Alles geregelt. Mit meiner Bank habe ich auch schon gesprochen. Nächste Woche können wir den Vertrag beim Notar unterschreiben.«

»Klasse! Auf Polizisten und solche, die es mal waren, kann man sich halt verlassen.« Er beugte sich zu Lena und küsste sie auf die Wange. »Dann lasse ich euch mal wieder alleine. Das wird ein langer Tag.«

Lena begleitete ihn bis zur Tür. »Pass auf dich auf.«

Erck grinste. »Mach ich doch glatt. Und du gibst unserem Sohn einen dicken Kuss von mir, falls ich heute Abend zu spät nach Hause kommen sollte.«

Lena strich ihm liebevoll über die Schulter. »Das mache ich.«

Erck wandte sich zum Gehen, drehte sich dann aber noch einmal um und zog Lena an sich. »Es tut mir gut, dich wieder hier zu haben.«

Lena küsste ihn. »Ja, mir auch.«

»Ich liebe dich.«

»Ich dich noch mehr«, flüsterte Lena. »Und jetzt ab mit dir.«

Sie stand noch eine Weile in der Tür, sah Erck hinterher und winkte, als er seinen Wagen auf der Straße wendete und an ihr vorbeifuhr.

Epilog

Der unbekannte Mann, mit dem Merle Harmsen sich am Südstrand getroffen hatte, wurde nie identifiziert. Staatsanwalt Cornelsen beendete die Ermittlungen nach zwei weiteren Wochen, in denen vor allem die bisherigen Ergebnisse dokumentiert und weiter untermauert wurden. Eine Öffentlichkeitsfahndung nach dem Unbekannten lehnte Cornelsen ab. Lena vermutete, dass der Mann ein Vertreter des Windparkbetreibers war, der Merle Harmsen ein Angebot gemacht hatte. Tobias Sievers schwieg in seinen weiteren Vernehmungen eisern zum gesamten Themenkomplex Windpark.

Julius Hauser konnte eine Verbindung zu der ausgetauschten Jagdwaffe nachgewiesen werden. In einem reinen Indizienprozess wurde er wegen des Mordes an Elmar Schäfer und Korruption angeklagt und zu fünfzehn Jahren Haft verurteilt.

Ben Kraemer wurde wegen unerlaubtem Waffenbesitz, Angriff auf zwei Kriminalbeamte und Geiselnahme zu drei Jahren Haft verurteilt. Nach einem halben Jahr kam er in den offenen Vollzug und wurde nach weiteren eineinhalb Jahren auf Bewährung entlassen.

Tobias Sievers wurde wegen Strafvereitelung angeklagt und zu zwei Jahren auf Bewährung verurteilt. Die Ermittlungen im Zusammenhang mit dem geplanten Windpark endeten mit einem Strafbefehl und einer Geldstrafe. Sievers hatte zugegeben, an verschiedene Entscheidungsträger Schmiergelder bezahlt und Anwohner massiv unter Druck gesetzt zu haben.

Sandra Boysen stand wegen Totschlags im Affekt vor Gericht und wurde zu vier Jahren Haft verurteilt. Das erste Dreivierteljahr in Haft hatte sie ihre Tochter Marieke bei sich, zwei weitere Jahre verbrachte sie im offenen Vollzug und konnte sich so weiter um ihr Kind kümmern. Der Rest der Strafe wurde zur Bewährung ausgesetzt.

Sandra Boysen und Tobias Sievers zogen nach ihrer Entlassung gemeinsam nach Hamburg und heirateten ein Jahr später.

Zwei Jahre nach dem Tod seiner Schwester Merle übernahm Hendrik, der Jüngste der drei Geschwister, die Geschäftsführung des Harmsen-Hofes. Am Fastensee errichtete die Familie einen Gedenkstein für Merle.

Folge der Autorin auf Amazon

Wenn dir dieses Buch gefallen hat, folge Anna Johannsen auf Amazon. Dann erhältst du eine Benachrichtigung, wenn die Autorin ihr nächstes Buch veröffentlicht. Um der Autorin zu folgen, gehe bitte folgendermaßen vor:

Desktop:

1) Suche auf Amazon.de oder in der Amazon App nach dem Namen der Autorin.
2) Klicke auf den Namen der Autorin, um auf die Autorenseite zu gelangen.
3) Klicke auf den »Folgen«-Button.

Smartphone und Tablet:

1) Suche auf Amazon.de oder in der Amazon App nach dem Namen der Autorin.
2) Klicke auf einen Titel der Autorin.
3) Klicke auf den Namen der Autorin, um auf die Autorenseite zu gelangen.
4) Klicke auf den »Folgen«-Button.

Kindle E-Reader und Kindle App:

Wenn du dieses Buch auf einem Kindle E-Reader oder in der Kindle App liest, wird dir automatisch angeboten, der Autorin zu folgen, nachdem du die letzte Seite des Buches gelesen hast.

Made in the USA
Monee, IL
01 November 2024